KB050555

카뮈
플라주

§ 카무플라주 §

2015년 5월 26일 초판 1쇄 인쇄
2015년 5월 28일 초판 1쇄 발행

지은이 § 시라주
발행인 § 곽중열
기획&편집디자인 § 신연제, 이윤아
발행처 § (주)조은세상

등록 § 2002-23호(1998년 01월 20일)
주소 § 경기도 연천군 미산면 청정로 1355
Tel § (02)587-2977
e-mail romance@comics21c.co.kr
블로그 http://goodworld24.blog.me

값 10,000원

ISBN 979-11-5832-085-0

19세이하 구독불가

카무플라주

camouflage

시라주 장편소설

GOOD WORLD ROMANCE NOVEL

(주)조은세상

Contents

※이 소설은 픽션입니다.
실재 인물, 단체, 사건, 역사 등과는 아무런 관련이 없습니다.
몇 가지 이름 외에 모두 작가의 상상력으로 만들어낸 이야기입니다.

1장. 프롤로그

미국 서부.

집은 지독하리만큼 외딴곳에 자리하고 있었다. 마치 거센 토네이도가 집 하나만을 덩그러니 남겨 두고 쓸어가기라도 한 것처럼 황량하기 짝이 없었다.

잿빛 눈동자가 예리하고 빠르게 주위를 둘러보았다. 헛간으로 보이는 작은 건물 안에서 서서 잠든 늙은 말 한 필을 제외하면 생명력이 전혀 느껴지지 않는 곳이었다.

루이스는 누군가가 목적을 가지고 찾아오지 않는 이상 지나치는 인적조차 드물 것이라 확신했다. 경계심이 느껴지지 않는 집은 현관문이 열려 있었다. 예의상 벨을 누르려 했으나 그것조차 필요치 않았는지 보이지 않았다.

그는 문을 두드렸다. 하지만 집 안에서는 어느 누구도 나오지 않았다. 일반인들에 비해 유난히 촉이 발달한 그에게조차 잡히는 게 없었다.

결국 그는 열려 있는 문 사이로 들어갔다. 밖과 별반 다르지 않은 건조한 공기가 그를 에워쌌다. 그가 들어선 공간은 아무도 살고 있지 않은 것처럼 고요했다. 그는 잿빛 눈동자로 낯선 집 안을 탐색했다. 집 안은 일반 가정과는 확연히 달랐다.

가구 대신 여기저기 흩어져 있는 의료 공구들과 기구들이 자리를 채우고 있는 탓에 주택이라기보다는 다소 규모가 작은 협소한 병원과 비슷해 보였다.

순간, 그의 미간이 미세하게 움직였다.

집 안에서 특유한 냄새를 포착한 것이다. 그것은 비릿한 누린내였는데 그에게는 어느덧 익숙해진 냄새였다. 그는 냄새가 나는 곳을 향해 움직였다. 복도를 따라 좀 더 안으로 들어서자 정확하지는 않았으나 분명 누군가의 말소리가 들려왔다. 문은 열려 있었고 예상했던 대로 누군가가 있었다.

소리 없이 다가선 그는 하얀 가운과 같은 색의 마스크를 쓰고 있는 여자를 바라보며 서 있었다. 여자라고 하기보다는 소녀에 가까운 여자가 들여다보고 있는 것은 이동식 간이침대 위에 놓여 있는 시체였다.

밀랍인형처럼 하얗게 굳은 시체를 향해 고개를 숙인 작은 동양 여자는 놀랍게도 장난감을 다루듯이 시체를 만지고 있었다.

어린 동양 소녀와 희멀건 시체의 기묘한 조화, 그리고 마치 노랫소리와 같은 독특한 억양의 목소리.

그것은 자칫 끔찍할 수도 있는 장면이었다. 하지만 루이스는 그 모습에 묘한 호기심을 느꼈다. 그는 다시 안으로 발자국을 옮겼다.

하던 일에 몰두하고 있던 소녀가 인기척을 느끼고 고개를 들어 그를 바라본 것은 조금 뒤였다.

그는 마스크 위에 자리한 동그랗고 검은 눈동자를 바라보았다. 마치 갓 태어난 사슴의 눈처럼 맑고 깨끗한 눈동자는 소녀가 그에게 보여준 기이한 모습과는 상당히 대조적이었다. 마스크로 인해 얼굴의 대부분이 가려져 있었지만 그는 소녀의 표정에 거의 변화가 없음을 확신했다.

검고 깨끗한 눈동자가 다소 차가워 보이는 잿빛 눈동자를 직시했다. 그는 그녀에 비해 두 배나 큰 거구였고 낯선 사내였는데도 소녀의 눈빛이나 표정에는 한 치의 두려움도 찾아볼 수가 없었다.

검은 머리카락과 신비로운 조화를 이루고 있는 도자기 같은 상앗빛 피부가 또래 서양 여자아이들과는 확연히 달랐다. 문득 그는 이곳을 찾아온 애초의 목적과는 다르게 소녀의 마스크를 벗기고 싶은 충동을 느꼈다.

두 사람은 그렇게 침묵 속에서 서로를 탐색했다.

서로 초면인데도 불구하고 서로를 구석구석 살피는 두 쌍의 눈동자는 같은 호기심과 의구심을 지니고 있었다. 다만 타인에게 드러내지 않도록 교묘하게 감추었을 뿐이다. 먼저 탐색을 끝낸 건 홈그라운드의 이점을 지닌 소녀 쪽이었다. 소녀는 나이를 더욱 가늠하기 어렵게 만드는 여유까지 부리며 물었다.

"시체 때문에 온 건가요?"

그것은 첫인상만큼이나 강렬한 물음이었다.

흔히 말하는 것처럼 누구냐고 묻지도 않았고 누구를 찾아온 거냐고 묻지도 않았으며 마치 그 집에 찾아오는 사람은 이미 정해져 있었던 것처럼 소녀가 물었다.

"아니."

그는 무미건조한 음성으로 말했지만 적어도 이곳에 발을 들이기 직전까지 느끼지 못했던 동요가 내부에서 일었다는 것을 본인만은 알고 있었다.

"Dr.강을 만나 뵙고 싶은데."

그의 말에 갑자기 소녀의 표정이 묘하게 변했다. 호기심과 의구심 외에 다른 무언가가 공존하는 눈빛으로 뚫어질 듯 그를 바라보았다.

"방금 Dr.강이라고 했나요?"

"그래."

그가 고개를 끄덕이자 소녀의 검은 눈동자와 표정에서 그를 향해 보였던 눈빛에 부드러움이 더해졌다.

"누군가가 아빠를 그렇게 부른 건 정말 오랜만이에요."

소녀는 손에 들고 있던 의료기구들을 내려놓고 끼고 있던 비닐장갑을 벗었다. 외모에서 읽히는 나이답지 않게 그 행동이 무척이나 능숙해 보였다.

그가 지켜보고 있는 동안 소녀는 이동침대의 이동성을 십분 활용해 시체를 거대한 냉장고 안으로 밀어 넣었다. 그리고는 구석에 마련되어 있는 싱크대로 가서 여유 있는 동작으로 손을 닦았다.

적막한 가운데 흐르던 물줄기가 끊어졌다. 마른 타월에 물기를 닦은 소녀는 마스크를 벗고 몸을 돌려서 그가 서 있는 현관문 쪽으로 다가왔다.

거리를 좁히자 두 사람의 차이는 이전보다 확연하게 드러났다.

다윗과 골리앗처럼 소녀는 작고 여렸으며 그는 크고 강해 보였다. 그러나 소녀는 조금도 두려워하지 않는 얼굴로 그를 향해 고개를 들었다.

"강서진이에요. 강 박사님의 딸이죠."

잿빛 눈동자가 당당하게 자신을 소개한 서진을 내려다보았다. 꿀을 바른 듯 매끄러운 피부, 작지만 어딘가 고집스러워 보이는 코, 작지만 도톰한 입술. 강 박사의 딸이라고 자신을 소개한 강서진은 여자와 소녀의 중간처럼 신비스러운 매력을 소유하고 있었다.

"아빠는 지금 지하실에 계세요. 무슨 일로 찾아오신 건지 물어도 될까요?"

"허락해준다면 직접 만나 뵙고 싶은데."

그의 말에 서진의 의아함은 더욱 짙어졌다.

"손님이 찾아오셨다고 전해 드리죠."

서진은 서 있는 그를 비켜서 지하실로 연결되는 문으로 향했다. 그러다가 돌연 걸음을 멈추었다.

"아."

서진이 뒤를 돌아보자 본의 아니게 두 사람의 시선이 다시 얽혔다. 검은 눈동자는 잿빛 눈동자를 빤히 바라보았고 잿빛 눈동자 역시 암흑 속으로 빠져들듯 검은 눈동자를 바라보았다.

"성함을 묻는 것을 잊었네요. 미스터……?"

"루이스 히링튼."

서진이 잊지 않으려는 듯 그의 성을 나지막이 되뇌었다.

"미스터 히링튼."

서진이 성을 부르자 루이스의 가슴에는 묘한 감정이 일었다. 여자에게 관심조차 없었건만 그가 모르는 로리타 취향이라도 있었던 것은 아니었는지 싶을 정도로 보이지 않는 파장이 전신 곳곳으로 퍼져나갔다.

"기다리세요. 오래 걸리진 않을 거예요."

서진은 그 말을 남긴 채 다시 발걸음을 옮겼다. 루이스는 등을 보이고 지하실로 내려가는 서진을 우두커니 바라보았다.

강 박사의 딸은 아무리 봐도 여자로 보이지 않았다. 분위기나 여유 있는 말투가 웬만한 성인을 능가한다 하더라도 어린 외형을 감출 수는 없는 일. 그런데도 그의 내부에서는 알 수 없는 이상한 감정이 스멀스멀 피어오르고 있었다.

잠시 후 서진이 강 박사와 1층으로 올라왔다. 강 박사는 사진에서 보았던 모습과는 꽤 달랐다. 그동안 살이 많이 빠진 듯 야위고 수척해 보였다. 하지만 눈빛만큼은 또렷했는데 아마도 강 박사의 딸에게 유전된 듯하였다. 강 박사는 서두르는 기색 없이 루이스의 모습을 찬찬히 훑었다.

"나를 찾아왔다는 사람이 자네인가."

"네."

"앞서 이름은 들었네. 초면인 듯한데, 나를 어떻게 알고 찾아온 건가?"

"기사를 보았습니다."

기사를 보았다? 마치 지난 시간들이 회한처럼 파고드는 듯 강 박사의 표정이 묘하게 변했다.

"오래된 신문이라도 본 모양이군."

어딘가 씁쓸한 어조로 말을 흐리며 강 박사가 말했지만 그에 대해 루이스가 보인 반응은 없었다. 옆에서 조용히 두 남자를 지켜보고 있던 서진이 말했다.

"차를 내올게요."

강 박사는 서진을 바라보았다. 서진은 그에게 뭔가를 바라는 눈빛으로 보고 있었다. 강 박사는 은연중에 서진이 이 낯선 남자가 조금이나마 더 머물기를 바란다는 것을 깨달았다. 그리 내키지 않는 일이었으나 딸의 바람을 무시하고 싶지는 않았다. 워낙 외진 곳이라 누군가가 찾아오는 일은 드문 일이었다.

"그래."

강 박사가 고개를 끄덕이자 서진은 두 사람을 남겨 두고 어디론가 사라졌다.

"우선 앉지. 딸아이가 차를 대접하고 싶은 모양이니까."

강 박사가 권하자 루이스는 주저하지 않고 자리에 앉았다. 그가 입고 있는 값비싼 옷과 허름한 의자가 대조적이었다.

강 박사는 그의 맞은편에 앉아 예기치 않게 찾아온 낯선 남자를 탐색하듯 바라보았다. 꽤 오랜 시간 동안 거의 외부와는 차단하고 살아왔지만 사실 강 박사는 이 남자가 평범하지 않다는 것을 알고 있었다.

"내국인이라면 누구나 히링튼이라는 이름을 들어본 적이 있다 해도 과언이 아니겠지. 유명한 가문이니까. 자네 역시 내가 알고 있는 히링튼 은행과 관련이 있는 사람인가?"

"네."

"그렇다면 더더욱 의외로군. 내가 히링튼이라는 이름과 관련이 있다면 창구 계좌뿐이니까 말이네. 왜 이런 외딴곳에 살고 있는 나를 찾아왔는지 모르겠어."

그때 서진이 차를 가져왔다. 잠시 두 남자의 대화가 끊어졌다.

"차, 드세요."

"고맙다."

차라고 해보았자 머그컵에 가져온 인스턴트 커피였지만 서진은 그것을 강 박사에게 그랬던 것처럼 루이스에게도 내밀었다.

"드세요."

루이스가 머그잔을 건네받았다.

"고마워."

루이스가 그녀에게 인사를 했다. 하지만 서진은 그제야 자신이 내민 머그잔과 이 낯선 남자의 존재가 전혀 어울리지 않는다는 것을 깨닫고 있느라 그의 인사를 제대로 받아들이지 못했다. 우두커니 서 있는 그녀에게 강 박사가 한마디 했다.

"아직 할 일이 남아 있지 않니?"

"아……."

서진은 뒤늦게 정신을 차렸지만 그렇다고 강 박사가 말한 대로 따르고 싶지는 않았다.

"죄송하지만, 여기 있고 싶어요."

서진의 부탁이 뜻밖이었는지 강 박사의 한쪽 눈썹이 올라갔다. 그때 루이스가 부녀 사이에 한마디 던졌다.

"저도 그러는 것이 좋을 것 같습니다."

강 박사가 루이스를 바라보았다.

"강 박사님의 동의를 구하기 위해 찾아왔습니다만, 따님의 의견 또한 존중할 생각입니다."

"그게 무슨 뜻인가?"

"저는 믿을 수 있는 의사가 필요합니다. 허락하신다면 두 분을 모셔갈 생각입니다."

순간, 적막이 흘렀다. 서진은 아빠인 강 박사를 주시했다. 누군가가 아빠를 의사라고 부른 것은 실로 오랜만이라는 것을 그녀는 잘 알고 있었다. 그래서 이 낯선 남자의 출현이 싫지만은 않았다. 하지만 그녀의 생각과는 다른 강 박사의 표정은 딱딱하게 굳어 있었다.

"그렇다면 잘못 찾아왔군. 난 이제 의사가 아니네. 그저 은둔자일 뿐이지."

더 이상 할 말이 없다는 듯 강 박사가 짧은 답변을 내놓고 자리에서 일어났다.

"답변은 충분한 것 같으니 차를 마시고 돌아가게."

그러나 강 박사가 낯선 방문객에게 등을 보인 바로 그 순간 뜻밖의 질문이 날아들었다.

"두렵습니까?"

담담한 목소리. 하지만 절대 거역할 수 없는 질문. 강 박사가 석상처럼 굳은 얼굴로 그를 돌아보았다. 그에 반해 루이스는 태연한 얼굴로 머그잔을 입에 대고 있었다.

"지금 뭐라고 했나?"

강 박사가 묻자 루이스가 머그잔을 내려놓고 고개를 들었다. 태연자약한 얼굴로 그는 거침없이 물었다.

"에이즈를 옮길까 두려우신 겁니까?"

정곡을 찔린 듯 강 박사의 두 눈이 크게 흔들렸다.

"……그래."

그는 인정했다. 공기를 통해 전염되는 병이 아님을 누구보다 잘 알고 있음에도 그동안 받은 멸시와 편견으로 인해서 그는 지극히 나약한 상태였다. 이 세상에 존재해서는 안 될 필요악이 자신이라도 된 것처럼 스스로를 저주하고 있었고 동시에 이 세상에서 가장 두려운 존재가 자신이라는 것을 이 낯선 사내가 알아주길 원했다.

"그러니 어서 가게."

강 박사의 목소리는 힘이 없었지만 한편으로는 처절했다.

일순 실내의 분위기는 무겁게 가라앉았다. 집주인과 초대받지 않은 손님, 그렇게 남아야 하는 자와 떠나야 하는 자가 명확하게 구분된 이상 그대로 이행만 되면 그뿐이었다.

하지만 루이스는 앉아 있던 자리에서 일어나 입고 있던 셔츠를 걷어 올렸다. 그리고는 숨기고 있었던 날카로운 칼을 꺼냈다.

은빛 금속은 자신의 날카로움을 과시라도 하는 양 불빛을 번쩍였다. 순간 그것이 허공을 가르듯 움직였고 루이스의 뒤쪽 옆구리에 깊은 상처를 남겼다.

부지불식간에 벌어진 일이었다. 강 박사와 서진은 뜻밖에 벌어진 상황을 쉽게 받아들이지 못하고 줄줄 흘러내리는 붉은 피를 멍하니 바라보았다.

"이게 무슨 짓인가?"

놀란 부녀와 달리 루이스는 찢어진 피부가 자신의 것이 아닌 양 지극히 태연했다. 붉은 피를 흘리고 있는 자도 붉은 자국이 묻어 있는 칼을 쥐고 있는 자도 그였건만 오히려 그는 이 끔찍한 상황과 전혀 상관없다는 표정을 짓고 있었다. 그리고 그것을 대변이라도 하듯 담담하게 말했다.

“치료, 해주시겠습니까?”

“대체, 자네…….”

강 박사는 할 말을 잃고 그를 바라보았다. 그 사이에도 그의 옆구리에서는 붉은 피가 쉴 새 없이 흘러내렸다.

“난 치료할 수 없네. 내 앞에서 이렇게 상처를 드러내는 것이 얼마나 어리석은 일인지 모르나!”

강 박사가 언성을 높였다. 그러나 루이스는 조금도 동요하지 않고 담담하게 대답했다.

“저와 제 동료는 언제든 위험한 상황에 노출되어 있습니다.”

루이스의 말을 들은 강 박사의 얼굴에 의문이 서렸다. 금융업을 하는 히링튼가가 아닌가. 그런 자들이 붉은 피가 연계된 상황에 노출되어 있다니? 그럼에도 그보다 더욱 그의 신경을 끄는 것은 루이스의 상처였다. 강 박사의 목소리가 희미하게 떨렸다.

“이해할 수가 없네.”

“기회를 주신다면 설명하겠습니다.”

“아니, 내가 말한 것은 자네의 돌발적인 행동이야.”

강 박사가 다소 언성을 높였다. 그럼에도 루이스는 일관적인 태도를 유지했다.

“박사님이 필요합니다.”

“내겐 살아 있는 사람을 치료할 자격이 없네. 내가 손댈 수 있는 자들은 시체뿐이야.”

“그럼 제가 시체가 되면 가능하겠습니까?”

“대체, 왜 이런 억지를 부리는 건가.”

“설명하겠습니다.”

루이스는 일관적으로 자신의 의지를 전달했다. 강 박사는 혼란에 휩싸였다. 하지만 흘러내리는 붉은 피는 강 박사의 내부에서 무엇인가를 꿈틀거리게 만들었다.

그는 의사였다. 사랑하는 아내를 잃고 인간의 생명에 자신의 사활을 걸겠노라 맹세했던 그였다. 그리고 그는 그 맹세를 지키며 살았었다. 또한 어떤 환자에게도 평등한 의사였었음을 자부했었다.

"빌어먹을……."

에이즈에 걸려 의사임을 포기할 수밖에 없었지만 붉은 피를 본 이상, 상처를 본 이상, 치료를 원하는 환자가 눈앞에 서 있는 이상 이대로 가만히 있을 수는 없었다. 고민하던 강 박사가 서진을 바라보았다.

"상처를 꿰매야겠다."

놀란 서진이 강 박사를 바라보았다.

"도와주겠니?"

"네, 아빠."

언제까지나 멍하니 서 있을 수만은 없었다. 서진은 재빨리 대답했고 움직였다. 서진이 상처 봉합에 필요한 봉합침, 지침기, 봉합사 등의 의료기구들을 챙겨서 가져오는 동안 강 박사는 비닐장갑을 끼었다. 얇은 비닐 사이로 사람의 체온이 느껴지자 그의 손이 기대감으로 떨렸다. 절대적으로 환자를 위한 의사가 되기로 결심하고 환자를 대했을 때 느꼈던 희열이 되살아나자 그는 옅은 한숨을 쉬었다.

에이즈에 걸린 이후 강 박사는 환자들을 치료하지 못했다. 사회적으로 고립된 그는 마찬가지로 자신으로 인해 집단 따돌림을 당하게 된 딸 서진을 데리고 인적이 없는 곳으로 도망 올 수밖에 없는 처지였다. 그리고 이곳에서 그는 딸 서진에게 그가 가진 의학지식과 기술을 가르쳤고 그것이 전부였다.

하지만 치료를 시작함과 동시에 강 박사의 얼굴은 확연하게 달라졌다. 그는 의사였다. 손놀림은 빨랐고 능숙했다. 보기 흉하게 벌어졌던 조직이 제자리를 찾아갔고 흘러내리던 피도 지혈되었다.

서진은 거즈를 대고 붕대를 감아서 마무리를 짓고 있는 강 박사를 묵묵히 바라보았다. 몰두하고 있는 강 박사의 모습을 보고 있노라니 오래전 기억이 떠올랐다.

병원을 찾아갈 때마다 강 박사는 늘 환자들과 함께 있었다. 아프고 다친 사람들 속에서 그는 진정한 의사였었고 서진은 그런 아빠가 자랑스러웠다. 그래서 그녀도 아빠처럼 존경받는 의사가 되기를 꿈꾸었다.

하지만 불의의 사고 이후 강 박사가 에이즈에 걸리자 그는 나락으로 떨어졌다. 신을 추종하듯 강 박사를 따랐던 환자들은 행여 자신들에게 에이즈를 옮길까 봐 불안에 휩싸여 떠나갔다.

환자들 없이 의사는 존재할 수 없었다. 그런 면에서 지금 서진이 보고 있는 루이스 히링튼은 강 박사가 치료하고 있는 최초의 환자였다. 에이즈에 걸린 의사를 두려워하지 않는 유일한 환자. 이미 벌어진 일이었지만 그가 스스로 자신의 몸에 상처를 내면서까지 강 박사의 필요성을 입증했다는 것이 믿기지 않았다.

그는 다친 사람답지 않게 그리고 상처를 치료받는 환자답지 않게 눈 끝조차 찡그리지 않은 채 묵묵히 앞을 보며 서 있었다. 그런 그를 바라보고 있노라니 가슴 속 깊은 곳에서 무언가가 꿈틀거렸다.

이유는 알 수 없었지만 그를 믿고 싶어졌다. 강 박사가 에이즈에 걸렸을 때 그리고 사회로부터 배척받으면서 세상의 모든 신들과 사람들에 대한 믿음을 버렸다고 생각했건만 미련이 남아 있었던 탓일까.

순간 서진의 시선을 느낀 루이스가 그녀를 바라보았다. 이상한 일이었다. 서진은 이제껏 누군가의 시선 때문에 사고를 멈춘 적이 없었다. 그럼에도 잿빛 눈동자와 직시하고 있노라니 이전에 생각했던 모든 것들이 차단이라도 당한 듯 정지해버렸다.

잿빛 눈동자는 투명한 얼음보다도 차갑게 보여서 어떤 감정도 읽을 수가 없었다. 그럼에도 불구하고 서진은 본능처럼 그 눈동자를 믿고 싶다는 생각이 들었다. 두 사람은 강 박사가 치료를 하는 동안 묵묵히 서로를 보았다.

잠시 후 모든 치료 과정이 끝났다. 서진은 평정심을 되찾고 서진은 재빨리 의료도구들을 정리했다.

"됐네."

"감사합니다."

루이스가 인사했지만 강 박사는 받지 않았다. 대신 그는 무뚝뚝한 음성으로 말했다.

"그래, 자네의 뜻은 알겠네. 하지만 동료들이 있다고 하지 않았나? 그들도 내가 어떤 사람인지 모두 알고 있나? 내게 자신들의 몸을 맡길 준비가 되어 있나?"

강 박사의 물음에 루이스는 대답하지 못했다. 강 박사의 행방을 확인하는 것이 급선무였기 때문에 미처 동료들과는 충분한 대화를 나누지 못한 상태였다.

루이스의 침묵은 그런 이유였지만 강 박사의 입장에서는 이유가 다를 수밖에 없었다. 그는 이미 알고 있었다는 듯 긴 한숨을 내쉬며 창문 밖으로 루이스가 타고 온 자동차를 보았다.

"당장 운전은 무리일 테니 원한다면 오늘은 여기에서 쉬고 가게."

뜻밖의 제안에 루이스와 서진 둘 다 강 박사를 바라보았다.

"감사합니다."

그리고 루이스는 강 박사의 제안을 받아들였다.

"진아, 손님에게 방을 안내해 드려라. 난 좀 쉬어야겠다."

"네, 아빠."

강 박사가 지하실로 향하고 서진은 루이스와 단둘이 남았다. 잠시 후 서진이 루이스에게 안내한 방은 간이침대가 전부인 협소한 방이었다. 하지만 두 사람은 별로 개의치 않았다.

"오랫동안 비어 있던 방이지만 하룻밤 자는 데 문제는 없을 거예요. 필요한 거나 불편한 거 있으면 말씀하세요. 보셨다시피 워낙 외진 곳이라 문제를 해결해 드릴 수 있다고 장담은 못해요. 그리고 혹시나 해서 주의를 드리는 건데 아빠가 계신 지하실에는 내려가지 마세요. 아빠의 허락이 없는 한 그곳은 출입 금지예요. 하고 싶은 말씀이 있으면 저한테 하세요. 전해 드릴게요."

마치 어린아이가 어른의 말을 흉내 내는 것처럼 부자연스러운 어조였다. 루이스는 서진의 검은 눈동자를 한참 동안 응시했다. 어딘가 고집스러운 면모가 그가 알고 있는 누군가를 압도하는 것 같아서 매력적인 입술이 슬며시 양쪽으로 벌어졌다. 그는 이 작은 동양 소녀에게 사심이 생기는 것을 인정하지 않을 수 없었다.

"몇 살이지?"

"열여섯."

그가 이곳을 찾아온 목적은 단 한 가지였다. 그리고 분명했다. 그것은 강 박사를 만나는 것이었지 이 맹랑한 소녀의 나이 따위가 아니었다. 그럼에도 그는 질문 섞인 말을 이어나갔다.

"시체를 다루던데."

서진은 고개를 끄덕였다.

"아빠한테 의학을 배우고 있어요."

"시체 만지는 거 안 두려워?"

"시체가 어때서요."

서진은 대수롭지 않다는 듯 말하며 루이스를 직시했다.

"적어도 그들은 말이 없잖아요. 살아 있는 사람들은 아빠와 날 두려워하지만 그들은 안 그래요."

서진은 오래전 친구들을 떠올리려고 노력했다. 이제는 얼굴조차 가물거렸지만 그들이 보였던 냉대와 천시는 아직도 가슴에 박혀 있었다. 슬픔을 고스란히 내보이는 희미한 미소에 루이스는 이유 모를 고통을 느꼈다.

"사람들은 원래 자신들과 다른 삶을 살게 되면 배척부터 하려 들지."

서진은 여전히 루이스의 잿빛 눈동자를 직시하고 있었다. 그의 위로는 생각지도 않았지만 깊숙이 가슴에 박혔다.

"알아요. 그래서 더 의외였어요."

"뭐가?"

"아빠를 모셔가겠다고 누군가가 이곳을 찾아왔다는 거요."

검은 눈동자에는 여전한 호기심이 팽배했다. 루이스는 흑요석처럼 빛나는 서진의 눈동자에 눈을 뗄 수가 없었다.

"내게 묻고 싶은 게 많은 것 같은데."

기회를 얻은 서진은 주저하지 않았다.

"동료들은 어떤 분들이죠?"

"곧 만나게 될 거야."

"그 말은 그들이 이곳으로 올 수도 있다는 건가요?"

"그래."

"그들의 생각은 다를 수도 있잖아요."

"가령, 강 박사님에 대해서 자세히 알게 된다면?"

"네."

서진이 고개를 끄덕이자 루이스가 확신 있는 어조로 반박했다.

"그렇지 않을 거야."

"그들의 생각을 어떻게 확신해요?"

"그럼 이렇게 하지. 그들의 생각이 내 뜻과 같다는 데 내 전 재산을 걸겠어."

"자신감이 넘치네요. 하지만 그러다간 하루아침에 빈털터리가 될 수도 있다는 걸 명심하는 게 좋을 걸요."

서진의 맹랑한 말에 루이스는 재미있다는 듯 입술을 말았다.

"그런 일은 없을 거야."

"확신은 금물이라는 말 못 들어봤어요?"

"그들을 믿거든."

"믿음이란 건 한순간에 무너질 수도 있어요."

얼굴조차 모르는 그들이 갑자기 부러워서였을까, 아니면 경험으로 인한 진심이었을까. 서진은 평소의 그녀답지 않게 루이스의 말을 반박했다.

"새겨들을게."

다행히도 루이스는 그녀의 마음을 읽었다. 그보다 한참 어린 나이의 소녀가 한 말이었지만 그는 그녀가 했던 경험과 진심을 인정했다.

"하지만 그렇다고 해서 그들에 대한 내 믿음이 달라지는 건 아냐."

그의 확신 있는 어조에 서진은 자신이 그들을 부러워하고 있다는 사실을 인정해야 했다.

문득 궁금해졌다. 아빠와 함께 그를 따라갈 수 있게 된다면 그런 믿음과 신뢰를 자신도 받을 수 있을까. 아빠도 자신도 그에게 있어서 남은 믿음의 한 조각이 될 수 있을까. 그러자 갑자기 가슴 속 깊은 곳에서 이유 모를 두근거림이 느껴졌다.

낯선 감정이다. 오래전에 사라져버린 줄 알았던 불편한 감정. 그렇다고 나쁘지는 않았다. 서진은 루이스를 뚫어질 듯 바라보았다. 그녀의 시선을 마주하고 있던 루이스의 입술이 슬며시 곡선을 이루었다.

"왜 그런 표정으로 보는 거예요?"

"내가 어떻게 너를 보고 있는데?"

"지금 웃고 있잖아요."

"내가 그래?"

"네."

"그럼 이런 이유는 어떨까. 네 눈빛이 마음에 들어."

루이스의 뜻밖의 말에 서진은 갑자기 당황스러워졌다. 얼굴이 화끈 달아올라서 어쩔 줄 몰라 하던 서진이 대뜸 말했다.

"방법을 바꾸기로 한 거예요? 나한테 잘 보여서 아빠를 모셔가기로?"

루이스는 붉게 물든 서진의 얼굴을 보면서 쿡쿡 웃었다.

"고맙다는 말을 해야 되겠는 걸. 그런 방법이 있었는지 미처 몰랐거든. 어떻게 하면 네게 잘 보일 수 있는지 말해주겠어?"

돌연 루이스가 고개를 숙이는 바람에 두 사람의 얼굴이 가까워졌다. 서진은 그녀를 꿰뚫어 보는 것 같은 잿빛 눈동자에 빨려 들어가는 것 같은 착각이 들 정도였다.

기분이 이상했다. 몸에 전기가 흐르는 것처럼 찌릿찌릿 전율이 일었고 호흡이 가빠졌다. 당장이라도 고개를 돌려서 이상한 기분에서 풀려나고 싶었다. 하지만 그보다 계속 그의 잿빛 눈동자를 바라보고 싶은 욕구가 더 컸다.

"나도 히링튼 씨의 눈빛이 마음에 들어요. 이유는 모르겠지만."

질 수 없다는 듯 루이스의 말을 조금 바꾸어 인용한 서진은 황급히 말을 덧붙였다.

"배고프면 말해요. 대단한 건 없지만 샌드위치 정도는 대접해줄 수 있어요."

"맛은 보장해?"

"싫으면 말구요."

"아냐, 부탁해."

루이스는 사양하지 않았다. 사실 배가 고프지도 샌드위치가 당기지도 않았지만 거절하기에는 서진이 만든 샌드위치 맛이 너무 궁금했다.

늦은 오후, 서진은 현관문 밖으로 걸어 나왔다. 인적은 고사하고 주변 건물이라고는 하나 찾아볼 수 없는 땅은 여전히 척박하고 황량했다. 태양은 언제나처럼 하루의 일과를 마치고 서서히 땅속으로 사라지고 있었다.

붉은 조명 속에서 물든 거대한 땅은 언제나 마찬가지로 너무도 고요해서 누군가 방문했다는 사실이 착각이라 여겨질 정도였지만 집 앞에는 분명 낯선 자동차 한 대가 서 있었다. 우두커니 서서 루이스가 타고 온 자동차를 바라보고 있던 서진은 애초에 밖으로 나온 이유를 떠올리며 헛간으로 향했다.

히이이힝.

늙은 말은 서진이 다가서자 반가운 듯 소리를 냈다.

"나 왔어, 에이미."

에이미는 말의 평균 수명이 한참 전에 지난 늙은 말이었기 때문에 서진은 시간이 날 때마다 헛간에 들러서 상태를 살폈다. 그녀는 먹이 창고에서 건초와 당근을 꺼내 날랐다.

"많이 먹어. 무엇이든 가리지 말고 먹어야 기운이 나는 거야."

에이미는 그녀의 유일한 친구였다. 강 박사가 외진 곳으로 이사를 온 이후 에이미는 신원 불명의 시체들과 더불어 서진의 대화 상대였다.

"오늘 집에 손님이 왔어. 너도 알고 있니?"

히이힝.

"믿을 수 있는 의사가 필요하대. 그래서 아빠를 모셔가고 싶대. 그의 말대로 그의 동료들이 이곳을 찾아온다면 남은 건 아빠의 결정뿐이라는 건데……. 에이미, 넌 아빠가 어떤 결정을 내릴 것 같니? 아빠가 이곳을 떠날까? 아니면 끝까지 거절할까?"

서진은 에이미의 콧등을 쓰다듬었다. 에이미가 콧등으로 그녀의 손을 스윽 미는가 싶더니 이내 맛있는 먹이라도 남아 있는 양 긴 혀로 핥았다. 익숙한 위로에 서진은 들떠 있는 마음을 가라앉히고 낮은 한숨을 내쉬었다.

"그래, 알아. 이 결정은 아빠가 내려야 한다는 거. 하지만 나 말이야. 아빠가 어떤 결정을 내리든 미스터 히링튼한테는 고마울 것 같아."

"히이이힝?"

에이미는 마치 서진에게 묻기라도 하는 듯 소리를 냈다.

"왜냐면……. 그 사람이 아빠한테 기회를 주었으니까. 스스로 상처를 낸 건 생각지도 못했던 일이었어. 그 사건이 있었던 이후로 아빠한테는 그 사람이 첫 번째 환자라는 뜻이야. 아무도 아빠에게 치료받길 원하지 않았어. 환자에게 의사가 필요하듯이 의사에게는 환자가 있어야 해. 그래야 자신의 존재 가치를 느낄 수 있거든. 그러니까 그는 아빠가 의사로서의 사명감을 다시 찾을 수 있게 기회를 제공해 준 거야."

에이미가 커다란 눈동자로 그녀를 바라보았다. 그 눈은 마치 촉촉하게 젖어 있는 것처럼 보였다.

"아, 미안. 내 얘기만 하느라 깜박했다."

서진은 에이미의 비어 있는 먹이통을 다시 건초와 당근으로 채웠다. 에이미는 고개를 숙였고 먹이를 우적거렸다. 하지만 잠시 후 먹이를 먹던 에이미가 고개를 들어 서진의 뒤를 보았다.

"왜?"

뒤늦게 에이미의 커다란 눈동자가 누군가를 바라보고 있다는 사실을 깨달은 서진은 몸을 돌렸다. 인기척을 전혀 느끼지 못했건만 얼마 되지 않는 곳에 루이스 히링튼이 서 있었다. 그는 사라져 가는 해를 등지고 서 있었는데 그 모습은 마치 빛에 갇힌 그림자처럼 보였다.

“Shadow man.”

낮게 중얼거린 서진은 뚫어질 듯 루이스를 바라보았다. 그의 몸에 가려진 빛은 보이지 않는 직사광선이 되어 서진의 몸을 관통했다. 루이스가 좀 더 가까이 걸어오자 서진은 그의 그림자 속에 가려졌다.

어둠 속에 잠겨 있던 그의 모습이 서서히 드러나기 시작하면서 서진은 무언가 짜릿한 감각을 느꼈다. 감각의 근원이 무엇인지 알 수는 없었지만 빨라진 심장박동을 느낄 수는 있었다. 그를 바라보며 서 있던 서진은 마치 중력에 이끌리듯 그에게 걸어갔다.

“뭐 필요한 거 있어요?”

“아니.”

“왜 나왔어요?

“바람 좀 쐴까 해서.”

“답답했나 봐요?”

“조금.”

루이스도 서진을 향해 걸어왔다. 그가 거리를 좁혀 올수록 서진의 심장박동은 더욱 빨라졌다. 서진은 그가 칼로 그었던 옆구리를 바라보며 물었다.

“상처는 어때요? 아프지 않아요?”

루이스는 어설프지만 의사처럼 묻는 그녀가 귀여워서 자신도 모르게 웃고 말았다.

“왜 웃어요?”

"세상에서 가장 어린 주치의를 만난 것 같아서. 샌드위치 잘 먹었어."

"천만에요."

"솜씨가 좋던데."

루이스의 칭찬에 서진도 피식 웃었다.

"다행이네요."

"의료 기술도 대단한 것 같던데 요리도 잘하는 거야?"

"기대하게 해서 미안한데 샌드위치만 잘 만들어요."

서진의 말에 루이스는 재미있다는 듯 입술을 말았다. 그는 서진과의 대화가 즐거웠다. 그가 밖으로 나온 이유도 바로 그거였다. 방에서 동료들과 연락을 취한 이후로 줄곧 그는 창문을 통해서 서진을 바라보고 있었다.

늙은 말에게 먹이를 나르고 들리지는 않았어도 대화를 나누고 있는 게 확실해 보였던 서진은 그에게 흥미로운 대상이었다. 그는 서진의 뒤에서 먹이를 먹고 있는 말을 보며 물었다.

"친구?"

"네."

"소개해주겠어?"

"에이미예요."

루이스는 서진을 지나서 에이미에게 걸어갔다.

"안녕, 에이미. 만나서 반갑다."

인사를 건넨 그는 능숙한 동작으로 에이미에게 건초를 집어주고 갈기를 쓰다듬었다. 가장 좋아하는 먹이를 주어서인지 에이미는 전혀 경계심을 느끼지 않고 그를 따르며 눈까지 맞추었다. 하지만 서진에게 있어 놀라운 것은 그 이후였다. 에이미가 콧등으로 그의 손을 스윽 밀었다. 그리고는 이내 맛있는 먹이라도 되는 것처럼 긴 혀로 그의 손을 핥았다. 그것은 그녀와 에이미만 가능했던 교류였고 애정이었다.

"잘 다루네요. 혹시 키우고 있는 말이 있나요?"

루이스가 고개를 끄덕였다. 그는 여러 마리의 말을 소유하고 있었고 그중에서도 특히 자신의 애마인 스콧을 서진에게 소개시켜 주고 싶었다.

"기회가 되면 소개해줄게."

"에이미는 히링튼 씨가 마음에 드나 봐요."

루이스가 미소를 지으며 서진을 바라보았다. 마치 그 표정이 그럼 넌? 하고 묻는 것 같아서 서진은 그의 시선을 피하고 말았다. 이제 그의 시선이 어디를 향하고 있는지 모르는 상태에서 그의 말이 들렸다.

"내 동료들도 네 마음에 들 거다, 에이미."

서진은 곧바로 그 속에 함축되어 있는 의미를 파악했다.

"동료들과 연락했어요?"

"음."

가슴이 주체할 수 없을 만큼 두근거렸다.

"그들이 오기로 했군요."

루이스가 고개를 꺾어 서진을 바라보았다. 서진을 뚫어질 듯 바라보는 그의 시선은 거침이 없으면서도 한없이 부드러웠다.

"그래."

서진의 눈가가 희미하게 떨렸다. 그들이 온다 해서 모든 것이 확정

된 것은 아니었다. 강 박사가 어떤 생각을 하고 있는지도 몰랐고 그녀 역시 아직 이곳에 남을지 떠날지에 대해서 진지하게 생각해본 적도 없었다.

하지만 또 다른 누군가가 강 박사를 인정하고 찾아온다는 사실만으로 가슴이 벅차올랐다. 가슴 속 깊은 곳에서 피어난 기대감은 그녀조차도 예상하지 못했을 만큼 컸다. 서진은 머뭇거리다 그에게 말했다.

"히링튼 씨가 말한 대로 되었네요."

"그래."

"축하해요. 적어도 빈털터리가 될 일은 사라졌잖아요."

서진의 인사말에 루이스가 쿡쿡 웃으며 고개를 끄덕였다.

"그래."

"하지만 아직 결정 난 건 아니에요. 아빠가 남아 있으니까."

서진의 말에 루이스는 입술을 말았다. 상기된 두 볼 때문인지 서진은 처음 보았을 때보다 더욱 어려 보였다. 문득 루이스는 서진이 성 대신 이름을 불러주면 좋겠다는 생각이 들었다.

"넌 어때?"

"뭐가요?"

"이곳을 떠나고 싶은지 묻는 거야."

서진은 당장 그렇다고 말하고 싶은 충동을 참았다. 이곳은 그녀가 살기에는 너무나 외로운 곳이었다. 다만 아빠와 함께 있겠다는 일념으로 선택한 장소였다. 하지만 이곳을 떠나는 일은 처음 이곳에 왔을 때처럼 그녀는 아빠의 의견을 존중하고 따를 작정이었다.

"아빠 의견이 먼저예요."

입술을 말고 서진을 보던 루이스는 그들의 동료들이 이곳에 올 것이라고 했던 것처럼 확신 있는 어조로 말했다.

"난 반드시 박사님을 모셔갈 거야."

그 말은 마치 반드시 그녀를 데려간다고 말하는 것 같았다. 서진은 우두커니 서서 루이스를 올려다보았다. 그의 뒤에서 서서히 해가 지고 있었다.

이튿날.

루이스가 처음 찾아왔던 그날처럼 그들이 그녀 앞에 서 있었다. 서진은 루이스에게 얘기를 들었음에도 문 앞에 서 있는 여자와 두 명의 남자들이 다소 믿기지 않았다.

"안녕?"

아름다운 금발 미녀가 먼저 인사를 했다.

"네가 강 박사님의 딸이지? 만나서 반가워. 난 리아라고 해. 이쪽은 닉, 카일."

리아가 소개를 하자 닉과 카일은 서진을 향해 부드러운 미소를 지었다.

"안녕?"

"반갑다."

서진이 우두커니 서 있는 동안 그녀의 뒤에서 루이스가 다가왔다.

"손님들이 온 것 같은데?"

"아…… 들어오세요."

"고마워."

시체들만 오고 갔던 집 안에 살아 있는 사람들이 들어서자 황량했던 공간에는 저절로 활기가 차올랐다. 서진은 강 박사에게 루이스의 동료들이 찾아왔다고 알렸고 잠시 후 강 박사는 근심과 걱정이 서린 얼굴로 지하실에서 올라왔다. 강 박사가 말을 꺼내기도 전에 리아가 활짝 웃으며 먼저 다가갔다.

"안녕하세요, 박사님. 저는 리아라고 해요."

강 박사는 할 말을 잃은 채 리아가 내민 손을 바라보았다.

"제 손을 부끄럽게 만드실 건 아니죠?"

"아……."

리아의 쾌활함에 이끌린 듯 강 박사는 손을 잡았다.

"만나 뵙게 되어 영광이에요."

두 사람의 간단한 인사가 끝나자 이번에는 닉과 카일이 강 박사에게 인사했다.

"닉이라고 합니다."

"카일입니다."

그들 역시 주저하지 않고 강 박사에게 악수를 청했다.

"대체, 자네들은……."

강 박사는 말을 제대로 잇지 못했다. 서진은 강 박사의 눈동자가 흔들리고 있다는 것을 알았다. 그는 또 다른 방문객들의 출현에 진심으로 동요하고 있었다. 리아가 대표로 강 박사에게 말했다.

"저희는 루이스의 동료들이자 친구들입니다. 저희가 찾아온 이유는 이미 알고 계실 거예요. 저희에게는 강 박사님이 필요합니다."

"하지만 나는……."

"말씀하시지 않아도 돼요. 저희 모두 박사님에 대해서 알고 온 거예요."

리아는 대수롭지 않다는 듯 싱긋 웃으며 자연스럽게 강 박사의 팔에 팔짱을 꼈다. 갑작스러운 신체 접촉에 강 박사의 몸은 굳었지만 리아는 개의치 않았다.

"저희와 함께 가세요."

순식간에 강 박사의 눈시울이 붉어졌다. 강 박사는 서진을 바라보았다. 숨어 살다시피 외진 이곳에서 살아가고는 있었지만 딸을 생각하면 늘 미래가 막막했다. 그의 건강상태로 미루어 보아 언제까지나 이 척박한 땅에서 딸과 함께 있을 수는 없었다.

서진은 그에게 모든 결정을 맡기고 존중하겠다는 듯 말없이 고개를 끄덕였다. 서진이 강 박사의 말을 따르지 않았던 것은 단 한 번뿐이었다. 강 박사는 이곳으로 오기 전 서진을 사립학교로 보내려 했었다. 하지만 서진은 끝까지 강 박사의 곁에 있길 고집했다.

그럼에도 쉽게 결정을 내리지 못하고 있던 강 박사의 시선이 문득 그들을 지켜보고 있는 루이스에게 향했다. 일자로 굳어 있던 강 박사의 입술이 떨리며 벌어졌다.

"내가 감히 수락해도 될지 모르겠네."

그러자 루이스는 당연하다는 듯 선명한 목소리로 대답했다.

"모두, 기다리고 있습니다."

2장.
변화

1년 후.

투명한 창문을 통해서 스며든 밝은 빛은 더할 나위 없이 따뜻했고 아직 솜털이 남아 있는 서진의 맑은 볼을 간질였다.

"으음."

잠결에 뒤척이던 서진이 눈을 떴다. 허리를 세운 그녀는 옅은 미소를 지으며 기지개를 켰다. 크리스털처럼 투명한 유리와 깨끗한 벽지로 이루어진 공간은 시야가 탁 트일 만큼 넓었다. 게다가 창문 너머로 보이는 우거진 숲은 밖의 공기가 얼마나 맑고 깨끗할지를 보장해 주는 듯했다.

이제는 익숙해진 장소와 공간들.

서진은 또 다른 삶을 살고 있었다. 강 박사와 서진은 은둔 생활을 정리하고 루이스가 마련한 거처로 옮겼다. 그들이 생활을 하고 있는 집은 루이스의 사유지 안에 있었지만 그가 거주하고 있는 저택과는 별개의 장소였다.

2층 건물로 이루어진 현대적인 건물은 겉보기에는 일반가정집과 다를 게 없었다. 강 박사는 1층, 서진은 2층에서 주거를 하고 있었고 정해진 시간에 주기적으로 찾아오는 메이드가 청소와 식사를 담당했다. 그리고 서진은 특별히 고용된 가정교사를 통해서 정규과정을 습득했다.

하지만 지하에는 지상 위에서 벌어지는 일상과는 별개인 공간이 비밀리에 마련되어 있었다. 메이드와 가정교사 등 외부에 노출되어 있지 않은 지하 공간에는 웬만한 병원 시설이 그대로 갖추어져 있었고 그곳에서 강 박사는 서진의 의료수업을 지속했다.

서진은 침대에서 내려와 이를 닦고 세수를 했다. 잠옷을 벗고 평상복으로 갈아입은 그녀는 계단을 통해서 1층으로 내려왔다.

"일어났니?"

거실 테이블에서 신문을 보고 있던 강 박사가 웃으며 그녀를 반겼다.

"늦었구나."

"일요일이잖아요. 게다가 잠을 깨기에는 너무 행복한 꿈을 꾸고 있었거든요."

"무슨 꿈이냐고 물으면 대답해줄 거니?"

"아뇨, 비밀이에요."

"그럴 줄 알았다."

서진이 함구하자 강 박사도 더는 알려고 하지 않았다.

"아침 먹으렴. 준비되어 있을 게다."

"아빠는요?"

"난 먼저 먹었다."

"음, 그럼 잠깐 에이미한테 다녀올게요. 그래도 되죠?"

"그래."

이곳으로 이사 오면서 여러 가지 변화가 있었지만 그중에서 가장 큰 변화는 서진이 눈에 띌 만큼 밝아졌다는 사실이었다. 하긴 그럴 만도 했다. 친구라고는 시체와 에이미가 전부였던 서진에게 여러 명의 새로운 친구들이 생겼기 때문이다.

이곳으로 이사 온 지 얼마 되지 않았지만 서진은 루이스는 물론이고 리아와 닉, 그리고 카일과 자연스럽게 친해졌다. 물론 그것은 강 박사도 마찬가지였다.

모두가 두려워했던 두 사람을 그들이 두려워하지 않았기 때문에 가능한 일이었다. 그들은 강 박사가 필요했다고 말했지만 오히려 그들이 모두에게 버림받았던 두 사람을 구원해준 셈이었다.

의사로서 인간으로서 그리고 사회의 구성원으로서. 강 박사는 미소를 지으며 딸의 뒷모습을 바라보았다.

집을 나와 마구간으로 향하던 서진은 잠시 걸음을 멈추었다. 그녀는 저택을 바라보았다. 외국 일정 때문에 루이스가 집을 비운 상태라는 것은 알고 있었지만 이렇게 저택을 바라보는 일은 그녀의 버릇이었다.

"루이스."

서진은 나지막한 목소리로 그의 이름을 불렀다. 그가 보고 싶었다. 회색빛 눈동자, 매력적인 목소리가 그리웠다.

"에이미, 나 왔어."

히이이힝.

서진이 마구간 안으로 들어서자 에이미가 그녀를 반겼다.

"잘 잤니?"

평소와 다름없이 인사를 건넨 서진은 먹이를 가져와 에이미에게 주었다. 사유지 안에는 루이스가 소유한 여러 마리의 말들이 생활하고 있는 마구간이 있었지만 에이미는 서진의 집 근처에 마련된 장소에서 예전처럼 서진이 직접 관리하고 있었다.

"많이 먹어."

서진은 걱정스러운 시선으로 에이미의 갈기를 부드럽게 어루만졌다. 에이미는 말의 평균 수명을 이미 넘긴 늙은 말이었다. 그래서 갈수록 먹는 양이 부쩍 줄어들어서 그녀를 걱정하게 만들었다. 호흡소리도 꽤 거칠었고 입 냄새도 심했다.

거주지를 옮기면서 새로운 친구들이 생기긴 했지만 오랜 시간을 함께 해온 만큼 에이미는 그녀의 가족이자 마음을 터놓을 수 있는 친구였던 것이다.

걱정스러운 얼굴로 에이미를 보고 있는데 누군가 마구간 안으로 들어오는 소리가 들렸다. 서진이 시선을 돌리자 그곳에 루이스가 서 있었다.

"루이스! 언제 돌아왔어요?"

"어젯밤에."

"일은 잘 끝났어요?"

"응."

"나 여기 있는 거 어떻게 알았어요?"

"강 박사님 먼저 뵙고 나오는 길이야."

"아, 그랬구나."

"배 안 고파? 아침 식사 전이라고 들었는데."

"늦잠 잤거든요."

서진의 말에 루이스의 입술이 부드럽게 말렸다.

"이곳 생활이 불편하지는 않은 것 같아 다행이야."

"맞아요. 나 여기 엄청 편하고 좋아요."

"다행이네."

루이스가 미소를 지으며 서진에게 작은 상자를 하나 내밀었다.

"뭐예요?"

"선물."

서진은 설레는 마음으로 작은 상자를 집었다.

"열어봐."

뚜껑을 열자 흑진주가 박혀 있는 심플한 디자인의 목걸이가 그녀를 반겼다.

"와, 예뻐요."

"네 눈동자랑 어울릴 것 같아서."

루이스의 말에 서진은 활짝 웃었다.

"내 생각했어요?"

"조금."

"치. 이왕 하는 거 많이 해주면 더 좋잖아요?"

서진이 투덜거리자 루이스는 즐거운 듯 물었다.

"마음에 들어?"

"네, 걸어줄래요?"

"음."

서진은 루이스에게 목걸이를 건네주고 뒤돌아섰다. 목에 와 닿은 체인의 느낌은 시원했고 살짝 닿았던 루이스의 손끝은 따스했다.

"됐어요?"

"응."

착용이 끝났다는 말에 서진은 천천히 몸을 돌렸다.

"어울려요?"

"음."

"내 생각을 조금만 했다는 건 조금 얄밉지만 고마워요, 루이스."

서진은 싱긋 웃으며 재빨리 루이스의 볼에 입을 맞추었다. 예상하지 못했던 서진의 돌발적인 행동에 루이스는 기분이 묘했다. 그는 태연함을 가장했지만 서진을 빤히 바라보는 것이 괜히 어렵게 느껴졌다. 루이스는 에이미에게 다가갔다.

"너도 잘 지냈니?"

하지만 그의 인사말과 다르게 에이미는 한눈에 보기에도 쇠약해 보였다. 사실 애써 내색을 하지는 않았지만 말의 평균 수명을 훌쩍 넘긴 에이미에게 점점 운명의 시간이 다가오고 있다는 것은 부정할 수 없었다. 그것을 잘 알고 있기에 서진은 나름대로 최선을 쏟아붓고 있는 중이었고 루이스도 그 사실을 잘 알고 있었다.

"걱정이에요. 최근 들어 먹는 양이 부쩍 줄었어요."

서진이 어두운 표정을 지으며 루이스 옆에 와 섰다. 서진에게 에이미가 어떤 존재인지를 잘 알고 있었기 때문에 그도 걱정이었다. 하지만 죽음이라는 것은 걱정을 한다 해서 사라질 수 있는 것이 아니었다. 루이스는 에이미의 머리를 쓰다듬어주고 서진을 바라보았다.

"그만 들어가. 식사해야지."

"네."

루이스와 서진은 함께 마구간을 나왔다.

"저택으로 갈 거예요?"

"음."

"힘든 일정을 소화했을 텐데 오늘 하루는 푹 자요. 잠이 보약이거든요."

"그래."

루이스는 서진의 말을 받들겠다는 듯 고개를 끄덕였다.

"들어가."

"네."

서진은 루이스에게 한쪽 손을 들어보이고는 몸을 돌려 집으로 향했다. 하지만 곧 다시 방향을 틀었고 조금 거리를 벌린 상태에서 루이스를 바라보았다. 그는 여전히 같은 자리에 서 있었다.

"루이스?"

"음?"

"한 가지 부탁해도 되나요?"

"말해."

"에이미…… 떠날 때 함께 있어줄래요?"

루이스의 시선이 마구간으로 향했다. 할 수만 있다면 에이미를 영원히 서진과 함께 할 수 있도록 지켜주고 싶었다. 하지만 그럴 수 없다는 것을 잘 알고 있었다. 루이스는 씁쓸한 미소를 지으며 말없이 고개를 끄덕였다. 그는 그렇게나마 서진을 안심시켜줄 수밖에 없었다.

한 달 후, 홍콩.

빡빡한 투자 일정을 마치고 호텔로 돌아온 루이스는 옷을 갈아입기 위해서 셔츠를 벗었다. 그의 앞에 놓인 거대한 전신거울은 수년간 엄격한 운동과 훈련을 통해 다져진 근육들과 탄탄한 복부를 눈이 부실 정도로 드러냈다.

순간 잿빛 눈동자가 허리 부근의 흉터로 향했다. 그 흉터는 그가 강 박사 앞에서 칼로 그었던 것으로 시간이 지난 만큼 완전하게 아문 상태였다. 하지만 흉터를 보고 있노라니 강 박사가 아닌 서진이 생각났다. 그는 투자 일정으로 홍콩을 방문했음에도 불구하고 사사건건 불쑥불쑥 떠오르는 누군가로 인해 좀처럼 집중하지 못했던 자신을 인정했다.

시체를 자유자재로 다루던 섬세한 손길, 독특한 억양의 목소리, 강한 척하지만 상처를 쉽게 드러내는 성격.

하지만 생각은 거기에 국한되지 않고 더욱 세밀하게 확장되었다.

솔직한 성격처럼 맑고 투명한 검은 눈동자, 작지만 오뚝한 코, 누구에게도 지고 싶지 않다는 듯 종알거리는 입술, 아직 어린아이처럼 연약하고 매끄러운 피부.

그 모든 것들이 모여 형상화된 것처럼 그는 거울 속에서 서진의 모습을 보고 있었다. 그녀를 생각하고 있노라면 직접 얼굴을 보고 그 실체를 느끼고 싶은 충동이 일어났다. 홍콩 일정은 아직 일주일 넘게 남아 있었다. 루이스는 낮은 한숨을 내쉬며 테이블에 놓여 있던 휴대전화를 들었다.

[나 서진이에요. 아빠한테 홍콩에 갔다는 말 들었어요. 가기 전에

얼굴 보았으면 좋았을 텐데요. 사유지가 넓어서 그런 건지 아니면 바빠서 그런 건지 같은 곳에 살고 있으면서도 만나는 일이 드무네요. 잘 다녀오란 말 못해서 연락한 거예요, 아쉬워서. 메시지를 확인할 때면 홍콩에 있겠네요. 다들 홍콩은 야경이 아름답다고 하던데 너무 일만 하지 말고 가끔은 창밖의 여유도 즐겼으면 좋겠어요. 그럼, 이만 끊을게요.]

그가 미국을 떠나 홍콩에 도착하던 날 서진이 남긴 음성 메시지였다. 몇 번이고 반복해서 들은 음성이었건만 새로움이 느껴지는 것을 보면 분명 문제가 있었다. 그는 아무리 생각해봐도 어이가 없다는 표정을 지으며 고개를 들었다.

사실 서진에게 전화를 할 수도 있었지만 그는 그렇게 하지 못하고 있었다. 왜 그럴까 생각을 하다 보면 머리에 쥐가 날 지경이다. 신경질적으로 머리카락을 쓸어 올린 그는 전화를 노려보다 결심을 한 듯 통화 버튼을 눌렀다. 일정한 신호음이 들리고 서진이 전화를 받기까지 짜릿하고 낯선 긴장감이 감돌았다.

–네.

하지만 상대는 서진이 아니었다. 잿빛 눈동자가 가늘게 변했다. 루이스는 전화를 받은 상대의 음성이 서진이 아니라 강 박사라는 것을 인식했다.

“접니다, 박사님.”

–그래, 알고 있네.

서진이 전화를 받지 않은 것도 그렇고 평소와 다르게 낮고 묵직한 강 박사의 음성도 그렇고 루이스는 심상치 않은 불길함을 감지했다.

"무슨 일 있습니까?"

–에이미가 숨을 거두었네.

"그게 언젭니까?"

–이틀 전이네.

서진에게 있어 에이미가 어떤 존재인지를 알고 있었기에 루이스의 얼굴은 어둡게 굳었다. 또한 약속했던 대로 함께 해주지 못했다는 사실에 마음이 아파왔다.

"서진은 괜찮습니까?"

–내내 잠을 자지 못했어. 열이 있어서 걱정했는데 이젠 좀 나아졌네. 약 먹고 좀 전에 겨우 잠들었어. 너무 걱정은 하지 말게. 서진이가 힘들어하는 동안 카일이 곁에 있어주었네. 어쨌든 서진은 잘 이겨낼 거야.

"네."

–자네는 별일 없나?

"네."

–그래, 서진이 깨어나면 연락이 왔었다고 전해 주겠네.

통화를 마친 루이스는 긴 한숨을 내쉬었다.

"빌어먹을……."

가슴속 깊은 곳에서 통증이 일었다. 힘들고 슬플 때 곁에 있어주지 못하는 자신에게 화가 치밀어 올랐다. 이마 위로 흘러내린 머리카락을 쓸어 올린 그는 다시 창밖을 노려보았다.

며칠 후, 귀국한 루이스는 곧장 강 박사의 집으로 향했다. 그는 1층을 통하지 않고 곧장 지하와 연결되어 있는 별개의 문으로 강 박사를 만났다. 강 박사는 서진과 의료 수업을 하기 위해서 필요한 리스트를 작성하고 있었다. 루이스가 가까이 다가서자 그제야 강 박사가 고개를 들었다.

"지금 돌아온 건가?"

"네."

"예정일보다 일찍 왔군."

"그렇게 됐습니다."

"다행이란 얘기였네. 그동안 말은 안 했지만 자네는 너무 많은 일을 하고 있으니까."

"불편하신 곳은 없습니까?"

언제나처럼 루이스는 강 박사의 컨디션을 가장 먼저 챙겼다.

"난 괜찮네."

"서진과의 수업 시간을 늘렸다는 말을 들었습니다."

"내 걱정하지 말게. 다 컨디션을 조절해서 하는 거니까. 수업 시간을 늘린 것은 사실이야. 지금으로서는 서진에게도 그게 차라리 좋을 것 같아서 그리하고 있네."

"박사님께서 무리하실 필요는 없습니다."

"아니, 서진 때문만은 아니야. 예상하고 있었던 일이긴 했지만 에이미가 숨을 거두니 문득 나 역시 갑작스러운 상황에 대비를 해두어야겠다는 생각이 들었을 뿐이네."

"그런 말씀은 사양하겠습니다."

"말은 고맙지만 누구든 앞날은 예측할 수 없는 거네. 그러니 미리 대비해놓는다고 해서 나쁠 건 없지. 서진은 의학적인 소질이 다분한 아이네. 내 딸이어서 괜한 말을 하는 게 아닐세. 정식 코스를 밟은 건 아니지만 언젠가는 나를 대신해서 자네들에게 힘이 되어줄 거야. 어쩌면 그 아이가 정식 의사가 아니라는 것이 오히려 자네들에게 도움이 될 수도 있을 테고. 서진은 아직 이 모임에 대해서 자세하게 알지는 못하지만 진실을 알게 된다 해도 기꺼이 이 일을 맡고 싶어 할 거야. 나 또한 언젠가 내가 자리를 비우게 된다면 그 애가 이 일을 맡아주길 바라네."

강 박사가 루이스를 바라보며 온화한 미소를 지었다. 은둔자로서 생활했던 동안에는 볼 수 없었던 편안한 표정이었다. 강 박사 역시 루이스를 믿고 의지하고 있었다. 또한 리아와 닉, 카일에 대한 감정도 마찬가지였다. 짧은 시간이었지만 강 박사는 그들을 가족처럼 여기고 있었다.

"말이 나온 김에 자네에게 부탁할 게 있어."

"네."

"만약 서진이 성인이 되기 전에 내게 문제가 생긴다면 자네들 중에서 누군가가 그 애의 후견인이 되어주었으면 해."

"누구든 박사님의 뜻을 존중할 겁니다. 하지만 그전에 그런 일이 발생하는 것을 누구도 바라지 않을 겁니다."

루이스의 말에 강 박사가 입술을 말았다.

"자네들의 마음을 알아. 하지만 아까도 말했듯이 사람의 앞날이란 것은 누구도 예측할 수 있는 게 아니지 않은가."

어떤 대답도 없는 루이스와 달리 강 박사는 웃으며 책상 위에 놓여 있는 서진의 사진을 바라보았다. 사진 속의 서진은 지금보다 훨씬 어렸고 바라만 보고 있어도 기분이 좋을 만큼 활짝 웃고 있었다.

"아직 힘들어하고 있지만 그래도 해야 할 일은 미루지 않고 열심히 하고 있다네. 누가 서진을 맡게 되더라도 실망시키지 않을 거야."

"네."

"지금쯤 호숫가에 있을 거야. 보고 가겠나? 자네가 돌아온 걸 알면 기뻐할 거야."

"그렇게 하겠습니다."

"고맙군."

강 박사와의 대화가 끝나고 루이스는 건물을 나와 호숫가로 향했다.

눈물이 날 정도로 날씨가 좋았다. 하늘은 높고 푸르렀다. 간간이 불어오는 바람도 시원했다.

서진은 호숫가 잔디밭에 무릎을 세우고 앉아 있었다. 촉촉이 젖은 눈가와 볼에 흘러내린 눈물 자국은 방금 전까지 그녀가 울고 있었다는 증거였다.

멍하니 호수를 바라보고 있었던 서진이 누군가의 기척을 느낀 것은 긴 그림자가 가까운 곳에 드리웠을 때였다.

서진은 고개를 들었다. 시야에 들어온 것은 조금 떨어진 거리에서 그녀를 바라보고 있는 루이스의 모습이었다. 반듯한 이마 위로 흘러내린 머리카락 때문에 그는 어딘가 평소의 이미지와는 조금 달라 보였다.

"루이스?"

서진은 자리에서 일어났다. 루이스가 서진과의 거리를 완전히 좁혀서 다가왔다. 두 사람은 잠시 서로를 바라보았다. 바람이 불어와 두 사람의 머리카락을 흔들었다. 루이스는 손을 들어 서진의 얼굴 위로 흘러내린 머리카락을 귀에 꽂아 주었다. 촉촉하게 젖은 눈이 그의 가슴을 아프게 했다.

"에이미가…… 떠났어요."

"들었어."

"조금은 더 함께 있을 줄 알았는데 그러지 못했어요."

"아니, 넌 최선을 다했어."

서진의 눈에서 눈물이 흘러내렸다. 숨죽여 울고 있는 서진을 루이스는 가만히 안아주었다. 미세하게 흔들리는 어깨는 그가 생각했던 것보다도 더욱 연약했다.

"미안해. 함께 있어주지 못해서."

그는 서진에게 사과했다.

"아니에요."

서진은 고개를 저었다. 그래도 눈물은 계속해서 흘렀다. 그렇게 서진은 루이스의 품에 안겨 에이미를 떠나보내기 위한 눈물을 마음껏 흘렸다.

서진이 안정을 되찾았을 때는 제법 시간이 지나 해가 뉘엿뉘엿 지고 있었다. 루이스와 서진은 반쯤 사라진 태양을 마주한 채 나란히 앉아 있었다.

"루이스."

"음."

"피곤하지 않아요?"

"괜찮아."

"곧 어두워질 거예요. 그만 가요."

서진은 작은 한숨을 내쉬며 자리에서 일어났다.

"함께 가고 싶은 곳이 있는데."

"어디를요?"

서진이 묻자 루이스는 희미한 미소를 지으며 손을 잡았다.

"가보면 알아."

루이스는 서진을 그의 자동차에 태웠다. 잠시 후 그들이 향한 곳은 루이스의 마구간이었다. 차에서 내린 서진은 루이스의 손에 이끌려 마구간 안으로 들어갔다. 이전에도 종종 와 본 곳이었기 때문에 루이스의 애마인 스콧을 비롯한 이미 눈에 익숙한 말들이 그녀 앞에 서 있었다.

"여기에는 왜 온 거예요?"

"소개해줄 녀석이 있어."

루이스는 서진을 데리고 안으로 들어갔다. 그리고 루이스가 걸음을 멈추었을 때 서진은 처음 보는 말 앞에 서 있었다.

"이 녀석이야."

히이히힝.

울타리를 사이에 두고 눈처럼 하얀 말이 소리를 내며 두 사람을 빤히 바라보았다. 하얀 털에 대조되는 크고 검은 눈동자를 보고 있노라니 문득 오래전 에이미의 모습이 생각났다.

"닮았어요……. 에이미랑."

"에이미의 후손이야."

놀란 서진은 상기된 얼굴로 루이스를 바라보았다.

"그게 정말이에요?"

서진이 묻자 루이스가 고개를 끄덕였다.

"어떻게 찾았어요?"

"유전자 감식. 협회에 기록되어 있는 말들의 유전자가 유용하게 작용했어."

루이스의 말을 들은 서진의 가슴은 터질 것처럼 두근거렸다. 마치 에이미가 다시 살아오기라도 한 것처럼 기뻤다. 서진의 눈동자가 크게 흔들렸다.

"만져 봐도 돼요?"

"물론."

루이스가 고개를 끄덕이자 서진은 조심스럽게 말에게 다가갔다. 서진은 천천히 말의 콧등을 쓸어주었다. 숨을 거두고 차갑게 굳어갔던 에이미의 몸에 다시 피가 돌고 온기가 느껴지는 것 같아서 손끝에서 전율이 일었다.

"안녕? 만나서 반가워. 너…… 정말 멋지구나. 그리고 따뜻해."

히이이힝.

서진의 칭찬을 알아듣기라도 하듯 말은 순하게 굴었다.

"난 강서진이야. 넌 이름이 뭐니?"

서진의 말에 루이스가 대답했다.

"아직, 이름은 없어."

"안타까운 일이네요."

"네가 지어줘."

루이스의 말에 서진은 두 눈을 동그랗게 떴다.

"내가요?"

"그래. 앞으로는 네가 이 말의 주인이니까."

"그게 무슨 말이에요?"

"선물이야."

"하지만……."

뜻밖의 말에 서진이 당혹스러워하자 루이스가 재빨리 덧붙였다.

"에이미 대신 잘 돌봐 달라고 부탁하는 거야. 할 수 있지?"

"정말 내가 그래도 돼요?"

루이스가 당연하다는 듯 고개를 끄덕였다.

"우선 이름부터 지어주자. 계속 이 녀석이라고 부를 수만은 없으니까."

"네."

"참고로 수컷이야."

순간 서진의 머릿속에 뭔가 스쳐 지나갔다.

"아서, 아서라고 부를래요."

루이스가 입술을 말며 고개를 끄덕였다.

"멋진 이름인데?"

이이이힝.

말도 이름을 가지게 된 것이 기쁜지 소리를 내었다.

"아서가 기뻐하는 것 같은데? 좋은 주인을 만나서."

"하지만 난 아직……. 무슨 말을 해야 할지 모르겠어요."

서진이 여전히 당혹스러워하자 루이스가 웃으며 말했다.

"타 봐."

"지금요?"

"그동안 갇혀만 있어서 아서도 갑갑할 거야."

루이스는 울타리를 내리고 안으로 들어가 아서의 등 위에 안장을 올렸다. 곧 아서는 루이스에게 이끌려 훈련을 잘 받은 말답게 얌전히 우리 밖에서 나왔다. 서진은 앞에 서 있는 아서를 멍하니 바라보았다.

"기다리고 있잖아."

망설이던 서진은 결국 루이스의 도움을 받아 아서 등 위에 올라탔다. 서진은 몸을 숙이고 아서의 긴 목을 토닥여주었다. 서진이 자리를 잡자 루이스는 고삐를 잡고 마구간 밖으로 나갔다.

어느새 해가 져 버린 어두운 하늘이 서진의 머리 위로 펼쳐졌다. 일찍 치장을 마친 별들은 아름다운 보석처럼 희미한 어둠 속에서 반짝였다. 서진은 미소를 머금고 루이스를 바라보았다.

"같이 타요."

루이스가 빤히 서진을 바라보았다.

"아직 어색해서 그래요."

루이스가 웃으며 단숨에 아서 등 위로 올라와 앉았다. 서진은 등 뒤에서 느껴지는 루이스가 더할 나위 없이 좋았다.

"추워?"

"아뇨."

서진은 긴장했던 몸에서 힘을 빼고 루이스에게 몸을 기댔다. 루이스는 크고 따뜻하고 포근했다. 에이미가 세상을 떠나고 생채기처럼 남아 있던 마음의 상처들이 치유되는 것 같았다.

하지만 그 이상으로 서진은 떨렸다. 가슴이 터질 것처럼, 북처럼 울려대는 심장 소리가 루이스에게 들릴 것 같아서 숨을 쉬기가 어려웠다. 귓가에서 느껴지는 루이스의 숨결과 사향을 닮은 체향이 그녀를 감싸자 서진의 얼굴은 붉게 물들었다.

아서는 루이스와 서진을 태우고 경쾌한 발걸음을 시작했다. 말발굽이 울리는 소리가 점점 빨라지면서 루이스는 속도를 높였다. 귓가를 스치는 바람소리 속에서 루이스의 호흡은 조금 거칠어졌다.

잠시 후 그들이 도착한 곳은 서진이 울고 있었던 호숫가였다. 아서가 잠시나마 쉴 수 있도록 두 사람은 잔디 위로 내려왔다. 은은하게 흘러내리는 달빛 아래에서 루이스와 서진은 호흡을 가다듬었고 서로를 마주보았다.

"고마워요."

어느덧 슬픔을 이겨낸 서진은 루이스를 바라보며 희미하게나마 웃고 있었다. 상기된 두 볼 아래에서 행복한 듯 곡선을 이루고 있는 입술을 보고 있노라니 루이스는 마법에 걸린 듯 가슴이 두근거렸다. 이곳을 떠나 있을 때 그토록 만지고 싶었던 서진의 실체가 바로 그 앞에 있었다.

루이스는 천천히 한숨을 내쉬었다. 서진은 그가 쉽게 정의 내릴 수 없는 신비스러운 존재였다. 언젠가 볼에 닿았던 서진의 입술이 야기했던 느낌을 그는 지금도 기억하고 있었다.

희미하게 남아 있는 눈물 자국이 가까이 서 있는 탓에 보였다. 그의 긴 손가락이 서진의 부드러운 볼을 어루만졌다. 그들 주위에는 아무도 없었지만 루이스는 서진만 들을 수 있는 목소리로 말했다.

"난 네가 웃는 모습이 좋아."

서진은 조심스럽게 루이스를 바라보았다. 어느새 그의 손가락은 서진의 입술을 만지고 있었다.

"네가 웃고 있으면 나도 즐거워."

"루이스."

서진의 입술이 떨리는 건지 그의 손이 떨리는 건지 알 수는 없었다. 살며시 벌어진 입술을 보고 있노라니 루이스는 이전에는 한 번도 느껴보지 못했던 갈증이 일었다. 타들어가는 육체를 식힐 수 있는 샘물이 그곳에 존재할지 궁금했다.

그는 천천히 고개를 숙였다. 두 개의 입술은 조심스럽게 하나가 되었다. 쪼는 듯 입술이 부드럽게 부딪혔다. 생전 처음 느껴보는 달콤함은 그의 이성을 완전하게 마비시켰다. 그는 완전하게 닫히지 않은 작은 입술을 벌리고 혀를 밀어 넣었다. 촉촉하고 달콤한 향이 전신에 퍼져 나갔다.

혀를 밀어 넣었다 해도 입맞춤에 가까운 키스였다. 하지만 뜨거운 열기는 독과 같은 불이 되어 욕망을 부추겼고 본능적이고 원시적인 욕망은 순식간에 고개를 들었다.

다리 사이가 돌처럼 단단하게 굳어지자 루이스는 비로소 정신을 차렸다. 마비되었던 이성이 해일과 같은 채찍이 되어 그를 후려쳤다. 루이스는 황급히 입술을 뗐다.

그는 성인이었지만 서진은 아니었다.

그는 성인이었지만 서진은 미성년자였다.

그는 어떤 이유로도 그녀에게 욕망을 가져서는 안 되는 존재였다. 에이미를 떠나보낸 서진의 슬픔을 이용한 꼴이었다. 루이스는 자신이 저지른 죄를 인정하면서 뒤로 물러났다. 그는 몽롱한 시선으로 자신을 바라보고 있는 순진하고 어린 서진의 얼굴을 바라보면서 자신을 저주했다.

"……루이스?"

서진이 그의 이름을 불렀다. 하지만 그가 스스로 벌린 거리를 다시 돌이킬 수는 없었다.

"말에 타. 데려다 줄게."

루이스는 그의 욕망을 감추며 무뚝뚝한 음성으로 말했다.

그날 이후 루이스는 서진과의 사이에 벽을 쌓기 시작했다. 그는 작정이라도 한 듯 일에 파묻혀 지냈다. 표면적으로 드러나는 일들로 인해서 바쁘다는 것은 핑계에 불과했지만 그렇게나마 그는 서진을 고의적으로 피했다. 루이스는 최대한 저택에 머무르는 시간을 줄였고 가급적 서진이 외출을 하였거나 수업이 있는 시간을 이용해서 강 박사를 방문했다.

"불편하신 곳은 없습니까?"

"잘 지내고 있네."

루이스는 이전과 마찬가지로 강 박사의 의견을 존중하였고 조언을 적극적으로 수렴하였다. 또한 강 박사의 건강 상태에 대해서 항상 염려하였다. 하지만 그는 서진과 연결된 대화는 되도록 피했다.

"가보겠습니다."

"그래."

강 박사와의 대화가 끝나면 루이스는 서진의 존재는 모른다는 듯 미련 없이 떠났다. 간혹 건물 밖으로 나온 그가 발걸음을 멈추고 서진의 방을 바라보는 일이 발생하긴 했지만 그게 전부였다. 그렇지만 언제까지나 그의 의도대로 이루어지진 않았다. 어느 날 그의 뒤에서 서진의 목소리가 들려온 것은 분명 예기치 않은 일이었다.

"안녕, 루이스."

루이스의 눈빛이 가늘어졌다. 우두커니 서 있던 그는 목소리가 들려온 방향으로 시선을 돌렸다. 그를 향해서 서진이 걸어오고 있었다.

루이스는 본능적으로 서진을 훑었다. 그동안 고의적인 이유로 마주치지 못한 사이 서진은 꽤 자라 있었다. 성숙해진 만큼 얼굴의 윤

곽도 이전보다 또렷했고 몸도 여성스러운 굴곡을 이루고 있었다. 하지만 그렇다 해도 서진은 여전히 어렸다. 그가 저질렀던 실수가 떠올라서 입술이 일자로 굳었다.

"오랜만이에요. 아빠, 만났어요?"

"그래."

서진의 물음에 루이스는 고개를 끄덕였다.

"같은 사유지 내에서 이런 말을 하는 게 우습긴 하지만, 그동안 잘 지냈어요?"

기분이 씁쓸했다. 서진의 말대로 같은 사유지 내에서 살면서도 안부를 물어야 할 정도로 그들은 마주친 적이 없었다. 그리고 그것은 전적으로 그의 탓이었다. 서진을 바라보고 있던 루이스가 감정 없는 어조로 물었다.

"수업은?"

"취소했어요."

서진이 어깨를 으쓱했다.

"왜?"

"확인하고 싶은 게 있었거든요."

서진의 검은 눈동자가 루이스의 잿빛 눈동자를 직시하며 물었다.

"저택으로 가는 건가요?"

"그래."

"바빠요?"

"음."

"그럴 줄 알았어요. 아마도 내가 아는 사람들 중에서 가장 바쁜 사람이겠죠. 그래도 난 상관없어요. 우리 얘기 좀 해요."

서진은 단도직입적으로 말했다. 루이스는 서진의 표정에서 결코 물러나지 않겠다는 의지를 읽었다. 그는 낮게 한숨을 내쉬며 말했다.

"좀 걸을까?"

"좋아요."

루이스는 서진과 일정한 거리를 유지한 채 묵묵히 앞을 보며 걸었다. 서로를 의식해 걷다 보니 두 사람은 호숫가 방향으로 향하고 있다는 것을 잊고 말았다. 걸음을 멈추었을 때 그들은 잔잔한 수면의 검은 호수 앞에 서 있었다.

그날과 같은 달빛을 받으며 서진은 그와 함께 했었던 기억을 떠올렸다. 에이미를 잃은 슬픔을 그로 인해 치유할 수 있었고 함께 아서를 탔다. 그리고 그는 그녀에게 키스했다. 위로의 의미였겠지만 그때의 입맞춤은 서진에게 날카롭게 각인되어 있었다.

서진은 지금도 그 순간을 잊을 수가 없었다. 그의 혀가 입술을 조심스레 벌리고 들어왔을 때 서진은 아무것도 생각할 수 없었다. 세상에 오직 그와 그녀만 존재하는 것 같은 느낌이 너무나 황홀해서 꿈을 꾼 것만 같았다.

하지만 그날 이후로 루이스는 변했다. 그와 마주치는 일이 현저하게 줄어들더니 언젠가부터는 얼굴조차 볼 수가 없었다. 그리고 지금 바로 그녀 옆에 서 있는 그는 냉랭하다 싶을 정도로 차가웠다. 그날, 느꼈던 온기와 향기가 아직도 생생하건만 지금의 루이스를 바라보고 있노라면 정말 꿈을 꾸었던 것은 아닐까 착각이 일 정도였다.

"얼마 전에 아빠가 이제라도 학교에 다니는 것이 어떻겠냐고 물으셨어요."

담담하게 말문을 연 서진이 곧바로 덧붙였다.

"갑자기 왜 그런 말씀을 하시는 걸까 궁금했어요. 그래서 물었고 당신이 제안했다고 하셨어요. 사실이에요?"

"그래."

"왜요?"

"그러는 게 네게 좋으니까."

"그럼 지금 대답할게요. 난, 학교에 다닐 생각 없어요."

"갇혀 있는 것은 좋지 않아."

"갇혀 있다고 생각한 적 없어요."

서진의 완강한 말에 비로소 루이스가 서진을 바라보았다. 자신을 뚫어질 듯 바라보고 있는 루이스의 차가운 잿빛 눈동자를 받아내면서 서진은 오히려 평온함을 느꼈다.

그것은 온전히 아서를 선물 받았던 그날 이후로 좀처럼 루이스와 눈을 마주하며 대화를 나눌 기회가 없었던 탓이었다. 분명 그는 갑자기 이 세상에서 가장 바쁜 사람이 되기로 작정이라도 한 사람처럼 굴었다. 출장과 야근이라는 갖가지 명목으로 저택에 머무르는 시간도 거의 없었다.

또한 정기적으로 강 박사를 방문했음에도 그가 그녀를 만나기 위해서 시간을 할애해주는 경우는 일절 없었기 때문에 더욱 그러했다.

"후회해요?"

서진의 물음에 루이스의 미간이 미세하게 움직였다.

"날 이곳으로 데려온 거요. 아빠를 모셔 오기 위해서 난 어쩔 수 없는 존재였던 건가요?"

"왜 그런 생각을 하지?"

"날 다른 곳으로 보내려고 하니까요."

사실 서진의 입장에서는 루이스에게 묻고 싶은 게 많았다.

루이스는 서진이 자리를 비운 동안 강 박사를 방문했다고 생각했지만 서진은 그가 자신을 피하고 있다는 사실을 알고 있었다. 그것은 본능과도 같았다. 강 박사가 병에 걸린 것이 알려진 직후 서진은 친구들에게 집단 따돌림을 당했었다.

하지만 그때의 고통은 지금보다 훨씬 덜하면 덜했지 이상은 아니었다. 서진은 도전적으로 고개를 들고 루이스를 바라보았다. 그녀는 이제 어리지 않았다.

용납할 수 없는 것과는 타협하고 싶지 않았다. 잿빛 눈동자는 차가워 보였지만 서진은 그 속에 자리하고 있는 따스함과 부드러움을 이전에 알고 있었다.

"안타깝게도 난 학습 능력이 뛰어난 편이에요. 한 번 당했던 일은 똑똑하게 기억하고 있거든요. 아빠가 에이즈에 걸렸다는 사실이 알려지자 바로 전날까지도 나와 함께 어울렸던 친구들이 한꺼번에 등을 돌렸어요. 세상에서 내가 존재한 적이 없었던 것처럼 구는 것도 모자라서 더럽게 여겼죠. 덕분에 난, 누군가 나를 피하려고 하면 본능처럼 느낄 수 있어요."

서진의 말을 듣고 있던 루이스는 두 손에 힘을 주었다. 그는 자신에게 화가 치밀어 올랐다. 그의 행동이 그녀에게 또 다른 상처가 된다는 것이 안타까울 뿐이었다. 하지만 예전처럼 그녀에게 다가설 수 없었다.

"넌 그런 존재가 아니야."

"그럼 왜 날 다른 곳으로 보내려 해요?"

"네겐 친구들이 필요해."

"내겐 이미 친구들이 있어요. 리아, 닉, 카일을 잊었어요? 그리고 주드도 아서도 모두 내 친구들이에요. 그리고 루이스, 당신도요. 아닌가요?"

"나이에 맞는 친구들과는 의미가 달라."

"필요 없어요."

"흘러간 시간은 되돌릴 수 없어, 아무리 나중에 후회한다 해도."

"그 정도도 모를 정도로 난 어리지 않아요."

서진은 자기도 모르게 언성을 높였다. 그리고 루이스도 마찬가지였다. 그는 자신을 향한 분노를 곱씹듯 말했다.

"넌, 아직 어려."

"어린아이 취급하지 말아요. 처음 만났을 때와는 달리 난 이제 열일곱 살이에요. 나도 알건 다 안다고요! 내가 아무것도 모를 줄 알았어요?"

"대체 무엇을 알고 있지?"

"적어도 당신이 고의적으로 나를 피하고 있다는 건 알아요. 말했잖아요? 본능처럼 느낄 수 있다고. 세상에서 가장 바쁜 사람인 척 굴면서 나란 존재를 무시하고 있잖아요. 그래 놓고도 모자라서 이제는 날 멀리 보내버려야 직성이 풀리겠다는 건가요? 싫어요, 난 안 가요. 난 무슨 일이 있어도 여기 있을 거예요. 아빠, 리아, 닉, 카일, 그리고 바로 당신 가까이에 있을 거예요."

하고 싶었던 말을 모두 쏟아놓고 나자 눈물이 핑 돌았다. 하지만 서진은 울지 않았다. 그녀는 루이스 앞에서 울고 싶지 않았다.

[난 네가 웃는 게 좋아. 네가 웃고 있으면 나도 즐거워.]

그녀는 루이스가 했던 말을 기억하고 있었다. 그리고 그날 그녀는 자신에게 다짐했다. 무슨 일이 있어도 루이스 앞에서 울지 않겠다고 말이다. 바로 지금이 그 순간의 하나였다. 서진은 두 손에 힘을 주었다. 최소한 그의 앞에서 어린아이처럼 울고 싶지 않았다. 계속해서 자신을 어리다고 말하는 루이스에게 어른스러운 모습을 보여주고 싶었다.

"내가, 그날…… 얼마나 행복했는지 아마 모를 거예요. 하지만 그날 이후로 보이지 않는 벽에 막혀 있는 기분이에요. 갑자기 당신이 변한 이유를 난 모르겠어요."

서진의 여린 어깨가 희미하게 떨리기 시작했다.

"그날 일, 후회해요? 나한테 실망이라도 한 거예요?"

그런 서진을 보면서 루이스는 자신과 보이지 않는 싸움을 치르고 있었다. 당장 서진을 품에 안고 다독여주고 싶은 마음과 절대로 다시는 손을 대서는 안 된다는 그날의 원칙이 격렬하게 충돌했다.

'빌어먹을.'

서진의 말대로 그녀는 어리지만은 않았다. 좀 더 성숙해진 여체는 제법 굴곡을 이루고 있었다. 루이스는 뼈가 부서지도록 손에 힘을 주었다.

그는 성인이었다. 그리고 지극히 남성적이었다. 지금 이 상황에서조차 서진이 생각하는 순수한 의도와는 달리 그의 몸은 육체적인 반응을 보였다. 그리고 그것은 그의 이성이 통제할 수 없는 본능이었다. 그럼에도 불구하고 서진은 금방이라도 눈물을 쏟을 것 같은 위태로운 모습으로 그를 응시하고 있었다.

"그만 돌아가."

"루이스."

"넌 이해하지 못해."

"내가 무엇을 이해하지 못한다는 건지 설명해줘요."

루이스는 가까이 오려는 서진을 손을 들어서 거부했다. 명백한 암시에 서진의 몸이 딱딱하게 굳었다.

"나한테 왜 이래요?"

서진이 물었지만 그에 대한 대답을 루이스는 해줄 수가 없었다. 그는 처음으로 두려움을 느끼고 있었다. 서진이 그의 추악한 진실을 알게 되는 것이 두려웠다. 어떤 이유로도 서진에게 입을 맞추고 욕망을 느꼈던 자신을 용서할 수가 없었다. 그는 굳은 얼굴로 몸을 돌렸다.

"루이스……."

서진은 점점 멀어져 가는 루이스의 뒷모습을 우두커니 서서 바라보았다. 당장이라도 달려가 그와의 거리를 좁히고 싶었지만 차마 그럴 수가 없었다.

[넌 아직 어려.]

참고 있었던 눈물이 기어이 흘러내렸다. 그가 어린아이 취급하는 게 싫었다. 아직 성인이 아닌 서진에게는 그것만큼 서러운 것이 없었다. 서진은 볼을 타고 흘러내리는 눈물을 닦아 내는 대신 두 주먹을 불끈 쥐었다. 다만 어리다는 것이 문제가 된다면 시간이 해결해줄 터였다.

설명조차 해주지 않는 그에게 오기가 생겼다. 감정에도 성분들이 있다면 분명 집착일 것이 분명한 것이 그녀의 내부를 가득 채우기 시작했다. 서진은 눈물을 닦았다. 그녀에게 눈물은 어울리지 않았다.

루이스 히링튼. 서진은 점점 멀어지는 그의 뒷모습을 노려보았다. 어서 빨리 자라서 그를 그녀의 것으로 만들고 싶었다.

그와 대등한 자리에서, 어떤 여자와도 공유하지 않고 그를 온전하게 소유하고 싶었다. 그리고 언젠가는, 그래 언젠가는 그날이 올 것이라고 서진은 확신했다.

3장.

가면무도회

3년 후.

값비싸고 화려한 샹들리에에 어울리는 아름다운 옷을 입은 미녀들. 여자들은 모두 고상하고 우아한 모양의 가면을 쓰고 있었다. 하지만 겉보기와는 달리 이 은밀한 모임은 섹스와 마약, 그에 상응하는 돈이 오가는 난잡한 가면무도회에 불과했다.

그 속엔 알랭 의원도 자리하고 있었다. 그 역시 중세 귀족을 연상시키는 가면을 쓰고 있었으나 두 개의 구멍 속에서는 여자들을 향한 탐욕의 눈동자가 쉴 새 없이 움직였다.

쯧.

그런데 오늘따라 눈에 들어오는 여자가 없었다. 이미 난잡한 파티에 이골이 난 그에게는 뭔가 새로운 상대가 필요했던 것이다.

그때 신의 가호처럼 핏빛 원피스를 입은 동양 여자가 어디선가 등장했다. 가면으로 가려지긴 했으나 여자는 어려 보였다. 또한, 몸매를 그대로 드러내는 꼭 끼는 붉은 원피스 아래로 뻗은 다리는 매끈하고 날씬했으며 생기가 느껴졌다.

수많은 미녀 속에서도 동양 여자는 신비스러운 분위기로 단연 돋보였다. 그리고 이런 자리가 처음인 듯 어딘가 긴장한 모습도 그의 흥미를 상승시켰다. 닳고 닳은 여자들 틈에서 순수한 처녀를 발견한 기분이랄까.

포착한 여자를 훑는 것만으로도 알랭 의원의 몸이 반응을 보이기 시작했다.

'동양 계집은 몸집만큼이나 아랫입술도 작다지.'

알랭 의원의 얼굴에는 이미 지루한 표정 따위 사라졌다.

한 송이의 꽃이 아름답게 치장하고 나타났다면 필시 벌과 나비를 유혹하기 위해서일 것이다. 알랭 의원은 기꺼이 여자의 향기에 유혹될 준비가 되어 있었다. 여자가 원하는 것이 돈이든 스폰서든 그는 충분히 지불해줄 의향이 있었다. 그는 근처에 있던 웨이터를 불러 두 개의 샴페인 잔을 집었다. 그리고는 음탕한 탐욕을 숨김없이 그대로 드러낸 채 여자에게 다가갔다.

"기다리는 사람이라도 있나?"

그의 말에 여자가 고개를 돌려 바라보았다.

"글쎄요."

아리송한 여자의 대답에 알랭 의원은 한쪽 눈썹을 올렸다.

"음?"

"기다리는 사람이 있긴 있었는데……."

여자가 짙은 속눈썹 아래에서 그를 오묘하게 바라보았다. 두 사람의 시선이 은밀하게 섞였다.

"그런데?"

알랭 의원은 여자의 가는 손목을 손끝으로 쓸어내렸다.

"……더는 그러지 않아도 될 것 같아요."

만족스러운 대답. 알랭 의원이 입꼬리를 올리자 여자도 그를 따라 미소 지었다. 붉은 입술 사이로 하얗고 고른 치아가 드러나자 알랭 의원의 아랫도리에 힘이 쏠렸다. 하지만 그는 짐짓 여유를 부리며 손에 들고 있던 샴페인 잔을 내밀었다.

"마시겠어?"

"고마워요."

여자는 잔을 입가로 가져가 한 모금 마셨다. 샴페인으로 인해 더욱 촉촉해진 입술을 보고 있노라니 성욕이 더욱 곤두섰다.

"이런 파티는 처음인 것 같은데."

"어떻게 알았어요?"

"긴장하고 있는 게 보여."

"티가 많이 나나요?"

"아니, 조금. 이 정도면 아주 잘하고 있는 거야. 그래도 한 가지 제안을 하자면 그 긴장을 내가 풀어줄 수 있을 것 같은데 말이야. 위층에는 크고 푹신한 침대가 놓여 있어. 장담하건대 들고 있는 샴페인보다 효과가 탁월할 거야. 무엇보다 여기 온 목적도 이룰 수 있을 테고."

크고 푹신한 침대가 의미하듯 위층에는 짝을 찾은 나비나 벌이 꽃의 단물을 빨아들이기 충분한 은밀한 공간이 마련되어 있었다.

"괜찮은 제안이네요."

"후후. 좋아. 그럼 올라갈까?"

"하지만 전 방금 왔는걸요."

여자는 넘어올 듯싶다가 뜻밖에 한 발짝 물러섰다. 그것이 알랭 의원의 욕망을 더욱 부채질했다.

"내가 있어 봐서 잘 아는데 지루하기 짝이 없는 파티야."

"그래요?"

"나와 함께 가면 지루하지 않을 거야."

"흥미롭네요. 지루한 건 질색이거든요."

"나도 그래."

여자가 수긍하자 알랭 의원이 곧바로 신체적인 접촉을 해왔다. 그는 두툼한 손으로 여자의 탄력적인 엉덩이를 움켜잡았다. 고개를 내린 그가 여자의 연약한 귀에 입술을 대고 말했다.

"돈? 스폰서? 무엇이든 말만 해."

여자가 까르르 웃었다.

"좋아요."

그렇게 두 사람은 계단으로 향했다.

알랭 의원의 누런 두 눈에는 탐욕이 가득했다. 그동안 수많은 여자를 안아 보았지만 이처럼 다급하기는 처음이었다. 여자를 먼저 안으로 들여보내고 따라 들어간 알랭 의원은 다짜고짜 뒤에서 팔을 뻗어 여자의 가슴을 움켜잡았다. 실리콘에 신물이 나 있던 그에게 여자의 가슴은 당장이라도 옷을 찢어버리고 탐하고 싶을 만큼 만족스러웠다.

"너무 급하네요. 제 사정 좀 봐주셨으면 좋겠는데 말이에요."

"그렇게 못 하겠는데?"

"부탁할게요, 주인님."

"주인님?"

"오늘 밤 저는 주인님 거잖아요. 게다가 오늘 밤은…… 매우 새로울 거예요."

"하하."

여자의 말에 알랭 의원이 손을 거두었다. 아쉬움이 역력했지만 물러나는 대신 그 이상의 것을 요구할 생각이었다.

"원하는 것을 말해."

"1분만 눈을 감고 있어요."

"좋아. 그렇게 하지."

알랭 의원은 한발 물러나 여자의 요구대로 눈을 감았다. 뜸을 들일수록 뜨거운 피가 다리 사이로 몰려들었다.

"눈을 떠도 좋아요."

알랭 의원이 눈을 떴을 때 여자는 침대에 앉아 있었다. 붉은 치마 사이로 허벅지가 고스란히 드러났다. 알랭 의원이 거리를 좁히며 다가오는 동시에 여자는 천천히 두 팔을 뒤로 짚고 두 다리를 요염하게 꼰 채 비스듬히 누웠다. 그 유혹적인 모습이 아래층에서 긴장했던 모습과는 또 달라 알랭 의원은 더욱 재미를 느꼈다. 어리면서도 고상해 보였다.

알랭 의원은 음흉한 미소를 지으며 여자에게 다가갔다.

그는 여자와 눈을 맞춘 채 둔탁한 손을 치마 밑으로 넣었다. 곧장 여성까지 뻗어 들어간 손에는 놀랍게도 만져져야 할 것이 없었다. 붉은 치마 아래에는 팬티가 존재하지 않았던 것이다.

"너……."

놀란 알랭 위원이 여자를 바라보자 붉은 입술이 좌우로 벌어졌다.

"혹시 이걸 찾고 있는 건가요?"

언제 벗었는지 팬티가 여자의 손에 들려 있었다. 알랭 의원이 멍하니 그것을 바라보자 여자는 얇은 천조각을 빙글빙글 돌리다 휙 하니 던져버렸다. 일 미터 정도 떨어진 지점에 팬티가 떨어졌다. 알랭 의원은 전혀 생각지도 못했던 여자의 깜짝 쇼를 지켜보다 호탕한 웃음을 터트렸다.

"대체 넌 누구지?"

"벌써 잊은 건가요? 오늘 밤은 주인님의 노예라는 사실을."

"노예? 킬킬킬."

알랭 의원은 체면을 벗어던지고 경박하게 웃었다.

정말 재미있었다. 무척 어리면서도 고상해 보이기까지 했는데 이런 대범함까지 갖추었다니. 이상적으로 갖춘 삼박자에 가뜩이나 단단했던 아랫도리에 더욱 힘이 가해졌다.

망설일 이유가 없었다. 알랭 의원은 서둘러 걸치고 있던 옷을 벗었다. 중년을 훌쩍 지난 나이에 운동 따윈 하지 않아 복부가 보기 흉하게 처져 있다. 다만 두 다리 사이에 걸려 있는 물건만은 여자에 대한 욕정으로 당장에라도 터질 것처럼 단단했다.

알랭 의원은 위로 솟아오른 검붉은 남성을 만족스럽게 바라보았다.

음흉한 미소를 지으며 다가선 그는 여자를 힘껏 덮치듯 침대 위로 쓰러졌다. 그리고는 그대로 여자 위로 올라탔다.

"오늘 밤 내가 너의 주인이라고 했던가."

침대와 알랭 의원 사이에 갇힌 여자가 묘하게 웃었다. 러시안 블루처럼 교태스러운 표정에 알랭 의원은 더욱 급해졌다. 그는 세상을 모두 가진 사람인 양 교만하게 웃었다.

"얼마든지 그 권리를 행사해주겠다. 이제부터 넌 내 것이다."

알랭 의원의 고개가 아래로 내려갔다.

이틀 후, 오전 10시.

인터넷에 뜬 동영상과 사진들은 시민을 경악하게 만들기 충분했다. 그것은 음성적인 성매매를 표방한 것과 다를 바 없는 난잡한 파티였고 무엇보다 그동안 자신의 본분을 잊고 미성년자, 배우 지망생들을 비롯한 미녀들과 은밀한 정사를 벌여 왔던 알랭 의원의 성추문 파문을 결정지을 수 있는 확실한 증거였다.

인터넷의 실시간 검색은 알랭 의원과 관련된 사건으로 도배되었다. 그동안 수많은 목격자와 공방에도 권력과 지위를 이용해 사건을 무마해왔던 알랭 의원도 결국 이번만큼은 별다른 강구책을 마련하지 못했다.

시간이 지날수록 관련 동영상과 사진들은 속수무책으로 퍼져 나갔다.

오후, 1시.

결국, 알랭 의원은 시민에게 공식적으로 입장을 밝히고 사과를 했다. 그러나 시민의 분노는 좀처럼 수그러들지 않았다. 시민은 부패한 권력자가 이번만큼은 제대로 된 대가를 치르길 강력하게 원했다.

오후, 2시.

침묵으로 일관하고 있던 알랭 의원은 시민의 원성에 수긍하기로 한 듯 재선에 불참하겠다는 의사를 대변인을 통해서 밝혔다. 또한, 겸허한 마음가짐으로 시민들의 질타를 모두 받아들이겠다고 공표했다.

오후, 3시.

공식 사과문에도 불구하고 시민들의 저항은 점차 거세졌다. 부정한 죄는 용서할 수 있어도 비양심적인 거짓은 절대로 용서할 수 없다는 시민들의 반항은 알랭 의원의 즉각적인 사임을 요구했다. 더불어 그동안의 만행과 비리를 법정에서 낱낱이 회부하기를 촉구했다. 비양심적인 정치인들의 부정부패를 더는 간과할 수 없다는 시민들의 의지는 그 어느 때보다도 강경했다.

"알랭 의원, 당신은 이제 끝이야."

서진은 사유지 안에서 태블릿PC를 통해 실시간으로 쏟아져 나오는 기사들을 읽으며 만족스러운 웃음을 짓고 있었다. 그녀는 이제라도 알랭 의원이 그동안 잊고 있었던 유권자들이 얼마나 소중하고 무서운 존재인지 깨달았기를 바랐다. 권력은 안위를 지켜달란 의미에서 부여해준 것이지 속이고 조롱하라고 부여된 것이 아니었다.

그때 신호음이 들렸다. 누군가가 그녀와 통화하기를 원하고 있었다. 서진은 스크린을 터치했고 곧바로 화면이 바뀌었다. 화면 속에는 뜻밖에도 루이스가 자리를 잡고 있었다.

더욱 놀라운 것은 루이스가 등지고 있는 배경이 저택 내부의 일부분이라는 사실이었다. 서진은 의외라는 듯 한쪽 눈썹을 올렸다.

"오랜만이에요. 그런데 집이네요? 언제 왔어요?"

그녀는 반갑게 인사했다. 하지만 화면 속의 루이스는 그녀에게 인사 따위는 건네지 않았다. 그러기엔 그는 무척 화가 나 보였다.

[들어와.]

간략한 명령과도 같은 냉소적인 어조였다.

[당장.]

서진은 오기가 발동했다. 기껏 오랜만에 만나는 건데 다짜고짜 이런단 말이지.

"그건 좀 어려운데요, 아서와 산책 중이거든요."

서진은 고의적으로 아서와 산책 중이라는 말을 강조했다. 아서는 그녀의 애마였고 산책 중이라는 말은 그녀가 저택 안에 있지 않다는 의미였다. 그렇다고 루이스가 그녀를 기다릴 것이라고는 기대하지는 않았다.

[끌고 오길 바라?]

한 번 입 밖으로 낸 말에 대해서 결코 물러설 그가 아니라는 것은 이미 알고 있었다. 강경한 어조에 서진의 입가에 희미한 미소가 서렸다.

"돌아오자마자 내가 그렇게 보고 싶어요?"

[장난칠 기분 아니다.]

억누른 음성, 그 안에는 분노가 가득했다. 그에 반해 서진은 재미있다는 듯 쿡쿡 웃기 시작했다. 사실 그가 왜 이러는지 서진은 이미 알고 있었다. 그렇다고 해서 두려워할 서진이 아니었다. 그녀의 얼굴은 지극히 여유로웠다.

"알았어요. 그렇게 날 원한다는데."

서진은 고른 치아를 드러내며 웃었다.

"당장 달려가죠."

대답과 동시에 화면은 일방적으로 끊겼다.

"하여튼, 급하긴."

서진은 투덜대면서 태블릿PC를 들판에 두었던 가방에 넣었다. 그리고는 가방을 어깨에 메고 한가롭게 풀을 뜯고 있는 아서에게 걸어갔다.

"그만 가야겠다."

히힝.

아서는 싫다는 듯 고개를 저으며 뒷걸음질 쳤다. 그동안 함께 했던 시간이 많았기에 서진은 아서의 생각을 읽을 수 있었다. 그녀는 아서가 물러선 만큼 다가가 고삐를 잡고 다독이듯 말했다.

"미안. 오랜만에 나왔는데 금방 들어가야 한다니 나도 싫어."

서진은 아서의 두 눈과 시선을 맞추었다.

"하지만 루이스가 돌아왔어. 그가 당장 들어오래. 아, 그렇다고 해서 가자는 건 아냐. 널 기분 나쁘게 하고 싶진 않거든. 다만, 그동안 내가 루이스를 얼마나 보고 싶어 했는지 너도 잘 알잖아. 응?"

히히 히힝.

서진이 고삐에 힘을 주자 아서는 그녀의 말을 알아듣기라도 한 듯 앞으로 걸어 나왔다. 서진은 그런 아서의 콧등을 손으로 쓸어주었다.

"그래 착하다, 아서. 역시 내 마음을 알아주는 건 너뿐이라니까. 주드에게 네가 좋아하는 건초를 듬뿍 주라고 말해줄게."

이히히힝.

아서가 하늘을 향해 머리를 들고 소리를 냈다. 서진은 아서의 콧등을 다시 한 번 쓸어주고 나서 안장 위에 올라탔다. 아서의 등 위에 올라타니 머리 위로 뻗어 있는 하늘이 더욱 파랗게 보였다. 높고 파란 하늘이 일으키는 청명하고 맑은 기운이 그대로 몸을 타고 스며들었다.

"날씨, 정말 죽인다."

예쁜 외모와는 달리 다소 거칠게 중얼거린 서진은 하늘을 향해 들고 있던 고개를 내려 정면으로 고정했다.

"신나게 달려보자, 아서."

히히 히힝.

아서의 힘찬 발길질이 시작됐다. 빈 나뭇가지를 한가롭게 이리저리 오가던 새들이 그 역동적인 움직임에 의해 놀라 하늘 높이 날아올랐다.

초록빛 가득한 우거진 숲과 들판을 달리자 손질이 잘된 정원과 함께 물이 뿜어져 나오는 하얀 분수대가 나타났다. 그 뒤로 사방을 둘러보아서는 끝이 보이지 않는 거대한 사유지에 걸맞은 저택이 자리하고 있었다.

양편으로 일렬로 높이 세워져 있는 기둥들이 얼핏 웅장한 신전을 연상시켰다. 서진이 말에서 내리는 동안 현관 앞에서 주드가 나타났다. 빠른 걸음으로 계단을 내려온 주드가 다가와 서진으로부터 아서의 고삐를 넘겨받았다.

"고마워요, 주드."

서진이 싱긋 웃으며 말했다.

“승마는 즐거우셨습니까?”

“루이스 덕분에 도중에 돌아왔어요. 그런데 루이스는 언제 돌아온 거죠? 원래 일정은 내일 돌아오는 거 아니었나요?”

“회사에 일이 생겨 귀국 일정을 앞당기신 걸로 알고 있습니다.”

“그럼 회사로 가야 하는 거 아닌가요?”

“저도 그런 줄 알고 있었습니다. 그런데 집으로 오셔서 서진 님을 황급히 찾으셨습니다. 무엇 때문인지는 모르겠습니다만 기분이 언짢아 보이셨으니 조심하시는 게 좋을 것 같습니다.”

“알았어요.”

서진은 염려 말라는 듯 웃어 보이고 서둘러 계단 쪽으로 향했다. 그러자 등 뒤에서 아서가 울부짖었다.

“아, 이런. 내가 그만 깜박했지 뭐야. 미안해. 주드, 아서에게 건초를 듬뿍 주겠다고 약속했는데 부탁할게요.”

“네.”

서진은 아서를 맡기고 다시 저택으로 향하는 계단에 올랐다. 저택 안으로 들어선 서진은 넓은 홀을 지나 긴 복도를 따라 걷기 시작했다. 유명 화가들이 그린 명화들과 중세시대를 연상시키는 갑옷 조각상을 지나자 다시 작은 규모의 홀이 나타났다.

육중한 문 앞에 사내 둘이 서 있었다. 한 명은 누가 보기에도 거구라 느낄 정도의 다부진 체격을 소유하고 있었고 다른 하나는 다소 마른 모델처럼 매끈하게 빠진 체구였다. 그들과 마주한 서진의 입매가 부드럽게 변했다.

“안녕? 닉, 카일.”

서진이 먼저 인사를 건네자 카일이 입술 끝을 말며 웃었다.

"잘 지냈어?"

"그럭저럭."

서진이 어깨를 으쓱해 보였다.

"일주일 만인가?"

"기억하고 있다니 다행이야. 싱가포르에 있는 동안 연락도 한번 안 했으면서. 많이 바빴나 봐?"

서진이 투덜대자 카일이 웃었다.

"왜 이래, 우리가 없는 동안 정작 바빴던 사람은 너였잖아."

"무슨 말이야?"

"시침 떼지 마. 이미 다 알고 온 거니까."

그래도 서진이 인정하지 않자 카일이 단도직입적으로 말했다.

"알랭 의원. 덕분에 세상이 소란스럽던데 이래도 시침 뗄 거야?"

"아아."

비로소 서진이 인정하자 카일이 주먹을 내밀었다.

"멋지게 한 건 했던데?"

서진은 인정을 받았다는 기분에 눈을 반짝이며 자신의 주먹을 카일과 맞댔다.

"고마워."

"천만에."

그때 과묵하게 서 있던 닉이 그들에게 눈치를 주었다.

"그만 들어가봐, 서진. 기다리고 있어."

"알았어요."

서진은 입을 삐죽거리며 육중한 문을 바라보았다. 하지만 보기와는 달리 버튼을 누르자 소리도 없이 스르르 열렸다. 서진은 의기양양한 얼굴로 뚜벅뚜벅 안으로 들어섰다.

공간에서는 가죽 냄새와 사향 냄새가 뒤섞여 있었다.

서진은 들어선 공간의 중앙을 차지하고 있는 소파로 가 자리에 앉았다.

"오랜만이에요, 루이스."

서진이 소파의 쿠션감을 시험하듯 기대어 앉아 있는 동안 거대한 책상 뒤에 놓여 있던 의자에서 비스듬히 앉아 있던 루이스가 일어났다.

최고급 슈트를 말끔하게 차려입은 그는 보기 드문 장신에 건장한 체격이었으나 활동에 제약을 주는 격식 있는 옷도, 다부진 근육도 사내의 날렵한 움직임에는 제약을 주지 못했다.

그는 발소리도 없이 다가왔다.

소리 없이 이어지던 발걸음은 앉아 있는 서진의 바로 앞에서 멈추었다. 매끈한 이마와 우뚝 솟아 곧은 콧날은 깎아지른 듯했고 그 아래 좌우로 뻗은 입술은 붓으로 그린 듯 선명했다. 상대를 꿰뚫은 것 같은 잿빛 눈빛은 자존심과 오만함을 그대로 드러냈다.

조각상처럼 완벽한 형체가 그녀를 주목했다. 서진의 작은 얼굴 위로 장신인 루이스가 형성한 음영이 드리워졌다. 두 사람이 마주하고 있는 공간 사이에서 이유 모를 긴장감이 배어들기 시작했다. 그럼에도 불구하고 서진의 목소리는 더할 나위 없이 맑고 청명했다.

"싱가포르는 어땠어요? 리아와 내가 없어서 지루하기 짝이 없는 여행이었죠?"

"……."

"말 안 해도 다 알아요. 그러니까 내 말 들었어야죠. 리아와 내가 얼마나 함께 가고 싶어 했는지 알고 있으면서 어떻게 우리 두 사람을 빼놓고 갔다 올 수가 있어요?"

서진은 종달새처럼 재잘거렸지만, 그에 관해 루이스는 어떤 대답도 하지 않았다.

다만 그는 잠자코 그녀를 바라보며 서 있다 불현듯 서진이 쓰고 있던 승마모자를 홱 벗겨 어딘가로 던져버렸다. 모자로 고정되어 있던 풍성한 머리카락이 흘러내렸다. 연약한 어깨에 검은 물결이 출렁이는 것처럼 보였다.

서진은 그대로 앉아 오만하게 서 있는 루이스를 올려다보았다. 루이스의 잿빛 눈동자 속에는 빛을 잃은 무서운 분노가 가득했다. 선명한 입술이 팽팽하게 당겨졌다.

서진은 잔인함이 담긴 그의 입술을 직시했다. 3년 전 그 입술이 주었던 달콤함은 이제 존재하지 않았다. 그날 이후로 그는 그녀에게 결코 일말의 여지조차 내준 적이 없었다. 그는 그녀를 피했고 마주하는 일이 있다 하더라도 냉정하다 싶을 정도로 차가웠다.

"이틀 전 전화했을 때 누구와 함께 있다고 했었지?"

그가 추궁을 시작했다.

"……."

"대답해."

낮은 어조의 목소리는 상대를 주눅이 들게 만드는 으르렁거림과 흡사했다. 하지만 서진은 그의 기세에 눌리지 않았다. 겉으로는 모른 척 태연하게 있었지만, 어차피 처음부터 각오하고 있었던 일이기도 했다. 서진은 가면처럼 두르고 있던 가식을 벗어던졌다.

"친구와 함께 있다고 했어요."

"친구?"

"네."

"언제부터 알랭 의원이 네 친구였어?"

냉혹한 음성은 차가운 얼음이 부서지듯 딱딱하게 끊어졌다. 그것은 루이스가 무척 화가 나 있다는 증거였다.

"……."

서진은 침묵으로 일관했다. 팽팽한 긴장감이 상아를 연상시키는 매끈한 피부로 스며들었다. 하지만 서진은 당당한 시선으로 루이스를 바라보았다.

그러자 루이스가 손에 들고 있던 태블릿PC를 테이블 위로 내동댕이치듯 던졌다. 쾅, 깨끗하고 말간 유리에 보기 흉한 금이 갔다. 서진은 우두커니 앉아 그가 던진 태블릿PC를 바라보았다.

깨진 유리가 재차 그의 기분을 대변해주고 있었다. 그러나, 서진은 심드렁한 시선으로 이내 고개를 돌렸다. 그런 그녀를 보며 루이스가 다시 으르렁거렸다.

"분명, 내가 없는 동안 얌전히 있으라고 말했던 것으로 기억하는데."

"들었어요."

"그런데?"

"난 수긍한 적 없어요. 그건 기억나지 않나 보죠?"

그가 겁을 주려고 일부러 태블릿PC를 던졌다고 해도 서진은 전혀 주눅이 들지 않았다. 그녀는 다만 어깨를 으쓱했을 뿐이다.

사실, 그녀로서는 별스럽지 않은 일에 불과했으니까. 서진은 도전적으로 턱을 들고 그를 바라보았다. 고집이 가득한 검은 눈동자가 거대한 바다의 심연과도 같은 차가운 잿빛 눈동자를 대등하게 바라보았다. 팽팽한 줄다리기와 같은 눈싸움이 두 사람의 시선이 접점을 이루는 곳에서 불꽃처럼 튀었다.

"그것이 그런 난잡한 파티에 간 이유다?"

"네."

서진이 루이스를 직시한 채 고개를 끄덕였다.

"다시 한 번 물을게. 잘 생각하고 대답하는 게 좋을 거야. 그게 정말 이유가 된다고 생각해?"

"그만하면 충분하죠."

"……."

잿빛 눈동자가 가늘어졌다. 그 속에 일순 불길이 일었다. 그때였다. 돌연 루이스의 커다란 손이 그녀를 향해 날아들었다. 허공을 가르고 날아든 손이 그녀의 여린 볼을 휘갈겼다. 전혀 대응하지 못하고 꼿꼿이 앉아 있던 서진은 힘없는 인형처럼 소파 위로 털썩 쓰러졌다.

무겁고 차가운 공기가 두 사람 사이를 가로막는 것 같은 착각이 일었다. 그것은 둘 중 그 누구도 무시할 수 없는 균열의 시작을 암시했다.

"강서진."

그에 아랑곳하지 않고 루이스가 무미건조한 어조로 한국 이름을 불렀다.

"내게 반항하지 마."

마치 생각지도 못했던 금속에 접촉했을 때의 차가움, 그리고 딱딱함.

"하아……."

서진은 가쁜 숨을 몰아 내쉬었다.

'제기랄.'

본능에 따라 어금니를 물었는지 입술 안쪽에서 피 맛이 났다. 하지만, 볼이 터진 것처럼 욱신거린다 해도 서진은 뺨에 손을 대는 여린 행동 따윈 하고 싶지 않았다.

서진은 울컥 치밀어 오른 여린 감정을 억눌렀다. 적어도 루이스 히링튼이라는 남자 앞에서만큼은 연약한 여자가 되고 싶은 적은 단 한 순간도 없었다. 그녀는 어떤 여자보다도 강해지고 싶었다. 그래서 언제까지나 이 잔인하다 못해 빌어먹을 남자 곁에 머무르고 싶었다. 그가 자신과 거리를 두고 피한다 하더라도 그녀는 항상 그의 곁에 있고 싶었다.

"퉤."

서진은 입 안에 고인 침을 뱉었다. 고급 양탄자 위에 핏빛 타액이 떨어졌지만, 그녀는 개의치 않았다.

서진은 헝클어진 머리를 쓸어 올렸다. 힘없이 꺾였던 허리도 곧추 세웠다. 변하는 것은 없다. 그의 경고를 무시한 건 사실이었다. 하지만 어쨌든 결과는 좋았다.

알랭 의원은 혼쭐이 났고 쥐고 있던 권력을 내려놓아야 하는 절박한 상황에 놓여 있었다. 그녀는 그가 할 수 없는 방법으로 알랭 의원에게 접근했고 결과는 대만족이었다. 루이스가 주목하고 있었던 자였던 만큼 어쨌거나 그녀는 그의 수고를 덜어준 셈이었다. 그 기쁨만으로 볼의 화끈거림은 얼마든지 무시할 수 있었다.

그렇기에 서진은 힘이 났다. 언제나 이 남자 앞에서 당당할 것이다. 그래야만 이 남자와 대등한 위치에 존재할 수 있었다.

"칭찬해주지 않을 거란 건 알았지만 그래도 이건 너무하잖아요?"

서진은 루이스를 노려보며 이죽거렸다. 반항 어린 어조에 루이스의 잿빛 눈동자가 가늘어졌다. 서진은 그 미세한 변화를 놓치지 않았다. 그녀의 검은 눈동자는 그를 뚫어지게 바라보았다.

루이스 히링튼.

우주 만물의 신이 있다면 가장 만족했을 외모의 소유자이자 어마어마한 부자. 의도하지 않아도 언제나 주목을 받는 남자.

하지만 그 화려한 배경들과 수식어는 서진을 주눅 들게 하지 못했다.

그녀는 그의 또 다른 모습을 알고 있는 극소수의 사람에 속했다. 그 아무도 짐작조차 하지 못할 것이다.

이 젊고 잘생긴 부자에게 자동차나 요트를 수시로 바꾸는 취미 외에 또 하나의 짓궂은 취미가 있다는 사실을. 물론 그의 리스트에 오른 대상들에게는 단순히 짓궂은 수준이 아니라 끔찍한 일이 되겠지만 말이다.

"난 잘못한 거 없어요."

그녀의 단호한 어조에 원래 상태로 돌아갔던 루이스의 눈매가 다시 가늘게 변했다. 그는 속을 알 수 없는 시선으로 한동안 그녀를 내려다보았다. 그것은 마치 사춘기 소녀의 반항을 인정하기 어렵다는 어른들의 시선처럼 보이기도 했다.

하지만 그뿐이었다. 그는 마치 아무 일도 없었다는 듯 몸을 돌렸다. 소리도 없이 걸어간 그는 어느새 서진이 들어오기 전 앉아 있었던 자리에 앉아 있었다.

잠시 침묵이 흘렀다. 그 침묵 속에서 달칵, 익숙한 은빛 라이터 소리가 울렸다. 그리고 다시 이어진 짧은 침묵.

"후."

그 뒤 이어진 희미한 날숨소리가 들려온 것은 꽤 많은 시간이 흘러서였다. 그때까지 루이스와 서진은 각자의 자리에서 서로를 방관했다.

희미한 담배 향이 넓은 공간을 돌기 시작할 무렵이었다. 루이스가 먼저 입을 뗐다.

"원하는 게 뭐야."

"……."

고개를 돌린 서진의 검은 눈동자가 반짝였다.

뺨을 맞은 효과 때문인지 비로소 루이스가 한 걸음 뒤로 물러나 그녀에게 묻고 있었다. 하지만 그의 어조는 지극히 냉정했다. 그래서 서진은 이를 악물었다.

아주 오래전부터 그녀가 그에게 원한 것은 오직 하나였다.

'당신, 당신이라는 남자를 원해. 당신과 대등한 자리에서 당신을, 어떤 여자와도 공유하지 않길 원해.'

루이스를 향한 서진의 감정은 아주 오래전부터 확고했다. 어쩌면 그것은 그를 처음 만나는 순간부터 DNA에 새겨진 본능과도 같았다.

"나도 모임에 끼워줘요."

"그건 안 돼."

언제나 한결같은 요구와 대답. 하지만 이번만큼은 서진도 절대 물러날 수가 없었다.

"원하는 걸 말하라고 했잖아요."

"언제나 그것은 제외 사항이었어."

"루이스, 나도 할 수 있어요."

서진의 확신 있는 어조에 루이스의 눈동자가 가늘게 변했다.

"그래서 알랭 의원에게 접근했어?"

"그래요. 기사 봤잖아요. 알랭 의원은 이제 끝장났어요. 난 멋지게 해냈다고요. 그는 머지않아 의원직을 사퇴하고 재판을 받게 될 거예요. 그동안 저지른 죄에 대한 대가를 받게 될 거라고요."

"그만해, 서진."

"루이스."

"여기까지야, 더는 날 시험하지 마."

서진은 꽉 막힌 벽과 마주하고 있는 기분이었다. 드디어 그가 뒤로 물러나 그녀에게 귀를 기울였다고 여겼는데 벽은 여전히 존재하고 있었던 것이다. 서진은 자리에서 벌떡 일어나 루이스가 앉아 있는 쪽으로 성큼성큼 걸어갔다. 그가 언제나 유지하고자 애를 쓰는 거리 따윈 그녀가 좁히면 그만이었다.

"대체 이유가 뭐예요? 왜, 나는 안 되는 거죠?"

"몰라서 물어?"

"그렇다면요?"

"넌 아직 어려."

"또 그딴 얘기할 거면 집어치워요. 이젠 지겹다고요. 지난 3년 동안 같은 말만 계속 반복하고 있다는 거 알고 있어요? 게다가 난 이제 성인이에요. 앞으로 내가 무엇을 할지, 어떻게 할지는 내가 결정해요."

서진은 간절한 마음으로 그를 바라보며 말했다. 하지만 날아 들어온 건 냉혹한 음성의 간결한 대답뿐.

“뭔가 잊고 있나 본데, 법적으로는 아직 아니야.”

루이스의 입가에 조소가 떠올랐다.

“Shit”

서진은 욕설을 중얼거리며 주먹을 불끈 쥐었다. 억울하게도 그의 말이 맞았다. 서진은 잠시 잊고 있었다. 그녀는 실제 태어난 날짜와 서류상의 출생기록이 달랐다. 출생기록이 실제 태어난 날짜에 비해 조금 늦다. 그러나 그가 그것을 들먹일 줄은 짐작도 하지 못했다.

“그럼, 법적으로 성인이 되면 허락해줄 건가요?”

“아니.”

“루이스!”

절대 받아들여지지 않는 자신의 존재에 대해 서진이 씩씩대고 있는 동안 그는 얄밉게도 한 가지를 빙자한 여러 가지 경고를 덧붙였다.

“대화는 이것으로 종료한다. 저지른 잘못에 대해 벌도 줄 생각이다. 당분간 외출 금지다, 서진.”

그리고는 그녀와의 볼일이 끝났다는 듯 자리에서 일어나 문으로 향했다. 서진은 루이스를 노려보았다.

‘내게 등을 보이지 마.’

이대로 그를 보내기 싫었다. 언제나 이런 식으로 대화가 마무리되는 것을 더는 용납하기 싫었다. 매번 이런 식으로 일정한 거리를 두려는 그의 처사는 더더욱 싫었다. 법적으로는 아니더라도 그녀는 이제 엄연히 성인이었다. 그도 그녀도 그 사실을 정확히 알고 있었다. 그러니 더는 기다리지 않을 것이다. 그를 노려보고 있던 서진은 질세라 문 쪽으로 따라나섰다.

"거기서요. 난 아직 할 말이 남았어요."

"난 끝났어."

"당신이 내게 이럴 권리는 없어요."

그러나 그녀가 뭐라고 하든 그는 그녀의 얼굴도 보지 않은 채 그가 나갔다. 문밖에서 대기하고 있던 닉과 카일이 두 사람을 바라보았다.

호기심 가득한 시선으로 카일이 자신을 바라보고 있는 것이 느껴졌지만 서진은 개의치 않았다.

"루이스!"

"닉, 서진을 방으로 데려가."

짧게 말한 그는 다시 저벅저벅 걸어 앞으로 나갔다.

"루이스!"

"……."

하지만 그는 언제나처럼 그녀에게 등을 보인 채 멀어지고 있었다. 그녀의 접근을 더는 허용하지 않겠다는 의지가 다분히 실려 있는 루이스의 등을 보면서 서진은 결국 여느 때와 마찬가지로 그를 따라가지 못했다. 성인이 되면 다가설 수 있을 줄 알았는데.

서진의 표정을 살피다 뒤늦게 부어오른 볼을 발견한 카일이 놀라 물었다.

"설마, 때렸어?"

닉도 놀라서 서진의 얼굴을 살폈다.

카일과 닉 두 사람의 시선을 감내하고 있노라니 담담하게 이겨냈던 이전 상황이 다시 떠올랐다. 갑자기 눈이 시큰했다. 그제야 참았던 눈물이 흘러나온 것이다.

'누구보다 강해지고 싶었는데. 눈물 따윈 누구에게도 보여주고 싶지 않았는데.'

서진은 볼을 타고 흐르는 뜨끈한 액체가 못마땅해서 팔을 들어 쓱 닦았다. 그럼에도 불구하고 그녀의 의지를 벗어난 눈물은 다시 흘러내렸다.

카일이 서진의 눈물을 보며 확신하듯 말하자 잠자코 서 있던 닉도 한마디 했다.

"정말, 때린 거야?"

"보면 몰라? 맞은 자국이 확실하잖아."

카일은 꽤 흥분해 있었다. 닉은 이쯤에서 중재를 해야겠다고 생각했다.

"이번 일은 좀 성급했어. 알랭 의원은 네가 생각하는 것보다 더 위험한 인물이야. 그는……."

닉은 설명을 하려다 그만두고 한숨을 내쉬었다. 사실이 어떻든 루이스가 서진에게 손을 댄 이유로는 충분하지 않았다.

"루이스는 널 걱정하고 있는 거야."

하지만 서진이 평소와는 전혀 다른 모습으로 묵묵부답 대응하자 닉은 다시 긴 한숨을 내쉬었다.

'대체 어쩌자고 이런 일을 벌인 거야, 리아.'

닉은 처음으로 리아를 원망했다.

"알잖아. 다 너를 위해서라는 거."

"아니, 난 모르겠어요."

"서진."

"그만해요. 지금은 아무 말도 듣고 싶지 않아요."

서진은 닉과 카일을 두고 스스로 자신의 방을 향해 걷기 시작했다.

"진, 함께 있어줄까?"

그녀를 걱정한 카일이 물었지만 서진은 아무 대답도 하지 않은 채 복도를 따라 걸었다.

4장.
나쁜 여자들

세계적인 투자회사 UBH(Union Bank of Hilington).

루이스는 싱가포르 부동산 시장에 리포트를 읽고 있었다. 현재 부동산 시장에 대한 평가는 낙관적이며 그가 소유하고 있거나 투자하고 있는 고급 호텔과 고급 콘도는 꾸준한 수익을 창출해 내고 있었다.

그러나 리포트의 내용과는 상관없이 그의 기분은 지극히 비관적이었다. 그는 미간을 찌푸리며 다음 서류를 펼쳤다. 그것은 한국 부동산과 주식 시장에 대한 평가 보고서였다.

세계에서 유일한 분단국가. 그러면서도 유럽의 극심한 경기 침체와 그리스의 재정 위기 속에서도 가장 성과를 주목받고 있는 작은 나라.

서진, 그녀의 나라…….

결국 일을 하면서도 그는 서진을 떨쳐내지 못하고 있었다. 아니, 그는 줄곧 후회하고 있었다. 아무리 서진의 경거망동에 참을 수 없을 만큼 화가 났었다 해도 손을 대리라고는 그 자신조차도 예상하지 못했던 일이었다.

그러나, 어떤 이유로도 서진을 그들의 모임에 끼워주지 않겠다는 마음에는 변함이 없었다.

서진은 그에게 있어서 그녀의 나라만큼이나 너무 작았다. 그에게 있어서 그녀의 존재는 너무 어리고 연약한 존재였다. 이번 일을 계기로 절실히 깨달았다. 그녀는 그의 보호 아래 머물러 있어야 했다. 출생일보다 서류상의 생일이 늦은 것은 천만다행한 일이었다.

젠장.

알랭 의원이 참석한 가면무도회라면 어땠을지 짐작이 가고도 남았다. 술과 마약, 돈과 여자들, 난잡하기 짝이 없는 파티를 넘어 자칫 위험에 빠질 수도 있었다.

대체 어떻게 알랭 의원을 유혹할 생각을 했는지 이해가 되지 않았다.

무엇보다 알랭 의원이 그가 주시하고 있는 부정한 권력자 중 한 사람이라는 것을 알고 접근한 것이 분명하기에 서진의 서툰 행동을 더욱 용납할 수 없었다.

알랭 의원은 언젠가 그가 상대해야 할 대상이었지 서진이 상대할 자가 아니었다.

'모임에 끼워달라고?'

서진은 여전히 그들의 모임에 허상을 품고 있을 터였다.

하지만 그는 그렇게 숭고하고 우상시 될 수 있는 사상을 가진 자가 아니었다. 그들의 모임은 지극히 개인적인 감정에서 기인하였다고 할 수도 있었다. 어쩌면 그가 원하는 복수의 일환으로서 존재해온 것이 진실인 실제일지도 몰랐다.

빌어먹을.

그는 연신 험한 말을 중얼거렸다.

그때였다. 그를 제대로 방해하려는 듯 인터폰이 울렸다. 미리 사전에 기록된 방문객이 없다는 것은 불청객과 마찬가지였다. 게다가 그 불청객이 누구인지 짐작되기 때문에 더욱 불쾌했다.

"사장님. 리아 양께서 오셨습니다."

역시나 불청객은 그가 예상했던 대로 리아였다.

엎친 데 덮친 격이라더니.

지금이 딱 그 꼴이다. 그도 그럴 것이 리아는 불청객 중에서도 최상단 블랙리스트에 올라 있는 인물이다. 평소에도 그리 달갑지 않은 인물이지만 이런 상황에서는 정말 최악의 인물이라고까지 할 수 있었다.

"돌려보내."

하지만 잠시 후 리아는 사무실 문을 벌컥 열었다. 마치 그 누구의 제재도 받지 않은 듯 당당하게 말이다.

"안녕, 달링."

금발 머리에 명품으로 치장한 모델처럼 늘씬한 리아는 사무실 안으로 우아하게 들어섰다. 얼마 지나지 않아 고급 향수 냄새가 실내를 장악했다. 하지만 보통 사내들이라면 눈이 번쩍 뜨일 미녀를 두고 루이스는 고개조차 들지 않았다.

"꽤 오랜만인 것 같은데. 그동안 나 보고 싶지 않았어?"

"전혀."

"일주일 만인데 너무하네. 왠지 불공평하다는 생각이 드는데? 난 그동안 당신 생각을 많이 했거든."

"분명 그렇게 부르지 말라고 경고했을 텐데?"

루이스가 그녀 쪽은 바라보지는 않아도 일일이 대꾸는 하는 게 만족스러웠는지 리아가 웃으며 물었다.

"짜증은, 오늘 바빠?"

"보다시피."

"음, 그래? 그렇단 말이지. 뭐 그래도 난 상관없지만."

리아는 정말 개의치 않고 안으로 들어와 소파에 앉았다.

그리고는 여유 있는 모습으로 가방 안에서 라이터와 담배를 꺼냈다. 붉은 입술 사이로 필터를 문 그녀는 라이터로 불을 붙였다. 붉은 입술에서 흘러나온 연기가 허공으로 치솟았다.

"역시 흡연 장소로 여기가 제격이야. 요즘은 어딜 가도 금연주의자 편만 들어주잖아? 그건 불공평한 처사라고."

다시 만족스럽게 필터를 흡입한 리아는 여전히 서류에서 눈을 떼지 않고 있는 루이스를 바라보았다.

"서류가 눈에 들어와?"

"이미 오전 시간 망쳤어, 방해하지 마."

"싱가포르 일정은 어땠어? 물론 재미없었겠지?"

리아의 질문에 루이스는 짜증이 역력한 한숨을 내뱉었다.

"늬만 빼면, 나도 카일도 괜찮았어."

"어련하겠어? 감히 나와 늬을 갈라놓다니."

리아가 우아하게 이죽거렸다.

“겨우 일주일이었을 텐데?”

“일주일이 짧아? 우리는 일주일에 적어도 여덟 번 이상 섹스를 한다고.”

“그만 서로에 대해 질릴 때도 되지 않았나?”

루이스가 이죽거리자 리아가 다시 킬킬거렸다.

“그건 네가 제대로 된 연애를 해본 적이 없어서 그런 거야. 우리는 오히려 처음보다 더욱 열정적이야. 왜 그런지 알아? 사랑을 넘어선 집착이 우리한테는 존재하거든. 그건 그렇고 네가 우리 사이를 부러워하는지 오늘에야 알았네? 설마 질투하는 거야? 대상이 누구야? 나야, 아니면 닉이야?”

루이스는 못 들을 것을 들었다는 듯 인상을 찌푸렸다. 하지만 리아의 수작에 넘어가고 싶지 않았기 때문에 인내심을 충분히 발휘했다.

“둘 다 사양하지.”

“칫. 왠지 서운할걸?”

“됐으니까, 그만 가. 원한다면 흡연실 하나는 따로 내줄 수도 있어.”

“어머, 왜 이래. 달링. 냉담하기는, 우리 사이에 그럴 순 없지. 그 은밀한 공간에서 함께 했었던 우리만의 과거를 벌써 다 잊은 거야?”

리아의 말에 루이스가 노려보았다.

“선택권이 있었다면 그런 일은 없었겠지.”

“이런. 히링튼 부부가 그 말을 들었다면 애통해하셨을걸? 그분들은 뱃속의 아이가 하나가 아니라 둘이라는 사실에 무척 기뻐하셨다니까.”

리아는 추억에 잠긴 듯 말했지만 루이스는 여전히 냉담했다. 리아의 한쪽 눈썹이 우아하게 올라갔다.

"쌀쌀맞긴. 어쨌든 오늘 여기 온 용건은 따로 있어."

"빨리 말하고 사라져."

"그러기에는 용건이 꽤 중대하지. 서진을 때렸다며? 천하의 루이스 히링튼이 여자를 때릴 줄이야. 하긴 그 성질이 숨긴다고 감추어지겠어? 그동안 조용히 참고 있었던 게 용하지."

그제야, 루이스가 고개를 들어서 리아를 제대로 바라보았다. 비로소 잿빛 눈동자가 자신에게로 온전하게 향하자 리아가 눈을 반짝였다.

"이제야 날 봐주네?"

"쓸데없는 말 집어치우고 본론으로 들어가."

"그래 좋아. 그런데 그거 알아? 서진이 지금도 울고 있대. 누가 내린 벌 때문에 제 방에서 나오지도 못하고, 혼자서 쓸쓸하게 말이야. 대체 얼마나 세게 때린 거야? 그 작고 여린 얼굴 때릴 때가 어디 있다고."

리아의 말에 루이스의 가슴 한쪽에 통증이 일었지만 내색할 그는 아니었다.

"하고 싶은 말이 뭐야?"

루이스가 험상궂게 묻자 리아는 속에 담고 있던 담배 연기를 뿜어내며 대수롭지 않게 대답했다.

"서진이 혼자 벌을 받고 있다니 자책감이 일어서 말이야. 더 늦기 전에 자백하는 게 맞는 것도 같고."

자백? 루이스가 다시 리아를 노려보았다.

"무슨 뜻이야."

"뭐, 그러니까 내가 서진을 꼬드겼다고 할까."

루이스의 눈매가 가늘게 변했다. 그 속의 잿빛 눈동자는 리아를 당장에라도 잡아 삼킬 듯 무자비한 감정을 품고 있었다.

"자세히 말해."

"알랭 의원 사건, 나도 개입되어 있어. 아니, 솔직히 말하자면 내가 주동했어."

차가운 잿빛 눈동자에 노골적인 살기가 떠올랐다. 잡아 삼킨 것으로도 모자라 찢어버릴 태세다.

왜 리아를 생각하지 못했을까. 깊은 자괴감이 그를 찔렀다. 물론 후회하고 있었지만 처음부터 그의 손은 서진이 아니라 리아에게로 향했어야 옳았다. 그의 무자비한 시선 속에서 리아는 지극히 여유롭게 담배를 비벼 껐다.

"왜 그랬는지 안 물어봐?"

"물어야 해?"

"물론 그렇게 해주길 바라. 이 자리에서 죽긴 싫으니까."

리아가 묘하게 웃으며 말했다.

"이유는 두 가지. 우선 첫 번째는 네가 나와 닉을 갈라놓은 것에 대한 일종의 복수라고 해둘게. 닉이 없으니까 너무 외로웠거든. 지루하고 따분해서 뭔가 해야 했어. 너도 잘 알고 있잖아? 난 늘 새로운 뭔가를 하지 않으면 견딜 수 없다는 걸."

"그게 이유가 된다고 생각해?"

"되어야지. 그러자고 여기까지 와서 애써 설명하고 있는 건데. 그리고 다른 하나는 서진에게 기회를 주고 싶었어. 너도 이미 알고 있었겠지만 서진은 아주 오래전부터 우리 모임에 가담하고 싶어 했잖아."

"이미 안 된다고 했어."

"왜?"

"몰라서 물어? 서진은 아직 어려."

"당신이 그렇게 여기고 싶은 건 아니고?"

리아가 그를 도발하자 루이스가 그녀를 노려보았다. 그러나 리아는 모른 척 더욱 그의 신경을 건드릴 뿐이었다.

"어쩌면 영원히 서진이 자라지 않기를 바라는 건 아닐까?"

"그만해."

그렇다고 해서 멈출 리아가 아니었다.

"너야말로 그만 인정하지 그래?"

그는 험상궂게 인상을 썼지만 뭔가 정곡을 찔린 듯 잠시 뜸을 들이는가 싶다가 담배 하나를 꺼내 입에 물었다. 은빛 라이터를 집어 담배 끝에 불을 붙였다. 그리고는 이내 한숨을 내쉬듯 담배 연기를 내뿜었다.

서진의 부친인 강 박사는 세상을 떠나기 전 미성년자인 서진의 후견인으로 그를 지목했다.

그 이유에 대해선 지금까지도 의문이었지만 어쨌든 그의 뜻을 받아들인 이상 그는 서진을 돌볼 의무가 있었다.

"내겐 서진을 지켜줘야 할 의무가 있어."

"알아. 네가 이제까지 서진을 잘 지켜주었다는 것도. 물론 오늘 그 앨 때린 것은 빼고 말이야."

루이스가 다시 험한 눈빛으로 리아를 노려보았다.

"말해봐. 내가 아니면 또 누구에게 할 수 있겠어. 혼자 후회하던 중 아니었어?"

"천만에."

"후후, 오늘은 거짓말을 여러 번 하네. 어쨌든 그 앨 때렸다고 해서 당신이 그동안 잘 지켜주었다는 것이 변하지는 않아. 서진은 기대 이상으로 잘 자라 주었어. 하지만 중요한 건, 언제까지나 서진을 지켜줄 수는 없다는 거야. 앞으로의 인생은 서진 몫이야. 어떤 선택을 하든 제 인생은 스스로 정해야지. 과연 가두어두는 것이 지키는 걸까? 오히려 그게 서진을 망치게 할 거라고는 생각해본 적 없었어?"

"그렇다 해도 서진은 아직 어려."

루이스의 단호한 말에 리아가 미소를 지으며 자리에서 일어났다. 그녀는 모델처럼 우아한 걸음걸이로 루이스가 앉아 있는 책상까지 걸어왔다.

"어리다는 말을 유독 강조하는 이유가 대체 뭘까?"

리아는 의미를 알 수 없는 미소를 지어 보였다. 그리고는 이내 들고 있던 가방에서 칩 하나를 꺼내어 책상 위에 놓았다.

"선물."

"필요 없으니까 가져가."

"아니, 꼭 봐야 할 거야. 남자들이 싱가포르에 가 있는 동안 여자들이 어떻게 즐겼는지 고스란히 나와 있을 테니까."

리아가 짓궂은 미소를 지으며 말을 이었다.

"게다가 네가 어리다고 누누이 말하는 서진에 대한 생각이 한순간에 바뀌게 될 거야. 또 때로는 남자들이 해내지 못하는 일들을 여자들은 아주 간단하게 처리할 수 있다는 걸 명심하게 될 거야."

"리아."

인내심이 한계에 닿은 듯 루이스가 으르렁거렸다. 그러자 리아는 눈치 빠르게 책상에서 물러났다.

"나도 이제 그만 가봐야겠어. 너만큼은 아니지만 나도 꽤 바쁜 사람이거든. 그럼 다음에 봐."

그녀는 문을 닫으며 재미있다는 표정을 지었다. 그녀가 준 칩을 확인한 순간 루이스는 진짜로 누군가를 죽이고 싶은 충동을 느낄 터였다. 누군가에 해당하는 리스트 대상은 세 명. 알랭 의원, 그녀 자신, 그리고 서진.

"기대할게."

리아는 매력적인 미소를 지으며 그 최종 상대를 서진에게 배팅했다.

늦은 밤, 저택으로 돌아온 루이스는 시간을 확인했다. 퇴근 시간이 평소보다 늦었다. 차에서 내리자 주드가 고개를 숙였다.

"오셨습니까."

그는 고개를 들어 저택의 2층을 바라보았다. 그의 시선이 향한 곳은 정확히 서진의 침실이었다.

"서진은?"

"줄곧 방에 있었습니다."

루이스가 계단을 오르자 주드가 시중을 들기 위해서 뒤를 따랐다. 현관문을 지나 저택 안으로 들어서자 주드가 조심스럽게 물었다.

"올라가서 오셨다고 말씀드릴까요?"

"아니."

냉랭하게 말한 루이스는 서진의 침실과는 완전히 반대 방향에 위치한 그의 공간으로 발걸음을 옮겼다. 주드가 다가와 상의를 벗기는 동안 루이스가 말했다.

"씻고 싶은데."

"네. 알겠습니다."

잠시 후 주드가 준비를 마치자 루이스가 안으로 들어갔다. 대리석으로 만들어진 욕조는 두 사람이 드러누워 몸을 움직여도 닿지 않을 만큼 거대했다. 그는 완전한 나신이 되어 그곳에 몸을 담갔다. 탄탄한 근육이 따뜻한 물에 이완되자 싱가포르 일정으로 쌓였던 피로가 그제야 풀리는 것 같았다.

잠시 후 그는 목욕을 마치고 욕실 밖으로 나왔다. 완벽한 나신에 가운을 걸친 그는 이태리제 가죽 의자에 몸을 깊숙이 기대고 주드가 준비한 위스키를 한 잔 받았다. 루이스는 씁쓸한 액체를 식도 아래로 흘려보내며 주드에게 말했다.

"그만 가도 돼."

"알겠습니다."

주드가 사라지고 홀로 남은 그는 비어 있는 잔에 술을 더 따랐다.

액체는 담긴 그릇에 따라 형태가 바뀐다고 했었던가.

루이스는 긴 한숨을 내쉬었다.

그렇다면 서진은 어떨까. 현재 서진은 미성년자라는 이유로 그의 보호 아래 갇혀 있었다. 그리고 대체로 그의 요구대로 방식대로 따라 주었다. 하지만 바로 오늘 그는 그것이 자신의 착각이었고 오만이었음을 비로소 깨달았다.

알랭 의원 사건은 마무리된 것이 아니라 변화의 시작이었다. 서진은 이제까지 그가 생각했던 것과는 전혀 다른 형태를 보여주었고 언제나 그럴 준비가 되어 있다는 의사와 각오를 비추었다.

문득 서진의 말이 떠올랐다.

[이제 내가 무엇을 할지, 어떻게 할지는 내가 결정해요.]

리아의 말 역시.

[언제까지나 서진을 지켜줄 수는 없다는 거야. 앞으로의 인생은 서진 몫이야. 어떤 선택을 하든 제 인생은 스스로 정해야지. 과연 가두어 두는 것이 지키는 걸까? 오히려 그게 서진을 망치게 할 거라고는 생각해본 적 없었어?]

루이스는 한숨을 내쉬었다. 서진의 미래에 대해 생각해보지 않은 것은 아니었다.

그래 언젠가 서진이 엄연한 성인이 되면 그의 보호를 벗어나 마음껏 제 생활을 영유할 수 있도록 믿고 원조해줄 의향도 있었다. 다만, 아직은 이르다는 것이다.

그래, 그뿐이다.

왠지 기분이 씁쓸했다. 그것은 마치 그의 울타리 안에 보호하고 있었던 존재를 놓아주어야 하는 느낌과도 같았다.

그는 자리에서 일어나 서류 가방에서 칩을 찾았다.

침실을 나와 옆방으로 가자 홈시어터 시스템이 완벽하게 구비되어 있는 영상실이 마련되어 있었다. 루이스는 시스템 잭에 칩을 연결했다.

'서진?'

가면을 쓰고 몸에 완전하게 밀착된 붉은 원피스를 입은 여자는 이제까지 단 한 번도 본 적이 없는 모습이었지만 분명 서진이었다.

그때, 서진에게 한 남자가 다가섰다. 그 역시 가면을 쓰고 있었으나 루이스는 또한 어렵지 않게 알아보았다.

그자는 알랭 상원의원이었다. 그때부터 말소리가 들려왔다.

[기다리는 사람이라도 있나?]

[글쎄요. 기다리고 있는 사람이 있긴 있었는데…….]

[그런데?]

두 사람의 시선이 은밀하게 섞였다. 언제부터인가 알랭 의원이 서진의 가는 손목을 손끝으로 쓸어내리고 있었다.

[우리 뭔가 통하는 것이 있는 것 같은데…… 위로 올라갈까?]

[하지만 전 방금 왔는걸요.]

[내가 있어 봐서 잘 아는데 지루하기 짝이 없는 파티야.]

[그런가요?]

[지루하지 않도록 해주지.]

[흥미롭네요. 지루한 건 질색이거든요.]

[나도 그래.]

알랭 의원의 둔탁한 손이 서진의 엉덩이에 밀착되어 있었다. 마치 탐욕이 순결을 짓이기고 있는 것처럼.

순간, 루이스의 두 눈에 살의가 번득였다. 그의 잿빛 눈동자가 서진의 엉덩이를 탐욕스럽게 만지고 있는 알랭 의원의 손을 끊어버릴 듯 매섭게 노려보았다.

루이스는 그도 모르게 자리에서 벌떡 일어났다.

“빌어먹을.”

짧은 치마 아래로 드러난 긴 다리는 속이 보일 듯 말 듯 벌어져 있었다. 그는 의식조차 하지 못한 채 마른침을 삼켰다. 그사이 침대에 요염하게 앉아 있는 서진에게 알랭 의원이 다가섰다. 이어 붉은 치마 사이로 알랭 의원의 손이 들어갔다.

루이스는 그대로 굳어버렸다.

서진의 엉덩이를 탐욕스럽게 어루만졌던 그자의 손이 지금은 그가 상상조차 하지 못했던 방식으로 서진에게 밀착되어 있었다. 그 손이 무엇을 만졌는지 알기에 루이스는 어금니를 으드득 물었다.

[혹시 이걸 찾고 있는 건가요?]

서진의 손에 팬티가 들려 있었다. 서진은 알랭 의원이 멍하니 그것을 바라보고 있는 동안 그것을 빙글빙글 돌리다 휙 하니 던져버렸다.

[제법이군.]

하늘 위로 치솟은 검붉은 물건이 무엇을 의미하는지 루이스는 잘 알고 있었다.

그의 몸이 분노로 부르르 떨렸다.

그 순간 그의 내부에 잠재되어 있던 폭탄이 터졌다. 가뜩이나 힘을 주고 있던 주먹에는 핏줄이 도드라졌다. 아주 오랫동안 걸어 놓았던 자물쇠가 벌어지고 야수와도 같은 그의 본능을 일깨웠다. 루이스는 거친 숨을 몰아쉬고 있었다.

그때 리아가 등장했다. 그녀는 아주 우아하게 등장했지만, 권총으로 알랭 의원의 뒤통수를 후려갈길 땐 전혀 다른 면모를 보였다. 동시에 알랭 의원이 기절했다. 그대로 널브러진 알랭 의원을 서진이 밀어냈다.

[잘했어, 서진.]

리아가 칭찬하자 서진이 빙긋 웃었다.

하지만 두 여자의 밝은 얼굴과는 완전하게 딴판으로 루이스의 얼굴은 험악하게 일그러져 있었다. 이제 두 여자는 분주하게 움직이며 알랭 의원을 제대로 물 먹이기 위한 작업에 돌입하고 있었지만 그따위 영상들은 이미 루이스의 시야에 들어오지 않고 있었다. 용서할 수 없었다. 당장 죽여 버리고 싶었다.

그는 소리 없이 절규했다.

잿빛 눈동자와 같은 얼굴로 그는 영상실을 나와 다시 침실로 향했다. 그는 입고 있던 가운을 벗고 옷을 입었다. 머리부터 발끝까지 검게 변한 그는 활동력을 극대화할 수 있는 최첨단 섬유로 만든 옷을 입고 있었다.

다시 발걸음을 옮겼다. 벽 쪽으로 성큼성큼 걸어간 그는 어딘가에 놓여 있는 버튼을 눌렀다. 꽉 막힌 듯 닫혀 있던 벽이 좌우로 벌어졌고 새로운 공간이 나타났다.

그가 들어선 공간은 하나의 군대가 소지하고 있을 만큼의 총기들과 나이프들로 꽉 차 있었다.

루이스는 네모 모양의 딱딱한 가방 속에 저격용 라이플과 스코프,

고탄소강으로 만들어진 쿠크리 나이프를 정비했다. 그리고는 다른 이유라도 있는 듯 홀트 MK4 반자동권총을 따로 하나 더 챙겼다.

모든 준비를 마친 그는 다시 영상실로 향했다.

화면 속에서는 여전히 리아와 서진이 분주하게 움직이고 있었다. 그는 그녀들을 향해 총구를 겨누었다. 어떤 망설임도 없이 홀트 MK4 반자동권총의 방아쇠를 당겼다.

콰앙!

그는 눈조차 깜박이지 않은 채 다시 홀트 MK4 반자동권총의 방아쇠를 당겼다.

콰앙!

다시 한 번 굉음이 울렸다.

"무슨 일입니까?"

주드가 달려왔다.

뒤늦게 서진도 달려와 엉망진창이 된 영상실과 그를 번갈아 보았다.

"루이스!"

루이스가 기계처럼 고개를 돌려 서진을 바라보았다. 하지만 그와 그녀의 눈길이 마주친 것은 아주 잠깐이었다. 툭, 루이스가 손에 들고 있던 권총을 소파 위에 던졌다. 그리고는 더는 눈길을 주지 않은 채 그대로 두 사람을 지나쳐 갔다. 얼음보다 더 차가운 냉기가 그의 몸에서 뚝뚝 떨어졌다.

멍하니 서 있던 서진은 뒤늦게 루이스의 손에 들린 검은 가방을 바라보았다. 서진은 냉큼 달려가 그를 막아섰다. 서진은 그 가방에 든 것이 무엇인지 짐작할 수 있다는 듯 가방과 루이스를 번갈아 보며 물었다.

"어디 가는 거예요?"

"……."

그는 대답하지 않았다. 차가운 조각상이 그녀를 잠시 내려다보았을 뿐이다. 서진도 물러서지 않았다.

"루이스!"

서진은 그의 이름을 부르며 가까이 다가섰다. 그런 서진을 그가 무시했다. 서진은 현재 상황을 이해하기 위해 머리를 굴렸다.

"어서요!"

주드가 목소리를 높이고 나서야 정신을 차린 서진은 루이스의 뒤를 쫓았다. 서진과 주드가 뒤따라 정원까지 나왔지만, 그는 어느새 차에 올라타 어디론가 달리는 중이었다.

"주드, 저쪽은……."

"헬기 포트가 있는 곳입니다."

"대체 왜……."

서진이 도착했을 때에는 늦은 감이 있었다.

후두두두. 헬리콥터 프로펠러는 요란하게 돌아가고 있었고 이륙 준비를 마친 상태였다.

기계가 일으킨 거대한 바람에 맞서며 서진이 헬기 쪽으로 다가갔다. 창 너머로 루이스의 굳은 얼굴이 보였다.

"루이스!"

그러나 그녀의 외침은 헬리콥터가 이륙 준비를 하면서 발생시킨 소음과 바람에 소리 없이 묻혔다. 루이스는 결코 그녀가 서 있는 쪽을 바라보지 않았다. 보이지 않는 벽이 두 사람을 단절해 놓은 듯 루이스는 서진의 존재를 철저하게 거부하고 있었다.

"위험합니다."

결국, 보다 못한 주드가 서진을 붙잡았다. 서진은 주드에 의해 뒤로 물러났고 헬기는 하늘 위로 치솟아 오르듯 날아올랐다. 순식간이었다. 서진은 이유도 모른 채 허공으로 순식간에 사라져 버린 먼지를 바라보듯 자취를 감춘 루이스를 멍하니 바라보았다.

"대체 왜……."

하지만 그녀의 물음에 답해줄 사람은 없었다.

"당장 집으로…… 주드, 어서요!"

"네."

서진은 어쩔 줄 몰라 하며 리아에게 전화를 걸었다. 반복적으로 울리는 신호가 지금 따라 유난히 길게 느껴졌다.

'제발, 받으란 말이야!'

–여보세요.

"나야."

–그래, 서진. 알고 있어.

"큰일 났어."

–큰일 났다니?

"……루이스가 이상해."

–무슨 일이 있었는데?

"루이스가…… 영상실을 박살 냈어. 완전히 박살 냈다고."

–그래서?

"그래서라니? 조금 전엔 라이터 풀을 장착한 가방을 들고 나가버렸단 말이야."

서진은 단숨에 이쪽에서 일어났었던 상황들을 리아에게 설명하며 그녀가 뭔가의 조처를 내려주길 고대했다. 하지만 리아의 말은 서진을 한참이나 어이없게 만들었다.

–그래, 그랬단 말이지. 그런데 이동 수단은?

"뭐?"

서진은 머리가 돌 것 같았다. 그녀는 이렇게 다급한데 리아는 계속 엉뚱한 것만 묻고 있었다.

–이동 수단이 뭐냐고 물었어.

"지금 그게 중요해?"

–응. 그러니까 말해봐.

"헬리콥터!"

서진은 자신도 모르게 소리를 질렀다. 그런데도 리아는 이제 전화 속에서 킬킬대며 웃고 있었다.

–하여튼 성질머리하고는…….

"지금 웃을 때가 아니야."

–하긴 헬리콥터로 움직였다면 시간이 오래 걸리진 않겠네?

마치 혼자 말을 하는 말투에 서진은 멍해졌다.

"지금 대체 무슨 말을 하는 거야?"

–너무 걱정하지 마. 별일 없을 테니 안심해도 좋아. 외출 금지에 당분간 얌전히 있겠다고 했다며. 그러니까 넌 방 안에 그대로 있기만 하면 돼.

"리아."

–걱정하지 마라니까 그러네. 오늘 밤 내로 루이스는 네게로 갈 거야. 몸에 아무 이상 없이. 내 전 재산을 모두 걸고 약속할게. 그러니까 넌 네 방에서 얌전히 기다리고 있어. 이제부터 네가 할 일은 걱정이

아니라 각오야. 내 말 잘 들어. 루이스가 돌아오면 네게 기회가 주어질 거야.

"기회?"

-그래. 네가 원하는 것을 얻을 기회 말이야. 그러니까 이제부터는 네가 원하는 바를 이루기 위해서 각오를 하고 있어. 기회가 주어졌을 때 당황해서 물러서는 일이 없도록 말이야.

"리아. 난 그래도 무슨 말인지 모르겠어."

-곧 알게 될 거야. 그래서 말인데 난 이만 끊어야겠어.

"안 돼, 이대로는 안 돼, 끊지 마."

-미안하지만, 손님 맞을 준비를 해야 할 것 같아.

"손님?"

-루이스 말이야. 반드시 내게 들렀다 갈 거야. 헬기로 움직였다니 머지않아 이쪽으로 오겠네. 그럼 됐지? 끊는다.

"안 돼."

끝까지 영문 모를 소리만 하던 리아가 이번에는 일방적으로 통화를 끊어버렸다. 루이스에 이어 리아까지 대체 무슨 상황이 어떻게 돌아가고 있는 것인지 답답했다. 서진은 결국 머리가 터져버린 듯 아무 생각도 할 수 없었다.

알랭 의원의 사택.

"어떻게 됐지?"

알랭 의원은 위스키를 병째 들이켜며 두 남자를 노려보듯 바라보았다.

"죄송합니다, 그게 아직……."

"대체 뭘 한 거야? 당장 찾아내라고 했잖아, 당장!"

"하지만 동양 여자와 금발 머리라는 단서만으로는 사람을 찾기가 쉽지 않습니다. 가면을 쓰고 있어서 얼굴도 못 보셨다고 하시지 않으셨습니까. 좀 더 시간을 주시면……."

"시간? 언제까지 시간을 달라고 할 건가. 지금 내 체면은 땅바닥 밑으로 떨어졌어. 재선도 포기한다고 선언했지. 제기랄, 이게 모두 그년들 때문이야. 그러니까 당장 찾아. 무슨 수단을 쓰더라도 당장 찾으란 말이다."

그는 이죽거리며 책상 위에 미끼처럼 놓여 있는 돈다발을 노려보았다.

"이 돈을 갖고 싶나?"

두 사내는 개가 고깃덩어리를 바라보듯 알랭 의원의 돈다발을 바라보았다. 인간이든 사람이든 돈 앞에서는 다들 충성스런 개가 되지. 알랭 의원은 오만하게 두 사내를 노려보았다.

"그럼 제값을 하란 말이야! 뭐하고 서 있어! 여기서 아까운 시간을 버리고 있을 셈이야? 당장 나가서 그년들을 찾아와!"

알랭 의원은 자신보다 두 배는 큰 사내들에게 고함을 질렀다.

"네."

이대로 파멸의 길을 걸을 수는 없었다.

이번 사건을 계기로 그는 선거 자금을 유용한 혐의로 내달부터 재판을 받게 되기로 예정되어 있었고 힘이 되어줄 만큼 정치력 있는 친구들도 남아 있지 않았다. 이젠 아무도 찾아오지 않는 교외의 저택에서 혼자 술을 마시며 시간을 보내고 있는 것이 일상이 되어버렸다.

빌어먹을, 동양 계집과 금발 계집.

"꼭 찾아내고 말 테다."

그는 손에 쥐고 있던 위스키병을 다시 입에 대고 들이켰다.

"가만두지 않을 거다. 두고 봐, 네년들을 완전히 발가벗겨서 미국 전역에서 질질 끌고 다닐 테니."

알랭 의원은 그가 당한 수치와 모욕의 몇천 배 이상을 되갚아주리라 다시 다짐했다. 비밀리에 사람을 고용해서 안 된다면 오랫동안 주구 역할을 해온 마약 카르텔의 인맥을 동원해서라도 두 여자를 찾고 말리라 그는 결심했다.

그런데 그때였다.

"크헉!"

"으윽."

알랭 의원은 눈살을 찌푸리며 자리에서 일어났다.

"무슨 일이야!"

그는 고함치듯 물으며 문가로 향했다.

"무슨 일이냐고 물었잖아!"

그러나 그것도 잠시. 알랭 의원은 그 자리에 박힌 석상처럼 굳었다. 문을 열고 들어온 사람은 처음 보는 사내였다. 남자는 한눈에 보기에도 그가 돈으로 부리는 사람들 이상으로 건장하고 다부진 체격을 가지고 있었다.

머리부터 발끝까지 모두 검은 남자는 마치 지옥에서 탈출한 루시퍼처럼 보였다. 취한 상태에서도 감히 범접하기 어려운 기세에 눌린 알랭 의원은 슬그머니 뒷걸음을 쳤다. 주춤거리는 그의 모습에는 두려움이 고스란히 드러났다.

"누, 누구냐?"

하지만 남자는 대답이 없었다. 감정을 읽어낼 수 없을 만큼 무표정한 얼굴, 아니 남자의 얼굴은 어딘가 딱딱해 보였다. 알랭 의원은 남자가 가면을 쓰고 있다는 사실을 깨달았다.

가면? 남자의 얼굴을 보고 있노라니 가면무도회에서 당했던 치욕과 모욕이 다시 살아났다.

빌어먹을 가면. 가면이라면 지긋지긋하다.

"대체 넌 누구냐. 누가 보낸 거냐?"

그는 이미 표면에 드러난 두려움을 감출 수 없다는 것을 알고 있음에도 취기를 빌어 소리를 질렀다.

"밖에 아무도 없나?"

그는 남자의 뒤를 의식하며 소리를 질렀다. 그러나 돌아오는 것은 적막 속에서 피어난 희미한 메아리뿐이었다. 대체 다들 어디로 갔단 말인가. 알랭 의원은 서서히 공포에 물들어 갔다.

"뭘, 원해? 말해봐. 원하는 것이 있으면 뭐든 들어줄 테니."

"……."

그러나, 남자는 지독히도 말이 없었다. 그 사이 슬슬 뒤로 물러서던 알랭 의원에게도 한계가 다다랐다. 등 뒤로 딱딱한 책상이 느껴지자 그는 절망했다.

"누구의 사주를 받았지? 아니 상관없어. 내가 그자보다 더 많은 돈을 줄 수 있으니까. 어때? 나와 새로운 거래를 하지 않겠어?"

그는 뒤로 손을 뻗어 책상 위에 놓여 있던 돈다발을 집어 내밀었다.

"이것 봐. 우선 이거 먼저 주지. 어때, 생각이 좀 달라지지 않아?"

알랭 의원은 마치 그를 향해 으르렁거리며 위협하는 개를 달래기 위해서 뼈다귀를 주듯 돈다발을 들고 남자에게 내밀었다.

"가져가. 지금 당장 가져가도 돼."

알랭 의원은 남자를 만난 이후로 처음, 앞으로 다가갔다. 가면 쓴 남자가 손만 뻗으면 닿을 만큼까지 그는 나아갔다.

그때였다.

쉬이. 무언가가 파공성이 터지듯 공기를 갈랐다. 동시에 손에 들고 있던 돈뭉치가 발아래로 굴러 떨어졌다. 게다가 떨어진 것은 돈뭉치뿐만이 아니었다.

알랭 의원은 두 눈을 부릅떴다.

알랭 의원은 비명도 지르기 전에 자신의 발아래에서 구르고 있는 자신의 손을 보았다. 기괴하게도 그의 손은 여전히 돈뭉치를 들고 있었다.

"크헉."

비명이 터졌다.

그는 잘려나간 손목을 다른 손으로 부여잡은 채 그대로 주저앉았다. 터져 나온 붉은 피가 그의 전신을 물들일 정도로 쏟아져 나왔다.

"살려줘. 누가 좀 나를 도와줘."

급기야 그는 어린아이처럼 발버둥 치며 이리저리 굴렀다. 끊어진 손목에서 뿜어 나온 붉은 액체가 바닥으로 뚝뚝 떨어졌다. 카펫은 스펀지처럼 붉은 피를 빨아들였다. 역겨운 피 냄새가 공기 중에 퍼졌다.

그러나 정작 알랭 의원의 손목을 자른 남자는 지극히 태연자약했다. 그는 바닥에서 꿈틀대며 비명을 지르고 있는 알랭 의원을 무심한 시선으로 바라보았다. 하지만 이내 아무 일도 없었다는 듯 들어왔을 때와 마찬가지로 소리도 없이 사라졌다.

한 시간 후, 리아가 묵고 있는 호텔 안.

리아는 시간을 확인하고 있었다. 이제 슬슬 손님이 올 때가 되었기 때문에 그녀는 무척 즐거운 표정을 짓고 있었다. 콧노래까지 부르며 가끔 창밖을 내다보는 그녀를 한참 전부터 지켜보고 있던 닉이 결국 못마땅한 표정을 지었다.

"꼭 이렇게까지 해야 했어?"

"뭐가?"

"잘못되면 두 사람 모두 곤경에 처할 수도 있었어."

"왜 이래 닉. 한참 재밌어지고 있는데."

"그래도 이번 일은 지나쳤어."

"빌어먹을 닉. 이제 시간도 얼마 남지 않았는데 내가 다시 처음부터 설명해야 하는 거야? 서진은 이미 다 자랐어. 어린애가 아니라고."

"알아. 그건 나도 동의했으니까."

"그럼 됐어."

"하지만……."

닉이 말을 더 하려는 찰나 리아가 긴 손가락으로 그의 입술을 막았다.

"쉿……, 달링. 이러고 있을 시간이 없어. 곧 루이스가 이쪽으로 들이닥칠 거야."

한숨을 내쉰 닉이 리아의 손을 내렸다.

"그렇겠지. 하지만 리아. 난 널 사랑하기 이전부터 루이스의 친구였어."

"그래서, 설마 인제 와서 이대로 날 잃어도 상관없다는 거야?"

"그런 말은 하지 말아줘, 리아. 내가 널 얼마나 사랑하고 있는지 잘 알고 있잖아."

"알아. 그러니까 날 좀 도와달라는 거잖아."

리아가 여전히 고민하고 있는 닉을 바라보았다.

"뭐 하고 있어, 닉. 언제까지 이렇게 잠자코 있을 거야? 어서 날 안아줘야지. 그게 당신이 날 살릴 수 있는 유일한 방법이라고."

리아는 도전적으로 닉의 입술에 키스했다.

닉은 언제나처럼 그녀의 입술을 거부하지 않았다. 벌어진 입술 사이로 들어온 그녀의 혀를 그의 혀가 움켜잡았다.

만족스러운 신음소리를 내던 리아가 이번엔 두 손으로 닉의 벨트를 풀기 시작했다. 탄탄한 하체를 감싸고 있던 바지가 바닥으로 내려갔다. 리아는 과감하게 팬티 속으로 손을 집어넣어 닉의 거대한 페니스를 잡았다.

터질 듯 발기된 남성이 그녀를 맞이하자 리아가 한쪽 눈썹을 추켜세우며 입술을 뗐다. 그리고는 놀리듯 그를 바라보았다. 잘 다듬어져 있는 긴 손톱으로 그것을 긁는 것을 잊지 않으면서.

"뭐야, 닉. 벌써 이랬으면서 여유를 부리고 있었던 거야?"

리아의 말에 닉이 픽 웃었다.

"이 녀석이 언제 내 말 듣는 거 봤어?"

이번엔 리아가 킬킬거렸다. 그녀는 닉의 페니스를 붙잡고 이번에는 기특하다는 듯 쓰다듬었다.

"하긴. 이게 평소의 당신 성격처럼 점잖았다면 난 실망했을 거야. 이 사랑스러운 녀석이 당신 말을 듣지 않는 건 내겐 세상 무엇과도 바꾸기 싫은 행운이라고."

리아는 은밀한 시선을 보내며 천천히 몸을 낮추었다. 어쩌면 시간이 다소 촉박할 수도 있겠지만 적어도 이 사랑스러운 녀석에게 상은 주고 시작을 하고 싶었다.

그녀는 입술을 우아하게 벌리고 닉의 페니스를 집어삼켰다. 장엄하게 고개를 치켜들고 있던 남근이 요염한 입술 안으로 빨려 들어갔다.

긴 페니스의 끝이 목구멍까지 다다르고 나서야 리아는 고개를 움직였다. 현란한 혀의 움직임이 탐닉적으로 남근을 쓸어내릴 때마다 닉은 익숙해지려야 익숙해지지 않은 욕망으로 더욱 단단하게 자신을 곧추세웠다.

"리아……."

닉이 낮은 신음을 흘리며 상체를 뒤로 젖혔다. 리아는 닉의 가랑이 사이로 더욱 깊숙이 파고들었다. 그의 체모가 그녀의 아름다운 얼굴을 간질였지만 아랑곳하지 않았다.

"으음."

연이어 터져 나오는 닉의 억눌린 신음은 언제나 리아를 즐겁게 만들었다. 그녀는 현란한 테크닉을 발휘해 가며 욕망으로 단단하게 뭉쳐진 닉의 남근을 은밀한 소리가 나도록 빨아댔다. 작고 여린 입 안이 닉의 거대한 남근으로 가득 차올랐다. 닉은 커다란 손으로 리아의 작은 머리를 움켜잡았다.

"더, 더 해줘……."

닉은 리아에게 펠라티오를 간청하듯 말했다. 그녀 안에서 이대로 폭발한다 해도 두 사람 다 그것을 즐길 수 있었다.

오랫동안 신경이 집중되어 있던 눈가가 비틀렸다. 루이스는 길 건너에 있는 건물에서 스코프를 통해 리아를 주시하고 있었다.

알랭 의원의 한 손을 절단하고 나서도 루이스의 분노는 아직 수그러들지 않았고 그는 그것을 분출하기 위해서 두 번째로 리아를 방문했던 것이다.

그런데 리아 또한 만반의 준비를 마치고 그에게 좀처럼 틈을 주지 않았다. 리아는 완전한 나체로 닉에게 안겨 있었다.

라이플 스코프에 리아의 머리가 잡히는가 싶다가도 곧 타깃이 사라지고 닉의 몸 일부가 들어왔다. 완전하게 발가벗은 리아와 닉의 움직임이 거칠어질수록 스코프에 잡히는 타깃은 연신 바뀌었다.

그러는 사이 팽팽히 겨루던 시간이 허물어지기 시작했다.

루이스는 결국 리아를 겨누고 있던 총구를 내려놓았다. 스코프를 통해 확대되었던 그의 시선이 원래의 상태로 돌아왔다.

리아와 닉은 그가 도착했을 때부터 쉬지 않고 질펀한 섹스를 즐기고 있었다. 그게 리아의 연출이란 것을 알고 있듯 그녀 또한 루이스가 닉을 잃고 싶어 하지 않는다는 것을 잘 알고 있을 터였다.

교활하기 짝이 없는 리아.

그녀는 마치 마녀처럼 완전하게 닉을 소유하고 있었다. 닉도 마찬가지였다. 닉은 평소와는 전혀 다른 모습으로 리아의 나체를 완벽하게 소유하고 있었다. 서로에 대한 욕망을 전혀 숨기지 않은 채 서로 갈구하고 탐닉했으며 그가 지켜보고 있는 것을 즐기고 있는 것처럼 보이기도 했다.

결국, 루이스는 피식 웃었다. 신음과도 같은 한숨을 내쉬며 휴대전화를 꺼냈지만 이미 그의 얼굴에 드리워져 있던 살의는 사라진 상태였다.

일정한 신호음 이후, 리아가 곧 전화를 받았다.

–루이스?

기다리고 있었다는 듯 리아가 킥킥 웃으며 전화를 받았다.

"불쌍하니까 그만 놓아줘."

–불쌍하다니? 누가?

"닉."

–닉?

그의 말에 리아가 킥킥거렸다.

–겨우 거기서 생각한 게 닉이 불쌍하다는 거였어? 이런, 루이스. 이제까지 지켜보고 있었으면서 대체 뭘 본 거야?

루이스는 벽에 기대어 담배를 입에 물었다. 그는 어둠이 내려앉은 허공 위로 하얀 연기를 한숨처럼 내뿜으며 말했다.

"닉을 서서히 말려 죽이고 있는 마녀."

전화 너머로 리아가 다시 킬킬거렸다. 수화기에서 입을 뗐는지 목소리가 다소 희미하게 들렸다.

–루이스가 나더러 당신을 서서히 말려 죽이고 있는 마녀라는데? 당신이 한번 말해봐, 나 때문에 말라 죽어 가고 있었어?

곧 닉의 웃음소리도 들려왔다. 희미한 말소리와 함께.

–상관없다 그래.

–들었어?

"빌어먹게도."

그는 한숨처럼 담배 연기를 내뿜었다.

–잊지 마. 적어도 침대에서만큼은 내가 우선이라는 거. 그러니까 그만 가는 게 좋을 것 같은데. 언제까지 우리 섹스나 지켜보고 있을 거야? 오늘따라 존슨(Johnson, 남자의 성기를 지칭하는 비속어)이 당기면 차라리 집에 가서 포르노나 즐기라고. 가만, 영상실을 박살을 냈으니 당장은 어렵겠네. 그래서 내가 그동안 누누이 말했잖아. 당신은 그 성질머리를 좀 죽일 필요가 있다고, 달링.

"닥쳐."

그가 으르렁거렸다. 하지만 수화기 건너편에서는 여전히 리아의 깔깔거리는 웃음소리가 들려올 뿐이었다.

–그래도 마지막 충고는 해줘야겠지?

갑자기 리아의 목소리 톤이 한 단계 내려갔다.

–잘 들어. 이건 하나뿐인 동생을 위해 집까지 나와 준 누나로서 하는 말이라는 걸 명심하고 듣는 게 좋을 거야. 이전에도 말했지만, 서진은 이제 어리지 않아. 그 앤 엄연한 성인이 되었어. 그러니까 어쭙잖은 신사 노릇은 이제 그만 집어치우는 게 어때. 물론 붉은 옷을 입은 서진을 보고도 느낀 게 고작 날 죽이겠다는 생각밖에 없었다면 나도 더는 나서지 않겠지만. 평생 그렇게 서진을 바라만 보면서 서서히 말라 죽어 가든가. 하긴 그걸 지켜보는 것도 꽤 재미있을 것 같긴 하네. 그럼, 난 바빠서 이만. 내 안에서 닉이 다시 부풀어 오르고 있거든. 관음증환자처럼 우리 둘의 은밀한 시간을 엿보지 말란 말이야. 아흐흣, 닉 역시 당신은 최고야…….

킬킬거리던 리아가 일부러 들으라는 듯 옅은 신음을 흘리더니 일방적으로 전화를 끊어버렸다. 상대를 잃은 기계는 더 이상의 음성을 전하지 못했다. 루이스는 비참해 보일 정도로 잘생긴 얼굴을 일그러뜨렸다.

리아의 목을 진정으로 부러뜨리고 싶었다.

리아 히링튼, 그녀는 그의 쌍둥이 누나였다. 매번 당신이나 달링이라는 호칭으로 그를 부르며 그의 신경을 고의적으로 건드리긴 했지만, 엄연히 혈연관계를 맺은 남매였다. 배 속에서부터 그를 괴롭혔던 악녀였다.

빌어먹을, 산부인과 의사는 그를 나중에 꺼냈어야 옳았다. 미국에 경우 먼저 태어난 쌍둥이가 동생이 된다.

교활하기 짝이 없는 그의 누나는 이미 모든 것을 알고 있었던 것이다. 그의 내부에서 억누르고 있었던 야수가 이 세상에서 원했던 여자는 서진이 유일하다는 것을.

루이스는 귀에 대고 있던 휴대전화를 잡아떼어내듯 내렸다. 그리고는 들고 있던 휴대폰을 바닥으로 던졌다. 인정하고 싶지 않았던 감정들이 수면 위로 떠올랐다.

우두둑. 최신형 휴대폰이 그의 발아래에서 처참하게 부서지기 시작했다.

6장.
성인식

벌써 4시간이 훌쩍 지나 있었다.

길지 않은 시간이지만 서진에겐 4년, 아니 40년과도 같은 긴 시간이었다. 리아는 아무 연락도 없었고 닉은 여전히 전화를 받지 않았으며 카일 또한 영문 모를 말만 남긴 채 전화를 끊어버렸다.

서진은 아버지, 강 박사가 돌아가신 이후로 단 한 번도 기도를 해본 적이 없었지만, 지금은 우주에 존재하는 모든 신에게 기도하고 있었다.

'제발, 무사히 돌아오게 해주세요.'

그리고 잠시 후, 그녀의 기도가 과연 어떤 신에게 닿았는지는 몰라도 대답이 들렸다.

후두두두. 분명 그녀가 들은 것은 헬기 소리였다.

루이스!

서진은 단숨에 정원으로 달려 나갔다. 주드도 어느새 그녀 옆에 서 있었다.

헬리콥터가 일으킨 바람과 먼지가 밀려들었지만, 서진은 두 눈을 부릅뜨고 루이스를 바라보았다.

"루이스!"

서진은 달려가 그를 와락 끌어안았다.

"괜찮아요?"

걱정에도 아랑곳하지 않고 루이스가 서진을 품에서 떼어냈다. 그는 주드에게 들고 있던 헬리콥터 키를 던졌다.

그리고는 가는 손목을 거칠게 움켜잡았다. 우악스러운 힘에 놀란 서진이 그를 바라보았다.

"따라와."

더 이상의 설명은 없었다. 서진은 영문을 모른 채 그의 힘에 이끌려 걸음을 옮겼다. 심상치 않은 기류가 두 사람 사이에 흘렀다. 주드는 루이스의 명령을 어긴 채 그의 앞을 막아섰다.

"무슨 일입니까?"

"비켜."

"서진 양은 이제까지 그 누구보다도 루이스 님을 걱정했습니다."

"비키라고 했다."

그의 험악한 어조와 표정에 주드가 결국 한 발짝 물러섰다.

"방해하지 마. 다시 한 번 날 방해하면 너라도 용서 못해. 기꺼이 죽여주지."

냉혹한 음성이 주드를 협박했다.

그때였다. 짝, 서진은 남아 있는 손으로 루이스의 뺨을 후려갈겼다. 둔탁한 소리와 함께 루이스의 얼굴에 붉은 자국이 선명하게 새겨졌다.

"주드에게 함부로 대하지 마요. 당신은 그럴 자격 없으니까. 대체, 이유가 뭐죠? 대체 왜 이러는지 먼저 설명이라는 것을 해보라고요!"

절규와 같은 외침이 허공을 갈랐지만 루이스는 대꾸하지 않았다. 그는 다시 한 번 주드를 바라보고 경고의 눈빛을 보낸 후 저벅저벅 걷기 시작했다.

"난, 괜찮아요."

서진은 혹여 주드에게 위험이 생길까 봐 그를 안심시켰다. 그리고는 일부러 희미하게 웃어 보였다.

"설마, 죽이기야 하겠어요?"

"……."

결국, 주드는 우두커니 서서 멀어져가는 두 사람을 지켜볼 수밖에 없었다. 두 사람은 저택으로 향하는 계단을 올랐다. 거대한 현관문을 지나고 다시 계단을 올라 2층으로 향했다. 긴 복도가 이어지고 유명한 화가들과 조각가들의 작품들이 양옆을 채우고 있었다.

루이스에게 끌려 서진이 도착한 곳은 그녀의 방이었다.

그는 방 안에 들어서자마자 문을 닫고 서진을 침대 위에 내동댕이치다시피 밀어버렸다. 서진은 몸을 일으켜 침대 위에 앉아 그를 노려보았다.

"아, 생각해보니까 외출 금지 상태였죠. 그래서 이러는 건가요?"

서진이 이죽거리며 물었지만 그는 그녀를 그대로 두고 어디론가 성큼성큼 걸어갔다. 그런데 의외로 그가 다다른 곳은 서진의 드레스룸이었다.

그의 손이 움직일 때마다 가지런히 걸려 있던 수많은 옷이 바닥으로 떨어졌다.

언젠가 리아가 서진에게 선물했던 붉은 원피스를 그가 들고 나타났다. 워낙 타이트하기도 하거니와 활동에 제약이 많이 따르는 원피스라 루이스 앞에서는 결코 입어 본 적이 없는 옷이었다. 그는 드레스 룸에서 들고 나온 그것을 서진의 무릎 위로 던졌다.

"……."

무릎 위에 놓인 붉은 원피스를 바라보는 서진의 눈매가 가늘어졌다. 그런 그녀에게 루이스가 명령하듯 말했다.

"입어."

서진은 여전히 무릎 위로 놓여 있는 붉은 옷에 시선을 둔 채 그가 이러는 이유를 찾기 위해 노력했다.

"……."

"입으라고 했어."

"대체 이러는 이유가 뭐예요?"

그러자 루이스가 이죽거렸다. 그의 잿빛 눈동자 속에서 언뜻 붉은 기운이 감돌았다.

"했던 그대로 해. 한 치도 틀림없이."

"……."

"그렇게나 어른이 되고 싶어?"

루이스를 바라보고 있던 서진의 눈빛이 흔들렸다. 설마…….

"이번엔 나를 유혹해봐."

순간 서진의 눈망울이 확신을 가지고 반짝였다. 그녀는 그가 이러는 이유를 알 것 같았다. 비로소 리아와의 통화가 무엇을 의미하는지도 알았다.

리아의 말이 옳았던 것이다! 서진은 여전히 무표정한 얼굴이었지만 속으론 쾌재를 부르며 웃고 있었다.

그녀는 도전적으로 턱을 들었다.

"성공하면 어쩔 건데요?"

"받아들여주지. 네가 원하는 대로."

서진은 루이스를 바라보았다. 그녀의 두 눈이 가늘어졌다. 서진은 믿어지지 않는다는 듯 루이스를 바라보았다. 그리고 인식했다.

이것은 기회였다.

그와 동등해질 기회, 보호자로서가 아닌 엄연한 동지로서 그의 인생 일부분을 공유할 기회, 동시에 루이스라는 남자를 여자로서 가질 기회.

비로소 그녀가 그토록 고대했던 시간이 주어진 것이다.

"약속, 지켜요."

서진은 망설이지 않았다. 아니, 망설일 이유가 없었다. 당황스럽지 않은 것은 아니었지만 단순히 그 때문에 물러설 수는 없었다. 서진은 그녀가 할 수 있는 최대한의 모습으로 도도하게 루이스를 바라보았다.

서진의 시선이 루이스를 머리부터 발끝까지 훑었다.

완벽해!

이 남자를 가질 것이다, 여자로서 완전하게.

그녀는 루이스를 당돌한 눈빛으로 주시한 채 입고 있던 옷을 하나씩 벗었다. 뱀이 허물을 벗고 성체가 되듯 서진은 둘러싸고 있는 옷가지들을 하나하나 벗어가며 여자로서 루이스 앞에 섰다.

가녀린 팔과 다리는 매끈했고 티끌 하나 없이 깨끗했다. 도자기로 만든 듯 그녀의 몸매는 단아하면서도 이제 막 피어나기 시작한 여성미를 품고 있었다. 빗장뼈는 움푹 파여 있었고 그 아래 봉긋 솟아오른 가슴은 소녀의 것처럼 수줍어 보이면서도 사내라면 어느 사람이라도 움켜쥐고 싶을 만큼 탄력적으로 부풀어 올라 있었다.

남은 건 브래지어와 팬티뿐. 생각해보면 루이스 앞에서는 비키니조차 입은 모습을 보인 적이 없었다.

처음이라는 이유로, 본연적인 수줍음이 서서히 고개를 들기 시작했다. 하지만 서진은 그녀가 끌어모을 수 있는 모든 의지를 총동원해서 자신의 수줍음을 억눌렀다. 그에게 자신을 완전하게 보여주고 싶었다. 그가 생각하고 있는 것처럼 어린애가 아니라는 것을 그에게 보여주고 싶었다.

그녀에게 기회가 주어진 바로 지금, 그가 원하는 대로 하기 위해서 서진은 자신의 은밀한 부위를 가리고 있는 작은 속옷조차 벗어버리기로 했다.

서진은 손을 뒤로 해 브래지어 훅을 풀었다. 그리고 아주 천천히 그가 그녀의 가슴을 감상할 수 있도록 상체를 꼿꼿하게 세웠다.

소녀의 것보다는 크되 풍만한 여성의 것보다는 작은 유방이 분홍빛 정점을 뾰족하게 세워 루이스를 유혹하고 있을 즈음 서진은 허리로 손을 가져갔다.

잘록한 허리에 손을 댄 그녀는 팬티밴드를 늘여 골반 아래로 내렸다. 앙증맞은 팬티가 매끈한 허벅지까지 내려가자 가랑이 사이에서 검은 수풀이 수줍게 펼쳐졌다.

까슬까슬하면서도 부드러워 보이는 체모는 서진을 더욱 성숙하게 보이게 만들었다. 그녀의 얼굴은 지극히 앳된 소녀처럼 보였지만 탄력적인 가슴과 활화산처럼 뜨거운 은밀한 속살을 숨기고 있는 검은 체모는 성숙한 여인의 것과 별반 다르지 않았다.

서진은 고의적으로 천천히 내려 벗은 팬티를 루이스의 얼굴을 향해 던졌다. 반사적으로 그녀의 팬티를 받은 루이스를 보며 서진은 입술을 비틀었다.

색이 다른 두 눈동자가 서로 태워 버릴 듯 바라보았다.

'지지 않을 거야, 루이스 히링튼. 당신을 갖고 말 거니까.'

그녀는 다시 한 번 결심했다.

그래 오늘 밤 그녀에게 필요한 것은 걱정이 아니라 각오였다.

그를 가질 기회를 놓칠 수는 없었고 놓치고 싶지도 않았다.

서진은 자리에서 천천히 일어났다.

실오라기 하나 걸치지 않은 완전한 나신이 고스란히 드러났지만, 여자로서의 본능적인 부끄러움과 수치심은 누구보다 강한 이성으로 저 깊은 곳에 억눌러 놓았다.

설사, 그가 우두커니 서서 허공을 향해 봉긋 솟아오른 유두와 은밀한 여성을 감추고 있는 검은 숲으로 시선을 천천히 옮겼다 해도 변할 것은 없었다.

서진은 침대 위에 걸쳐 놓았던 붉은 원피스로 손을 뻗었다.

그리고는 그가 요구했던 대로 붉은 원피스를 완전한 나신에 덧입었다.

얇은 천 사이로 꼿꼿하게 선 유두가 볼록 도드라진 것을 비롯해 그녀의 나신은 가려지지 않았다. 여자만이 가질 수 있는 섬세하고 아름다운 곡선이 이성을 유혹했다. 그것이 루이스의 눈에도 고스란히 들어왔지만 그는 여전히 같은 표정과 같은 자세를 고수하고 있었다.

서진은 이제 시작일 뿐이라는 도도한 표정으로 그를 향해 걸어 나갔다. 루이스 앞에 선 서진은 눈을 내리깔고 그를 중심에 둔 채 시계 방향으로 반 바퀴를 돌았다. 그 사이 우아하게 치켜세운 손가락은 단단한 루이스의 가슴을 스치며 따라왔다.

서진은 루이스를 앞에 두고 걸음을 멈추었다.

서진의 두 손이 루이스를 사이에 두고 양쪽으로 벌어졌다가 그의 벨트에서 다시 만났다.

달칵, 희미한 소리와 함께 버클이 풀렸다.

서진은 그의 허리에 묶여 있던 벨트를 한쪽으로 잡아당겼다. 그것은 마치 한 마리의 뱀처럼 루이스의 허리를 돌아 스르르 바닥으로 떨어졌다.

두 번째 공략한 것은 방해물을 걷어낸 바지. 서진은 그의 바지의 후크도 풀어 바닥으로 떨어뜨렸다.

"이제 시작이에요, 루이스. 절대로 나를 놓치지 말아요."

낮게 속삭인 서진은 그를 그대로 둔 채 남은 반 바퀴를 돌아 다시 원래의 자리로 되돌아갔다. 그녀는 천천히 걸어가 그를 마주 보며 침대에 앉았다.

그녀는 그가 자신을 훑어보듯 그를 천천히 훑었다.

무언가를 발견한 서진의 한쪽 눈썹이 올라갔다.

그의 두 다리 사이가 불룩 솟아 있었다.

"당신 몸은, 말을 듣지 않나 보네요. 이제 시작일 뿐인데 벌써부터 반응하는 걸 보면."

그러자 루이스가 고저가 없는 음성으로 말했다.

"계속해."

서진은 긴 다리를 꼬았다. 요염하게 얽힌 다리가 서진을 더욱 성숙해 보이게 만들었다.

"주인님."

일자로 굳어 있던 루이스의 입가가 희미하게 비틀렸다.

"주인님?"

그에게 반응을 이끌어낸 서진은 더욱 의기양양해졌다.

"오늘 밤, 제 주인은 당신이니까요."

서진은 두 눈을 천천히 감았다가 떴다. 그녀의 검은 눈동자가 몽롱하게 빛났다. 검은 눈동자는 블랙홀처럼 잿빛 눈동자를 빨아들였다.

'당신을 갖고 말 거야. 루이스 히링튼.'

서진은 요염하게 눈을 내리깔았다.

간청하듯 나지막하게 말한 서진은 이어 꼬았던 다리를 서서히 풀었다. 그녀는 무릎과 발에 힘을 실었다. 아슬아슬 모여 있던 허벅지가 천천히 벌어졌다. 그러나 서진은 멈추지 않았다. 급기야 말려 올라간 치마 사이로 검은 숲이 얼핏 보였다. 그 상태에서 그녀는 다시 한 번 간절하게 말했다.

"난 어른이 되고 싶어요."

서진은 입을 일자로 다물고 있는 루이스를 직시하며 다시 속삭였다.

"주인님이 날 어른으로 만들어주세요."

"……."

잠시 침묵이 흘렀다. 남자와 여자, 루이스와 서진 사이에 팽팽한 긴장감이 소용돌이쳤다.

"오직 주인님만이 날…… 어른으로 만들 수 있어요."

빌어먹을. 루이스는 저도 모르게 서진을 향해 걷기 시작했다. 단숨에 그녀에게 다가선 그는 허리를 굽이고 몸을 숙였다.

"서진."

잇새를 파고 나온 낮은 음성은 무척이나 거칠었다. 서진은 기다리고 있었다는 듯 으르렁거리는 루이스를 요부처럼 바라보았다.

알랭 의원도 이런 모습을 모두 보았단 말인가. 빌어먹을 리아. 수컷으로서의 소유욕, 그리고 자존심이 그를 거칠게 몰아세웠다.

루이스는 서진의 긴 머리채를 우악스럽게 한 손에 쥐었다.

"대체 누가 너를 이렇게 만들었지?"

"벌써 잊었어요? 오늘 밤 나는 주인님의 노예라는 것을."

서진은 그의 요구를 완벽하게 수행해 냈다. 그로 인해 루이스의 입술이 잔인하게 비틀렸다. 어둡게 빛나는 그의 잿빛 눈동자가 겉으로만 능숙한 서진의 연기를 더욱 부추겼다.

"그래."

"루이스."

두 사람의 눈빛이 교점을 이루며 산산이 부서졌다. 그 조각조각이 하나하나 연소되어 불타 올랐고 주변의 공기는 순식간에 달아올랐다.

"다시 말해. 오늘 밤 네 주인이 누구인지."

"루이스."

"다시."

"루이스, 루이스 히링튼……."

서진이 대답하자 루이스는 조소적인 미소를 지었다.

이미 승패는 갈렸다. 그날, 처음 그녀와 마주쳤던 날 아직 어린 소녀가 그의 이름을 되뇌었을 때부터 싹을 틔웠던 묘한 감정은 어느새 긴 뿌리를 내려 그의 심장을 거미줄처럼 칭칭 감고 있었다.

애초부터 이 내기에서 서진을 이길 수 없다는 것을 누구보다 그 자신이 가장 잘 알고 있었다. 그녀가 어른이 되길 가장 기다려 왔던 사람은 바로 그였으니까.

빌어먹을. 루이스는 움켜쥐고 있던 서진의 머리채를 놓는 대신 뒤통수를 잡았다. 그리고는 그대로 서진의 입술을 거칠게 삼켰다. 거친 혀가 날렵하게도 여린 입 안으로 파고들었다. 동시에 다른 손은 다리를 타고 올라갔다. 거침없이 올라간 그의 손이 아슬아슬하게 드러난 체모를 쓰다듬었다.

팬티를 벗었을 때부터 얼마나 만지고 싶었던 곳이었는가. 은밀하고 무성한 체모를 루이스는 어루만지고 동시에 움켜잡았다. 부드러우면서도 까슬까슬한 음모는 그의 자제력을 전혀 쓸모없는 것으로 만들었다.

언제부터인가 서진의 몸이 바르르 떨리고 있었다. 또한 그녀의 목소리도 떨리고 있었다.

"안아줘요, 루이스."

서진의 애원에 루이스의 심장은 터질 것만 같았다.

"당신이 나를 어른으로, 여자로 만들어줘요."

서진은 벌리고 있던 다리를 모아 그의 허리를 감았다. 그녀는 그를 놓아주지 않겠다는 의지를 표명하듯 힘을 주었다. 모아진 다리 사이로 루이스는 그대로 남아 있었다.

루이스는 자신이 서진에게 잡혔다는 것을 인정했다. 서진이 어리다는 이유로 스스로 거리를 두었지만 그녀의 존재는 언제나 그의 내부에 있었다.

그것을 인정하듯 그는 그녀를 가만히 내려다보며 낮은 목소리로 말했다.

"네가 이겼어, 서진."

그는 패배자로서 고개를 숙였다. 그리고는 그녀의 입술에 격렬한 키스를 퍼부었다. 그의 혀는 서진의 입술을 가르고 들어가 혀를 감아 깊게 빨아들였다.

유혹했다면 각오했어야 할 것이다.

그는 이제 멈출 수가 없었다. 어리다는 것을 이유 삼아 서진을 봉인시켰던 자가 그였던 만큼 그 봉인을 다시 자신이 스스로 풀어버림으로써 그녀를 가져야 했다.

타액이 격하게 넘나들었다. 이제 꺼릴 것이 없어진 그는 서진의 입술을 마음껏 취하기 위해 이곳저곳을 헤집었다. 그는 여전히 서진의 입술을 제멋대로 갈취하면서 여린 몸을 넓고 단단한 사내의 품으로 끌어당겼다.

으음, 서진이 옅은 신음을 내뱉었다. 루이스는 혀끝으로 이제까지 그를 유혹했던 서진의 대담함과는 전혀 거리가 먼 가는 호흡을 읽었다. 서진은 떨고 있었다. 요부처럼 그를 유혹해 굴복시킨 그녀가 어린아이처럼 속수무책으로 떨고 있었다.

서진의 양면성에 루이스는 잠시 호흡을 가다듬으며 그녀와 눈을 마주쳤다.

두려우면 이제라도 도망가.

그는 그녀에게 눈빛으로 말했다.

그것을 읽었는지 서진이 고개를 저었다. 그녀는 오히려 자신을 놓아준 루이스의 입술에 입을 맞추었다. 그가 다른 생각을 하는 것이 싫었다. 그는 오해하고 있었다.

그녀는 두렵지 않았다. 아니 루이스가 두려운 적은 단 한 번도 없었다. 설사, 그가 사람을 가차 없이 자르거나 죽일 수 있는 냉혈한이라고 해도 두렵지 않았다.

루이스 히링튼. 처음 만났을 때부터 서진은 그를 소유하고 싶었다. 그는 시체와 놀며 대화하는 것이 일상이 되어버렸던 그녀에게 처음으로 손을 내밀어 준 유일한 타인이자 남자였다.

두려워 도망가는 것을 놓고 묻는다면 지금이라도 그녀가 그에게 물어야 옳았다.

"당신은, 내가…… 두려워요?"

서진은 그가 암묵적으로 물었던 것을 소리 내어 물었다. 잠시, 그녀를 바라보고 있던 루이스가 대답했다.

"전혀."

"그럼, 왜 망설여요?"

서진의 당돌한 물음에 루이스가 미소 지었다.

"괜한 것을 물었어."

그는 다시 그녀에게 키스했다. 격렬했던 키스 대신 그는 부드럽게 그녀의 입술을 애무했다. 서진은 조용히 한숨을 내쉬며 그를 따라 움직였다.

그가 입술을 자극할 때마다 옅은 숨결이 쏟아져 나왔다. 그가 그녀의 입술을 갑자기 깨물었다. 여린 입술이 터지고 그녀가 입고 있는 원피스와 같은 색깔의 액체가 선명하게 배어 나왔다.

서진의 입가에 옅은 비린 향과 맛이 스며드는 동시에 그것이 사라졌다. 루이스는 그녀의 입술을 다시 빨며 그녀의 붉은 피도 함께 빨아들였다. 서진의 체향과 타액과 함께 섞인 피는 세상 어느 과즙보다도 달콤했다.

낮게 중얼거린 그는 얇은 천 뒤에 놓여 있는 앙증맞은 가슴을 움켜잡았다. 수줍은 꽃망울처럼 그를 유혹했던 유두가 손바닥 안에서 고스란히 느껴졌다.

그는 고개를 숙여 얇은 천 뒤로 놓여 있는 가슴을 빨았다. 붉은 천이 그의 타액으로 젖어들었다. 그는 얇은 천과 밀착된 유륜 위에 혀끝을 세워 천 속에 갇혀 있는 연분홍빛 정점을 깨물었다.

"아아……."

단 한 번도 타인의 접촉을 받은 적이 없는 피부는 민감하게 반응했다. 이제 시작일 뿐인데 단단하게 일어선 젖꼭지는 붉은 천과 맞물려 더욱 짙은 색을 띠었다.

찌익.

반짝이는 서진의 나체를 오묘하게 감추고 있던 붉은 원피스가 루이스의 거친 손아귀에 순식간에 찢겼다. 하지만 지금 단 한 번 입은 붉은 원피스의 안타까운 결말을 아쉬워할 사람은 이 자리에 아무도 없었다. 두둑, 이이 그것을 위로라도 하듯 루이스가 입고 있던 고급 셔츠의 단추가 뜯겨 그 위로 떨어져 내렸다.

루이스의 넓은 어깨와 건장한 상체가 짓누르며 다가오자. 서진은 군살 하나 붙어 있지 않은 탄탄한 그의 허리를 붙잡았다. 허벅지를 찌르는 발기한 남성이 그의 욕망을 대변해주었다. 한 치의 틈도 없이 완벽하게 밀착된 피부에서 열기가 솟아올랐다. 그것만으로도 서진은 아련해졌다.

하지만 이대로 그의 품 안에서 떨고 있을 수만은 없었다.

민감한 육체는 작은 자극에도 반응을 일으키고 있었고 그로 인해 다리 사이의 중심에서는 벌써 아른아른 불길이 일기 시작했다.

서진은 루이스가 의도하는 대로 깊숙한 곳에 숨겨 있는 여성이 충분히 젖어들기를 원하지 않았다. 그녀는 여자로서 그에게 전혀 다른 경험을 선사해주고 싶었다.

"지금이에요."

"……."

뜻밖의 말에 그가 몸을 일으키려 하자 서진은 그가 떨어질 수 없도록 붙잡고 있는 팔과 다리에 힘을 주었다.

"서진."

"제발요."

"하지만, 아직……."

"루이스."

"네가 아프길 바라지 않아."

"알아요. 나도 아플 거라는 거 알아요. 하지만 난 당신에게 최고의 만족감을 주고 싶어요. 이 순간을 영원히 기억할 수 있도록."

서진은 처녀였음에도 이미 꽤 많은 것을 알고 있었다. 남자의 페니스가 충분한 전희로 애액이 충분히 분비된 여성 안을 들어올 때보다 준비되어 있지 않은 상태에서 들어올 때 더 큰 쾌감을 느낀다는 것을. 물론 리아에게 들은 바였다.

어쨌든 그로 인해 호기심을 갖게 된 서진은 관련 기사나 서적을 찾아 읽었다. 그리고 언젠가 읽은 기사의 표현을 빌자면 여자는 대체로 첫 경험을 할 때 고통을 느끼고 흔히 말하는 쾌감의 깊이는 낮다고 했다.

기사엔 충분한 애무를 받아도 피할 수 없는 경우가 많은 여자에 비해 남자들은 최고의 만족감을 얻는다고도 쓰여 있었다. 남자라는 종자들이 타고나면서부터 가지고 있는 파괴성이 그것을 더욱 부채질한다고 말이다.

서진은 그런 기사를 읽으며 각오해 왔던 것이 있었다.

언젠가 루이스가 자신을 안는 순간이 온다면 그에게 최고의 쾌감을 선사해주리라. 어차피 고통을 피할 수 없다면 그에게 최고의 만족감을 주고 싶었다. 그 욕심이 첫 경험을 앞두고 있는 두려움보다도 조급증을 일으켰다.

"루이스."

"안 돼, 널 다치게 해놓고 내가 만족할 것 같아?"

"난 어차피 아플 거예요. 처음이니까. 하지만 당신에게 최고의 만족감을 선사했다는 이유만으로 나는 더욱 기쁠 거예요."

루이스는 간절한 눈빛을 보내고 있는 서진을 바라보았다.

빌어먹을, 그렇다고 이대로 물러날 수는 없었다. 그의 이성은 어디엔가 희미하게 남아 그녀를 다치게 하지 말라고 소리쳤지만 이미 그의 전신을 뜨거운 피로 지배하고 있는 욕망은 이대로 그녀를 안으라고 명령했다.

충분하지 않은 전희.

이중적인 잣대가 그를 시험한다.

그러나 그는 결국 서진의 다리를 벌렸다. 그녀가 원하는 이상 그에게 허락된 것은 처음부터 끝까지 굴복과 복종뿐이었다. 루이스는 검은 숲 사이로 여린 그녀의 속살이 드러난 그곳에 자신의 페니스를 밀착시켰다. 그리고 그녀가 원했던 대로 윤기가 거의 없는 질 속에 곧장 진입을 시도했다.

낯선 침입자를 맞이하는 그곳은 지극히 작고 빽빽했다.

수천 개의 신경 말단이 분포되어 아주 예민한 그곳이 이질적인 자극을 받아 일제히 비명을 지르듯 날아올랐다.

'악.'

서진은 속으로 비명을 삼켰다. 예상했던 것 이상으로 아팠다. 완전히 흥분되지 않은 상태에서 자극을 받게 되면 쾌감보다 불쾌감이나 고통이 먼저 닿을 거라는 글귀처럼 그녀도 마찬가지였다. 하지만 그 고통 속에서도 그녀는 귓가에 흘러들어오는 루이스가 야기한 소리와 움직임에 더욱 집중하고 있었다.

"흐읍."

짙은 쾌감이 그대로 녹아 있는 루이스의 신음소리.

본능적으로 그의 페니스를 옥죄는 여린 속살의 광란적인 수축력을 압도적으로 벌리는 그의 힘.

그녀를 뚫고 들어오기 위해서 절제와 인내를 강요받고 있는 루이스의 욕망.

그것이 그녀를 육체적인 고통을 외면할 수 있게 도와주었다.

"루이스……."

서진은 가쁜 숨을 내뱉었다. 그가 그녀 안에 가득 들어차 있는 것이 아픔 속에서도 고스란히 느껴졌다.

아파, 하지만 그래도 좋아.

고통 속에서 부여받은 은밀한 결속력과 소속감.

원하는 남자를 드디어 품은 여자로서의 오만한 소유.

가랑이 사이에서 야기된 고통 따윈 얼마든지 참을 수 있었다. 서진은 그를 끌어안으며 속삭이듯 말했다.

"……당신의 여자가 되어서 너무 행복해요."

새벽, 루이스는 서진을 양손으로 안아 욕실로 향했다. 최고급 이탈리아 대리석으로 만들어진 거대한 욕조엔 그가 직접 받아 놓은 물이 준비되어 있었다. 그는 두 팔과 가슴으로 안고 있던 서진을 세상에서 가장 값진 것을 다루듯 조심스레 내려놓았다.

"설 수 있겠어?"

루이스가 묻자 서진이 고개를 끄덕였다. 그는 서진을 그대로 두고 대리석 선반 위에 놓여 있는 스펀지를 손에 쥐었다. 그것을 뜨거운 물에 담갔다가 물을 조금 짜 내고 그녀 앞에 섰다.

"왜요?"

"가만."

돌연 그가 몸을 숙여 한쪽 무릎을 굽히고 앉았다. 손에 쥐고 있는 스펀지가 서진의 다리로 향했다. 그는 천천히 그리고 아주 조심스럽게 다리 사이에 묻어 있는 혈흔을 지웠다. 그리고는 핏물이 묻은 스펀지를 다시 물에 축여 같은 행동을 반복했다. 생각지도 못했던 루이스의 자상한 모습은 서진의 가슴에 희미한 통증을 일으켰다.

"고마워요."

"천만에."

서진의 다리에 희미한 경련이 일었다.

"어깨 짚어."

서진은 루이스의 말대로 그의 단단한 어깨를 손으로 잡았다. 밤새 만지고 비볐던 살갗이건만 그래도 그의 피부는 그녀를 설레게 했다. 서진은 완벽한 조형물과 같은 그의 상체를 황홀한 시선으로 바라보았다.

그러다 문득 그의 뒤쪽 옆구리에 있는 흉터를 발견했다. 그것은 마치 완전한 피조물을 질투하기 위해서 존재라도 하듯 매끈한 피부 위에 남아 있었다.

"그 흉터……."

서진은 그 흉터에 대해 잘 알고 있었다. 그것은 그녀의 아빠가 직접 꿰맨 것이었다.

"많이 희미해졌네요."

"훌륭한 의사 선생님께서 해주셨으니까."

훌륭한 의사 선생님. 그의 말에 서진의 검은 눈망울이 크게 흔들렸다. 그는 사회에서 버림받았던 그녀의 아빠가 다시 의사로 사는 삶을 살 수 있도록 자신의 몸으로 직접 그것을 입증했었다. 왠지 눈물이 날 것 같았다. 하지만 서진은 애써 눈물을 감추며 그의 어깨를 쥐고 있는 손에 힘을 주었다.

"이제 됐어."

몸을 일으킨 그가 서진을 다시 안았다. 그리고는 욕조에 서진을 내려놓았다. 다리 사이로 고통을 느낀 서진이 미간을 살짝 찡그렸다.

"불편해?"

"아뇨."

"그럼, 왜?"

"들어와요, 루이스. 욕조는 우리 두 사람이 함께 들어와도 남을 만큼 충분하잖아요."

그녀의 초대에 루이스가 희미하게 미소 지었다. 그는 거절하지 않았다. 그는 그녀가 요구했던 대로 욕조로 들어왔다. 루이스가 욕조에 들어와 앉자 서진의 가슴께로 차 있었던 물이 조금 넘쳤다.

"내 위로 올라와."

그가 짓궂게 웃으며 말하자 서진은 기꺼이 그에게 다가갔다. 그는 그녀를 가볍게 들어 올려 자신의 몸 위에 올려놓았다. 그의 손이 물에 젖은 서진의 부드러운 피부를 어루만졌다. 그의 입술은 그녀의 어깨에 닿아 있었고 그의 하체는 그녀의 엉덩이와 맞닿아 있었다.

서진은 그에게 몸을 맡긴 채 두 눈을 감았다. 행복했다. 그녀는 그토록 원했던 대로 어른이 되었고 루이스의 여자가 되었다.

"아직도 내가 어리다고 생각해요?"

"그러길 바라?"

루이스가 웃고 있는지 그녀를 받치고 있는 상체가 울렸다. 서진은 가만히 고개를 저었다.

"그거 알아요? 난 당신을 처음 만난 이후부터 항상 어른이 되고 싶었어요. 당신에게 비하면 난 어린아이에 불과했으니까."

그녀는 조용히 고백했다.

"그래, 그때 넌 어렸어."

루이스는 서진과 처음 만났던 순간을 떠올리며 희미한 미소를 지었다. 열여섯 살이란 나이조차 의심스러웠던 작고 여린 동양 여자아이. 놀랍게도 그 여자아이는 어린아이가 장난감을 가지고 노는 것처럼 시체를 해부하고 있었다.

그는 그녀의 젖은 머리카락을 어루만지다가 그 끝에 살며시 입을 맞추었다. 그에게 있어 서진은 언제나 어린 존재에 불과했다. 그래서 멀리하려고 노력할 수밖에 없었다. 하지만 자신을 희생하다시피 해서 그를 품은 그녀는 감히 상상할 수 없었을 만큼 정열적인 여자였다.

"……아빠는 내 마음을 알고 계셨던 것 같아요. 리아, 닉을 두고 내 후견인으로 당신을 지목했으니까요."

"아마도."

서진은 희미하게 웃으며 루이스를 후견인으로 지목한 아빠를 떠올렸다. 밝았던 서진의 얼굴에 불현듯 그늘이 서렸다.

그녀의 아빠 강 박사는 미국에서 저명한 의사였다. 또한, 그는 어떤 환자도 가리지 않고 평등하게 대하는 의사로 유명했다. 하지만 강 박사의 천성과도 같은 선의는 아이러니하게도 독화살로 변형되어 그를 쓰러뜨리는 계기가 되었다.

강 박사가 돌보던 환자 중에는 에이즈 감염 보균자이자 마약에 찌든 노숙자가 있었다. 그는 구걸로 모은 100달러를 들고 자신을 제발 살려달라며 강 박사에게 사정했다. 강 박사는 기꺼이 그를 환자로 받아들였다. 그의 의지를 믿었던 것이다. 당연히 그에게 돈도 받지 않았다.

하지만, 강 박사는 차라리 그의 돈을 받았어야 했다. 그는 100달러의 유혹을 끝내 이기지 못했다. 그는 100달러로 몰래 마약을 샀다. 그리고 운이 없게도 몰래 마약을 주입하는 모습을 강 박사에게 들켰다.

강 박사는 그의 살갗에 박혀 있는 주삿바늘과 서서히 들어가는 액체를 말없이 바라보다 무슨 생각에서인지 그에게 달려들었다. 그 순간 놀란 남자는 자신의 살갗에 있던 바늘을 빼서 강 박사를 찔렀다.

그 사건으로 저명한 의사는 나락으로 떨어졌다. 0.3%의 가능성이 그를 에이즈에 감염시켰다. 주삿바늘에 남아 있던 에이즈 바이러스(HIV)균에 감염된 것이다. 그는 병원에서 추방되었다. 외동딸인 서진도 마찬가지였다. 서진은 더는 학교에 다닐 수가 없었다.

엄격한 상류사회는 철저히 그들을 고립시켰다. 결국, 두 사람은 인적이 드물고 전혀 낯선 곳으로 이사해야 했다.

강 박사는 서진에게 그가 알고 있는 의학 지식과 의술을 하나씩 가르치기 시작했다. 어디선가 암암리에 사들인 시체들을 서진은 해부했고 다시 꿰맸으며 그 과정을 모두 강 박사가 지켜보았다. 그렇게 돈을 주고 사들인 시체 외에 개인적인 사유로 그들의 집을 출입한 사람은 전혀 없는 나날들이 이어졌다.

오래전 기억을 떠올린 서진은 옅은 한숨을 내쉬었다.

"무슨 생각해?"

등 뒤에서 루이스가 속삭이듯 물었다.

"예전의 나요."

조용히 답한 서진은 다시 기억을 어루만졌다.

그러던 어느 날, 그가 찾아왔다.

여느 때와 다르지 않은 날이었다. 서진은 가운을 입고 하얀 마스크를 쓰고 시체를 만지고 있었다. 한참 동안 그러고 있을 때 문득 낯선 인기척이 느껴졌다. 서진은 고개를 들어 그를 바라보았다.

잿빛 눈동자가 이미 그녀를 직시하고 있었다. 서진은 본능에 따라 그가 자신을 탐색하고 있다는 것을 깨달았다. 질 수 없었다. 어린 나이에 겪은 일들이 많았기에 오기라면 이 세상 둘째가라면 서운할 정도였다.

서진도 재빨리 그녀보다 두 배나 큰 거구인 사내의 모습을 하나하나 탐색했다. 동시에 서진은 그가 이제까지 이곳을 찾아왔던 방문자들과는 다른 이유로 이곳에 왔다는 것을 깨달았다. 하지만 그 다른 이유가 무엇인지 불분명했기 때문에 그녀의 질문은 이전의 방문자들에게 했던 것과 같았다.

"시체 때문에 오신 건가요?"

누구냐고 물을 필요도 누구를 찾아온 거냐고 물을 필요도 없었다. 이전 방문자들의 목적은 유일했기 때문이다. 아주 잠깐 그의 잿빛 눈동자가 흔들렸다.

"아니."

그의 목소리는 강인한 남성의 것이었다. 또한, 낮으면서도 선명한 그 음성은 분명 그녀의 기대를 저버리지 않았다. 서진은 자신의 내부에 일기 시작하는 동요를 느끼며 다시 물었다.

"그럼, 무슨 일 때문에 왔어요?"

"Dr.강을 만나 뵙고 싶은데."

순간 서진은 자신의 귀를 의심했다. 그것은 아주 오랫동안 들어보지 못한 단어였다. 더는 들을 수 없을 거로 생각했던 말이기도 했다.

"방금 Dr.강이라고 했나요?"

남자가 고개를 끄덕였다.

서진은 미련 없이 의료 기구들을 내려놓고 손에 끼고 있던 비닐장갑을 벗었다. 망설일 이유가 없었다. 그녀에게 변화가 일어나고 있었다. 서진은 그 변화가 아빠에게도 미치기를 원했다. 구석에 마련되어 있는 싱크대에서 서둘러 손을 닦은 그녀는 모든 경계심을 무너뜨리고 루이스가 서 있는 현관문 쪽으로 다가갔다.

"누군가가 아빠를 그렇게 부른 건 정말 오랜만이에요."

서진은 저도 모르게 희미하게 웃었다.

"잠깐, 기다리세요. 아빠는 지금 지하실에 계시거든요."

서진이 그를 지나쳐 지하실로 향하는 문으로 다가갔다. 하지만 문 손잡이를 잡기 전 아빠에게 소개할 낯선 방문자의 이름이 필요하다는 것을 뒤늦게 깨달았다. 서진은 목적을 달성하기 위해서 몸을 돌렸다. 그리고 그를 바라본 순간 그때까지 내내 잿빛 눈동자가 자신을 지켜보고 있었다는 사실을 깨달았다. 그는 시선을 거두지 않았다. 본의 아니게 시선을 들킨 것이 분명한데도 그는 여전히 그녀를 뚫어질 듯 바라보고 있었다.

'그는 강한 사람이야.'

본능처럼 그런 생각이 들었다.

'아빠만큼, 아니 어쩌면 아빠보다 더.'

어느덧 서진은 두 손에 힘을 주며 긴장하고 있었다. 어떤 희망이 그녀의 내부에서 자라나고 있었다.

"이름이 뭐죠?"

"루이스 히링튼."

그것이 그와의 첫 만남이었다.

그는 강 박사가 자신을 도와주길 바란다고 말했다. 숨어 있는 그를 찾기 위해 꽤 많은 시간을 허비했다고도 했다. 그러나 강 박사는 그의 제안을 거절했다.

물론 그를 위해서였다. 하지만 루이스는 물러서지 않았다. 그는 강 박사에 대한 모든 것을 이미 알고 있다고 말했고 그래서 찾아왔다고 했다.

사람들에게 버림받았던 그녀에게 루이스의 그 말은 모든 상처를 치유해줄 수 있는 성수와도 같은 의미였다. 그리고 만약 그녀의 말대로 그가 오지 않았다면 더는 지탱할 수 없을 만큼의 파급력을 가지고 있기도 하였다.

그리고 그의 확신대로 그들이 모두 함께 찾아왔다. 서진은 루이스가 찾아온 그날만큼이나 그날도 잊을 수가 없었다.

리아, 닉, 카일.

살아 있는 사람보다 늘 시체가 더 많았던 집에 그처럼 많은 사람이 모인 것은 처음 있는 날이었다. 그들은 약속이라도 한 듯 루이스 히링튼과 같은 말을 했다. 그날, 서진은 처음으로 아빠의 눈물을 보았다. 그것은 두 부녀가 사회에서 추방되었을 때조차 보이지 않았던 눈물이었다. 강 박사는 결국 그들의 청을 받아들였고 그들은 강 박사가 같은 모임에 일원으로 된 것을 진심으로 환영했다.

그날부터 서진은 또 다른 삶을 살게 되었다. 친구라고는 시체뿐이었던 그녀에게 새로운 친구도 생겼다. 물론 그것은 강 박사도 마찬가지였다.

옛 기억을 더듬는 동안 그녀도 모르는 사이 눈가에 눈물이 고였다.

하지만 서진은 이미 굳게 결심했던 대로 루이스 히링튼에게 그것을 보여줄 생각은 추호도 없었다.

“그 생각 속에 나도 존재해?”

“당연하죠.”

가볍게 대답하려고 했는데 실패했다. 서진은 자신의 낮고 탁한 목소리가 원망스러웠다. 눈치 빠른 루이스가 그것을 놓칠 리가 없다.

“울어?”

“아뇨.”

서진은 재빨리 대답했다.

“우는 것 같은데.”

“내가 우는 거 봤어요?”

“아니.”

“그거 봐요.”

한 번 더 우긴 서진은 그가 뭐라고 하기 전에 다시 말을 이었다.

“나 지금 이 세상 누구보다 행복해요.”

그가 웃었다.

“행복해?”

“네.”

그녀의 노력이 가상한 듯 목소리는 어느새 원래 상태로 돌아가 있었다. 이 정도면 루이스도 기꺼이 속아줄 터였다. 서진은 시간을 벌어 재빨리 눈물을 지우고 웃었다. 그렇다고 해서 눈물을 무마하기 위한 거짓 웃음만은 아니었다.

말한 대로 지금 그녀는 누구보다 행복했으니까. 그것은 부인할 수 없는, 부인하기 싫은 사실이었다. 루이스가 기꺼이 그녀를 안고 있었으니까.

"고마워요."

"뭐가?"

"날…… 두려워하지 않아 준 거요."

그러자 그가 고개를 숙여 그녀의 정수리에 입을 맞추었다. 또 이마에도 입을 맞추었다.

"틀렸어. 그 말은 내가 해야지."

그는 그녀의 귓가에 입을 맞추며 속삭이듯 말했다.

"너와 엮이고 싶지 않았어."

"왜요?"

"리아의 말이 틀리길 바랐으니까."

"리아가 뭐라고 했는데요?"

"네가 날 서서히 말려 죽일 거라고."

그의 말에 서진이 재미있다는 듯 웃었다.

"의외네요. 난 당신을 말려 죽이고 싶은 적이 단 한 번도 없었는데."

"그래도 이번만큼은 리아 말이 맞는 것 같아. 인정하긴 싫지만."

루이스는 고개를 숙여 서진의 입술을 핥았다.

만약 이 입술과 이 입술을 지닌 서진이 만약 그의 곁이 아닌 다른 남자의 품에서 어른이 되었다면 겉으로는 담담한 척했어도 그는 리아의 말대로 서서히 말라 죽었을 것이다. 고개를 든 루이스가 보기 드문 미소를 보여주었다.

"또 이런 말도 했어."

"무슨 말이요?"

"난 신사가 아니라고."

루이스의 말에 서진이 킥킥 웃었다. 서진은 루이스의 흘러내린 머리카락을 올려주며 물었다.

"그래서 상처 받았어요?"

"전혀."

"다행이네요."

"어차피 난 신사가 아니니까. 게다가 지금은 더욱 그러고 싶지 않아."

그 말과 동시에 루이스가 서진을 번쩍 안아 올렸다.

"루이스!"

이름을 부르며 작은 비명을 질렀을 때는 이미 그가 그녀의 자세를 바꾸어 놓은 상태였다. 지금 그는 그녀를 마주 보고 있었다. 그의 잿빛 눈동자에는 욕망이 가득했다. 그가 말했던 대로 신사와는 거리가 먼 사내로서의 눈빛이 그녀를 꿰뚫어보고 있었다.

동시에 복부에 와 닿은 루이스의 단단한 남성도 느껴졌다.

나쁘지 않았다. 어차피 신사든 신사가 아니든 서진은 상관없었다. 그녀로서는 루이스 히링튼이면 충분했다.

서진은 양손을 모아 루이스의 남성을 잡았다. 그녀가 그것을 쓰다듬자, 루이스가 옅은 신음을 흘렸다. 그런 그를 보고 있노라니 그제야 그녀도 리아의 말이 옳다는 것을 느낄 수 있었다.

서진은 생각했다. 천하의 루이스 히링튼이 자신 때문에 말라 죽는 것도 괜찮을 것 같다고. 그가 말라 죽으면 그녀 또한 말라 죽으면 그뿐이라고,

그녀는 고개를 숙였고 이번에는 그녀의 입술이 먼저 루이스에게 닿았다.

창 너머에서 여명이 드리워지고 있었지만 중요하지 않았다. 밤이 지나면 낮이 오는 것이 당연한 것처럼 서진의 혀는 루이스 입술 속으로 파고들었다.

7장.
신입회원

달칵.

이틀 동안이나 굳게 닫혀 있던 방문이 비로소 열렸다.

또각또각 발소리를 내며 우아하게 들어선 리아는 서로 꼭 껴안고 잠들어 있는 루이스와 서진을 보며 입꼬리를 올렸다.

'음, 생각했던 것보다 더 잘 어울리네.'

그녀는 만족스러운 미소를 지었다. 리아는 처음 만난 순간부터 서진이 마음에 들었다. 루이스와 그녀가 평범하지 않은 인생을 사는 만큼 여느 소녀들과는 전혀 다른 세상에서 살고 있었던 서진에게 동질감을 느꼈던 것일 수도 있다.

리아는 난생처음 루이스와 같은 침대에 누워 있는 여자, 서진을 엄마의 미소를 지으며 바라보았다. 하지만 그것은 잠시, 짓궂은 장난기가 가득한 그녀의 매력이자 본성은 이 애틋하고 만족스러운 장면을 앞에 두고서도 여지없이 발동했다.

리아는 휴대폰을 꺼냈다.

찰칵, 침대 위의 연인을 휴대폰에 저장한 리아는 아주 우아한 걸음걸이로 자줏빛 커튼이 쳐져 있는 커다란 창가로 향했다. 버튼을 누르자 커튼이 좌우로 벌어지며 차단되어 있었던 빛이 일시에 쏟아졌다.

강렬한 태양빛이 곤히 잠들어 있는 연인들을 방해했다. 루이스가 먼저 얼굴을 찌푸리며 눈을 떴다. 동시에 우두커니 서 있는 리아를 발견한 그의 눈이 험악하게 변했다.

"빌어먹을……."

그런 그를 보며 리아가 깔깔거렸다.

"해가 중천에 떴어. 대체 뭘 했기에 여태까지 침대 위에 누워 자고 있어? 자, 그만 일어나야지."

"……."

루이스가 경고하듯 시선을 보냈지만 언제나처럼 리아는 상관하지 않았다. 오히려 그녀는 짓궂은 미소를 지으며 말했다.

"주드 말로는 어제부터 식사도 거른 채 내내 침실에만 있었다고 하던데. 아무리 연인 품이 좋다고 해도 그렇지. 아사할 거야?"

"나가."

루이스가 간단하게 말하며 인상을 썼다. 그러나 리아는 여느 때와 마찬가지로 그에 아랑곳하지 않고 제 할 말을 했다.

"설마 그렇게 안고 잠만 잔 건 아니겠지?"

"나가."

"하긴 어련하시겠어. 알랭 의원의 손목까지 잘라 버렸는데."

리아는 장난스러운 표정을 지으며 오른손으로 왼손의 손목을 긋는 흉내를 냈다. 그녀의 눈빛이 유난히 반짝였다.

"역시 남자의 질투란 무섭다니까. 덕분에 알랭 의원이 찾는 사람이 바뀌었지만. 어머, 어쩌면 그것도 의도한 건가? 알랭 의원이 서진을 더는 찾지 않도록 말이야."

"나가."

"어울리지도 않게 부끄러워하기는. 게다가 이 정도면 누구와는 달리 아주 우아한 등장이지 않아? 왜 이래, 부끄러워하지 말라고. 벌써 잊어버린 것 같아 말해 두겠는데 우린 이미 배 속에 있을 때부터 볼 거 못 볼 거 다 본 사이잖아."

"그만 떠들고 나가. 아직 자고 있는 거 안 보여?"

줄곧 낮은 음성으로 나가라는 짧은 말만 하던 루이스가 으르렁거리듯 말하자 리아의 웃음소리는 더욱 높아졌다.

"어머머, 그럼 이제까지 나가라고 한 게 서진 때문이었어? 세상에, 대체 무슨 일이 있었기에 서진을 그렇게 위하는 건지 아주 상세하게 묻고 싶게 만드네? 가차 없이 뺨을 때릴 때는 언제고 말이야."

빌어먹을. 루이스는 그런 리아를 속수무책으로 바라보며 살인 충동을 억눌렀다. 품에 안고 있는 서진이 아니라면 리아를 이 자리에서 죽이지는 못해도 최소한 집어던지긴 했을 것이다.

"마지막 경고야. 나가, 당장."

그는 그가 지을 수 있는 최대한의 인상을 쓰며 리아에게 경고했다.

"마지막 경고라니 눈치껏 그만 나가야겠네. 하긴 그렇게 반복하지 않아도 그러려고 했지만. 난 다만 걱정하고 있는 주드를 대신해서 확인하러 온 것뿐이거든. 아, 그리고 이건 혹시나 해서 알려주는 건데

한 시간 후엔 닉과 카일도 오기로 했어. 물론 내가 불렀어. 그럼, 난 먼저 내려가서 차나 마시고 있을 테니 두 사람도 그만 침대에서 나올 준비나 하라고."

리아는 마지막까지 마녀처럼 깔깔거리며 침실을 나섰다. 결국, 그 웃음소리에 곤히 잠들어 있던 서진이 눈을 떴다.

"리아……?"

젠장. 루이스는 속으로 욕설을 삼켰다. 살인 충동을 겨우 참아가며 서진의 수면을 사수했건만 그의 모든 노력이 결국 허사로 끝난 것이다. 하지만 그의 속내를 모르는 서진은 이슬처럼 맑은 눈으로 그를 바라보며 물었다.

"리아 웃음소리가 들렸던 것 같은데……."

"그래. 방금 나갔어."

루이스는 태연한 얼굴로 말했지만 꿈이 아니었다는 것을 안 서진의 얼굴을 붉게 물들었다. 하지만 부끄러움도 잠시 서진은 루이스의 얼굴이 심상치 않게 일그러져 있다는 것을 깨달았다.

"표정이 왜 그래요? 리아가 뭐라고 했어요?"

"한 시간 후에 닉과 카일이 온다고."

"그게 다예요? 그런데 무척 화가 난 것처럼 보여요."

"후회되는 게 있어서."

"후회?"

"그때 쏴 버렸어야 했는데……."

루이스가 중얼거리자 놀란 서진의 눈이 동그랗게 변했다.

"쏴 버렸어야 했다니 누구를요?"

"리아."

서진은 그제야 미소를 지었다. 루이스와 함께 사는 동안 이미 익숙해진 일 중의 하나였다.

"리아가 또 신경을 건드렸나 보네요. 하지만 이젠 익숙해질 때도 되지 않았어요?"

"전혀."

"왜 이래요, 난 당신만큼 리아가 좋아요. 예전에도 좋았지만, 앞으로는 그녀가 더욱 좋아질 것 같아요."

리아가 아니었다면 루이스를 가질 수 없었을 테니까.

"그 말을 들으니까 더욱더 죽이고 싶어지는군."

루이스가 투덜거리자 서진은 그런 그가 귀여워 고개를 들어 볼에 입을 맞추었다.

"그만 해요. 절대 그런 일이 없을 거라는 거 이미 난 알고 있어요. 게다가 나를 이렇게 안고 있으면서 그런 얼굴 하고 있는 것도 싫다고요. 인제 그만 하고 날 좀 봐줘요. 나는 자는 동안에도 내내 당신이 그리웠단 말이에요."

그것으로 리아를 향한 루이스의 불만은 끝이 났다. 그는 어느새 리아의 존재 따위는 잊어버리고 자신의 품에 안겨 있는 서진을 사랑스럽다는 듯 바라보았다.

천하의 루이스조차 자는 동안에도 그를 그리워했다고 말하는 서진을 두고 화를 내고만 있을 수는 없었던 것이다. 그는 어느새 표정을 바꾸어 서진을 바라보았다.

"잘 잤어?"

"별로요. 이미 말했잖아요. 자는 동안에도 당신이 그리웠다고."

서진의 말에 루이스의 입가엔 희미한 미소까지 서렸다.

"몸은 좀 어때?"

그가 묻자 서진은 몸에 힘을 주고 기지개를 켰다. 격렬했던 관계로 인해 여기저기 안 아픈 곳이 없었지만 서진은 해맑게 웃었다.

"괜찮은가 본데요?"

"다행이네."

그는 얼굴 위로 흘러내린 서진의 머리카락을 매만져주며 그녀의 입가에 키스했다. 그것을 시작으로 다시 이마로 올라가 눈과 귀, 코와 볼에도 하나하나 입을 맞추었다. 이제 그의 입술은 그녀의 목을 누르고 있었다.

"루이스."

"응?"

"지금 뭐해요?"

그녀가 묻고 있는 동안에도 루이스의 입술은 쉴 새 없이 움직였다. 그는 대답은 하지 않고 그녀의 피부 이곳저곳을 옮겨 다니며 키스 마크를 남겼다.

"우리 그만 일어나야 하는 거 아니에요? 아까 리아가 한 시간 후에 닉과 카일이 도착할 거라고 했다면서요. 이젠 한 시간도 채 남지 않았어요."

"정확히 52분 남았어."

"시간 재고 있었어요?"

"음."

짧게 대답한 루이스가 몸을 일으켜 서진을 품 안에 가두었다. 그는 고개를 숙여 서진에게 키스를 퍼부었다. 깊은 키스가 겨우 끝이 났을 때 루이스가 서진에게 말했다.

"아쉽긴 하지만 그래도 시간은 충분해."

"루이스."

서진의 얼굴이 붉게 물들었다. 하지만 그녀는 그를 말리고 싶지 않았다. 그는 분명 섹스라는 단어 대신 사랑이라는 단어를 사용했다. 시간 따윈 루이스에게 맡기자.

속으로 중얼거린 서진은 루이스를 빤히 바라보았다. 그 역시 그녀를 마주 보며 한 손으로 서진의 두 손을 붙잡아 머리 위에서 고정했다. 작은 체구에서 불거진 가슴이 탐스러운 과실처럼 그를 향해 열렸다. 서진은 그가 고개를 숙여 그녀가 가진 열매를 탐하는 것을 지켜보았다. 자는 동안 수그러들었던 열기가 서서히 피어오르는 것이 느껴졌다.

"루이스……."

서진이 몸을 부르르 떨며 신음하듯 그의 이름을 불렀다. 언제부터인가 유두를 짓이기는 움직임이 다소 거칠어지고 있었다. 서진의 입에서도 거친 호흡과 숨결이 쏟아졌다. 그녀의 반응이 서서히 거세지면서 그를 따라오자 루이스가 희미하게 중얼거렸다.

"이미 말했잖아, 난 신사가 아니라고."

그는 다시 유두를 집어삼키고 거칠게 빨아들였다.

"아아."

서진은 몸을 비틀었다. 그의 혀가 그녀를 거세게 탐닉할수록 원초적이고 야릇한 쾌감이 신체 조직의 말단 하부까지 관통하는 것 같았다. 그가 그만하길 바라면서도 그 이상으로 계속해주길 바라는 이중성에 서진은 머리를 이리저리 저어댈 뿐이었다.

"제발……."

서진은 자신이 무엇을 요구하고 있는지도 인지하지 못한 채 루이스에게 채근했다. 그가 내리누르고 있던 다리는 어느새 원래의 자리를 벗어나 루이스의 허리를 꽉 끌어안고 있었다. 한껏 벌어진 다리 사이를 이리저리 스치는 그의 남성이 느껴지자 서진은 울고 싶은 심정이었다. 그런 그녀를 더욱 애태우듯 줄곧 가슴에 머물고 있던 루이스의 입술이 서서히 아래로 미끄러지듯 내려갔다.

서진은 더 이상 견디지 못하고 그의 허리를 풀어주었다. 자유로워진 그가 좀 더 날렵한 동작으로 내려가더니 음부를 빨아대기 시작했다. 그의 입술과 혀가 그녀의 이성을 앗아가는 대신 쾌락과 희열을 메아리처럼 내주었다.

체모 속에서 그녀의 여성을 찾아낸 루이스가 오직 은밀한 그곳에서만 생성될 수 있는 애액을 핥기 시작했다.

꼿꼿하게 선 혀끝이 그 끝과 닮은 클리토리스를 톡톡 건드렸다. 정신을 잃을 것만 같은 아찔한 쾌감에 서진은 울다시피 흐느꼈다.

"루이스……, 루이스……."

그녀가 부르는 그의 이름은 곧 신음소리였다. 그녀가 부르는 그의 이름은 곧 신호였다. 그녀가 그의 이름을 부를 때마다 혀끝이 성감대가 가장 많이 밀집되어 있는 클리토리스를 애무했다.

예민한 그곳은 그의 혀끝에 의해 조롱당할 때마다 전율하며 부풀어 올랐고 서진에게 견딜 수 없을 만큼의 희락을 선사했다. 서진은 허리를 휘었다. 하지만 한껏 고조되어 있는 그녀의 육체가 이미 자신의 것이 아니라고 해서 이대로 루이스를 혼자 남겨둔 채 가고 싶지는 않았다.

"당신이 필요해요."

서진은 애타게 애원했고 그것이 신호가 된 양 루이스가 비로소 고개를 들었다. 그는 정염에 물든 서진을 만족스럽게 내려다보며 그녀의 다리를 넓게 벌렸다.

도톰하게 발기된 여성은 윤활유를 바른 듯 매끈하고 촉촉해 보였다. 자리를 잡은 그는 거대하고 딱딱한 성기로 공들여 애무한 그녀의 여성을 한 번 쓸어내리고 그대로 돌진해 들어왔다.

"하아, 아."

서진의 작고 민감한 여성이 그의 거대한 페니스를 받아들이기 위해 일제히 비명을 지르며 벌어졌다. 밀고 들어오는 그의 남성은 여전히 따라가기 버거울 정도로 크고 단단했다. 완전하게 밀착된 듯 느껴지면 이어 더 굵은 뒷부분이 그 자리를 차지하고 진입해 들어왔다.

서진은 가랑이 사이를 두 동강 내듯 가르고 들어오는 페니스를 힘겹게 버티며 받아들였고 비로소 완전하게 남성과 여성이 결합했다.

"다 들어갔어."

은밀한 공간을 가득 채운 그가 말하자 서진은 용기를 내어 루이스를 바라보았다.

"너무 커요. 하지만 다…… 가질 거예요."

거친 숨소리에는 그녀의 고통과 쾌락이 녹아 있었다. 동시에 그와 동등한 위치에 있고자 하는 서진의 욕망도 짐재되어 있었다.

"그래."

루이스는 그녀에게 굴복한 이후 언제나처럼 인정했다. 그녀는 그를 완전하게 삼켰고 품었다. 그녀는 결코 어린애가 아니었다. 강서진. 그가 인정한 그의 여자였다. 동시에 그가 처음으로 굴복한 여자였다.

"가져가, 내 모든 것을."

그의 아래에서 그를 지배하고 있는 아름다운 여자의 이름. 그녀의 이름을 부른 그가 고개를 숙여 키스했다. 두 개의 혀가 서로 맞잡고 희롱하는 동시에 그가 허리를 움직이기 시작했다.

서서히 시작된 리듬은 격렬한 하모니를 추구하듯 다소 빨라졌다. 물고 물린 아귀처럼 루이스와 서진은 서로 이은 채 같은 동작을 반복했다. 위아래로 흔들리는 서진의 입에서 쉴 새 없이 신음소리가 흘러나오는 동안 루이스의 호흡도 거칠어졌지만 그럴수록 두 사람의 결속력은 강해졌다.

하나로 섞인 살과 살은 그들이 마찰과 이루어낼 수 있는 최고의 쾌감을 형성시켰다. 수축과 이완, 채움과 비움, 돌진과 후진을 반복하는 동안 쾌락과 희열이 진득하게 뭉쳐진 소리가 넓은 침실을 가득 채웠다.

"아흐흣."

이성의 하모니가 만든 최상의 고지에 서진이 먼저 도달했다. 온몸을 부르르 떤 그녀는 한껏 고조된 여성으로 루이스를 더욱더 조였고 이어 쾌락의 정점에 도착한 루이스도 절정을 맞이했다.

잠시 후, 폭풍과도 같은 열기가 지나고 나자 서진은 축 늘어져 있는 몸을 겨우 일으켰다. 나른한 몸에 아직까지 여운이 남아 있었지만 그렇다고 해서 이 상태에서 닉과 카일을 맞을 수는 없는 노릇이다.

"먼저 씻을게요."

서진은 그 말을 남기고 침대에서 내려왔다. 욕실로 들어선 그녀는 이를 먼저 닦고 간단히 샤워를 하기 위해 물을 틀었다. 몸에 거품을 묻히고 샤워기를 틀어 씻어 내려고 할 때쯤 루이스가 들어섰다.

그는 그녀와 마찬가지로 나신이었다.

그래도 서진은 시선을 다른 곳으로 돌렸다. 그와 사랑을 나누었음에도 이렇게 마주 서 있는 것은 여전히 부끄러웠다.

"잠깐만요."

하지만 그녀에게 다가온 루이스는 말없이 서진이 들고 있던 샤워기를 빼앗아 물을 끄고 아무 데나 올려놓았다. 루이스는 서진을 샤워부스로 밀었다.

"루이스?"

서진은 물으면서 손바닥으로 투명한 샤워부스를 짚었다. 증기가 서려 있던 부스에 축축한 손자국이 그대로 찍혔다. 동시에 가랑이 사이로 루이스의 손이 파고들었다. 그대로 힘을 가한 그는 서진의 한쪽 허벅지를 들어 올렸다.

"루이스……."

자칫 균형을 잃은 서진은 다급하게 그의 이름을 불렀다. 딱딱한 신체 일부가 닿는가 싶더니 이내 발기된 남성은 가랑이 사이를 파고들었다. 자신의 존재를 입증이라도 하듯 여기저기를 비벼대는 그것이 무엇을 의미하는지 서진은 알았다.

민망한 자세 때문에 서진의 얼굴과 귓불이 붉게 물들었다. 루이스가 고개를 숙여 그녀의 귓가를 깨물었다. 그의 뜨거운 숨결이 전해지자 귓가에 전율이 일었다. 그의 집요한 요구에 서진은 만족스럽게 수긍했다.

"만족을 모르네요."

"그래."

이내 그대로 벌어진 여성 안으로 단단한 남성이 밀고 들어왔다. 앞으로 밀린 서진의 벗은 몸이 차가운 유리에 닿았다. 차가운 유리의 감촉이 유두 끝을 타고 전해졌다. 짓눌린 가슴이 터질 것처럼 일그러졌다.

"아직, 부족해."

루이스가 천천히 허리와 골반을 움직였다. 안쪽, 깊은 곳에 박혀 있는 페니스가 되도록 많이 내벽을 긁을 수 있도록 그는 천천히 그리고 때론 세차게 질주를 즐겼다.

"아앗."

안 그래도 축축한 공간에 끈적끈적한 호흡이 뒤섞였다. 몸은 어느새 달아올랐고 다시는 오지 않을 것 같은 고지를 향해 서진은 다시 내달리기 시작했다.

유리를 잡고 있는 서진의 손에 힘이 가해졌다.

그의 열정은 뜨거웠고 끝이 없을 정도로 거셌다. 서진의 겨드랑이 사이를 돌아 들어온 루이스의 손이 관능적으로 흔들리는 가슴을 움켜잡았다. 뇌수까지 차오르는 만족감에 서진은 가쁜 호흡을 연신 쏟아냈다. 그녀를 향한 루이스의 정염은 끊임없이 타올랐다.

"루이스……."

사정의 궤도에 진입한 루이스가 잠시 호흡을 참고 있다가 서진의 가슴을 움켜쥐고 그녀의 내부 깊숙한 곳에 희뿌연 액체를 뿌려 놓았다.

잠시 후 그가 뿜은 정액이 서진의 허벅지를 타고 흘러내렸다.

두 사람이 아래층으로 내려갔을 땐 이미 도착한 닉과 카일이 리아와 함께 그들을 기다리고 있었다. 리아가 짓궂은 표정을 지으며 닉에게 한마디 했다.

"살다 보니 별의별 일들이 있긴 있네. 루이스 히링튼이 사람을 기다리게 할 때도 다 있고. 안 그래, 닉?"

"그럴 수도 있지."

언제나처럼 닉은 험상궂게 생긴 외모와는 달리 점잖게 말했다.

"하긴 우리 닉은 신사니까."

리아는 닉에게 키스하며 다시 말을 이었다.

"하지만 난 전혀 괜찮지 않아. 카일도 마찬가지일 테고. 그렇지 카일?"

리아가 이번에는 은근히 카일을 들먹이자 루이스가 한마디 했다.

"내 집에 손님들을 초대한 기억은 없는데."

루이스의 어조에는 전혀 미안하다는 기색이 없었다. 오히려 그들이 자신을 방해했다는 듯 불쾌한 기색이 역력했다. 결국 보다 못한 서진이 뒤늦게 나섰다.

"미안해요. 기다리게 해서. 음, ……상황이 좀 그렇게 됐어요. 어쨌든 기다리게 해서 미안해요."

하지만 서진의 사과에도 리아는 물러설 기미를 보이지 않았다.

"어떤 상황이었는데? 미안하면 설명을 해줘야지, 서진. 난 그렇게 생각하는데. 카일 네 생각은 어때?"

그제야 이무 말 없이 앉아 있던 카일이 말문을 열었다.

"그만해, 리아."

카일이 그녀의 의도대로 따라 주지 않자 리아는 김이 샌다는 표정을 지어 보였다.

"체, 재미없게 굴긴."

리아가 투덜거리자 카일이 자리에서 일어났다.

“이런 얘기나 하려고 오라고 한 거라면 난 그만 가겠어, 리아.”

순간 루이스를 제외한 모두가 의외라는 표정으로 카일을 바라보았다. 서진 역시 마찬가지였다. 그러고 보니 카일의 태도가 평소와 달라 보였다. 언제나 밝은 모습을 보였던 그였는데 오늘은 전혀 다른 얼굴이었다. 게다가 그의 목소리에는 가시가 돋아 있었다.

서진은 루이스가 헬기를 타고 사라졌을 때 카일과 했던 통화를 떠올렸다.

[카일, 나야.]

[무슨 일이야.]

[루이스가 헬기를 타고 사라졌어. 리아 말로는 루이스가 그쪽으로 올 거라고 말했지만 난 그래도 그가 걱정돼. 대체 무슨 일인지 알고 있는 게 있나 해서. 설마 혼자서 일을 벌일까 봐 걱정돼.]

[…….]

[지금 내 말 듣고 있는 거야?]

[그래. 하지만 난 널 도와줄 수 없어.]

[카일?]

[조금 전에 리아와 통화했어. 리아가 말한 대로 될 거야. 그만 끊을게.]

분명 그때도 카일의 목소리는 지금처럼 가시가 돋아 있었다. 서진은 걱정스러운 시선으로 카일을 바라보며 조심스레 물었다.

“무슨 일 있는 거야?”

“…….”

하지만 카일은 그에 관해 대답하지 않았다. 그는 잠시 루이스를 바라보았다. 그리고는 다시 서진을 바라보더니 아무 일도 아니라는 듯 어깨를 으쓱거렸다.

"그냥 좀 기분이 안 좋아. 뭐, 곧 괜찮아지겠지."

그러자 리아가 깔깔거리며 다시 대화에 끼어들었다.

"물론 그래야지. 게다가 우리에겐 해야 할 일이 있잖아? 요즘 벌레들이 다시 극성을 부리기 시작했어. 시간이 주어졌을 때 한 마리라도 더 잡아야지."

그녀의 말에 모두의 시선이 리아 쪽으로 모였다. 그녀는 사람들의 시선을 모두 모은 것이 뿌듯한 듯 우아하게 팔짱을 끼었다.

"이런, 그렇다고 내게 뭘 기대하란 말은 아니었는데. 오늘은 루이스가 우리에게 할 말이 있을 것 같아서 모이라고 한 거야. 안 그래, 루이스?"

리아는 자신에게 모였던 시선들을 루이스에게 넘겼다. 모두의 시선이 루이스에게 몰리자 리아가 짓궂은 표정으로 물었다.

"공표해야 할 게 있지 않아? 우리 모임에 신입회원이 있다거나, 그런 거."

루이스가 그녀를 노려보았다.

"히링튼 여사는 항상 약속이라는 것을 부척이나 소중히 여기셨어. 그 소중함을 항상 쌍둥이 남매에게 강조하시곤 하셨지. 물론 당신도 기억하고 있으리라 믿어. 설마 그분의 가르침을 헛된 것으로 만들려는 건 아니겠지?"

"그만해. 잔소리라면 지겨우니까."

루이스의 말에 리아가 깔깔거렸다. 그런 리아를 두고 루이스가 서진을 바라보았다. 약속을 뒤집을 생각은 없었다. 하지만 그는 여전히 서진이 이 모임의 일원이 되는 것을 바라지도 않았다.

"약속, 지켜요."

그가 갈등하고 있는 것처럼 보였는지 서진이 그들의 약속을 상기시켰다. 루이스는 고개를 끄덕였다. 만약 그녀가 위험에 처하게 된다면 그 누구보다도 자신을 용서하지 않으리라 맹세하면서 말이다.

"리아 말이 맞아. 서진도 우리 모임에 합류하기로 했어."

루이스의 말에 서진의 눈빛이 반짝였다.

"고마워요."

"천만에."

루이스의 허락이 떨어지자 리아가 기쁨의 비명을 지르며 서진에게 다가와 그녀를 힘껏 끌어안았다.

"꺄아, 진심으로 환영해. 내가 좀 여린 성격이라 그동안 말은 못했지만 우악스러운 사내들 틈에 끼여서 얼마나 외로웠는지 몰라."

리아의 너스레에 서진이 킥킥 웃었다.

"설마. 차라리 의사가 필요했다고 말하는 편이 나을 것 같은데."

"어머, 그럴 걸 그랬나?"

두 여자가 서로 바라보며 웃고 있는 동안 닉과 카일도 서진을 중심으로 모여들었다.

"이제 몸 사리지 않아도 되겠는데."

닉이 웃으며 말했다.

"앞으로 잘 부탁해."

"그건 내가 해야 할 말인 거 같은데요. 어쨌든 고마워요."

이번엔 카일이 그녀에게 주먹을 내밀었다.

"난 예전부터 줄곧 네가 오길 기다리고 있었던 거 알지?"

서진은 싱긋 웃으며 주먹을 쥐고 카일의 주먹과 마주했다.

"물론."

간단한 환영 인사가 끝나자 리아가 서진에게 말했다.

"자, 서진 네가 비로소 우리 모임의 일원이 되었으니까 알려줄 게 있어. 뭐 어느 정도 알고는 있겠지만 형식적으로나마 우리 각자가 주로 맡은 역할이 무엇인지 소개해줄까 해. 우선, 닉부터. 닉은 도청 쪽을 주로 맡고 있어. 닉은 비밀리에 도청 시스템 전문업체를 소유하고 있잖아? 하지만 운동신경 또한 대단하지."

서진이 미소를 지으며 고개를 끄덕였다.

"카일은 천부적인 능력을 갖춘 해커야. 어떤 마스터 부트 레코드(Master Boot Record, MBR)든 파괴할 수 있어. 물론 겉으로는 잘 생기고 능력 있는 소프트웨어 회사의 사장이지. 난 주로 법 쪽을 담당해. 너도 알다시피 필드에서 활동하고 있지는 않지만, 변호사 자격증을 가지고 있으니까. 물론 때로는 미인계를 담당하기도 해. 그리고 마지막으로……."

리아는 잠시 뜸들이며 시선을 루이스에게 이동했다. 서진의 시선도 기대감으로 반짝이며 루이스를 바라보았다.

"루이스는 저격수이자 기습에 능해. 직접 벌레를 잡는 역할을 한다고 할 수 있지. 닉도 가담하기도 하지만 루이스는 단독 행동을 하려 해서 우리를 당황하게 만들어. 그게 우리들을 위해서라고 생각하는 거 같은데 내 생각엔 아무래도 벌레 잡는 게 천성인 것 같아. 그 외엔 자금 조달을 도맡고 있다는 이유로 감히 우리를 진두지휘하려고 하는 성질 나쁜 리더 역할을 맡고 있기도 해."

리아가 쿡쿡 웃자 서진도 따라 웃었다. 하지만 내부에서는 무언가 불타오르는 뜨거운 감정을 느꼈다.

그것은 영화나 드라마에서 나오는 영웅들이 외치는 정의를 수호와 같은 거창한 무엇이 아니라 멋진 그들과 동등한 위치에 섰다는 자부심이었다. 그로 인해 서진은 처음으로 자신이 나약한 존재라는 것을 깨달았다.

의사란 직업은 사람들이 다치거나 아플 때 능력을 발휘할 수 있다. 하지만 자신의 능력 발휘를 위해서 이 소중한 사람들이 다치기를 기다릴 수도 바랄 수도 없는 일이다. 서진은 이들에게 꼭 필요한 사람이 되기 위해서는 앞으로 배워야 할 것이 무척 많다는 것을 깨달았다.

"다들 멋져요. 앞으로 따라가려면 많은 것을 배워야 할 것 같기도 하고요."

서진은 빙긋 웃으며 카일을 바라보았다.

"컴퓨터 좀 가르쳐줘. 웬만큼은 다룰 줄 아니까 그렇게 고생시키지 않을 자신 있어."

"얼마든지."

"고마워. 열심히 배울게."

서진은 고개를 돌려 닉을 바라보았다.

"도청도 배울 수 있을까요?"

"그럼. 언제든지."

"고마워요."

마지막은 리아였다.

"법은 좀 머리가 아프지만, 열심히 배울게."

"알면 알수록 재미있는 게 법이야. 그만한 모순덩어리도 없거든."

"그 말을 들으니까 기대가 되네. 그런데 내가 미인계라는 것도 배울 수 있을까?"

"왜 이래. 그 가능성은 알랭 의원을 통해서 이미 입증해주었으면서."

"그런가?"

서진은 어깨를 으쓱해 보이고는 마지막으로 루이스를 바라보았다. 루이스는 말없이 서진을 지켜보고 있었지만 아주 잠깐 그녀에게 경고의 눈빛을 보냈다. 하지만 혼자만의 생각에 빠져 있던 서진은 그것을 읽지 못했다.

그녀는 그 누구보다 루이스에게 필요한 사람이 되고 싶었다. 그토록 바라던 대로 그의 여자가 되었다고 해서 그 자리에 안주해 있고 싶지는 않았다. 자신이 루이스가 아니면 안 되는 것처럼 그 역시 그녀가 아니면 안 되게 만들고 싶었다. 서진은 그를 향해 도전적으로 턱을 들었다.

"내 체력이 좋은 건 이미 입증됐죠?"

그녀의 말에 루이스가 입꼬리를 말았다.

"어제처럼 하루를 꼬박 굶겨도 열심히 서포트 해줄 테니까 내게도 당신이 가진 기술을 가르쳐줘요."

"기대하지."

"얼마든지 기대해도 좋아요."

서진은 루이스에게 싱긋 웃어 보였다.

"모두에게 필요한 사람이 될 수 있도록 최선을 다할 거예요. 무엇보다 나로 인해 후회하는 일이 생기지 않도록 말이에요."

서진의 말에 루이스가 고개를 끄덕였다. 그때 리아가 두 사람이 주고받는 시선을 깨뜨리며 등장했다.

"든든한 지원군이 생겨서 좋겠어. 물론 나도 좋아. 나를 대신해서 널 걱정해줄 사람이 생긴 것 같으니까 말이야."

"그런 줄은 전혀 몰랐는데."

"동양 속담에 형만 한 아우가 없다는 말이 있어. 그런 속담은 이럴 때 써먹으라고 있는 거지. 넌 늘 날 죽이고 싶은 생각뿐이겠지만 난 늘 널 걱정한단다. 사랑하는 내 동생아."

리아가 깔깔거렸다.

"집어치워."

루이스가 이죽거리자 언제나처럼 두 사람의 감정이 거칠어지기 전에 닉이 거들었다.

"이럴 게 아니라 서진에게 신고식을 열어줘야지."

"신고식? 그거 좋은 생각인데, 자, 그럼 우선 밖으로 나가볼까나."

그때였다. 갑자기 루이스가 들뜬 분위기에 찬물을 끼얹듯 낮은 음성으로 말했다.

"먼저 나가서 자리 잡고 연락해. 나와 서진은 한 시간 후에 합류하도록 할 테니까."

루이스의 말에 닉과 카일이 의외라는 듯 바라보았다.

"왜 이래. 오늘의 주인공은 서진이라고. 서진이 없는데 우리끼리 무슨 자리를 잡고 기다리라는 거야? 한 시간 뒤에 합류하겠다는 건 또 뭐고?"

리아가 물었다. 그러자 루이스가 태연자약하게 말했다.

"서진은 일단 뭐라도 먹어야 해. 굶었거든."

"뭐?"

그의 말에 리아가 어이가 없다는 표정을 짓고 있다가 무슨 생각이 들었는지 깔깔거리기 시작했다.

"이런. 내가 그만 깜박 잊고 있었지 뭐야."

서진은 민망해진 얼굴로 루이스를 바라보았다.

"난 괜찮아요. 함께 나가고 싶단 말이에요. 나가서 뭘 먹어도 되고요."

"안 돼."

"왜 안 되는데요?"

"이미 식사 준비를 해놓으라고 했어."

"하지만."

"안 먹으면 주드가 실망할 거야."

루이스가 주드를 들먹이자 서진은 더 이상 거절할 수가 없었다. 그러자 리아가 못 참겠다는 듯 웃어대며 말했다.

"아이고, 배꼽이야. 내 동생에게 이렇게나 자상한 면이 있을 줄이야. 알았어, 알았으니까 데리고 가서 뭐든 먹이고 나오라고. 그동안 우리는 나가서 승마나 즐기고 있으면 되니까. 안 그래?"

"그래, 리아 말대로 승마나 즐기고 있을 테니까 천천히 나와."

"나도 괜찮아."

닉과 카일도 고개를 끄덕였다.

"또 기다리게 해서 미안해요."

서진이 사과하자 리아가 억지로 웃음을 참으며 말했다.

"그런데 한 시간은 좀 길지 않을까 하는 생각이 문득 드네? 주드가 이미 식사 준비까지 해놓았다면서 말이야. 아, 그럼 이렇게 하자, 혹시라도 식사 외의 것으로 루이스가 한 시간을 채우려 든다면 그땐 나한테 휴대폰을 날리는 거야. 알았지?"

리아는 눈을 찡긋하고는 웃느라 눈에 고인 눈물을 우아하게 지웠다.

"젠장. 하마터면 마스카라 번질 뻔했네."

물론 그녀의 말투는 행동과는 다소 거리가 멀었지만.

"자, 그럼 우리 먼저 나가 있을게. 이따가 봐."

리아는 손을 흔들어 보이고는 우아한 걸음걸이로 문을 열었다. 카일과 닉 역시 루이스와 서진에게 잠시 후에 보자며 리아를 따라나갔다.

"루이스와 서진이 어제 온종일 굶었다니? 무슨 일 있었어?"

열린 문 사이로 닉이 리아에게 묻는 소리가 들렸다.

"무슨 일이 있었다니? 내가 예전에 한 말을 벌써 잊은 거야? 내가 그랬잖아. 루이스가 어떤 선택을 하든 그 앤 결국 서진 때문에 말라 죽어 갈 거라고."

"아, 이제야 알겠어.

닉의 웃음소리가 들렸다.

리아와 닉의 대화를 듣고 있던 서진의 얼굴은 붉게 물들었다. 그것을 아는지 모르는지 루이스는 태연한 얼굴로 서진의 손을 잡더니 식당으로 데려갔다.

두 사람이 식사를 시작한 지 이십여 분 지났을 때였다. 접시에는 아직 음식이 남아 있었지만 서진은 더 이상은 먹지 않겠다는 듯 들고 있던 포크를 내려놓았다.

"왜?"

"그만 먹을래요."

"아직 남았어."

"아무래도 그들을 기다리게 하는 건 아닌 것 같아요. 아까도 기다렸는데……."

"미안해하지 않아도 돼. 지금쯤 신나게 승마를 즐기고 있을 테니까. 물론 내가 가장 아끼는 말들만 골라서 말이야."

"하지만."

"됐으니까 남은 음식이나 마저 먹고 일어나. 분명하게 말해 두지만 그전엔 안 돼. 난 이제 다 먹었으니까 이제부터 널 지켜보고 있을 거야."

루이스는 말끔하게 빈 접시 옆에, 들고 있던 포크와 나이프를 내려놓고 서진이 앉아 있는 자리로 다가왔다.

"주드는 네가 음식을 남기면 걱정을 할 거야. 음식이 맛이 없던 걸까 생각할 수도 있고 네 입맛이 변했을까 고민할 수도 있겠지. 어쨌든 그는 그것으로 종일 고민을 하게 될 테지."

루이스의 부드러운 협박에 서진은 고개를 가로저었다.

"알았어요."

서진은 졌다는 듯 포크를 집어 들어 접시 위에 남아 있는 음식들을 먹기 시작했다.

"천천히 먹어."

"알았다고요. 그러니까 어린아이 대하듯 자꾸 그러지 말란 말이에요. 쳇, 루이스 히링튼이 이렇게 얄미운 남자인 줄은 그동안 몰랐네요."

루이스가 즐거운 미소를 짓고 있는 동안 서진은 열심히 접시들을 비웠다.

"이제 됐죠? 이 정도면 주드는 대단히 만족할 거예요."

서진은 말끔해진 접시를 루이스더러 보라는 듯 내밀어 보이고는 자리에서 벌떡 일어났다.

"자, 그럼 어서, 가요. 빨리 양치하고 가야겠어요."

하지만 그녀는 다섯 발자국도 나가 보지 못한 채 루이스에게 손목을 잡혔다.

"잠깐."

"왜요?"

"소스 묻었어."

"어디요?"

서진이 묻자 루이스가 그녀를 향해 고개를 숙였다. 그리고는 혀를 내밀어 그녀의 입가를 핥으며 중얼거렸다.

"여기."

서진은 내리깐 루이스의 잿빛 눈동자를 힐끔 쳐다보았다. 그의 눈동자는 침대에서 그녀를 바라보고 있었을 때와 닮아 있었다. 하지만 서진은 그의 눈빛을 못 읽은 척 애써 무시했다. 자신을 향한 그의 욕망은 가슴이 두근거릴 만큼 좋았지만 그래도 기다리고 있는 리아와 닉, 카일을 생각해야 했다.

"이제 됐어요?"

"아니, 여기도 묻었어."

그는 서진이 고개를 피할 틈도 주지 않은 채 반대편을 핥았다. 그리고 이어 또 다른 곳도 소스가 묻었다며 핥았다. 그러다 보니 슬슬 그의 행동에 의심이 서렸다.

"소스, 묻었다는 거 진짜예요?"

서진이 묻자 루이스의 입꼬리가 슬며시 말렸다.

"응."

루이스가 웃고 있었다. 무엇이 그렇게 즐거운지 이전에는 한 번도 보지 못했던 미소를 짓고 있었다. 하얗고 고른 치아가 눈이 부실 만큼 매력적이다. 왜 이전에는 이런 모습을 보여주지 않았던 걸까. 물론 그러지 않았어도 그녀는 그에게 빠져들었지만 말이다.

"거짓말."

서진은 투덜대며 루이스의 목을 두 팔로 감았다. 그녀의 행동에 루이스의 잿빛 눈동자가 기대감으로 반짝였다.

"거짓말쟁이. 그래도 당신 눈동자는 거짓말을 못하는 것 같아요."

"내 눈동자가 뭐라고 하는데?"

"날 원한대요."

"그래?"

"네."

"그렇다면 이젠 어쩔 셈이야?"

루이스가 웃으며 묻자 서진도 빙그레 웃었다.

"당신은 치아한테 감사해야 해요."

"음?"

"그 매력적인 치아 때문에 생각이 바뀌었거든요. 그러니까 자주 웃어요, 루이스."

"훗."

마치 착한 아이처럼 루이스가 다시 웃었다.

"한 시간 채우려면 얼마나 남았어요?"

"25분."

“시간 재고 있을 줄 알았어요.”

서진은 낮게 중얼거리며 고개를 높이 들고 그의 입술을 빨았다. 조용한 식당에 쪽쪽거리는 소리가 퍼져 나갔다.

곧이어 서진은 루이스의 입술을 열고 혀를 밀어 넣었다. 그는 한 치의 망설임도 없이 그녀의 방문을 환영해주었다. 서진은 그녀의 생각을 달리하게 만든 그의 치아를 따라 천천히 빨았다. 그리고 그 틈을 벌리고 들어가 이번엔 그의 혀를 감았다. 부드럽게 시작했던 키스는 서서히 격렬해지고 있었다.

그에 상응하듯 서진의 등을 부드럽게 쓰다듬고 있던 루이스의 손은 어느덧 그녀의 셔츠 밑으로 파고들어가 가슴을 움켜쥔 상태였다. 브래지어는 이미 제 구실을 잊었다. 그와 마찬가지로 서진 또한 침실에 두고 온 휴대폰 따위는 잊고 말았다.

루이스가 서진이 입고 있던 바지를 벗겼다. 식탁 위에 놓여 있는 빈 접시들을 밀어내듯 치운 그는 서진을 번쩍 안아 긴 식탁 위에 올려놓았다. 서진은 양다리를 벌려 루이스를 그 사이에 가두었다.

그리고는 서툰 동작으로 루이스의 벨트를 풀었다. 벨트와 함께 바지를 내리자, 부푼 페니스가 팬티를 잔뜩 부풀려 놓은 상태였다. 더욱 밀착할 수 있도록 루이스가 서진의 다리를 넓게 벌렸다.

식당과는 전혀 어울리지 않는 차림이었음에도 루이스는 전혀 주저하지 않았다. 그는 서진의 팬티를 옆으로 벌리고 페니스를 가져다 댔다.

“그런데, 누가 오기라도 하면 어쩌죠?”

“오지 않을 거야.”

“하지만…….”

"괜찮아."

더는 기다릴 수 없다는 듯 짧게 말한 그는 곧장 그녀 안으로 들어왔다. 마치 작았던 구멍이 그의 페니스를 충분히 모금을 수 있을 만큼 서서히 벌어지는 것을 즐기기라도 하는 사람처럼.

"으……."

서진은 조금 고통스러워하며 루이스의 어깨를 힘주어 잡았다.

"아파?"

서진이 살며시 고개를 끄덕였다.

"그래도 좋아요."

루이스가 서진을 배려한 듯 몸을 뒤로 뺐다가 다시 천천히 앞으로 진입했다.

"아……."

그러자 조금 전과는 사뭇 다른 신음소리가 흘러나왔다.

"루이스."

서진은 루이스의 목을 사이에 두고 두 손을 맞잡았다. 루이스는 서진이 적응할 수 있도록 천천히 나갔다가 들어오는 것을 여러 번 반복했다. 치고 들어왔다 나가는 페니스의 크기만큼 이완했다가 수축하는 근육이 야기하는 쾌감과 클리토리스에 야기되는 마찰이 서서히 반복되면서 형성된 쾌감이 한데 어우러졌다.

서진은 만족스러운 신음을 토해냈다. 아직도 통증이 따랐지만 그와의 밀착은 그것을 상쇄하기에 충분했다.

하지만 그 자세가 이제 적응되었다 싶었을 때 루이스가 그녀를 일으켜 세웠다. 그가 리드한 대로 따라가자 어느새 서진은 식탁 의자에 앉은 루이스의 허벅지 위에 등을 보인 채 앉아 있었다.

'어쩌려는 걸까?'

고민할 틈도 없이 루이스가 은밀한 여성이 숨어 있는 둔덕 사이에 페니스를 손으로 잡아 밀어 넣었다. 끝에서 그녀의 클리토리스가 느껴지자 루이스는 천천히 그 사이를 비집고 들어갈 수 있도록 페니스를 위로 말아 올렸다.

"루이스……."

민망한 자세 때문에 서진의 피부가 붉게 물들었다. 서진은 사방이 뚫린 곳에서 루이스의 손이 힘을 주어 허리를 내리고 자리를 잡을수록, 그래서 안으로 밀려드는 남성의 힘이 고스란히 전달될수록, 서진은 붉게 타올랐다. 가랑이 사이를 그대로 뚫고 들어온 페니스가 그녀의 질 속에서 요동쳤다.

"아아……."

서진은 하복부를 관통하는 쾌감에 저도 모르는 사이 양팔을 뻗어 루이스의 허벅지를 붙잡았다. 그리고 본능이 이끄는 대로 말을 타는 것처럼 허리를 움직이기 시작했다. 움직일 때마다 그녀의 은밀한 공간을 압박하는 그의 남근이 고스란히 느껴졌다.

부끄러웠지만 멈추기 싫었다. 그래서 서진은 본능이 시키는 대로 골반을 비틀었다. 그녀 안에서 단단하게 일어선 페니스가 점점 굵게 불끈불끈 솟아올랐다. 마치 승마를 하듯 서진은 루이스의 다리 위에서 움직였다.

그녀의 허리를 붙잡고 움직임을 격려해주던 루이스가 이번에는 윗옷 사이로 한쪽 손을 집어넣어 그녀의 가슴을 움켜잡았다. 탄력적으로 출렁이던 가슴이 터질 듯 짓눌렀다. 그는 서진이 일으키는 반동과 리듬에 맞추어 강약을 조절하며 그녀의 유두를 애무했다.

그녀가 골반을 비틀면 그도 꼿꼿하게 선 유두를 손가락 사이에 끼고 빙글빙글 돌렸다.

서진은 상체와 하체에서 야기된 쾌감의 연이은 충돌에 정신을 잃은 것만 같았지만, 한편으로는 이 순간이 영원히 계속되기를 바랐다.

"서진……."

귓가에 스며드는 루이스의 거친 숨소리가 좋았다. 짙은 욕망이 고스란히 묻어난 그의 목소리는 너무나 매력적이어서 서진은 결코 멈출 수가 없었다. 서진은 아서의 등 위에서 그랬던 것처럼 골반에 힘을 주고 허리와 괄약근을 회전시켰다. 아서의 등 위에서 누렸던 어떤 거친 질주보다도 더욱 숨이 차올랐다.

"더 이상은 안 돼요, 루이스. 나, 나는……."

서진은 가쁜 호흡을 토해냈다. 정말 이제 마지막이었다. 가랑이 사이에서 응축될 대로 응축된 쾌감이 고지에서 터져 나오기 일보 직전이었다. 뇌수에 차오른 쾌감이 호흡하는 것을 잊게 만들었다.

서진은 낮은 비명을 삼키며 그대로 몸을 늘어뜨렸다.

8장.
신고식

“주드, 말들에게 특별식을 준비해줘. 시간 개념이라고는 잊어버린 주인 때문에 고생했으니까 그 정도는 베풀어줘야지.”

“네.”

주드가 말들을 데리고 마구간 쪽으로 사라지자 리아가 서진을 바라보며 말했다.

“그래, 이제까지 식사만 한 건 아닐 테고…… 뭐 계획이라도 세웠어?”

“계획?”

서진은 얼굴이 붉어지는 것을 애써 감추며 반문했다.

“신고식 하기로 했잖아.”

“아…….”

“설마 이제까지 식사만 하지는 않았을 것 아냐. 어디를 가고 싶다든가 뭐 해보고 싶은 게 있으면 말해봐. 물론 모든 비용은 루이스가 지급하겠지만."

리아의 제안에 서진이 고개를 끄덕였다.

"꼭 한번 가보고 싶은 곳이 있긴 있었는데…… 루이스가 허락해줄지 모르겠어."

"루이스는 분명 허락해줄 거야. 안 된다면 내가 그렇게 만들 거고. 그러니까 어딘지 말해봐."

"나이트클럽."

"이런, 서진. 밤의 문화가 궁금했어? 네가 원하는데 안 될 것도 없지. 루이스는 당연히 허락해줄 거야."

리아가 짓궂은 미소를 지으며 루이스를 바라보았다.

"설마 서진이 아직 법적으로 미성년자라서 안 된다는 말은 하지도 마. 식당에서 네가 서진에게 무슨 짓을 했는지 충분히 짐작할 수 있으니까. 그것은 분명 미성년자가 할 수 있는 일은 아니었을 거야."

루이스는 리아의 말을 부정하지 않았다.

"좋아, 내가 아주 화끈한 곳을 알고 있어."

리아가 만족스러운 미소를 지었다.

"우선 서진의 신분부터 위조해야겠나. 밤이 되려면 아직 멀었으니까 시간은 충분해. 아니 오히려 넉넉하지. 이럴 게 아니라 쇼핑을 다녀와야겠어. 장소에 걸맞은 의상은 아주 중요한 거니까 말이야. 어때 다 같이 갈 거지?"

이미 리아는 한껏 들떠 있었다. 하지만 리아의 말이 끝나기가 무섭게 닉은 은근슬쩍 뒤로 한 발 물러섰다.

"난 사양하겠어."

"왜 이래, 닉."

닉은 언젠가 리아와 함께 온종일 쇼핑을 한 적이 있었다. 세상에 태어나 돈을 쓰면서 그토록 고된 시간을 보낸 것은 처음이었다. 다시는 돌이키고 싶지 않은 경험이었지만 리아에게 사실대로 말할 생각도 없었다.

"난 남아서 서진의 신분을 위조해놓을게."

"그래, 알았어. 카일?"

"나도 남겠어."

"설마 닉의 일을 도우려 한다는 말 따윈 하지 마. 신분 위조는 닉 혼자서도 충분하니까."

"그럼 솔직하게 말하지 뭐. 여자들의 쇼핑은 너무 무서워. 고문이 따로 없다구."

"아, 그러셔?"

카일까지 물러난 상태에서 남은 건 루이스뿐이었다. 자연스레 리아와 서진의 시선이 그에게로 향했다.

하지만 루이스는 대답 대신 서진에게 카드를 꺼내 주었다. 서진과 단둘이라면 몰라도 리아와 함께 쇼핑하고 싶은 마음은 전혀 없었다.

"이게 네 뜻이라는 말이지. 엄청나게 긁어줄 테니까 각오해 두는 게 좋을 거야."

"얼마든지."

"흥."

콧방귀를 뀐 리아가 서진을 잡더니 마구간이 있는 방향으로 걸어가기 시작했다.

"어디 가?"

"주드라도 데려가자."

멀어지는 리아를 바라보며 세 남자는 말없이 안도했다. 잠시 후 주드를 운전석에 태운 채 쇼핑에 나서는 리아와 서진을 배웅한 남자들은 저택으로 향했다.

하지만 서진의 신분을 위장하기에 앞서 그들에게는 해야 할 일이 있었다. 얼마 전 루이스는 닉에게 마이클 의원의 주변을 비밀리에 주시할 필요성이 있다고 주문한 적이 있었던 것이다.

"마이클 의원 건에 대해서 할 말이 있어."

"그래."

"예상이 맞았어. 요즘 마이클 의원이 도청 전문가들을 비밀리에 고용하고 있다는 소문이 업계에 돌고 있어."

그동안 기다리고 있었다는 듯 루이스의 눈빛이 가늘어졌다.

"그뿐만이 아니야. 자세한 건 아직 파악되지 않았지만 비밀리에 고용하고 있는 사람들이 도청 전문가들로 국한된 것만이 아니라는 건 확실해."

"아마도 사설 수사관들이겠지."

"내 생각도 같아."

닉이 고개를 끄덕이자 루이스가 카일을 바라보았다.

"카일."

"응."

"마이클 의원에 대한 정보가 더욱 필요해."

루이스의 말은 해킹으로 마이클 의원이 사용하는 개인용 컴퓨터를 모조리 뒤져서 들고 나오는 것이 가능하냐는 의미였다.
"그동안 늘 했던 일이잖아? 맡겨만 둬."
카일이 자신 있게 말하자 루이스가 고개를 끄덕였다.

쇼핑몰에 도착한 리아는 최상급 명품들만 고의적으로 골라서 서진은 물론 자신까지 완벽하게 치장했다. 하지만 서진은 유난히 가슴골이 깊게 파이고 치마선이 짧은 드레스가 부담스러웠다.
"리아, 이건 좀……."
"왜, 잘 어울리는데."
"부담스러워."
"부담이라니. 이럴 때일수록 실컷 누려야 되는 거야. 게다가 나이트클럽엔 작고 얇은 천으로 가릴 곳만 겨우 가린 쇼걸들을 비롯한 드레스 업한 미녀들이 득실거린단 말이야. 오늘 밤 루이스의 눈이 다른 여자들에게 향하도록 놔둘 거야?"
리아의 말에 서진은 충격을 받았다. 왜 미처 그 생각을 못했을까. 서진은 갑자기 나이트클럽에 가고 싶다고 한 것이 후회되었다.
"리아, 나이트클럽에는 가지 않는 게 좋겠어."
"왜?"
"미녀들을 생각하지 못했어."
서진의 심각한 말투에 리아가 깔깔거렸다.
"왜 이래. 서진, 너답지 않게. 넌 루이스를 유혹하는 데 성공했어. 루이스는 네 거란 말이야. 이젠 한 단계 더 나아가야지. 스텝 바이 스텝, 계단을 오르면 탑이 솟아 있을 것이다. 나이트클럽엔 예쁜 여자들만 있는 게 아니야. 멋지고 잘생긴 남자들도 수두룩해. 게다가 내가 가려고 하는 곳은 좀 특별한 곳이라서 여자들보다 남자들이 좀 더 벗기도 해."

"좀 더 벗는다니?"

"나체쇼를 하는데 남자들이 주체야."

"정말?"

놀란 서진이 되묻자 리아가 한쪽 눈썹을 추켜세웠다.

"그래. 하나같이 다비드 조각상을 연상하게 만들 거야. 넌 그들에게 눈길만 보내면 돼. 그 이후는 루이스가 다 알아서 할 테니까. 루이스가 긴장하는 모습, 보고 싶지 않아?"

리아의 간사한 말에 서진의 귀가 팔랑거렸다. 미녀들이 걱정되긴 했지만, 그 이상으로 루이스의 색다른 모습을 보고 싶다는 갈망이 컸다.

어느새 서진은 끄덕이고 있었다.

리아가 추천한 곳은 호텔 비너스에 있는 VIP전용의 비스트로&나이트클럽이었다. 그들이 자동차에서 내리자 입구 앞에는 완벽한 드레스 업을 한 백인 미녀들과 드레스 셔츠를 갖추어 입은 젊은 남자들이 하나 둘 입장을 하고 있었다.

입구에는 거대한 매머드를 연상시키는 사내 한 명과 날씬한 여자 한 명이 성별을 나누어 신분증을 확인하고 금속 탐색기로 몸수색을 하고 나서야 입장을 시켰다.

루이스가 입장료를 지급하자 직원이 그들에게 다가와 VIP라는 로고가 새겨진 도장을 팔에 찍었다.

"실내에서는 금연입니다. 담배를 피우시려면 나가셔서 피우시고 들어오실 땐 이 도장만 보여주면 됩니다."

도장의 용도에 대해서 친절하게 설명한 직원이 그들을 테이블로 안내했다.

자리에 앉은 서진은 상기된 얼굴로 넓은 실내를 천천히 둘러보았다. 폐쇄된 공간인 만큼 주위가 어두웠지만 조명 장치가 되어 있는 스탠드 무대는 요란한 사이키조명이 쉴 새 없이 돌아가고 있었다. 그 아래에서는 이미 분위기에 휩싸인 사람들이 쏟아져 나오는 음악과 리듬에 몸을 맡기고 신나게 흔들어댔다.

"만족해?"

루이스가 서진의 귓가에 입술을 대고 물었다.

"아직 모르겠어요."

그녀가 작게 말하자 음악 소리에 파묻힌 듯 루이스가 그녀의 입가에 귀를 가져다 댔다.

"아직 모르겠다고요, 파악 중이에요."

붉은 조명 아래에서 루이스의 입가가 살며시 올라가는 게 보였다. 그때 그의 손이 뒤에서 움직이더니 서진의 등을 쓰다듬었다. 맨살에 그의 온기가 닿자 서진은 저도 모르게 부르르 떨었다.

"추워?"

"아뇨."

루이스의 손이 슬그머니 가슴 쪽으로 다가오는 것이 느껴지자 서진은 목이 타는 양 몸을 숙여 테이블 위에 놓여 있는 생수병을 잡았다. 그때 리아가 말했다.

"춤추자."

"난 좀 더 있다가."

"알았어. 그럼 닉하고 나 먼저 나갈게."

"응."

리아와 닉이 자리에서 일어나 무대로 나가자 테이블에는 닉과 서진, 카일만이 남았다. 카일은 벌써 춤꾼들의 무리에 합류해서 신나게 놀고 있는 리아와 닉을 보고 킥킥거렸다.

"서진, 닉 좀 봐. 리아는 그렇다 치더라도 닉이 저런 춤을 추는 건 정말 의외지 않아?"

"응. 그런데 카일은 춤 안 춰? 잘 출 것 같은데."

"난 춤은 질색이야. 하지만 예쁜 여자들은 좋아해. 말이 나온 김에 이러고 있을 게 아니라 일어나 볼까. 어딘가에서 나를 기다리고 있을 미녀를 찾아서 말이야."

카일은 서진에게 눈을 찡긋해 보이더니 자리에서 일어나서 어둠 속 어디론가 사라졌다. 이제 테이블에 남아 있는 이들은 루이스와 서진뿐이었다.

"루이스, 춤 안 춰요?"

"나도 춤추는 건 질색이야. 하지만 예쁜 여자를 보고 있는 것은 즐겁지."

"그 말은 나만 아니었으면 당신도 카일처럼 미녀를 찾으러 갔을 거란 말인가요?"

"훗."

루이스의 눈빛이 짓궂게 빛났다. 이미 이 세상에서 가장 예쁜 여자가 그의 품에 들어왔는데 그런 수고를 할 이유가 없었다. 그것을 대변이라도 하는 루이스의 손이 또 다른 탐색을 시작했다.

뒤에서 앞으로 파고든 그의 손이 브래지어를 하지 않은 서진의 가슴을 어루만지더니 급기야 유두를 건드렸다. 깜짝 놀란 서진은 저도 모르게 낮은 비명을 뱉어냈다.

"……이러지 말아요."

"으음?"

당황한 서진과는 달리 그는 태연자약했다.

"여긴 보는 눈이…… 너무 많아요."

"그래, 네 말이 맞아."

하지만 그녀의 걱정에도 불구하고 그의 손가락은 집요했다.

"아…… 하지 마요."

서진의 바람과는 달리 유두를 애무하는 루이스의 손짓은 더욱 과격해졌다. 서진은 루이스가 지펴낸 쾌감 속에서 서서히 흥분되었다.

서진은 루이스의 집요한 탐색에 언제부터인가 허리를 비비 꼬기 시작했다. 꼭 조이고 있는 다리 사이에서 뜨거운 열기가 점점 고조되고 있었다.

그때였다. 갑자기 무슨 난리라도 난 듯 춤을 추고 있던 사람들이 괴성을 지르며 일제히 메인 무대 쪽으로 몰려들었다. 깜짝 놀란 서진은 허리를 세웠다.

"무슨 일이에요?"

"쇼타임. 남자들이 하나씩 벗기 시작할 거야. 리아가 선택한 나이트클럽이니까 빠질 리가 없지."

루이스의 말에 서진은 리아가 했던 말을 떠올렸다. 긴장하는 루이스의 모습을 보고 싶기도 하였다.

"우리도 보러 가요."

루이스의 눈이 가늘게 변했다.

"궁금해?"

"이 나이 땐 뭐든 궁금한 법이잖아요."

서진의 당돌한 대답에 루이스가 입술을 말았다.

"나를 옆에 두고 다른 남자에게 시선을 주겠다?"

정곡을 찔린 서진은 가슴이 뜨끔했다.

"아니, 뭐. 조금 궁금하니까 그러는 거죠."

서진은 딴청을 피우며 고개를 돌렸지만 루이스의 시선은 그대로였다. 서진을 뚫어질 듯 바라보던 루이스의 입매가 조금 양쪽으로 올라갔다.

"내가 질투하길 바라?"

루이스가 직설적으로 물었고 어느새 서진은 두 눈을 동그랗게 뜨고 그를 바라보고 있었다. 덕분에 부정할 기회는 단숨에 날아가 버렸다.

"그야…… 그게 아니라고는…… 그렇죠."

서진은 고개를 끄덕였다. 동시에 루이스의 입매는 이전보다 더욱 길어졌다.

"질투라."

루이스는 서진이 원했던 단어를 중얼거리며 희미하게 웃었다. 서진은 아직까지도 전혀 눈치채지 못한 듯했다. 사실, 나이트클럽에 들어서는 순간부터 루이스는 서진을 따라 움직이는 사내들의 시선을 이미 감지하고 있었다. 그래서 보란 듯이 서진을 향한 소유욕을 숨기지 않고 드러냈던 것이다.

"그걸 원했다면 이미 네가 바라는 대로 된 것 같은데."

"에?"

서진의 가슴을 놓아준 루이스가 갑자기 그녀를 번쩍 안아 자신의 허벅지 위에 올려놓았다.

깜짝 놀란 서진이 균형을 잡으려고 바동거리고 있는 동안 루이스는 서진의 엉덩이 뒤에 있는 지퍼를 내렸다. 순식간에 일어난 일이었다.

그는 서진의 치맛자락을 위로 올리고 재빨리 그 속으로 페니스를 밀어 넣었다. 다시 내려진 치맛자락에 그들의 은밀한 모습이 감추어지긴 했으나 그렇다고 엉덩이에 와 닿는 단단한 물건이 사라진 것은 아니었다. 팬티 아래에서 느껴지는 이물감에 놀란 서진의 두 눈이 동그랗게 변했다.

"뭐, 뭐하는 거예요?"

하지만 그녀가 묻는 동안에 루이스는 이미 서진의 팬티를 옆으로 밀치고 진입을 시도하고 있었다. 설마, 지금, 여기에서?

"질투에 사로잡힌 녀석을 느껴 봐."

낮게 말한 그가 서진의 여성 안으로 점차 파고들었다.

"루이스."

서진은 바들바들 떨면서 가랑이 속으로 파고들어온 그의 남성을 느꼈다. 그는 대담하게도 그녀의 허리를 잡고 앞으로 뒤로 천천히 흔들기까지 했다.

"아흐흣."

서진은 참지 못하고 희미한 신음소리를 냈다.

동시에 메인 무대를 지켜보고 있던 사람들의 함성이 최고조까지 올라갔다.

"루, 루이스. 그만해요."

하지만 그는 서진의 둔부를 움켜쥐고 허벅지에 더욱 밀착시켰다. 그리고는 그녀의 둔부를 은근슬쩍 돌렸다. 서진은 어쩔 줄을 몰라 하면서도 등 뒤에서 들려오는 루이스의 만족스러운 신음소리가 싫지만은 않았다. 게다가 언제부터인가 서진도 용기를 내서 리듬을 타고 있었다. 스릴감 있게 즐기는 것이 더욱 흥분되기도 했다.

다른 테이블에서 보면 루이스 다리 위에 서진이 앉아 있는 것처럼 보였지만 그들은 훨씬 은밀하게 연결되어 있었다.

겨우 숨을 고르고 있을 때 스트립쇼도 막바지를 향해 달렸다.

한편 비명을 지르며 스트립쇼를 즐겼던 리아는 주체할 수 없는 열정을 감추지 않고 닉에게 은밀한 시선을 보냈다.

"아무래도 안 되겠어. 나 흥분돼서 못 참겠어."

"그럼 안 참으면 되지. 대신 각오해 두라고. 감히 내가 아닌 다른 남자를 보고 흥분한 대가를 치르게 해줄 테니까."

"얼마든지, 이 맛에 남자들의 스트립쇼를 즐긴다니까. 난 당신이 난폭해지는 게 좋거든."

리아는 깔깔거리며 닉과 함께 주차장 쪽으로 향했다. 그런데 카섹스를 즐기기 위해 자동차를 향해 걸어가고 있는데 언뜻 카일의 모습이 보였다. 카일은 처음 보는 여자와 함께 막 차에 오르고 있었다.

리아의 시선이 카일과 함께 있는 여자에게 꽂혔다.

"뭐야?"

먼저 차에 오른 닉이 리아를 불렀다.

"아냐, 아무것도."

리아는 차에 오르며 낄낄 웃었다.

"당신이 난폭하게 굴 걸 생각하니까 더 흥분되는데?"

"얼마든지."

"어서 덤벼, 닉."

닉이 행동을 시작하는 동시에 리아는 차 문을 닫았다.

리아와 닉은 한 시간 정도가 지나서 차에서 나왔다. 리아는 헝클어진 머리와 옷가지를 정리했다. 하지만 뜯겨 나간 어깨끈은 수선하지 않는 이상 돌이킬 수 없을 것 같았다. 하긴 리아 히링튼이 옷을 수선해서 입을 리도 만무했다. 닉이 신사답게 그가 입고 있던 슈트의 상의를 벗어 그녀에게 입혀 주었다.

리아는 눈을 반짝이며 닉에게 입을 맞추었다.

"아주 만족했어. 신사적인 당신도 좋지만 그 이면에 숨겨진 야수는 단 한 번도 날 실망하게 한 적이 없다니까."

리아는 발걸음을 옮기면서 카일의 자동차를 힐끔 쳐다보았다. 검은 차창 너머로 안이 드러나 보이진 않았지만 어쨌든 카일은 그곳에 있지 않았다.

클럽 안으로 들어가자 예상했던 대로 카일이 앉아 있었다. 리아는 카일과 함께 올랐던 여자를 떠올리며 입꼬리를 말았다.

"루이스와 서진은?"

"저쪽."

카일이 턱짓으로 무대를 가리켰다. 리아는 설마 하는 표정을 지으며 무대를 바라보았다. 얼마 후 사람들과 뒤섞여 춤을 추고 있는 루이스와 서진의 모습이 시야에 들어왔다.

"맙소사."

리아는 차마 세상에서 못 볼 광경을 본 사람처럼 멍하니 서 있다가 비로소 깔깔대며 웃음을 터트렸다. 닉이 리아의 허리를 감으며 말했다.

"보기 좋은데?"

"좋다고? 저런 모습을 보면서 겨우 그 정도의 표현밖에 못 해? 난 눈이 겨우 두 개뿐이라는 게 아쉬울 지경이란 말이야. 대체 저기서 왜 저러고 있는 거지?"

"서진이 루이스를 무대 위에 세워 놓았겠지."

"하긴 감히 서진의 뺨까지 때렸는데 춤보다 더한 것도 들어줘야 할걸?"

리아와 닉이 대화를 나누고 있는 동안 잠자코 듣고만 있던 카일도 말을 보탰다.

"루이스가 제대로 임자를 만난 거지."

리아가 카일을 돌아보았다.

"그런 말을 하는 걸 보니, 이제 정리되었나 봐?"

"뭐가?"

"왜 이래. 루이스가 날 괜히 마녀라고 부르는 게 아니야. 난 독심술에 일가견이 있거든. 아무리 아닌 척했어도 난 네 얼굴 표정과 얼굴 근육의 움직임으로 이미 다 알고 있었어."

"무슨 말을 하고 싶은 거야?"

"서진이 널 남자로서 택했다면 난 루이스 대신 분명 널 응원해주었을 거라는 말."

리아가 다소 신중한 표정을 지으며 말하자 카일은 피식 웃었다.

"그만둬. 말은 고맙지만 저렇게 서로 좋아 죽겠다는 루이스와 서진을 보고 있노라니 괜히 그 틈에 끼어들지 않은 걸 천만다행으로 생각하고 있으니까."

카일의 솔직한 대답에 리아가 깔깔 웃었다. 그녀는 두 번 다시 보지 못할 루이스의 춤을 놓칠 수는 없었기에 휴대폰을 꺼냈다.

"희대의 구경거리가 될 거야."

"루이스가 싫어할 텐데."

"당연하지. 그러니까 더욱 저장해 놓아야지."

리아는 동영상을 촬영하면서 대단히 만족스러운 미소를 지었다.

⁂

나이트클럽을 나선 시각은 자정이 훨씬 지나서였다.

루이스와 함께 생각지도 못했던 자유로운 시간을 즐긴 서진은 모두에게 진심으로 감사의 인사를 건넸다.

"오늘 고마웠어요."

"재미있었어?"

"네."

서진이 미소를 지으며 고개를 끄덕이자 모두들 만족스러운 표정을 지었다.

"다시 말하지만 열렬하게 환영해."

리아가 싱긋 웃으며 말했다. 리아의 말에 서진은 새로운 생활이 시작된다는 생각에 마음이 설레었다. 곧 그녀는 조금이라도 빨리 무언가를 습득해 놓아야겠다는 의지에 사로잡혔고 닉을 바라보았다.

"도청 수업은 언제부터 가능할까요?"

"나야, 언제든 환영이야."

"그럼 내일부터 어때요?"

"물론이야. 집으로 오겠어?"

"네."

서진이 적극적으로 의지를 표명하자 카일이 미소를 지으며 중얼거렸다.

"신입이 이토록 적극적인데 우리가 가만있을 순 없지. 그동안 휴식기도 가졌겠다, 이제 다시 활동을 재개해야지. 게다가 다음 표적도 이미 정해졌고 말이야."

카일의 말을 필두로 그들을 둘러싸고 있던 분위기가 순식간에 변했다. 모두 활동을 다시 시작해야 한다는 것을 알고 있는 탓이었다. 간만의 휴식은 다음을 위한 충전일 뿐이다. 그들이 활동을 중지하고 일상으로 돌아가 있는 동안에도 부정한 권력자들은 끊임없이 극성을 부리고 있었다.

새로운 시작, 그것을 암시라도 하듯 루이스의 눈빛은 어둡고 동시에 날카로웠다. 카일은 루이스를 바라보았고 낮은 음성으로 그들이 잊어서는 안 될 일을 상기시켰다.

"곧 연락할게."

"그래."

둘의 사인에 리아가 눈을 반짝였다.

"조금 불쾌한데? 나를 빼놓고 시작하다니."

"닉이 가면서 설명해줄 거야."

루이스가 잘라 말하자 리아는 못마땅한 표정을 지어 보이면서도 눈빛만큼은 기대감으로 가득 찼다.

"좋아. 얘기는 가면서 듣도록 할게. 그럼 오늘은 여기서 인사해야겠네?"

리아가 웃으며 먼저 서진에게 인사를 건넸다.

"굿나잇. 여러 가지로 체력이 소진되었을 텐데 한숨 자고 나서 보자."

마치 클럽 안에서 무슨 일들이 벌어졌었는지 다 알고 있다는 뉘앙스에 서진은 얼굴을 붉혔다.

"응, 다음에 봐."

인사를 마친 그들은 닉과 리아, 루이스와 서진, 카일로 갈라져서 각각 자동차에 올랐다.

먼저 카일의 자동차가 앞서 나가고 닉과 리아도 그 뒤를 따라 사라졌다. 가장 늦게 출발한 이들은 루이스와 서진이었다. 그들을 태운 자동차가 도로로 진입해 들어가자 서진이 물었다.

"다음 표적이 누구예요?"

"마이클 의원."

"마이클 의원요?"

루이스의 말에 서진은 의아한 표정을 지었다. 그도 그럴 것이 그녀가 알기로는 마이클 의원이 그들의 블랙리스트에 오를 이유가 없었던 것이다. 그는 정치적인 평판은 물론이거니와 개인적인 사생활까지 깨끗하기로 소문난 사람이었다. 게다가 그는 정신지체가 있는 딸에게 극진한 아버지이자 약자를 위해서 행동하는 인권운동가이기도 하였다.

"미안하지만 난 마이클 의원이 왜 리스트에 있는지 모르겠어요."

루이스가 고개를 끄덕이며 대답했다.

"그는 위선자야."

루이스는 그에 따른 설명을 덧붙이기 시작했다. 카일의 해킹이 마무리되는 대로 마이클 의원에 대한 브리핑이 잡히겠지만 그전에 서진에게 말해주는 것도 나쁘지 않았다.

"마이클 의원은 지금의 권력과 지위를 얻기 위해서 무자비하고 교묘한 수단을 서슴지 않았어. 특히 그의 딸, 제니가 그 대표적인 희생자라고 할 수 있지."

"하지만 나는 마이클 의원이 제니에게 무척 헌신적인 아버지라고 알고 있어요."

"그를 지지하는 대다수 사람들이 그렇게 알고 있어. 하지만 그것은 그가 만든 허상일 뿐이야."

"어떤 허상을 만들었는지 말해줄 수 있어요?"

"제니가 어렸을 때 앓은 병은 대중에 알려진 바와는 차이가 있어. 정신지체가 아니라 정신발달장애였으니까. 그만큼 그 애에겐 충분한 발전 가능성이 있었던 거지. 적어도 마이클 의원이 자신의 야망을 위해서 제니의 뇌 전두엽을 절제시켜버리기 전까지는."

놀란 서진의 눈동자가 크게 벌어졌다.

마이클 의원이 야망을 위해서 딸의 뇌 전두엽을 절제시켰다고? 전두엽은 대뇌반구 일부로 기억력이나 사고력 등의 고등행동을 관장하는 기관이다. 고등한 동물일수록 비례해서 발날되어 있고 특히 인간은 현저하게 발달한다.

물론 예전에는 반사회적 성격이나 과격한 정신병환자들에게 전두엽 절제 시술을 시행하기도 했었다. 하지만 그마저도 인권 문제가 제기되면서 그런 수술은 거의 시행되지 않고 있었다.

그런데 하물며 유명한 인권운동가이자 정치가인 마이클 의원이 자신의 권력을 위해서 딸아이의 전두엽을 절제했다는 것이 사실일까.

루이스의 말이 사실이라면 마이클 의원은 어린 딸에게 다시는 돌이킬 수 없는 극단적이고 파괴적인 죄를 저지른 것과 같았다. 게다가 그런 극단적인 일을 저지른 이유가 자신의 야망을 위해서였다니. 이것은 살인과 다를 바가 없었다.

서진이 믿기지 않는다는 얼굴로 할 말을 잃고 멍하니 있자 루이스가 덧붙였다.

“추악한 진실이야. 다만 포장이 다르게 은폐되어 있을 뿐이지.”

“대체 왜, 그런 짓을.”

“마이클 의원은 딸이 장애를 극복하기를 바라지 않았어.”

“하지만 어째서…….”

루이스가 핸들을 틀어 방향을 전환하며 씁쓸하게 말했다.

“장애가 있는 딸을 극진하게 대하는 아버지. 그게 마이클 의원이 추구하고자 했던 정치적인 전략이자 이미지였으니까.”

서진은 다시 할 말을 잃었다.

마치 상상할 수조차 없는 천사의 추악한 진실을 엿보기라도 한 것처럼 커다란 충격에 휩싸였다. 잠시 정적과도 같은 침묵이 흘렀다. 서진은 힘겹게 입술을 움직였다.

“그럼, 카일이 찾아야 될 건 그것을 입증할 증거들인가요?”

“아니, 그것으로는 마이클 의원을 몰락시킬 수 없어. 뒤늦게 정신지체가 아니라 정신발달장애를 앓았다는 것이 밝혀진다고 해도 그 당시 제니가 통제 불능 상태가 되어 어쩔 수 없는 선택이었다며 눈물이라도 흘린다면 대중의 지탄만으로 끝날 수 있는 일에 불과하니까.

우리가 찾아야 할 건 또 다른 은폐된 진실이야. 제니에겐 미안하지만 그보다 더한 부정한 일로써 그를 완전히 몰락시킬 수 있는 정치적인 스캔들이지. 조만간 카일이 들고 올 것들은 바로 그 증거들이 될 거야."

루이스의 말에 서진은 저절로 고개를 끄덕였다. 언젠가 리아가 그녀에게 했던 말이 자연스럽게 떠올랐다.

'권력이란 남을 복종시키거나 지배할 수 있는 공인된 권리와 힘이야. 특히 국가나 정부가 국민에 대하여 가지고 있는 강제력을 이르는 말. 그 때문에 권력자들에 대한 일반적인 시각은 부정적일 수밖에 없어. 하지만 무엇보다 부정적인 시각이 형성된 가장 큰 이유는 그 속에 인정할 수 없는 악당들이 존재하기 때문이야. 남용, 탐욕, 약탈, 사기 심지어 살인까지 종류도 다양해. 그러니까 그들은 일종의 파편인 셈이야. 권력의 음지에서 보이지 않게 자란 미완성된 존재들이지. 게다가 광범위한 대표자 집단일수록 그와 같은 파편들은 더욱 교묘한 수단으로 존재하기 마련이야. 그렇기 때문에 누군가는 그 파편들에게 경고를 해줄 필요가 있다고 난 생각해.'

서진은 조용히 한숨을 내쉬며 리아가 열거했던 파편들 명단에 '위선자' 라는 단어를 하나 더 추가했다.

야망이란 대체 무엇일까. 그것은 희망의 일부분이다. 하지만 나의 무언가를 이루기 위해서 타인의 것을 파괴해버린다는 것은 이미 희망이 아니다.

서진은 어두운 얼굴로 짙은 차창 너머로 빠르게 흘러가는 세상을 바라보았다.

"함께 샤워할까?"

서진이 자신의 드레스 룸에서 옷을 갈아입고 있는데 집으로 돌아와 각자의 방으로 갔던 루이스가 예고도 없이 들어왔다. 그는 외출복을 이미 벗고 가벼운 가운 차림이었다. 허리끈을 매고 있었지만 보이지 않아도 그 가운 속에 다른 천 따윈 없다는 것을 알 수 있었다. 서진은 반쯤 벗은 옷 때문에 조금 부끄럽고 당황스러웠지만 가볍게 웃어 보였다.

"좋아요."

루이스가 그녀 곁으로 걸어왔다. 그는 아직 남아 있는 서진의 옷을 하나씩 제거하는데 동참했다. 속옷까지 제거되고 완전한 나체가 되자 그의 손이 그녀의 몸을 가볍게 쓸었다.

상대방에게 거품을 칠해준 그들은 가는 물줄기에 몸을 맡긴 채 키스를 나누며 서로의 몸을 어루만졌다.

"루이스."

"음?"

"아까 춤, 같이 춰 줘서 고마웠어요. 하지만 춤추는 것을 질색하는 사람치고는 제법 잘 추던데요."

"잘 보여야 하니까 어쩔 수 없지."

"그럼 나한테 잘 보이려고 노력한 거예요?"

"음."

루이스의 확고한 대답에 서진은 쿡쿡 웃었다.

"왜 웃어?"

"당신이 내게 잘 보이려고 노력했다는 것도 몰랐지만 그렇게 말하니까 왠지 동물들이 짝짓기 전에 하는 행동들이 떠올라서요. 보통 수컷

들이 암컷을 유혹하기 위해서 노래를 부르거나 춤을 추잖아요."

서진의 말을 듣고 있던 루이스도 웃음을 터트렸다.

"그럼 보상을 받아야겠는데."

"루이스, 아직 거품이 남아 있어요."

"상관없어."

그것을 증명이라도 하듯 그녀의 몸을 어루만지던 그의 손이 스윽 하고 올라와 갑자기 서진의 몸을 번쩍 들어 올렸다.

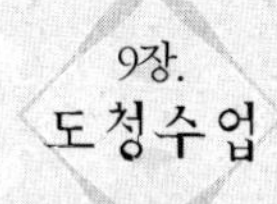

9장.
도청수업

늦은 오전, 서진이 잠에서 깨어났을 때 루이스는 이미 출근을 하고 없었다.

-너무 무리는 하지 마.

머리맡에는 그녀를 염려한 루이스의 필체가 쪽지에 적혀 있었다, 서진은 빙그레 웃으며 자리에서 일어났다. 루이스에게 이런 자상한 면이 있으리라고는 예전엔 상상조차 할 수 없었다.

어쨌든 서진은 루이스의 전폭적인 지지를 받았다는 기분을 느끼며 몸을 씻고 간단하게 아침 식사를 하고 이를 닦은 뒤 집을 나섰다.

직접 운전해서 도착한 닉의 집은 루이스의 집만큼은 아니더라도 꽤 근사했다. 벨을 누르자 리아와 닉이 서진을 반갑게 맞이했다.

"어서 와."

서진은 반갑게 허리를 잡고 등장한 닉과 리아를 보며 어깨를 으쓱했다.

"내가 방해한 건 아니죠?"

서진의 말에 리아가 깔깔거렸다.

"방해라니. 기다리고 있었는데. 참, 각오는 하고 왔길 바라. 내가 먼저 받아 봐서 아는데 닉의 수업은 은근히 길고 설명이 많아서 지루할 수도 있거든. 침대 위에서와는 완전 딴판이라니까."

"그만둬. 배우기도 전부터 겁부터 주려는 게 목적이 아니라면."

"그런가?"

리아가 다시 깔깔거렸다.

서진은 닉을 따라 집 안으로 들어갔다. 긴 복도를 지나자 지문 인식을 통해서 출입이 허가되어 있는 문이 나타났고 닉이 그곳에 손가락을 대었다.

닫혀 있던 문이 스르르 열리고 닉과 서진, 뒤따라온 리아까지 세 사람은 그곳으로 들어갔다. 들어선 공간에는 기본적인 컴퓨터 시스템은 물론이고 서진이 난생처음 보는 최첨단 통신장비들이 사방에 마련되어 있었다.

그중에는 만년필, 카드, 계산기, 화장품처럼 일상생활에서 친밀하게 사용되고 있는 물건들로 위장된 도청장치도 다양하게 구비되어 있었고 마치 우주에 떠 있는 위성을 연상시키는 무선안테나 같은 것도 있었다.

"도청하는 데 이렇게 많은 장비들이 있는지는 미처 몰랐어요."

"도청의 방법은 다양하게 개발되어 왔어. 수요가 있으면 공급이 존재하는 것과 같은 원리라고 할 수 있지. 우선 이쪽으로 와 보겠어?"

"네."

서진이 가까이 다가서자 닉이 크고 작은 여러 가지 도청장치 중 립스틱 하나를 집어서 건네주었다. 서진이 그것을 살펴보고 있는 동안 닉이 도청기술의 가장 기본적인 원리를 설명하기 시작했다.

"일반적으로 도청기기는 크게 송신장치, 수신장치 두 부분으로 나누어볼 수 있어. 송신장치는 음성신호, 즉 전화 통화 내용이라든가 대화 내용 같은 것을 무선의 전파에 실어 보내는 장비로, 이에 상응하는 전용 수신기나 광대역 수신기에 음성전파를 실어 보내는 거지. 수신장치는 송신장치로부터 전달된 음성신호를 받아들이는 장비로 기기의 성능에 따라서 수백 미터 혹은 수 킬로미터 밖에서도 수신할 수 있어. 이러한 수신장치에는 일반적으로 녹음기가 부착되어 있어서 대화 내용 등을 수신과 동시에 녹음하게 되어 있어. 가정에서 흔히 사용하는 유무선전화 세트로 예를 들면 쉽게 이해가 될 거야. 눈에 보이지는 않아도 무선전화기와 유선전화기는 서로 송수신을 하는 거지."

"흔히들 말하는 도청기라는 것이 송신장치에 해당한다는 거죠?"

"그래. 그래서 송신장치는 눈에 띄지 않도록 외형을 작게 만든다거나 위장형으로 만들어지는 거지."

서진은 고개를 끄덕이며 손에 들고 있던 립스틱을 다시 유심히 살펴보았다.

"정말 알고 보는 건대도 이게 도청기라는 생각이 안 들어요."

"도청기라는 생각이 들면 이 물건은 폐품 처리돼야 할걸."

"하긴 그렇겠네요. 음, 이건 무선 도청장비에 해당하는 거죠?"

"그래. 도청장비에 대해서 어느 정도 알고 온 것 같은데?"

"아주 간단한 것만요. 여기 오기 전에 인터넷에서 검색 좀 하고 왔거든요."

"흠. 누구와는 전혀 다른 태도군. 안 그래, 리아?"

그러자 리아가 한쪽 눈썹을 추켜세우며 닉을 바라보았다.

"이런, 닉. 설마 아직도 모르고 있었던 거야? 난 그날 도청이 궁금해서 찾아왔던 게 아니라 당신의 몸이 궁금해서 찾아왔던 건데."

"이런. 이제까지 그런 줄을 모르고 있었군. 어쩐지 말을 무척 안 듣더니만."

"어쨌든 당신도 좋아했잖아. 당신조차 몰랐던 야성을 내가 꺼내줘서 말이야."

닉과 리아가 은밀한 시선을 주고받자 서진은 일부러 헛기침했다.

"으음, 저기…… 내가 다음에 올까요?"

"이런, 서진 미안해. 나도 모르게 그만. 아. 이럴 게 아니라 내가 나가 있는 게 나을 것 같다. 아냐, 카일에게 다녀와야겠어. 카일은 한 번 해킹에 빠지면 물도 거의 안 먹잖아. 가서 먹을거리라도 챙겨줘야지."

"그래, 리아. 잘 생각했어."

"닉. 그럼 다녀올게."

그런 리아를 지켜보고 있는 서진은 왠지 그녀에게서 의외의 면을 발견한 것 같았다. 모성애와 비슷한 느낌이랄까? 하지만 그런 생각은 금세 사라졌다. 닉이 본격적으로 수업을 시작했기 때문이었다.

"사람들의 대화를 도청하기 위해서 가장 쉬운 방법은 뭐라고 생각하지?"

"음, 아마도 전화가 아닐까요?"

"맞아. 일반전화든 휴대전화든 전화를 사용하면 전파나 전기신호를 잡아서 증폭하면 되니까. 전화처럼 도청장비도 크게 유선과 무선으로 나뉘지. 유선도청은 휴대폰 이용이 유선전화 이용보다 압도적으로 많은 현재보다는 과거에 주로 쓰였던 방법이지만 그래도 알아둘 필요가 있어. 따로 전원장치가 필요하지도 않고 단순한 탐지장비로는 쉽게 발견되지 않는 이점이 있거든."

"네."

"일단 이건 직렬연결 도청기라고 하는 거야. 전화선 한쪽 라인에 도청기를 연결해서 통화 내용을 무선으로 송출하는 방식이야. 이건 병렬연결형 도청기. 전화선에 병렬로 접속되어 전화선의 전류 및 소리로 작동돼. 그리고 이건 슬레이브, 도청 대상자가 전화를 사용할 때 도청기의 자동회로가 도청 수신지로 전화를 걸어서 도청할 수 있어. 마지막으로 활성화 도청기라 불리는 녀석이야. 전화 통화가 가능한 어느 곳에서든지 도청 대상에게 전화를 걸어서 특정 주파수를 송출, 작동시켜서 별도로 설치한 마이크로폰을 통해 내부 음성을 도청해."

"신기해요."

"스마트폰의 보급으로 도청 기술 또한 발전되고 있어."

"들은 적 있어요. 스마트폰으로도 도청이나 해킹이 가능하다면서요."

"그래. 그런 면에서 도청과 해킹은 공존한다고 볼 수도 있지. 대표적인 방법이 도청하고자 하는 상대에게 이메일이나 문자를 보내는 거야. 이메일이나 문서를 중요한 문서나 내용으로 그럴 듯하게 꾸미는 거지. 상대가 전송된 이메일을 클릭해서 열람하는 동안 휴대폰에는 도청 프로그램이 설치돼. 이후 그가 누군가에게 전화 통화를 하면 그 전화 통화를 그대로 도청할 수도 있어. 흔히들 좀비폰이라고 하지."

"정말 알면 알수록 신기해요."

"무선 도청장비를 살펴보면 더 놀라울 거야. 무선 도청장비는 저쪽에 있어."

두 사람은 다시 자리를 옮겼다.

"전화도청이 가장 쉬운 도청 방법인 만큼 사람들은 주의하게 되지. 이를 방지하기 위해서 사람들은 직접 만나서 대화하게 되는 거야. 그럴 때 쓰이는 장비들이 무선 도청장비들이야. 무선 도청장비는 크게 7가지로 나눌 수 있어. 전자파도청, 레이저도청, 파라볼릭 마이크로폰, 트랜스미터 송신기, 밀착도청기, 초소형 녹음기, 초소형 카메라가 그것들이야. 보다시피 크기도 색깔도 중량도 가지각색이지."

서진은 고개를 끄덕이며 성인의 손톱 정도밖에 안 되는 크기의 초소형 카메라를 바라보았다.

"너무 귀여워요."

"외형은 그렇지만 성능 면에서 보면 전혀 귀엽다고 할 수 없지. 우선, 한 가지 물어볼게. 두 사람이 도청장치가 전혀 되어 있지 않은 건물 안에서 중요한 대화를 나누고 있어. 과연 그들의 소리를 수집할 수 있을까?"

"글쎄요. 도청이 가능하니까 물었겠지만 우선은 도청장치가 전혀 되어 있지 않다는 가정이 전제로 되어 있다는 점에서 불가능하다고 대답해야 될 것 같은데요?"

"아니, 그럴 경우에도 도청은 가능해. 정확히 말해서 건물 안에는 도청장치가 전혀 되어 있지 않더라도 유리 창문이 있다면 가능해."

"유리 창문?"

"그래. 소리는 공기의 진동에 의해 퍼져 나가지. 그 소리 파동이 퍼져 나가다가 유리창에 부딪히면 아주 미세하긴 하지만 유리창도 같은 진동주차수로 떨리게 돼. 그 유리창에 레이저를 쏘면 소리 파동과 같은 진동주파수를 가진 빛이 반사되고 그 진동을 포착해서 증폭하면 소리를 수집할 수 있어. 그 원리를 이용한 것이 레이저, 파라볼릭 마이크로폰 도청이라는 건데 여러 나라에서 이미 사용되고 있는 방법이야. 또 센서를 이용한 접촉 도청이라는 것도 사용할 수 있어. 센서가 부착된 두꺼운 벽을 통해서 사람의 청각으로는 들을 수 없는 소리를 도청할 수 있어. 전자파를 이용한 도청도 가능하지. 템페스트라고 하는데 컴퓨터나 주변기기에서 나오는 미약한 전자파에서 정보를 훔치는 기술이야. 대부분 전자기기가 아주 미약하게라도 전자파를 방출하는 것을 이용하는 기술이라고도 할 수 있지. 아무리 미약한 전자파라도 건물의 기둥이나 수도관 등이 도전성의 소재로 되어 있는 경우, 그것이 전자파에 전하는 매체가 될 수도 있거든. 건물 밖에 노출된 관에 리드선을 연결하여 전자파 도청을 하는 거지."

"좀 어렵네요. 듣고 있어도 믿어지지가 않는다고 할까요. 어쨌든 그런 도청을 피하려면 건물 밖에서 대화해야겠다는 생각이 들어요. 물론 이 경우에도 도청할 수 있는 방법이 있을 것 같지만요."

"그래, 그럴 경우에 사용하는 도청 방법은 한곳의 소리를 모으는 방법이야."

"한곳의 소리를 모은다고요?"

"소리를 더 잘 듣고자 할 때 귓바퀴에 손을 대는 것처럼 큰 판을 모아 들으면 소리가 더 잘 들리는 원리지. 판의 크기가 커질수록 소리는 더욱 커지잖아. 이 판의 역할을 접시안테나가 대신해주면 일정한 방향에서 오는 소리만 모을 수 있어. 즉, 아무리 시끄러운 광장 안에서도 특정한 사람들의 대화만을 골라내서 크게 들을 수 있는 거지."

"휴우, 듣고 있다 보니 마음만 먹으면 하지 못할 도청이 없는 것 같아요."

"그래, 도청을 하고자 한다면 이 세상에서 하지 못할 도청은 없어. 기밀 정보를 알아내면 많은 부당 이득을 얻을 수가 있기 때문에 도청을 막는 기술보다 도청을 할 수 있는 장비의 발전 속도가 훨씬 더 빠르거든."

닉의 설명에 결국 서진이 한숨을 내쉬었다.

"좀 어려운 게 아닌데요? 우선 도청에 대해서 몇 가지만 들은 것뿐인데 배워야 할 것이 산더미처럼 쌓여 있는 것 같아요."

"겁나?"

"전혀요, 오히려 재미있을 것 같아요."

"그래. 자, 그럼 이제부터 간단한 것부터 실습해 보자고. 하나하나 직접 연결하고 듣다 보면 서서히 자신만의 방법도 터득하게 될 거야."

"좋아요, 시작해요."

서진의 학습능력은 닉이 기대했던 것 이상으로 뛰어났다. 그녀는 닉이 하나를 가르치면 둘을 깨우쳤고 기초를 알려주면 곧 응용으로 연결했으며 손놀림도 빠른 편이었다.

"소질 있는데?"

"고마워요."

"훗."

"왜 웃어요?"

"이러고 있으니까 예전 일이 떠올라서. 난 어렸을 때부터 도청에 빠져 있었거든. 빠져 있다 못해 거의 미쳐 있었지. 나는 즐거웠지만 부모님은 그런 내게 무척 실망하셨어. 하나 있는 아들이 학교도 그만두고 친구도 없이 매일 창고에 틀어박혀 도청기나 만지작거리고 있으니까 그럴 만도 하셨지만."

닉은 단순하게 오래전 자신의 모습을 떠올린 듯 말했지만 서진은 의아하게 생각했다.

"친구가 없었다고요? 그럼 루이스와 리아, 카일하고는 언제부터 알게 된 거예요?"

"어느 날 루이스가 날 찾아왔어. 정확히 말해서 창고 안으로 찾아왔지."

어딘가 자신과 공통점이 있는 것 같아 서진의 눈빛이 반짝였다.

"루이스가 왜 찾아온 거예요?"

"어디선가 내 얘기를 들었다며 투자하고 싶어서 찾아왔다고 했어."

"투자요?"

"그래, 투자."

닉이 그때를 생각하며 쿡쿡 웃었다.

"그래서요?"

"나보다 어린 녀석이 그런 제안을 했으니 기분은 나빴지만 거절할 이유가 없었지. 당장 사고 싶은 최신형 도청기가 너무 많았거든."

닉의 말에 서진도 킥킥 웃었다.

"그게, 몇 살 때였어요?"

"내가 열일곱, 루이스가 열여섯."

"열여섯에 투자를 자처하다니. 남다른 투자 감각은 타고난 재능이었나 보네요."

"그래. 그게 어디 가겠어. 지금도 남들은 짐작조차 하지 못하는 방법으로 돈을 긁어모으고 있잖아."

서진은 웃음을 터트렸다. 이제까지 몰랐던 루이스의 과거를 새롭게 알게 된다는 것은 무척 재미있는 일이었다.

"처음 만났을 때 기분이 어땠어요?"

"도도한 구세주를 만난 느낌이었어."

닉의 적절한 대답에 서진은 다시 웃음을 터트렸다.

"음, 리아는 쌍둥이니까 루이스와 같은 나이였을 테고 카일은 열세 살이었을 때부터 알고 지낸 거네요."

"아니, 카일의 경우는 좀 더 이후였어. 히링튼 부부가……."

무슨 이유에서인지 닉이 잠시 말끝을 흐렸다. 하지만 그는 곧바로 다시 말을 이었다.

"히링튼 부부는 카일의 후견을 자처하셨지."

"그랬군요. 좋은 분들일 거란 생각은 했었어요."

"그래, 나도 몇 번 뵌 적은 없지만 무척 좋은 분들이셨어. 지위나 형편, 처지에 따라서 사람들을 차별하지 않고 사람을 사람으로서 대해주시는 분들이었지."

서진은 고개를 끄덕였다. 그리고 언젠가 루이스 부모님과 관련된 기사를 찾아보았던 일을 떠올렸다.

"그런 분들이 사고사를 당했다는 건 무척 안타까운 일이에요."

서진의 말에 닉의 얼굴빛이 일순간 어두워졌다. 그는 잠시 망설이는 듯했지만 곧 결심이 선 듯 말문을 열었다.

"그분들은 사고사를 당한 게 아니었어."

"사고사가 아니었다고요? 그럼……."

잠시 침묵이 흘렀다.

"두 분은 살해당했어."

"살해……요?"

서진이 반문하자 닉이 고개를 끄덕였다.

너무도 놀라운 사실에 서진은 차마 말을 잇지 못했다. 당시의 상황을 떠올린 닉도 마찬가지였다. 그의 얼굴에 지난 시간이 그늘로 변형되어 서렸다. 이전과는 전혀 다른 무거운 적막이 감돌았다.

"닉……."

닉이 고개를 돌려서 서진을 바라보았다.

"히링튼 부부를 살해한 자는 스미스 의원이라는 자였어. 한때는 히링튼 씨의 절친한 친구였었는데 음흉한 권력자로 변했지. 그는 히링튼 씨가 자기 뜻대로 안 되자 앙심을 품었어. 그자는 히링튼 부부가 함께 있던 날 은행으로 작은 상자를 보냈어. 그 안에는 폭탄이 들어 있었지. 히링튼 부부가 함께 있던 집무실이 폐허처럼 박살이 났어. 폭탄이 터지고 남은 잔해는 차마 볼 수가 없을 정도로 끔찍했지. 얼굴과 팔다리 그 어느 것도 온전하게 제자리에 붙어 있지 않았으니까……. 하지만 스미스 의원을 더욱 용서할 수 없었던 이유는 그가 아무것도 모르는 어린 소년을 이용했다는 거야. 그자는 선물로 위장된 폭탄의 운반책으로 그 당시 히링튼 씨가 각별한 애정을 가지고 있던 한 소년을 이용했어."

이제까지 닉의 말을 듣고 있던 서진이 어두운 표정으로 그를 바라보았다. 닉의 얼굴은 그보다 더 놀라운 일을 아직 담고 있는 듯 보였고 그로 인해 서진은 이유 모를 두려움에 휩싸였다.

하지만, 닉은 그에 관한 자세한 언급은 더 이상 피하고자 마음먹었다. 루이스도 그에 대한 언급은 강 박사에게조차 하지 않았다는 것을 알고 있기 때문이었다. 그 역시 과거를 돌이키자고 하지 말아야 할 말을 덧붙일 필요는 없었다. 루이스가 그랬던 것처럼, 카일을 위해서 말이다.

"……루이스는 복수하기로 결심했어. 그의 나이 겨우 열일곱 살 때였지. 하지만 복수를 하기에는 너무 어렸고 그 나이에 할 수 있는 것은 지극히 제한되어 있었어. 그래서 루이스는 서툰 행동을 하는 대신 주도면밀하게 기다리는 것을 택했지. 자신의 부모를 살해한 자에게 복수하기 위해서 철저하게 준비를 하면서 기다렸어. 그가 그 시간들을 어떻게 견디고 보냈는지는 오직 신만이 아실 거야. 그렇게 시간이 흐르고 루이스가 비로소 성인이 되던 해였지. 준비는 모두 끝났고 스미스 의원에게 복수할 수 있는 기회가 왔어. 하지만 루이스는 우리와는 다른 생각을 하고 있었어. 그는 혼자서 모든 위험과 책임을 짊어지길 원했고 결국 결정적인 순간에 고의적으로 나와 리아와 카일을 따돌렸지."

순간 서진의 가슴이 날카로운 칼날로 찍어대는 것처럼 아파져 왔다. 차마 말로 표현할 수 없는 그 아픔은 그녀의 아버지인 강 박사가 에이즈에 걸려 병원에서 추방당했다는 것을 알았을 때의 고통과 흡사했다. 그로 인해 서진은 숨조차 쉬는 것을 잊고 말았다. 숨조차 멎은 그 속에서 그녀가 할 수 있는 일이라고는 그저 닉을 바라보는 일뿐이었다.

'루이스…….'

서진은 어린 나이에 루이스가 짊어지고 있던 삶의 부피와 무게가 얼마나 크고 무거웠던 것인지 짐작하려고 노력했다. 고의적으로 리아와 카일을 따돌렸다는 것은 위험한 순간을 대비해서였을 터였다. 오직 자신의 목숨만을 대가로 내놓고 위험에 뛰어들었을 루이스의 모습이 보지 않았어도 현실처럼 그려졌다.

서진은 두 눈이 욱신거리는 것을 느꼈다. 눈물 따윈 보이고 싶지 않았는데 닉 앞에서는 또 한 번 눈물을 보일 것 같았다.

"그래서…… 이 모임이 시작된 거였어요?"

"그래. 그 과정에서 우리는 너무도 많은 부정, 부패한 권력자들의 존재를 알게 되었어. 히링튼 부부와 같은 피해자들을 다시는 야기시키지 않는 것, 어쩌면 우리들의 복수는 현재진행형일 수도 있어."

닉의 말을 듣고 있던 서진은 오늘 수업을 통해서 그녀가 몰랐던 지난 시간들을 모두 도청이라도 한 느낌이었다.

"내가…… 너무 바보 같아요. 난 어리석게도 그가 왜 이런 일을 하는지에 대해서는 생각해본 적이 없었어요. 아니, 어쩌면 이 세상에서 아무것도 아쉬울 게 없는 그가 스스로, 삶의 무료함을 지우고자 택한 일종의 짓궂은 취미라고 단정 짓고 있었던 것 같아요. 정말 바보 같아요, 왜 그렇게 생각했었는지 모르겠어요. 그랬던 내가 너무

한심해서 어떻게 말을 해야 할지, 아니 앞으로 루이스를 바라볼 수 있을지……."

한 줄기 눈물이 흘러내렸다. 서진은 눈물조차 닦지 못하고 닉을 바라보았다.

"아니, 전혀 그렇지 않아. 서진, 넌 그저 아무것도 몰랐을 뿐이야."

"아빠한테라도 들었어야 했어요."

"강 박사님은 말씀해주실 수가 없었을 거야. 우리가 그러길 바랐으니까. 하지만 그보다 중요한 건 네 존재가 루이스에게 특별하다는 거야. 루이스가 강 박사님과 너를 찾아낸 건 그의 인생에 있어서 축복이자 최고의 행운이었어."

"그런 찬사를 받을 자격이 없다는 거 알잖아요. 난 다만 아빠를 따라왔을 뿐인걸요."

"아니, 난 아주 오래전부터 루이스를 옆에서 지켜봐 왔어. 누구보다 그를 잘 알고 있기 때문에 그를 돕기로 했었고 지금도 돕고 있는 거야. 하지만 분명히 말하는데 요즘처럼 웃고 있는 루이스를 이전에는 단 한 번도 본 적이 없었어."

"닉."

"기계와 같았던 그를 인간처럼 웃게 만든 건 바로 너야."

"……."

"이제 네가 왜 자격이 있는지 알겠지? 난 이제부터라도 루이스가 행복해지길 바라. 루이스는 지금도 어깨 위에 너무 많은 부담을 혼자서 짊어지려 하고 있어. 내려놓을 수 없다면 누군가가 그 부담을 잊게 해줄 수는 있을 거라 생각해. 내가 생각하는 그 누군가는 바로 너야, 서진."

"……고마워요, 그렇게 말해주어서."

"루이스의 오랜 친구로서 네게 고맙다고 해야 할 것 같은데."

닉이 그녀에게 희미한 웃음을 지어 보였다.

"자, 그럼 오늘은 이쯤에서 수업을 마치는 것으로 하지. 의욕이 앞서는 건 좋지만 한 번에 너무 많은 것을 아는 것이 오히려 해가 될 수도 있으니까."

"고마워요. 오늘 날 위해서 시간을 내준 것도, 내가 몰랐던 사실을 말해준 것도."

"루이스를 감싸줘 서진. 그렇게 해줄 수 있는 사람은 오직 너뿐이야. 그럼 다음 수업을 기약하고 이만 나가볼까?"

"네."

두 사람은 작업실에서 나왔다. 복도를 지날 때쯤엔 마침 카일에게 다녀오겠다던 리아가 돌아와 그들과 마주쳤다.

"끝났어?"

"응. 오늘은 그만 하려고. 카일은 좀 어때?"

"오늘 밤 안에는 마무리 지을 수 있을 것 같대. 내일 모였으면 좋겠다고 전해달라고 했어."

"알았어. 서진, 루이스에게는 네가 전해줘."

"알았어요."

그때 리아가 손에 들고 있던 책들을 그녀에게 내밀었다.

"이거 가져가. 도청 관련 서적들이야. 오는 길에 서점에 들렀어. 읽어 두면 도움이 될 거야."

"안 그래도 가는 길에 서점에 들를까 생각하고 있었는데 잘됐다, 고마워 리아."

"천만에. 벌써 어두워지기 시작했어. 갈 때 조심해."

"응."

"내일 봐."

"알았어. 루이스에게도 꼭 전할게."

그렇게 서진은 내일 모임을 다시 기약하고 닉의 집을 나서서 자동차에 올라탔다.

서진이 타고 있는 차가 서서히 벌어지자 닉이 리아에게 말했다.

"오늘, 서진에게 우리의 모임이 무엇에서 기인되었는지 말해주었어. 이제 서진도 모임의 일원이 되었으니까 누군가는 그것에 대해 말해주어야 할 것 같아서."

닉의 말에 리아의 얼굴에서 웃음기가 싹 가셨다.

"닉……. 그래도 설마, 카일이 어떻게 개입되었는지에 대해서는 말하지 않았기를 바라. 난 카일이 그때처럼 자신을 자책하는 건 잔인하다고 생각해. 아무리 서진이라도, 카일을 위해서라면 모르는 게 나아."

"나도 알아, 리아. 나도 같은 생각이니까."

닉이 고개를 끄덕였다.

집에 도착하자 그녀가 출발하기 전에는 비어 있던 자리에 루이스의 자동차가 주차되어 있었다. 서진은 차에서 내려 저택으로 향했다.

"이제, 오십니까?"

"루이스 왔죠?"

"네. 지금, 수영을 하고 계십니다."

"알았어요. 고마워요."

"저녁은 어떻게 하시겠습니까?"

"음, 우선 수영장에 들렀다가 식당으로 갈게요. 참, 루이스는 저녁 먹었나요?"

"아닙니다. 아가씨가 오시면 함께 드시겠다고 하셨습니다."

"그럼, 30분 후에 차려 주세요. 루이스와 함께 식당으로 갈게요."

"알겠습니다."

"고마워요."

서진은 책을 들고 2층으로 향하는 대신 지하로 향했다. 수영장은 야외에도 있었지만 루이스는 주로 지하에 별도로 구비되어 있는 수영장을 주로 이용하는 편이었다.

계단을 내려가자 물살을 가로지르고 있는 루이스의 모습이 보였다. 서진은 풀장 옆에 마련되어 있는 긴 비치의자 옆에 리아가 준 책을 내려놓고 앉아 그런 루이스의 모습을 관찰했다. 그녀를 한 번 지나쳐 갔던 루이스가 뒤늦게 인식했는지 물속에서 몸을 들어 바라보았다.

"언제 왔어?"

"방금요."

"들어오겠어?"

"아뇨. 수영을 하기에는 배가 너무 고파요. 같이 저녁 먹으러 가요."

"그럴까."

서진의 제안에 물속에 하반신을 담그고 있던 루이스가 밖으로 나왔다. 물줄기가 완벽한 근육 사이로 실뱀처럼 흘러내리는 모습이 마치 해신을 연상시켰다. 아니 신화 속에서나 등장했던 바다의 신,

포세이돈도 이렇게 아름답지는 못했을 거라고 서진은 생각했다. 루이스가 가까이 다가오자 서진이 찬사 어린 눈빛을 숨기지 않고 말했다.

"내가 예전에 이런 말 했던가요?"

"음?"

"당신 너무 아름다워요."

그의 미소를 바라보며 서진은 닉이 해주었던 말들을 되새겼고 언제까지나 그것을 지켜주고 싶다는 생각을 했다.

깊게 파인 상처가 있어도 절대 내보이지 않을 사람, 어떤 위험이 있다 해도 혼자서 떠안고 가길 원하는 사람, 그것이 그녀가 사랑하는 남자, 루이스 히링튼의 실체였다.

"그건 뭐지?"

루이스가 턱짓으로 리아가 준 책들을 가리켰다.

"리아가 사줬어요. 도청 관련 서적들이에요."

"도청 수업은 어땠어? 많이 배운 것 같아?"

루이스의 물음에 서진은 오늘 닉이 말해준 일들이었다.

'당신에게 사과해야 할 일이 있다는 걸 알게 되었어요. 당신의 어깨에 얼마나 많은 부담이 있는지 알게 되었어요. 내가 알고 있는 것보다두 당신이 얼마나 잘난 사람인지를 알게 되었어요.'

하지만 속마음을 내비칠 수는 없었다. 대신 서진은 언제가 기회가 되면 그에게 사과하리라 다짐했다.

"닉은 내게 많은 걸 가르쳐 줬어요. 하지만 난 많이 배우고 왔다라고 말하기보다는 앞으로 배워야 할 게 많다는 걸 느끼고 온 것 같아요."

"닉은 훌륭한 학생이었다고 칭찬하던데."

"통화했어요?"

혹시나 하는 마음이 들었다. 어쩌면 닉이 그녀에게 과거를 말했다고 루이스에게 전했을 수도 있었다. 그럼, 지금이라도 사과하는 게 나을 것 같다는 생각이 들었다. 하지만 그녀가 뭐라고 하기도 전에 루이스가 먼저 말했다.

"음. 퇴근하면서 들를까 하고 전화했더니 이미 갔다고. 그래서 집으로 왔어."

"오다가 퇴근 시간하고 맞물리는 바람에 길이 좀 막혔어요. 전화하지 그랬어요."

"하려다가 그만두었어."

"왜요? 목소리를 들으면 더 보고 싶어질 것 같아서요?"

서진이 피식 웃으며 그를 골리듯 묻자 놀랍게도 루이스가 고개를 끄덕였다. 서진은 솔직한 그가 너무너무 좋아서 젖은 몸에 상관없이 와락 껴안았다.

"나도 당신이 너무너무 보고 싶었어요."

루이스가 웃고 있는지 몸이 흔들렸다.

"참, 이러고 있을 게 아니라 옷 입어요. 쌀쌀하진 않지만 이렇게 젖은 몸으로 있으면 감기 걸릴 수도 있어요."

"다짜고짜 주치의 역할이라도 하려는 거야?"

"아뇨. 연인으로서 하는 말이에요."

그래, 그의 연인이 되고 싶었다. 그냥 단순하게 그가 좋아서가 아니라 닉이 말한 대로 그가 어깨 위에 지고 있는 부담을 잊을 수 있게 만들 수 있는 그런 연인이 되어주고 싶다.

"연인? 음, 왠지 듣기 좋은데?"

루이스가 고개를 숙여 다시 서진에게 키스했다.

"루이스……."

"음?"

"행복해요?"

"음."

가볍게 시작했던 입맞춤이 서서히 깊어지는가 싶더니 커다란 손이 어느새 서진의 바지 벨트를 풀고 있었다.

"당신이 행복하다니까 나도 행복해요. 그런데, 지금 뭐하는 거예요?"

서진이 쿡쿡 웃으며 물었다.

"뭐하긴, 벨트 풀고 있잖아."

"알아요. 하지만 설마 저녁을 먹으려고 벨트를 풀고 있는 건 아닐 거 아니에요."

"잘 알고 있네."

"저쪽에 CCTV가 있다는 것도 잘 알고 있는데 당신은 설마 잊은 건가요?"

서진의 말에 고개를 든 루이스가 그들을 지켜보고 있는 기계를 바라보았다.

"상기시켜 주어서 고마워."

"그런, 이만 일어나요. 무엇보다 여긴 우리가 사랑을 나누기에 적당한 장소가 아니에요."

"천만에."

루이스가 무슨 생각이 들었는지 손을 뻗어서 사온 책 중에서 하드

커버를 집어 들었다.

"뭐하려는 거예요?"

서진이 묻는 동시에 루이스가 CCTV를 향해 들고 있던 책을 집어 던졌다. 쾅. 콰직. 망가진 기계를 멍하니 바라보고 있는데 루이스가 말했다.

"유일한 방해물이 제거된 거 같은데?"

서진은 기가 막혀서 웃음을 터트렸다.

"당신은 정말 못 말리겠어요!"

"알면 됐어."

짧게 말한 루이스가 입술로 서진의 웃음을 막았다. 이어 그는 서진이 입고 있는 셔츠의 단추를 풀려고 손을 내밀었다.

"잠깐만요."

"음?"

서진은 단단한 바닥에 무릎을 꿇었다. 꿇는 순간부터 무릎이 아팠지만 그녀가 떠올린 방법을 실천하기에는 이 자세가 최상이었다.

"이렇게 해보고 싶어요."

서진은 루이스의 허벅다리를 벌리고 자리를 잡았다. 루이스는 그녀가 무엇을 하려고 하는지 알아차렸지만 거부하지 않았다. 서진은 루이스의 가랑이 사이를 가리고 있는 수영복을 내리기 위해서 손을 뻗었다. 루이스가 살짝 엉덩이를 들어 그녀의 도전을 도와주었다.

수영복이 아래로 내려가자 다른 피부 조직보다는 좀 더 진한 색채를 띠고 있는 페니스가 고개를 쳐들었다. 서진은 아주 가까이에서 그리고 정면에서 한껏 발기된 상징을 확인할 수 있었다.

서진은 무릎은 꿇고 있는 그 자세 그대로 머리를 앞으로 내렸다.

곧 그녀의 입속으로 커다란 루이스의 남성이 들어왔다.

펠라티오는 처음이었다. 그렇기에 요도를 감싸는 기관으로 소변의 배출 통로이자 정액의 배출 통로의 역할을 담당하는 남성 생식기관이라는 의학 서적에 적혀 있는 설명 따위보다 성감대가 집중되어 있다는 기관이라는 것에 서진의 기대가 실린 것은 당연한 일이었다.

숨 쉬는 게 어려울 정도로 서진의 입 안에 들어찬 부피감은 굉장했지만 서진은 그 자세에서 숭고함을 느꼈다.

이것은 일종의 찬양이었다. 전에는 알지 못했던 루이스와 관련된 진실을 알게 된 지금 그녀는 자신이 할 수 있는 방법으로 루이스를 사랑해 주고 싶었다. 그 마음을 전해 주고 싶은 양 서진은 입속에 들어와 있는 루이스를 힘껏 빨아들였다. 뼈처럼 단단한 살덩어리는 작고 축축한 공간에서 요동쳤다.

"서진."

루이스가 거친 숨을 내쉬며 신음소리를 냈다. 서진은 그의 단단한 허벅다리를 양팔로 잡았다. 그리고는 특수 촉각기로 이루어져 있는 성기의 머리를 이리저리 움직이면서 혀끝으로 열심히 핥았다. 서진은 점점 대담하게 그와의 밀착을 즐겼다.

언제부터인가 서진은 페니스 중에서도 특히 민감한 부분으로 알려져 있는 귀두관이라 불리는 돌기 부분을 집중적으로 공략하기 시작했다. 그녀는 성기 말단 부분을 쪽쪽 빨아대면서 동시에 둥글게 모양을 그리며 핥았다.

루이스의 단단한 상체와 그녀가 지탱하고 있는 허벅다리가 몸서리치는 게 고스란히 느껴지는 순간 돌연 루이스가 입 안에 놓여 있던 성기를 빼내기 위해서 몸을 비틀었다. 하지만 서진은 루이스의 허벅다리를 더욱 단단하게 붙들고 놓아주지 않았다.

"으윽……."

낮은 신음소리와 함께 그녀의 입 안이 부르르 떨렸다. 서진은 그가 쏟아내는 정액을 목 아래로 깊숙이 빨아들였다.

10장.
위장

늦은 저녁, 약속했던 대로 카일이 찾아왔다. 닉과 리아도 함께였다. 그들은 루이스의 개인 서재로 다 함께 발걸음을 옮겼다. 기다리고 있던 루이스와 서진이 자리에서 일어났다.

루이스가 눈빛을 보내자 카일이 고개를 끄덕였다.

"마이클 의원의 컴퓨터 라인을 타고 들어가는 데 성공했어."

카일이 일단 운을 떼자 리아, 닉의 눈동자가 기대감으로 반짝였다.

"물론 헤드 컴퓨터의 하드디스크 파일을 몽땅 들고 나왔지. 루이스가 짐작했던 대로 흥미로운 사실을 발견했어. 비밀리에 고용한 사설 수사관들(private investigators)의 수가 엄청나."

"사설 수사관(private investigator)?"

이 모임에 익숙하지 못한 서진이 묻자 닉이 설명했다.

"정치인들이 고용하는 사설탐정들(private detectives)이라고 생각하면 돼. 전직 경찰관, 베테랑 수사관, 정보기관 수사요원 출신 심지어는 전직 검사, 전직 언론인 출신들까지 경력들도 다양하지. 그들이 하는 일은 주로 상대 정치인들의 부정과 비리를 캐내는 거야. 상하원 의원에서부터 심지어는 작은 도시와 시의 선출직 공무원들에까지 거의 전 분야의 정치인, 공무원들을 포함해서. 그렇게 만들어진 조사 자료들은 정치적 라이벌을 쓰러뜨리는 데 쓰일 뿐만 아니라 자신을 공격하는 정적들로부터 자신을 지키는 수단이 되기도 해."

서진의 눈빛이 반짝 빛났다.

"그들은 비밀스럽게 고용되고 비밀스럽게 행동을 해. 특히, 전직 경찰관이나 검사 출신 수사관들의 경우에는 각종 정보를 수집, 분석하고 이를 조직화해서 '치명적인 건수' 를 만드는데 일가견을 가지고 있어. 활동할 때는 몇 가지 직업으로 위장하는 경우가 보통이지. 가장 많은 것은 기자. 미국은 언론의 천국이라고 불릴 만큼 신문과 방송의 위력이 강한 나라니까. 언론인으로 통하면 어느 곳, 어느 사람이고 가지 못하고 만나지 못할 사람이 없을 정도잖아. 선거자금 모금과 지출, 주요 지지층에 대한 정보, 선거운동 진행 상황과 변화하는 전략들이 중요한 수집 대상에 속해. 쉽게 이야기하면 상대 정치인 주위에 있는 모든 사람이 정보 수집의 대상이라고 할 수 있어. 사람뿐 아니라 장소도 기상천외한 경우가 많아."

"어떤 장소들이 있죠?"

"쓰레기통 다이빙이라는 말이 있어. 부정과 비리 등 비밀정보를 찾기 위해서 쓰레기통에 머리를 처박고 들어간다는 말이지. 그런 그들이 안 가는 곳이 있을까? 신분을 위장해서라도 어디든 가는 게 그들이 하는 일이야. 라이벌 정치인의 선거 사무실, 집, 묵었던 호텔

구석구석 찾아다니는 거야."

"하지만 그것만으로는 한계가 있을 것 같은데요."

"좋은 지적이야. 그래서 최신 장비를 사용하는 거지. 고성능 녹음기와 비밀카메라와 하이테크 도청 시스템까지. 전문적으로 움직이기도 해. 무선전화기를 통해 대화 내용을 방수하는 것도 모자라 컴퓨터 라인을 타고 들어가 컴퓨터의 하드디스크를 몽땅 들고 나오기도 해."

닉의 말은 서진에게 있어 마이클 의원이 위선자라는 것을 절감할 수 있는 계기가 되었다.

리아가 말을 받았다.

"그런 위선자에겐 분명 경고를 해줄 필요가 있어. 비열한 인간. 그동안 그의 위선이 가증스러워 견딜 수가 없었는데 잘됐지 뭐야. 드디어 심판을 받게 해줄 때가 온 거라고. 말해봐, 루이스. 카일에게 지시를 내렸을 때는 예상이 들어맞았을 경우에 그에 대한 해결책도 생각해둔 것이 있을 거 아냐."

"그래."

루이스가 대답하자 서진, 리아, 카일의 시선이 그를 향해 모아졌다.

"Counterblow(역공격)."

역공격. 모두의 머릿속에 루이스의 말이 각인되었다.

"역공격이라……. 좋은 생각이야."

두 사람이 의미심장한 눈길을 주고받았다. 서진이 루이스에게 물었다.

"미안하지만 자세하게 설명해줬으면 해요."

"일부 정치인들은 자신과 라이벌 관계에 있는 정치인들의 부정과 비리를 샅샅이 알고 있어야만 자신도 안전할 수 있을 거라고 여겨. 어찌 보면 권력을 놓기 싫어하는 자들의 본능이라고 할 수도 있지. 그렇기 때문에 그자들이 비밀리에 고용하는 사설 수사관들의 수는 매년 증가하고 있어. 하지만 그것은 어디까지나 철저히 위장, 은폐되어 비밀스럽게 유지되어야 해. 비밀이란 보호 장치가 해제되면 소위 정치 공작을 저지른 것으로 입증되어 그에 따른 심판을 받게 되거든. 법을 만드는 자들이 엄연히 불법행위를 한 게 되는 거야. 결국 공격을 하기 위해 만든 자료들이 오히려 자신들을 역공격하게 되는 거지."

서진이 고개를 끄덕였다.

"무슨 뜻인지 알겠어요. 예를 들면 1970년대 초 대통령이 상대 당 선거 사무실에 도청장치를 해서 선거 전략을 불법으로 입수하다가 WC포스트지 기자들에게 폭로되어 재선에 실패했던 사건을 들 수 있겠네요."

루이스가 한쪽 눈썹을 추켜세웠다.

"워터게이트 사건에 대해 알고 있어?"

"당시 도청당한 선거 사무실이 있던 건물 이름을 따서 이후에도 정치적 비리나 추문이 터질 때마다 '게이트'라는 단어를 붙이게 되었을 만큼 파장이 큰 사건이었으니까요."

리아가 입술을 말았다.

"바로 그거야. 그처럼 은폐되어 있는 진실이 밝혀지면 마이클 의원도 이번 선거에서 실패하게 될 거야. 뿐만 아니라 재판 결과와는 상관없이 정치적 재기가 불가능하게 될 테지."

카일이 어깨를 으쓱했다.

"그럼 이제 우리가 해야 할 일은 이미 정해진 건가?"

닉이 고개를 끄덕였다.

"그럼 이제부터 나는 카일과 함께 주로 어느 곳에 도청장치를 설치했는지부터 파악하기로 하겠어."

"동참하지."

루이스가 말을 이었고 리아가 받았다.

"그동안 나는 확보할 자료들을 폭로할 수 있는 루트를 최대한 알아 놓도록 할게."

"이전과는 다른 방식으로 접근해야 한다는 것 명심해."

"물론이야. 어떤 통신이든 포스트지 기자들이건 정치적 비리와 스캔들은 그들의 훌륭한 먹잇감이 될 거야."

서진은 새로운 일원으로서 눈치껏 그들의 모임에 합류했다.

"난 아직 익숙하지 않으니까 리아를 보조할게요."

"고마워, 서진."

리아가 서진을 향해 싱긋 웃었다. 이제 그들은 서로를 바라보며 침묵 속에서 의미 있는 시선을 주고받았다. 그날 이후로 마이클 의원의 위선을 드러내기 위한 작업이 본격적으로 시작되었다.

자정이 한참이나 넘은 시각.

어둠처럼 위장을 하기 적합한 공간은 없다. 어둠 속의 숨어든 쉐도우처럼 루이스는 거침없이 질주했다.

루이스는 만능 카드키를 꺼내 인식기에 댔다. 굳게 잠겨 있던 게이트가 소리도 없이 스르르 열렸다. 형편없는 보안시설에 루이스의 입가에 희미한 조소가 서렸다.

집 안은 조용했다. 마이클 의원은 귀가 전이었고 부인과 딸, 고용인들은 모두 잠자리에 들어 있었다.

루이스는 첫 번째 목표로서 마이클 의원의 지문을 채취하기 위해서 2층에 있는 개인 서재로 향했다.

발은 분명 바닥을 딛고 있었다. 허나 고도로 단련된 몸짓과 행동으로 인해 검은 그림자는 소리도 없이 일사불란하게 움직였다. 어둠 속에서 긴 복도를 따라 걷자 곧 마이클 의원의 개인 서재가 앞에 놓여 있었다.

루이스는 지문을 채취하기 위해 미리 준비해온 지문 채취용 분말과 브러시, 투명한 판과 소형 스캐너를 가방에서 꺼냈다. 브러시로 분말을 뿌리고 지문들을 붙였다가 떼는 동작을 반복했다. 이어 소형 플래시를 꺼내 그것들을 확인하자 지문이 묻어 있었다.

첫 번째 임무 완수. 루이스는 투명한 판에 묻은 지문을 스캐너로 인식시킨 후 들어왔을 때와 마찬가지로 유유하게 사라졌다.

새벽, 마이클 의원의 선거 사무실 인근.

카일은 PC에 건물의 전력선 도면을 띄워 놓고 신호를 기다리고 있었다. 그리고 잠시 후 이어폰을 타고 비로소 루이스의 사인이 떨어졌다.

–상황 보고.

"준비 완료."

―들어간다.

"오케이."

―끊어!

말이 떨어지는 동시에 외부에서 대비하고 있던 카일이 PC에 띄우고 있던 건물의 전력선 도면을 통해 전원 차단 버튼을 실행시켰다. 손가락이 움직이자마자 마이클 의원이 선거 사무실로 사용하고 있는 건물의 모든 불빛이 소멸됐다. 순식간에 암흑으로 둘러싸인 건물은 폐허처럼 깜깜해졌다.

―주시해.

"오케이."

카일은 긴장을 늦추지 않은 채 검게 변한 건물을 바라보았다. 그 무렵, 루이스와 닉은 어둠 속에 스며든 그림자처럼 유연하게 그 안으로 잠식해 들어갔다.

사방은 그들이 의도했던 대로 완전한 암흑으로 뒤덮였고 건물 안에 배치되어 있었던 보안요원들은 갑자기 찾아온 깜깜한 암흑 속에서 원인을 찾기 위해서 우왕좌왕 움직였다.

"전원이 차단되었다. 상황 보고하라."

―…….

집무실을 지키고 있던 보안요원이 전략실에 현재 상황에 대한 보고를 요청했지만 전파 방해를 받고 있는 리시버(receiver)에서 돌아오는 대답은 없었다.

"안 들리나? 상황 보고하라!"

―…….

"나도 아무것도 안 들려."

"젠장!"

두 명의 보안요원 중 하나가 귀에 꽂고 있던 리시버를 거칠게 뽑아냈다.

"왜, 어쩌려고?"

"무슨 일인지 내려가 봐야겠어."

"그보다는 이곳을 지켜야지."

"답답한 건 못 참아!"

성질 급한 사내 하나가 자리를 이탈하려는 순간이었다. 그것이 실수라는 것을 뒤늦게 깨달은 것이다. 어둠 속에서 갈라져 나온 두 개의 형상이 각각 그들에게 달려들어 명치를 가격했다.

"으윽."

"흐윽."

두 보안요원은 그 자리에 털썩 쓰러졌다. 굳게 닫혀 있던 집무실의 문이 열렸다. 아마도 집에 있는 마이클 의원은 자신의 집무실에서 일어나는 사건은 전혀 모른 채 단잠에 빠져 있을 터였다. 공간으로 들어선 두 개의 그림자는 일사불란하게 움직였다.

나이트 고글을 쓰고 철저한 사전 조사를 거쳐 진입해 들어온 만큼 루이스와 닉은 어느 위치에 어떤 물건이 놓여 있는지 디테일한 것까지 알고 있었기 때문에 행동에 제약이 없고 자연스러웠다.

"발견."

곧 표적으로 삼았던 그림으로 다가간 그들은 그 뒤에서 비밀금고를 찾아냈다. 비밀금고는 두 가지가 충족되어야 열리게 설정되어 있었다. 그중 하나는 마이클 의원의 지문이었고 다른 하나는 비밀번호였다.

루이스가 가방 안에서 준비해 두었던 마이클 의원의 지문 필름을 인식기에 부착시키는 동안 닉은 전선 뭉치를 꺼내 금고의 번호 패드에 연결했다.

"잠금장치 대기 완료."

닉이 낮게 중얼거리자 리시버에서 카일의 목소리가 들려왔다.

-오케이, 시작한다.

이번에는 외부에서 대기하고 있던 카일이 잠금장치의 번호를 풀어내기 시작했다. 잠시 후 닉이 보고 있던 태블릿PC 화면에 붉은 등이 깜박였다.

-잠금장치 해독 완료.

닉이 고개를 끄덕였다. 사인을 받은 루이스가 금고 손잡이를 잡아 열었다. 루이스는 금속판 위에 얌전히 놓여 있던 서류들을 향해 장갑을 끼고 있는 손을 뻗었다. 그때 불빛이 사라졌을 때와 마찬가지로 갑자기 전원이 복구되었다. 암흑과 같았던 건물에 불빛이 돌아온 것이다.

-비상사태, 전원이 복구되었다.

루이스와 닉의 리시버에서 카일의 낮은 목소리가 들렸지만 그들은 조금도 동요하지 않고 하던 일을 계속했다.

한편 암흑 속에서 우왕좌왕하던 보안요원들의 눈에 플래시 뱅이 터진 것처럼 순간적으로 강한 불빛이 쏟아져 내렸다. 눈이 불빛에 익숙해지자 보안요원들은 서둘러 모니터를 확인했다.

"빌어먹을, 집무실이다!"

모니터를 확인한 보안요원들도 빠르게 움직이기 시작했다. 하지만 그들이 집무실에 도착했을 때 발견한 것은 쓰러져 있는 동료들과 텅 빈 금고였다.

그때 건물 아래쪽에서 급출발하는 자동차 소리가 들렸다.

"저쪽이다!"

보안요원들은 일제히 소리가 난 쪽의 창문으로 향했다. 이미 달리고 있는 검은색 밴 안으로 들어가기 위해 달리고 있는 두 개의 검은 형체가 보였다.

보안요원들은 일제히 그들에게 총구를 겨누고 방아쇠를 당겼다. 그들의 노력은 가상했지만 보람도 없이 두 개의 검은 형체는 빨려 들어가듯 곧 사라졌다.

"제기랄."

그들은 눈을 부라리며 차체에 총알을 퍼부었다. 하지만 특수 제작된 차체에 일반 총알이 통과할 리 만무했다. 이미 쫓아가기에는 늦은 감이 있었다.

그때 마지막 수단으로 보안요원 중 하나가 서둘러 공수해온 철갑탄을 조준했다. 명중만 한다면 지금의 패배감을 돌이킬 수도 있을 터.

검은 눈동자가 마지막 기회가 주어졌다는 듯 스코프를 박살 낼 듯 노려보았다. 그는 가차 없이 방아쇠를 당겼고 동시에 총구에서 탄자가 날아올랐다.

피슝! 철갑탄은 이름값을 했다. 단단한 차체를 뚫고 들어간 것이다. 하지만 그뿐이었다. 스코프 내의 타깃은 분명 운전석 위쪽 차체였건만 탄자는 조수석 방향으로 뚫렸다. 서둘러 조준을 다시 잡았으나 검은색 밴은 조롱이라도 하듯 순식간에 시야에서 벗어나고 있었다.

"빌어먹을."

결국, 그는 욕설과 함께 들고 있던 철갑탄을 바닥에 내동댕이쳤다.

"카일!"

밴에 올라타 균형을 잡은 닉과 루이스가 총알로 뚫린 조수석을 확인하고 동시에 이름을 불렀다. 어떤 종류의 철갑탄인지는 아직 확인할 수 없었지만 분명한 것은 탄자가 차체를 뚫고 들어온 이상 어딘가 파편이 존재할 것이란 사실이었다.

"걱정 마."

다행히도 운전석에 앉아 있던 카일이 한쪽 손을 들어 뒤쪽에 자리하고 있는 루이스와 닉에게 자신의 상태를 알렸다. 루이스와 닉은 안도하며 자리에 앉았다.

하지만 그것은 거짓이었다. 뒤쪽에서 보이는 카일의 상체는 멀쩡했지만 그의 한쪽 허벅다리에는 위쪽에서 날아든 파편이 박혀 있었다.

으윽!

운전석에 앉아 있던 카일은 애써 신음을 삼키고 운전에 집중했다. 살점을 뚫고 들어온 파편이 이루 말할 수 없이 뜨겁고 아팠지만 참아야 했다. 카일은 내색하지 않으려 애쓰며 액셀러레이터를 힘껏 밟았다.

안정권에 접어들었을 무렵, 루이스는 다시 차체가 흔들리는 것을 감지했다. 사격거리에서 훨씬 벗어난 이상 차체가 흔들릴 이유가 없었다. 적어도 운전석에 앉아 있는 운전자의 신변에 이상이 없다면 말이다.

빌어먹을.

그는 두 눈을 가늘게 뜨고 운전석에 앉아 있는 카일의 모습을 유심히 바라보았다.

"왜?"

닉이 물었지만 카일을 향해 고정된 루이스의 시선은 바뀌지 않았다. 그의 얼굴이 심각하다는 것을 감지한 닉의 시선도 운전석으로 향했다.

'제기랄.'

뒤늦게 닉도 카일의 상태를 알아차렸다. 루이스와 닉은 자리에서 일어나 운전석으로 다가갔다. 카일은 몸을 미세하게 떨며 운전에 집중하고 있었다. 핸들을 움켜쥐고 있는 그의 손은 핏기가 거의 느껴지지 않을 정도로 창백했지만 그 이상으로 처연해 보였다.

"!"

인기척을 느낀 카일이 잠시 고개를 돌려 뒤를 확인했다. 목적지까지 도착하는 것이 애초의 그의 임무였건만 상처를 들킨 이상 완수하긴 어려울 터였다.

"미안."

카일은 그를 주시하고 있는 루이스과 닉에게 사과했다.

"빌어먹을, 이게 사과할 일이야?"

닉이 붉게 물든 카일의 허벅지를 보고는 욕설을 터트렸다.

대신 루이스는 낮지만 선명한 음성으로 말했다.

"내가 운전한다."

카일이 고개를 끄덕이고 팔 힘과 한쪽 다리로 몸을 지탱해서 조수석으로 자리를 옮겼고 루이스가 핸들을 잡았다. 잠시 무거운 정적이 돌았다. 임무를 완수하지 못한 미안함과 더 일찍 동료의 이상을 알아

차리지 못한 미안함이 교차했다. 도로를 한참이나 달리고 나서야 닉이 물었다.

"괜찮아?"

"이 정도로 죽지는 않으니까 염려 마."

카일이 대수롭지 않다는 듯 어깨를 으쓱하자 운전석에서 곁눈질로 살피고 있던 루이스가 한마디 거들었다.

"다시는 그러지 마, 이건 명령이야."

루이스의 사유지 안으로 검은 밴이 들어섰다. 저택과는 지극히 거리가 먼 장소였지만 그곳 또한 숲을 통해 연결되는 곳이었다. 그곳에는 강 박사가 살아생전 이용했던 건물이 위치하고 있었다.

차가 건물 앞에 멈추어 서자 미리 연락을 받고 기다리고 있었던 리아와 서진이 다가왔다. 차 문이 열리고 카일이 닉과 루이스의 부축을 받으며 내려섰다.

"카일!"

리아와 서진이 붉은 피로 물든 바지를 바라보며 경악했다. 허벅다리에서 흘러나온 핏물은 벌써 발목까지 새빨갛게 물들여 놓은 상태였다.

"괜찮아."

그런 상태에서도 카일은 리아와 서진을 염려하지 않도록 애썼다. 루이스는 여기서 시간을 지체할 수 없다는 듯 차가운 표정으로 말했다.

"파편을 제거해야 해."

루이스가 서진을 바라보며 말했다. 서진은 조금도 망설이지 않고 고개를 끄덕였다.

잠시 후 카일은 응급침대에 누워 있었다. 안도감이 들어서인지 파편이 박힌 허벅다리에서 찌르는 듯하면서도 뜨거운 통증이 몰려왔다. 그는 이를 악물었다. 서진은 미리 준비해 두었던 응급키트를 정비하고 투약할 마취제를 주입했다.

"한숨 자, 카일. 자고 나면 괜찮아져 있을 테니까."

카일이 고개를 끄덕였다. 서진이 마취제를 투여하자 곧 카일은 수면 상태로 빠져들었다. 그의 눈이 무겁게 감기자 서진은 피범벅이 된 카일의 바지를 벗겼다. 루이스와 닉이 그녀를 도왔다.

핏물에 고인 환부가 보였다. 서진은 먼저 소독제가 묻은 솜으로 환부 주의를 닦아내고 본격적으로 수술 준비에 들어갔다. 서진은 루이스와 닉, 리아가 지켜보는 가운데 환부를 벌리고 살 속에 박힌 검은색 파편을 핀셋으로 끄집어냈다.

간단한 시술이었음에도 불구하고 다친 사람이 그녀에게 있어 소중한 사람이기에 서진의 몸은 긴장감으로 땀이 났다. 이 파편이 다리가 아닌 머리로 좀 더 깊숙이 파고든다면 죽을 수도 있다.

그리고 그 대상은 카일뿐만이 아니라 이 자리에 있는 루이스와 닉도 포함될 수 있었다. 어쨌든 서진은 그녀가 익힌 의학 기술로 벌어졌던 살을 여미고 환부를 꿰매 봉합했다. 이어 상처 부위에 무균 소독 처치도 했다. 지혈제를 바르고 압박붕대도 감고 나서야 서진이 주위에 서 있던 루이스와, 닉, 리아를 둘러보았다.

"끝났어요."

서진이 고개를 끄덕이자 리아가 다가왔다. 루이스와 닉도 가까이 다가섰다. 그들은 편하게 잠들어 있는 카일을 바라보고 서진에게 말했다.

"수고했어."

밤새 서진은 카일을 지켜보았다. 밤을 꼬박 새운 것은 루이스와 닉, 리아도 마찬가지였다. 서진이 카일을 간호하는 동안 그들은 마이클 의원의 치부를 드러내기 위한 마지막 작업에 몰두했다.

날이 밝았다.

카일이 긴 수면에서 눈을 떴을 때 시민들은 또 다른 게이트를 접한 상태였다. 죄는 용서해도 거짓은 용서할 수 없다는 의식이 강한 시민들은 경악했고 동시에 분노했다.

게다가 이번 사건은 정치적 비리와 추문이 터질 때마다 '게이트'라는 단어가 붙게 된 시초의 사건과도 너무 흡사했기 때문에 실망과 분노의 여파는 시간이 흐를수록 점점 심화되었다.

여론과 시민들은 마치 뜻을 하나로 모은 것처럼 마이클 의원의 위선적인 태도를 비난했다. 아니, 그가 위선자였기 때문에 비난은 더욱 거셀 수밖에 없었다.

마이클 의원은 대책을 세울 시간도 없이 뒤통수를 맞았다. 게다가 엎친 데 덮친 격으로 그는 자신을 향해 쏟아지는 비난 속에서 지난 시간 동안 은폐시키고자 노력했던 진실들과 하나하나 대면해야 했다.

시민들과 누리꾼들은 그동안 우롱한 죄를 엄벌하게 다스리기로 작정이라도 한 듯 마이클 의원의 무차별적인 신상털기에 돌입했고 서서히 심연 속에 가라앉아 있던 추잡한 진실들이 수면 위로 떠올랐다. 그중엔 루이스가 서진에게 말했던 마이클 의원의 딸 제니의 일도 포함되어 있었다.

마이클 의원의 몰락이 확실해지자 딸 제니의 뇌 전엽체 수술에 가담했던 한 의사가 뒤늦게 양심을 선언한 것이다. 그로 인해 사태는 점점 걷잡을 수 없는 상황으로 치달았고 마이클 의원은 처음 터진 게이트와는 또 다른 이유로 법정에 섰다.

급기야 마이클 의원을 가장 가까운 자리에서 지켜보았던 그의 아내가 증인으로 재판장에 출두했다. 그녀는 남편을 바라보며 말했다. 증인석에 앉은 그녀는 더는 숨기지 않아도 된다는 사실이 오히려 행복한 듯 담담하게 입을 열었다.

"저는 마이클 의원의 부인으로서 그리고 사랑하는 딸 제니의 엄마로서 진실만을 말할 것을 맹세합니다. 저는 그가 제니에게 저지른 만행을 인정합니다. 남편은 제게 단 한마디 말도 없이 제니를 수술대에 눕혔습니다. 수술은 제니의 뇌 전두엽을 절제하는 것이었습니다. 그 수술을 계기로 정신발달장애를 앓고 있던 제니는 정신지체아가 되었습니다."

배심원들이 믿을 수 없다는 듯 술렁이기 시작했다. 피의자석에 앉아 있던 마이클 의원이 자리에서 벌떡 일어나 아내를 잡아먹을 듯 노려보았다.

하지만 마이클 의원의 아내는 흔들리지 않았다. 그녀는 남편, 마이클 의원을 직시하며 말을 이었다.

"마이클 의원이 얼마나 위선자였는지 배심원들이 알아주길 바랍니다. 그 수술로 인해 제니는 더 낮은 지능을 가진 어린 시절로 되돌아갔습니다. 더디지만 그래도 천천히 발달할 수 있는 기회를 마이클 의원이 빼앗아 갔습니다. 아빠라는 자격으로, 정치가의 비틀린 야심을 위해서 딸의 머릿속을 헤집었습니다. 그리고 그런 딸에게 그는 오직 대중 앞에서만 친절하고 온화한 아빠였습니다. 이 자리에서 맹세하건대 제니는 마이클 의원에게 있어 정치적인 도구일 뿐이었습니다."

하지만 마이클 의원은 몰락의 길을 걸으면서도 그것을 깨닫지 못한 채 재선을 원한다고 주장했다.

참회조차 하지 않는 그의 모습에 대중들은 오만무도한 의원을 반대하는 집회를 벌였다. 결국 마이클 의원은 그렇게 원치 않았던 몰락과 함께 법의 심판과 대중의 심판을 받아들여야 했다.

11장.
네버 엔딩

마이클 의원의 사건에 의해 그동안 위장, 은폐되었던 진실들이 물위로 하나하나 떠오를 즈음 알랭 의원은 교외에 있는 자택에서 마이클 의원의 몰락을 하루하루 지켜보고 있었다. 그는 여전히 손에 술병을 움켜쥐고 있었다.

"빌어먹을, 마이클……. 부디 잘 가게나."

그는 위스키병을 입에 댄 채 킬킬거렸다. 요즘 그를 위로해 주는 유일한 이가 있다면 바로 마이클 의원이었다.

"꼴좋군. 이 세상에서 가장 착한 사람인 양, 온갖 잘난 척은 다 하더니만 고작 위선자에 불과했나? 처음으로 자네에게 동지애가 느껴지지 뭔가……."

화면을 보며 그렇게 킬킬거리고 있는 동안 사내들이 안으로 들어섰다. 탁, 알랭 의원은 들고 있던 술병을 내려놓고 비틀거리며 자리에서 일어났다.

"이제야 나타나는군."

그는 노기가 가득한 눈초리로 사내들을 하나하나 바라보며 물었다.

"그래, 기다리게 한 만큼 희소식 하나쯤은 가져왔겠지?"

그러나 고개를 들어 알랭 의원은 바라보는 이는 하나도 없었다. 그 자신 없는 태도가 일의 결과를 대변해 주었다.

알랭 의원은 부아가 있는 대로 치밀어 올라 인상을 찌푸렸다. 그는 내려놓았던 술병을 들어서 집어던졌다.

술병은 사내 하나를 둔탁하게 때리고 바닥에서 뒹굴었다. 방향을 잡지 못한 술병 신세가 꼭 자신과 같다는 생각이 들자 알랭 의원은 버럭 소리를 질렀다.

"대체 얼마나 더 기다려야 한다는 거냐! 계집들도 그렇더니 이젠 그 자식 하나도 못 찾겠다는 건가?"

"죄송합니다."

"그따위 말을 지껄일 거면 오지 말라고 했을 텐데!"

"죄송합니다."

사내가 같은 말을 반복하자 알랭 의원의 얼굴이 잔인하게 일그러졌다.

"됐다, 너희들은 이 일에서 손 떼! 이제까지 허비한 시간이 아까울 뿐이야!"

"……."

"뭐해. 내 말 안 들려! 당장 나가, 당장! 이 쓸모없는 것들!"

결국 사내들은 알랭 의원에게 고개를 숙이고 나갔다. 홀로 남은 알랭 의원은 온갖 욕설을 퍼붓다 의수를 끼고 있는 자신의 손을 바라보았다. 이 정도면 기다릴 만큼 기다렸고 더 이상 인내심도 남아 있지 않았다.

평판도 날아갔고 손목도 날아갔다. 그는 철저한 패배자였다. 알랭 의원은 인상을 잔뜩 쓰고 책상 뒤에 위치한 벽으로 향했다.

그는 화가의 이름 따위는 모르지만 그 가격만큼은 똑똑하게 기억하고 있는 그림이 걸려 있는 액자를 벽에서 떼어냈다. 그림이 위치해 있던 자리에 금고가 하나 있었다.

드르륵. 그는 금고의 비밀번호를 맞추었다. 금고를 열자 그 안에는 번쩍거리는 금괴와 부정한 방법으로 얻은 해외 부동산과 관련된 자료들, 그리고 유일한 용도로만 사용하는 휴대폰이 들어 있었다.

알랭 의원은 휴대폰을 집어서 버튼을 눌렀다.

일정한 신호음이 가는가 싶더니 잠시 후 무겁고 낮은 음성이 전화를 받았다. 상대가 전화를 받자 알랭 의원의 얼굴에 근래 들어 보기 드문 화색이 돌았다.

"나네."

–무슨 일이지?"

"지금 상황이 좋지 않아. 도와줘야겠어."

–당분간 연락은 하지 않는 게 이롭다고 했을 텐데?

상대의 목소리가 예상보다 더 건조하고 냉정하자 알랭 의원은 다시 인상을 찌푸렸다. 이대로 몰락할 수는 없었다.

"혹시, 내가 이대로 매장되기를 바라는 건가? 그런 거라면 나도 더 이상 이대로 당하고 있을 수만은 없어."

알랭 의원의 엄포에 상대편에서 희미한 웃음소리가 들려왔다.

—훗, 지금 자네가 할 수 있는 일이 있기나 할까? 조용히 근신하고 있는 게 최선의 방법이야.

"아니, 조직에서 날 돕지 않겠다면 나도 생각이 있어. 정부와 협상을 벌여서라도 그 자식을 잡고 말 거야."

—훗, 정부가 협상을 받아주기나 할지 모르겠군. 당신은 이미 추락했어.

상대의 무시적인 말투에 알랭 의원의 미간이 좁아졌다. 자존심에 상처를 입은 그는 될 대로 되라는 식이었다.

"그래, 틀린 말은 아니지. 더 이상 물러날 곳도 추락할 것도 없으니까. 하지만 궁지에 몰린 쥐는 고양이를 물 수도 있다는 사실을 잊은 것 같군. 이제 와서 두려울 게 뭐가 있겠나? 이런 식으로 나를 돕지 않겠다면 다른 방법을 강구해 보는 수밖에."

—후후, 자신 있는 말투네. 뭐, 새로운 미끼라도 가지고 있는 모양이지?

"그동안 카르텔의 주구 역할을 해오면서 내가 아무것도 모를 거라 생각했나? 천만에. 나를 그렇게 우습게 알고 있었다면 오산이야. 내겐 비밀 명단이 있어. 나 이외에도 자네들의 주구 역할을 하고 있는 자들, 그리고 국경세관보호군(CBP)에 심어 놓은 비밀요원들이 상세하게 적혀 있는 명단이지. 혹시나 해서 확보해 놓길 잘했지."

그제야 알랭 의원의 거친 어조를 듣고 있던 상대가 웃음을 거두고 물었다.

—지금 날 상대로 협박이라도 하는 건가?

상대의 목소리는 더할 나위 없이 차갑고 무미건조했지만 그것을 술에 취한 알랭 의원은 읽지 못했다.

"이미 말했잖아? 난 더는 물러날 곳도 추락할 것도 없다고."

–원하는 게 뭐지?

"훗, 이제야 내 말이 먹히네. 진즉에 그랬어야지. 내 명예를 날린 계집들과 내 손을 날린 그 자식을 찾아서 당장 내 앞으로 끌고 와."

–찾아서 어찌할 셈인데?

"당연히 복수를 해야지. 여자들은 발가벗겨서 질질 끌고 다닐 거야. 아니 그 정도는 이제 성에 안 차. 온갖 수모와 굴욕을 맛보게 해 줄 테다."

알랭 의원의 거친 음성에 돌연 상대가 웃기 시작했다.

–크큭, 사내는?

"당연히 그 자식은 팔과 다리를 모두 잘라 놓아야지. 팔과 다리를 모두 잘라서 기어이 원형 벌레처럼 기어가는 꼴을 지켜봐줄 테다."

알랭 의원의 악다구니에 상대가 좀 더 큰 웃음을 터트렸다.

–크큭, 재밌군. 좋아, 수하들을 보내주지.

"진즉 그렇게 했어야지, 그래, 수하들은 언제 만날 수 있는 건가?"

–오늘 밤, 당장. 만족하나?

"좋아, 그럼 기다리고 있지."

통화를 끊은 알랭 의원은 만족스러운 웃음을 지었다. 마약 카르텔 조직 측에서 그를 지원해주기로 한 이상 지하 세계를 주름잡는 그들의 인맥을 동원하면 이 세상에서 못 찾을 사람이 없었다.

늦은 밤, 약속했던 대로 알랭 의원이 머물고 있는 교외 저택으로 어둠과 닮은 사내들이 찾아왔다. 그자들은 모두 마약 카르텔 일원들이었다. 그중에는 직접 통화를 한 상대도 포함되어 있었는데 알랭 의원에게 안면이 있는 것은 오직 그자뿐이었다.

신분을 완벽하게 위장하고 살아가는 것이 그들의 생활 방식이자 철칙이었기 때문이다. 알랭 의원이 만족스러운 표정으로 그들을 바라보았다.

"맥스. 이렇게 와 주어서 고맙네."

알랭 의원은 반가운 마음에 손을 내밀었지만 맥스라고 불린 남자는 손을 잡지 않았다. 무시당한 느낌을 지울 수 없었다. 하지만 지금 이 상황에서 알랭 의원이 할 수 있는 일이라고는 비굴해지는 것뿐이었다.

"사실, 자네가 직접 올 줄은 몰랐어. 우선, 들어오지. 인적이 드문 곳이기는 하지만 그래도 혹시 보는 눈이 있을지도 모르니까."

"그러지."

알랭 의원과 함께 맥스, 나머지 카르텔 일원들이 실내로 들어섰다. 남자의 시선이 집 안을 천천히 둘러보다 이내 알랭 의원의 의수로 향했다.

"거의 티가 나지 않는데. 모르고 보면 의수인 줄 모르겠어."

"농담하지 마. 그런 농담을 들을 기분이 아냐. 아직도 통증이 심해서 술을 마시지 않고서는 견디기 힘들 때가 많아."

"그렇게 고통스러워?"

"당한 자만이 아는 고통이니 설명해도 모를걸."

"훗, 그래. 그렇겠지."

대수롭지 않게 말한 남자가 소파로 다가가 앉았다. 하지만 그와 함께한 일원들은 여전히 서 있었다. 알랭 의원이 그들을 하나하나 살피며 물었다.

"이자들이 나를 도와줄 일원들인가?"

"그래."

"고맙군. 내게 닥친 이 상황이 빨리 해결될 것 같아."

"고마울 것 없어. 당신이 이제까지 우리 카르텔의 주구 역할을 해온 것에 비하면 이 정도쯤은 해주어야지."

"하긴 그렇지?"

당연하다는 듯 맥스가 말하자 알랭 의원이 킬킬 웃었다. 순간 맥스의 눈빛이 날카롭게 빛났다.

"그전에 자네에게 궁금한 것이 있는데."

"그래, 말해봐."

"통화로 말했던 명단, 사실인가?"

"아, 미안하군. 그건 내가 술김에 실수한 거로 생각하게."

"그럼, 명단이 없다?"

"그, 그래. 그런 명단 따위가 있을 리가 없잖나."

알랭 의원이 대수롭지 않다는 듯 웃어넘기자, 맥스도 따라 크게 웃었다. 하지만 맥스의 웃음을 거짓이었다. 입술은 웃고 있었지만 눈은 잔혹할 정도로 냉정했다. 그로 인해 느껴지는 한기가 알랭 의원을 휘감았다.

"거짓말이 서툴군."

"거, 거짓말이 아니야."

"뭐, 거짓인지 아닌지는 곧 밝혀지겠지."

희미하게 웃은 맥스가 서 있던 일원들에게 고갯짓했다.

"시작해."

그러자 일원 중 한 명이 들고 있던 가방을 테이블 위에 올려놓았다.

그 동작이 마치 기계처럼 보였다.

"열어."

맥스가 명령하자 이번에는 또 다른 일원이 검은 가죽으로 만들어진 서류가방을 완전히 열어젖혀 놓았다. 그 안에 들어 있는 것은 고문할 때 쓰이는 가지각색 약물들과 주사기들이었다. 맥스가 허리를 숙여 직접 그중 하나를 집어 들었다.

"혹시 이게 뭔 줄 알고 있나?"

"……."

낯빛이 하얗게 질린 알랭 의원은 아무 말도 하지 못했다. 알랭 의원은 본능적으로 두려움을 느끼고 있었다. 그러자 그를 대신해 맥스가 설명했다.

"스코폴라민. 제3세계에서 아주 유용하게 쓰이고 있는 마약으로 복용자로 하여금 자의를 완전히 상실케 만들어서 일명 좀비약이라고 부르지. 이 약을 투여하면 아무리 대범한 범법자라도 자기 죄를 줄줄 불게 만들 만큼 아주 놀라운 실적을 가지고 있다고나 할까. 하지만 그 놀라운 효과에 비해 한 가지 커다란 부작용을 가지고 있지. 극소량 이상만 복용해도 죽음에 이르게 되거든."

맥스가 아주 태연하게 설명을 하고 있었지만 그의 의도를 알고 있는 알랭 의원은 벌벌 떨고 있었다.

"아, 그래? 새로운 사업을 위한 건가?"

"아니. 자넬 위해서 가져온 거야."

"이, 이봐!"

놀란 맥스가 앉아 있던 자리에서 벌떡 일어나자 양쪽에 서 있던 일원들이 그를 붙잡아 내리눌렀다.

"내, 내게 무슨 짓을 하려는 거야."

그런 알랭 의원을 남자가 비웃으며 바라보았다.

"이런, 아까와는 전혀 딴판이네."

"아까는 내가 술을 먹어서 실수를……."

"그러니까 술을 먹어서, 개가 감히 주인을 물어뜯으려 덤비려 했다는 건가?"

"……그건 오해야. 아니, 내가 잘못했어."

"무엇을 잘못했다는 거지? 내게 거짓말을 한 거? 아니면 명단을 만든 거? 개가 술을 빌미 삼아 주인을 감히 물으려 한 거?"

"제발, 살려주게."

"이런, 안타깝게도 자네는 내가 왜 직접 이곳까지 왔는지 모르는군, 조직은 일개 개인을 위해서 움직이지 않아. 일개 개인이 조직을 위해서 움직여야 할 뿐이지. 그것을 상기시켜주고자 왔을 뿐이야. 이제 알겠나? 조직은 자네 개인의 원한 따위에는 관심이 없어. 왜 조직이 자네를 위해 셋이나 찾아야 하지? 차라리 쓸모없어진 하나를 제거하면 간단하게 끝이 날 일을 가지고 말이야. 그러게 이전에도 경고하지 않았었나. 자네의 그 아랫도리가 언젠가는 문제가 될 거라고. 자, 시작해."

맥스가 명령하자 석상처럼 서 있던 일원들이 더욱 힘을 주어 알랭 의원을 양쪽에서 잡아 고정시켰다. 그러는 사이 또 다른 일원이 무표정한 얼굴로 마약을 주사기에 주입했다.

"안 돼, 살려줘! 제발, 시키는 대로 다 할 테니까 제발."

"명단을 내놔."

"금고에 있어. 저기 저쪽에 있는 서재에. 중앙에 있는 그림을 치우면 금고가 보일 거야."

"비밀번호는?"

"98701."

"다른 장소에 별도로 보관한 명단은?"

"없어, 이건 진짜야. 그게 다야. 다른 건 없어."

"후후, 좀비약이라는 별칭이 괜히 붙은 것은 아니었어. 주입하기도 전에 벌써부터 약효가 나타나는 것을 보면 말이야. 들었나? 가서 가져와."

맥스가 고갯짓을 하자 일원 한 명이 그쪽으로 향했다. 그리고 잠시 후 손에 무언가를 들고 나타났다.

"확인해봐."

"네."

잠시 후 일원이 명단을 확인하고 맥스를 바라보며 고개를 끄덕였다.

"……맞습니다."

"이제 됐으니까 나 좀 놓아줘."

그러나 맥스의 날카로운 눈빛은 여전했다. 그는 자리에서 일어나 겁에 질려 있는 알랭 의원을 가소롭다는 듯 내려다보았다. 돌연 맥스가 씩 웃었다. 벌어진 입술 사이로 누런 이가 잔인하게 드러났다.

"주입해."

"안 돼!"

알랭 의원이 비명을 질렀다.

"내가 한 질문을 다시 해."

"네."

일원이 알랭 의원을 포박하듯 붙잡고 주사기를 꽂기 위해서 다가왔다. 알랭 의원은 있는 힘을 다해서 버둥거렸지만 그뿐이었다. 그가 거미줄에 포박당한 벌레처럼 꿈틀거릴수록 사내들의 힘은 더욱 강해졌다.

"안 돼, 안 돼! 이럴 수는 없어. 난, 다 말했어. 더 이상 숨기고 있는 건 없단 말이야."

알랭 의원이 급박하게 소리쳤지만 다른 명령은 떨어지지 않았다.

"그거야, 스코폴라민을 주입하고 나면 저절로 판정이 나겠지. 계속해."

"제발, 멈춰, 안 돼, 날 살려줘."

알랭 의원의 절규가 집 안을 채웠다. 하지만 뾰족한 주삿바늘은 알랭 의원의 살을 파고들어갔고 서서히 그의 혈관으로 스코폴라민이 주입되고 있었다. 얼마 후 확산된 약물이 서서히 알랭 의원의 정신계를 잠식하고 마비시켰다.

"으으……."

조직원은 좀비처럼 무기력하게 풀린 눈동자를 보며 물었던 것을 되풀이해서 물었다. 하지만 알랭이 말한 것은 반복적인 것이 전부였다.

"이런, 뭔가 더 있을 줄 알았는데…… 미안하게 됐네."

그러나 남자의 차가운 얼굴에는 전혀 미안한 기색이 없었다.

"으으으……."

가까이 다가선 맥스가 부르르 떨고 있는 알랭 의원을 발로 차서 쓰러뜨렸다. 힘없이 바닥으로 굴러떨어진 알랭 의원은 누가 보기에도 비참해 보였다. 그런 알랭 의원에게 맥스는 가차 없이 말했다.

"부탁이라는 것은 이용 가치가 있을 때나 하는 거야. 안타깝게도 자네는 더 이상 이용 가치가 없어졌어. 우리 조직은 이용 가치가 없는 개는 키우지 않거든. 궁지에 몰려 알고 있는 것을 발설하기 전에 입을 틀어막아야지, 나라고 별수 있겠나. 이건 조직을 위한 선택일 뿐이라네. 너무 서운해 하지는 마. 자네 마지막을 위해서 친히 여기까지 발걸음을 해주었으니까 말이야."

"으으으흣……."

알랭 의원이 더욱 고통스러워할수록 맥스의 얼굴은 즐거워 보였다. 그는 누런 이가 훤히 드러나 보일 정도로 비웃으며 말했다.

"그래, 무척 괴로울 거야. 하지만 그다지 길지는 않을 거야. 잠시 후면 아주 편안해질 테니까 조금만 기다리라고. 사인은 약물 과다로 판명될 수 있도록 미리 손을 써 놓았네. 자네는 괴로움을 잊기 위해 약물을 복용해 왔어. 너무 괴로운 나머지 치사량을 넘어선 거지. 이 또한 걱정하지 말게. 가기 전에 집 안에 약이 발견되도록 숨겨놓고 갈 테니까. 어때, 이 정도면 나름 대중들의 동정을 살 수는 있을 거야."

"으……."

"고맙다고 인사를 한 건가? 천만에, 그동안 카르텔의 개 노릇을 해준 대가니까. 그럼, 잘 가게."

맥스는 알랭 의원을 두고 자리에서 일어났다. 그가 고개를 끄덕이자 일원이 알랭 의원 손에 주사기를 쥐여주고 집 안에 마약을 숨겨두었다.

맥스는 홀로 남아 서서히 죽음을 맞이하고 있는 알랭 의원과 조소를 남겨 두고 그곳을 떠났다.

다음 날.

알랭 의원이 교외에 있는 한 인근 주택에서 죽은 채 발견되었다고 PY통신의 보고가 있었다. 사인은 약물 과다로 판정되었다.

헬스실에서 운동하다가 잠시 휴식 차 태블릿PC로 인터넷을 검색하고 있던 리아가 가장 먼저 그 기사를 접했다. 실시간으로 올라오는 기사를 이것저것 터치해서 읽은 리아는 그녀의 근처에서 근력운동을 하고 있던 닉을 바라보며 말했다.

"닉, 이리 와봐."

"음?"

"알랭 의원이 죽었어."

"알랭 의원이?"

"그래."

닉은 리아가 검색해서 읽은 기사들을 반복해서 읽었다. 기사에는 알랭 의원의 사인이 약물 과다라고 판정되어 있었지만 닉의 생각은 달랐다. 이것은 분명 조작된 죽음일 터였다. 알랭 의원은 여러 개의 재판을 앞두고 있었다.

"이용 가치가 없어졌다는 건가."

닉이 중얼거리자 리아가 물었다.

"무슨 말이야?"

"알랭 의원은 오랫동안 마약 카르텔의 주구 역할을 해왔어."

"그게 정말이야?"

"그래. 아직 나와 루이스만 알고 있는 일이었지만 알랭 의원은 마약 카르텔에서 고용한 일종의 비밀요원이야."

"빌어먹을. 상원의원까지 지낸 자가 그동안 마약 카르텔의 주구 역할을 해왔었다니. 이게 말이 돼?"

"끔찍한 일이지. 하지만 마약 카르텔의 주구 역할을 하는 자들은 의외로 있어. 예전에는 베테랑 세관원이 수년간 마약 카르텔의 주구 역할을 해온 것이 드러나 적지 않은 충격을 준 적도 있었잖아."

"알아, 나도 기억해."

"정부가 연간 몇 천 달러를 투입해서 마약과의 전쟁을 벌이면서도 별다른 성과를 내지 못했던 것은 이 같은 고위직과 마약 카르텔의 검은 커넥션 때문이라는 지적도 나오고 있기도 해."

"대체 어디까지 얼마나 썩은 건지 모르겠어."

"아마도 그 깊이와 범위는 가늠할 수 없을 테지."

"빌어먹을."

리아는 다시 이를 갈았다. 이런 파편과도 같은 자들이 그동안 온갖 권력을 손에 쥐고 대중들을 마음대로 휘둘렀다는 게 끔찍했다.

대체 얼마나 더 깊이 더 넓게 들어가야 이런 자들을 모두 제거할 수 있단 말인가. 아니, 그것이 불가능하다는 것은 진즉에 알고 있었다.

다만 그녀도 모르게 오래전, 잔혹하게 돌아가신 부모님을 잃었을 때의 고통이 다시 떠올랐다. 무엇보다 지금, 이 순간에도 이런 자들이 어디엔가 존재하고 또 어느 곳에서는 그녀의 부모님처럼 불행한 일을 겪는 이들이 또 존재할 것이기에 그녀는 다시 분개했다.

"한계를 느껴."

평소의 그녀답지 않게 목소리에 힘이 없자 닉이 리아를 안아주었다. 오랫동안 리아를 지켜봐 왔던 닉은 지금 그녀가 누구를 떠올리고 있는지 알고 있었다.

"한계는 언제나 존재하는 거야. 그렇다고 우리가 하는 일의 의미가 퇴색되는 건 아니지. 우리는 우리 방식대로 할 수 있는 범위에서 최선을 다하면 되는 거야. 처음부터 그렇게 시작했잖아."

리아도 닉의 말이 옳다는 것을 알고 있었다.

사실, 오래전 루이스가 스미스 의원을 죽였을 때 리아의 복수는 끝이 났다. 하지만 복수를 계획하면서 그들은 권력을 지닌 자들 중에는 스미스 의원만큼이나 썩어 빠진 벌레들이 존재한다는 것을 다시 깨달았다.

권력을 이용해서 수많은 비리와 부패, 심지어 살인을 저지르고도 그것을 아주 쉽게 위장하거나 은폐시키는 파편들 말이다.

스미스 의원을 죽인 것은 루이스였지만 그것을 위장, 은폐한 것은 아이러니하게도 죽은 스미스 의원과 전혀 다를 바가 없는 그들이었다.

새롭게 그 자리를 탐했던 자들, 끊임없이 올라가기만을 바라는 자들……. 마치 벌레가 변태 과정을 통해 성장하듯 그들은 위장과 은폐를 통해서 또 다른 부정한 권력자로서 발전해 나갔다.

그때 닉이 한 가지 제안을 했다. 그 벌레들을 다 잡을 수는 없겠지만 그래도 누군가는 그자들에게 경고해줄 가치는 충분히 있다고 말이다. 닉을 제외한 그들도 마찬가지 생각을 하고 있었고 이후 그들은 비밀리에 모임을 영위해 나가기 시작했다.

카무플라주.

그것은 그들 모임의 숨어 있는 이름이었다.

위장, 은폐의 의미가 있는 프랑스어. 그들은 세상에서 절대로 위장되거나 은폐되어서는 안 되는 진실들을 밝히기 위해 함께 해왔다.

"고마워."

리아는 닉의 입술에 입을 맞추었다. 그녀는 진심으로 닉에게 고마웠다. 그녀는 오래전부터 그에게 묻고 싶었지만 차마 묻지 못했던 것이 있었다.

"생각해 보면 당신은 굳이 이런 일을 할 이유가 없었어. 이건 애초부터 당신의 복수가 아니었으니까."

그녀의 말은 사실이었다.

"천만에. 너의 복수는 곧 내 것이기도 해."

하지만 그의 말 또한 사실이었다.

닉의 담담한 어조에서 리아는 자신을 향한 그의 사랑을 다시 한 번 확인했다. 닉이 없었다면 여기까지 올 수 없었다는 것을 리아는 알고 있었다. 닉을 바라보고 있던 리아는 그녀답게 웃기로 했다.

붉은 입술 사이로 고른 치아가 반짝였다.

"사랑해, 닉."

닉도 그녀를 보며 이를 드러냈다.

"나도."

두 사람은 다시 감미로운 키스를 주고받으며 서로 감싸 주듯 안았다.

연이어 터진 정치 스캔들로 인한 파장은 급기야 선거 시즌을 앞두고도 엄숙한 분위기를 형성시켰다. 재선을 노리는 의원들은 더욱 몸을 사렸다.

여느 때 같았으면 라이벌 진영을 헐뜯으며 각축전을 벌였을 테지만 대신 그들은 경제와 복지에 초점을 맞추고 대중들에게 진중함을 보이고자 자세를 낮추었다.

카일은 침대에 누워 테블릿PC로 이런저런 기사들을 검색하고 있었다. 아마도 지금의 이런 분위기가 한동안 지속하리라는 것은 보지 않아도 빤한 일이었다.

하지만 지금 이 순간, 어디에선가 벌레들은 탈피를 준비하고 있을 테고 언제 그랬냐는 듯 껍질을 벗고 나올 기회를 엿보고 있다는 것을 그는 잘 알고 있었다.

마치 생태계가 순환하듯 이런 일은 이전에도 늘 반복되었던 일이었다.

그들이 부정, 부패한 권력자의 이면을 들추어 놓으면 스스로 죄에 눌린 자들은 한동안 몸을 사렸다.

결국, 또 다른 기회를 기다리는 위선에 불과했지만 어쨌든 주기적으로 찾아오는 지금이 그들에게 있어서는 모처럼 주어지는 휴가인 셈이었다.

"후."

카일은 한숨을 내쉬며 몸을 일으켰다. 본의 아니게 휴가가 주어졌다고 해서 이대로 있을 수는 없었다. 앞으로 그의 다리는 분명 나을 테지만 이왕이면 좀 더 빨리, 완전하게 낫길 바랐다.

테블릿PC 내려놓은 카일은 침대를 짚고 아래로 발을 내렸다. 아직 상처가 남아 있는 다리의 발이 바닥에 닫자 통증이 일었다. 하지만 분명 며칠 전과 비교한다면 통증의 크기는 현저하게 줄어들었다.

다행히 바람대로 그의 다리는 점차 회복되고 있는 것이다.

카일은 힘을 주어 완전하게 일어섰다. 그리고는 한 걸음 움직여 보았다. 이내 반대쪽 다리도 한 걸음 움직였다.

천천히 움직이던 발걸음이 점점 빨라졌다. 그는 속도를 그대로 유지한 채 넓은 병실 끝과 끝을 오가기 시작했다.

이처럼 다소 다리를 절면서 걷는 연습을 하루도 빠지지 않고 했다. 적당한 운동은 물리치료 이상으로 필수였다. 온몸이 땀으로 범벅되어 옷이 흠뻑 젖어들 무렵 누군가가 문을 두드렸다.

"네."

그가 대답하자 문이 열리고 서진이 들어왔다. 그녀의 손에는 피자 상자와 콜라가 들려 있었다.

"안녕."

"서진."

카일은 서진에게 한 손을 들어주었다.

"운동 중이었어?"

"보다시피."

"착한 환자네."

서진이 병실 안으로 들어서자 카일도 조심스럽게 걸어왔다. 서진이 보기에도 어제 보았을 때보다 훨씬 걸음걸이가 자연스러워 보였다.

"다행이야. 회복 상태가 예상했던 것 이상으로 좋아서."

"그래 보여? 그래도 난 답답해 죽겠는데."

"조금만 참아. 그 상태면 머지않아 뛰어다닐 수도 있을 것 같으니까. 자, 이제 내가 무엇을 가져 왔나 관심 좀 가져주겠어? 짜잔. 네가 가장 좋아하는 캘리포니아 피자 키친의 BBQ 치킨 피자! 내가 시내에서 직접 공수해온 거야."

"냄새로 이미 알고 있었어. 고마워."

"천만에."

두 사람은 테이블을 사이에 두고 각각의 의자에 앉았다. 상자를 열자 BBQ 치킨 냄새와 치즈 냄새가 코를 찔렀다.

"언제나 느끼는 거지만 역시 기가 막힐 정도로 맛있는 냄새야."

카일이 입을 크게 벌리고 피자를 물었다. 입에 한가득 넣고 우물거리는 동안 서진이 빈손으로 있자 그가 물었다.

"넌, 안 먹어?"

"응."

"어떻게 이 맛있는 걸 눈앞에 두고 가만있을 수가 있지?"

"그러니까 안 먹는 거야. 같이 달려들었다가는 네가 울 것 같아서."

"안 울 테니까 걱정 말고."

"농담이야. 실은 생각 없어. 천천히 먹어. 그러다 체하겠다. 자, 콜라."

서진이 서둘러 콜라를 건넸다.

"괜찮아. 눈물이 날 정도로 맛있으니까."

"그렇게 맛있어?"

"이 맛은 먹어본 자들만 알지."

카일이 콜라를 마시며 한쪽 눈을 찡긋했다. 행복한 미소를 보고 있노라니 서진 또한 기뻤다.

'이래야, 카일답지.'

서진은 그녀가 사온 피자를 거침없이 먹어 치우는 카일을 바라보며 만족스러운 미소를 연신 지었다. 잠시 후 카일이 피자와 콜라를 완벽하게 먹었을 때 서진은 그의 입가에 묻어 있는 부스러기를 보았다.

지난 며칠, 그의 다친 다리를 치료하는 동안 남다른 보호 의식을 가지게 된 서진은 아무렇지도 않게 손을 뻗어 카일의 입을 닦아주었다.

"뭐하는 거야?"

그런데 그녀의 행동에 카일은 꽤 놀란 표정을 지었다.

"묻었어."

"그래도 이런 행동은 반칙이야."

"반칙?"

서진은 카일의 말을 따라하며 깔깔 웃었다. 서진은 그가 자신을 어린애처럼 여겨서 자존심이 상한 거라고 착각했다. 그도 그럴 것이 그녀는 의사로서 지난 며칠 동안 그의 허벅지를 치료해 주고 날마다 소독해 주면서 엄마처럼 굴었으니까.

"왜 이래, 내가 네 허벅다리를 치료해 주는 동안에는 이렇게 징징거리지 않았잖아."

"방금 내가 징징거렸다는 거야?"

"아니었어?"

"아냐."

"그럼?"

서진의 물음에 갑자기 카일의 눈빛이 진지하게 변했다. 그는 여전히 아무것도 모르고 있는 서진을 직시했다. 빨리 나아서 예전처럼 건강해지고 싶은 이유는 모임에 다시 합류해야 한다는 것 이외에도 다른 것이 있었다.

카일은 자신에게 와 닿는 서진의 손짓과 숨결이 부담스러웠다. 비록 치료를 목적으로 하는 것이었지만 카일의 입장에서는 일종의 고문이었다. 서진과 단둘이 병실에 앉아 치료를 받고 있으면 그의 의지와는 상관없이 심장의 속도가 달라졌다. 서진이 루이스를 선택했다는 것을 알면서도 함께 지내는 시간이 즐거웠다.

"이리 와봐."

"왜?"

서진이 물으면서 고개를 앞으로 당겨 그를 바라보았다.

"좀 더 가까이."

"응?"

카일은 그의 요구대로 조금 더 가까이 다가온 서진의 얼굴을 바라보았다. 그리고 서진이 미처 피할 틈도 없이 고개를 내려 그녀의 입술에 입을 맞추었다.

기습적인 입맞춤. 놀란 서진이 눈을 동그랗게 뜨고 카일을 바라보았을 때 그의 입술은 이미 멀리 떨어져 있었다.

"답례 뽀뽀. 피자, 정말 맛있었어. 사이즈가 작아 조금 부족한 게 아쉽긴 하지만."

"어? 응."

카일은 아무렇지도 않은 척 씩 웃었다. 덕분에 이상하게 변할 수 있었던 분위기가 급수습되었다. 그래도 마냥 앉아 있는 게 어색해진 서진이 자리에서 일어났다.

"치울게."

"그래."

서진이 테이블 위에 놓여 있는 빈 피자 상자와 콜라병을 들고 문 옆에 놓여 있는 쓰레기통으로 향하려는데 언제 왔는지 루이스가 문 앞에 서 있었다.

"루이스."

그의 뜻밖의 출현에 서진은 다소 놀란 표정을 지었다. 카일도 서진의 뒷모습과 겹친 루이스를 바라보았다. 순간 루이스의 잿빛 눈동자가 서진을 넘어 훑고 지나갔다. 찰나였지만 시선은 날카롭고 냉혹했다.

"언제 왔어요?"

"방금 전에."

"평소보다 일찍 퇴근한 것 같은데요?"

"그래."

"어? 캘리포니아 피자 키친!"

뒤늦게 루이스의 손에 들려 있는 피자 상자를 확인한 서진이 함박웃음을 지었다. 서진은 손에 들고 있던 빈 피자 상자를 흔들어 보였다.

"나도 사 왔는데. 그래도 잘 됐어요. 카일이 부족해서 아쉬워하던 중이었거든요."

서진은 빈 피자 상자와 콜라병을 쓰레기통에 넣고 루이스의 손을 잡았다.

"언제까지 서 있을 거예요? 들어와요."

루이스와 서진은 안으로 들어갔다.

"카일, 부족한 부분 채울 수 있겠는데? 루이스도 피자를 사 왔어."

"좋지. 고마워."

"천만에."

루이스의 손에서 피자를 건네받은 서진이 상자를 테이블 위에 펼쳐 놓았다. 고소한 BBQ 치킨 냄새가 다시 실내를 가득 채웠다.

"같이 먹겠어?"

카일이 루이스에게 물었다.

"아니."

루이스가 사양하자 카일은 고개를 끄덕였다.

"그럴 줄 알았어."

카일은 이유 모를 미소를 지으며 상자 속의 피자를 집어 한 입 베어 물었다. 피자를 우물거리며 카일이 서진을 보았다.

"서진."

"응?"

"루이스는 콜라를 잊은 모양이야. 미안하지만 콜라 좀 가져다줄래?"

"그래. 아래층 냉장고에 있을 거야. 갔다 올게."

"응."

서진이 병실을 나가고 루이스와 카일 두 사람만 남았다. 카일은 입 안을 가득 채우고 있던 피자를 꿀꺽 삼켜버리고 루이스에게 말했다.

"오해하지 마."

루이스가 말없이 카일을 내려 보자 그가 덧붙였다.

"답례 키스였을 뿐이야. 아무 의미 없는. 뭐 그래도 용납 못하겠지만."

카일이 고개를 들어 루이스를 정면으로 바라보았다. 짧은 침묵 이후 루이스가 무뚝뚝한 음성으로 말했다.

"캘리포니아 피자 키친의 피자가 네 아쉬움을 채워줄 수 있다면 지점을 통째로 사서 선물로 주지."

"그거 괜찮은데?"

카일은 만족스러운 미소를 지었다. 하지만 루이스의 말은 곧 앞으로 어떤 이유에서든 서진을 탐하지 말라는 경고와도 같았다.

카일의 기분은 웃고 있는 얼굴과 달리 씁쓸했다.

그래, 언제나 잘 알고 있었다. 남의 것을 탐하지 말라. 그것이 물건이든 사람이든…….

그 대가가 얼마나 참혹한 것인지 그는 잘 알고 있었다.

카일은 자신이 히링튼 부부에게 한 짓을 지금도 선명하게 기억하고 있었다.

당시 그는 히링튼 씨의 관심과 사랑을 받고 싶어서 안달이 나 있었다. 그가 자신의 아버지였으면 얼마나 좋았을까 하는 바람도 가졌었다.

하지만 헛된 욕심을 부린 대가가 얼마나 잔인했던가를 되짚어본다면 루이스와 리아에게 미안했고 죄책감뿐이었다. 그나마 다행인 건 적어도 같은 실수를 되풀이할 만큼 어리석지는 않다는 것이다. 오래전부터 서진이 누구를 바라보고 있었는지 이미 알고 있었기 때문에 그는 그녀의 친구이자 동료로만 남기로 하였다.

마침 서진의 발자국 소리가 들려오기 시작했다.

"콜라, 가져왔어."

"고마워. 참, 시진. 네가 콜라를 가지러 간 사이에 말이야. 루이스가 내게 선물을 주기로 했는데 들어볼래?"

"무슨 선물인데?"

"내게 캘리포니아 피자 키친 지점을 사준대. 굉장하지?"

놀란 서진이 루이스를 바라보았다.

"정말이에요?"

루이스가 뭐라고 하기도 전에 카일이 말을 막았다.

"잠깐, 다른 말 않기다. 난 그 선물 받기로 했으니까."

카일은 손에 들고 있던 피자를 덥석 물었다.

잠시 후 카일이 잠이 쏟아진다며 혼자 있고 싶다고 하자 루이스와 서진은 함께 병실을 나왔다.

루이스는 비열하게 굴었던 자신을 용서할 수 없었음에도 결코 후회는 없었다. 어떤 의도였든, 서진에게 닿았던 카일의 흔적을 완전하게 지워버리고 싶었다.

지독한 소유욕은 이기심으로 변했고 날카로운 이기심은 어긋난 욕정으로 변질되었다.

등 뒤에서 병실 문이 닫히자마자 루이스는 서진을 끌어당겨 격렬한 키스를 퍼붓기 시작했다. 기습적인 키스는 티끌만큼의 공기조차 허락하지 않겠다는 듯 절박했고 입 안 가득 그리고 깊숙이 파고든 혀는 어느 때보다도 뜨거웠으며 서진의 영혼을 통째로 소유하길 원했다.

농도 짙은 키스가 이어지는 동안 루이스의 손이 치마 속으로 불쑥 들어왔다. 놀란 서진이 움찔하는 게 느껴졌지만 그의 손은 가차 없이 다리 사이의 여성을 차지했다.

서진이 다리에 힘을 주어 거부의사를 취해도 루이스는 집요하게 파고들었다. 그의 가장 긴 손가락이 은밀한 공간을 휘저었다.

서진이 루이스의 가슴을 밀었지만 그는 꿈쩍도 하지 않았다. 오히려 서진의 두 손을 잡아 머리 위에 고정시키고 좀 더 자유롭게 서진의 여성을 갈취해 나갔다. 키스가 끝나자 루이스는 서진의 여성을 차지했던 손가락을 빨았다.

서진은 본능적으로 루이스가 무척 위험한 상태라는 것을 깨달았다.

"안 돼요, 여기에서는."

서진이 속삭이듯 말했다. 하지만 루이스는 못 들은 양 그녀의 어깨를 잡아 몸을 돌려서 벽 쪽으로 밀어붙였다. 그는 그녀의 둔부에 하체를 밀착시켰고 서진은 뒤로 와 닿는 루이스의 욕망을 느꼈다.

그는 바로 이곳에서 그녀를 가지길 원하고 있었다.

자겠다고 했지만 언제든 카일이 문만 열고 나오면 그들을 볼 수 있는 이곳에서. 불안감에 휩싸인 서진은 카일이 있는 방을 바라보며 루이스의 손을 잡았다. 루이스를 사랑했지만 지금만큼은 그가 자제해 주실 바랐다.

"싫어요."

하지만 그런 서진의 행동은 루이스에게 오히려 독으로 작용했다. 유치하기 짝이 없다는 것을 알면서도 어떤 이유로든 서진의 머릿속에 카일이라는 존재가 자리하고 있는 것을 용납할 수 없었다. 루이스는 지퍼를 내리고 서진의 옷을 올렸다.

"루이스!"

이번에도 서진의 거절은 철저하게 배제 당했다. 순식간에 가터벨트의 선과 레이스 속옷이 적나라하게 드러나고 그 사이를 루이스의 단단한 페니스가 뚫고 들어왔나. 서신은 더욱 벽으로 밀어붙여졌고 루이스는 거칠게 움직였다.

마치 강간을 하듯 서진을 다루는 자신의 행동에 저주를 퍼부으면서도 루이스는 멈출 수가 없었다. 그리 멀지 않은 곳에 있는 카일을 의식한 서진이 신음소리를 참으면 참을수록 더욱 난폭해질 뿐이었다.

서진은 벽을 받치고 있는 손바닥에 힘을 주었다. 다리 사이에서 무차별적인 공격이 계속될 때마다 그녀의 몸이 들썩였다.

루이스에게 길들여진 몸은 그녀의 의지와는 상관없이 점점 쾌감을 느끼고 있었지만 마음만은 그렇지 못했다.

귓가에 들려오는 거친 호흡소리는 분명 루이스의 것이었지만 다른 사람처럼 느껴졌다.

서진은 지금 상황에서 벗어나고 싶은 듯 두 눈을 감았다.

일방적이었던 정사가 겨우 끝이 났을 때 두 사람은 말이 없었다. 격렬하게 섞은 두 사람의 몸은 뜨거웠지만 이성은 그 어느 때보다 차가웠다.

루이스는 자제를 하지 못했던 자신에게 화가 치밀었고 서진은 평소와 달랐던 루이스의 행동에 의문을 가졌음에도 실망한 상태였다. 팽팽한 긴장감이 두 사람을 압도했다. 서진은 구겨진 옷을 정리했다.

"……왜 그랬어요?"

그녀가 작은 목소리로 물었지만 루이스는 어떤 대답도 할 수가 없었다. 그는 같은 질문을 자신에게 했지만 답을 구하지 못했다. 아무리 지독한 소유욕이 이성을 마비시켰다고 해도 그것은 핑계에 불과했다.

그는 서진에게 돌이킬 수 없는 상처를 주었다. 오래전 서진이 어리다는 이유로 주었던 상처와는 또 다른 상처였다.

루이스가 아무 말도 못하고 서 있자 서진은 긴 한숨을 내쉬었다. 그리고는 아무 일도 없었던 것처럼 애써 담담한 표정을 지어 보였다.

"……가요."

루이스는 등을 보이며 걸어가는 서진을 우두커니 서서 바라보았다. 당장 그녀를 붙잡고 그의 이기적이었던 행동에 대해서 사과를 해야 한다는 것을 알면서도 차마 그럴 수가 없었다. 예전처럼, 아니 그보다 더욱 지독한 자괴감이 그를 휘감았다.

두 사람이 저택으로 돌아왔을 때 주드가 그들을 맞이했다. 서진은 식사를 준비하겠다는 주드의 말에 힘없이 대답했다.

"미안해요. 전 좀 쉬고 싶어요."

등 뒤에서 루이스의 시선이 느껴졌지만 서진은 개의치 않았다. 방으로 홀로 돌아온 그녀는 한숨을 내쉬며 침대 위에 비스듬히 누웠다.

갑자기 모든 게 엉망이 된 기분이었다. 장밋빛으로 물들었던 세상에 우려가 깃들었다. 서진은 천천히 한숨을 내쉬며 눈을 감았다. 자신을 벽에 세우고 일방적인 관계를 요구했던 루이스의 모습이 생각나자 상앗빛 미간에 줄이 파였다.

그래도 서진은 착잡한 마음을 애써 누르며 루이스가 왜 그런 행동을 했는지 이유를 찾고자 노력했다. 어떤 일이든 인과관계라는 게 성립하기 마련이기에 차근차근 되짚어볼 필요가 있었다.

루이스가 오기 진 그녀는 카일에게 피자를 사다 주었다. 카일은 피자를 다 먹었고 그 후에 루이스가 왔다. 그리고 그도 피자를 사왔다…….

순간 당시 상황을 천천히 되짚어보던 서진의 미간이 꿈틀거렸다. 그러고 보니 잊고 있었던 일이 있었다.

루이스가 오기 직전 카일은 그녀에게 입을 맞추었다. 고맙다는 단순한 표현이었고 루이스가 보지 못했을 거라는 단정 하에 잊고 있었던 일이었지만 경우에 따라서는 해석이 다를 수도 있었다.

달칵, 그때 문이 열리고 누군가가 안으로 들어섰다. 눈을 뜨고 바라보지 않아도 그가 루이스라는 사실은 확실했다.

루이스가 그녀를 향해서 걸어오는 동안 서진은 천천히 눈을 떴다. 긴 다리를 타고 위로 올라간 검은 눈동자는 잿빛 눈동자와 마주했다. 서진은 루이스와 눈을 맞추며 입을 열었다.

"왜 그랬을까 생각해 봤어요. 카일이…… 내게 입을 맞추었기 때문인가요?"

루이스는 아무런 반응을 보이지 않았지만 그가 부정하지 않았다는 것으로 대답은 들은 것과 같았다.

"아무 의미 없었어요. 카일은 피자에 대한 고마움을 표현한 것뿐이었어요."

서진의 말에 루이스는 낮은 목소리로 대답했다.

"알아."

비록 카일은 다를 수 있었지만 그것을 서진에게 말할 필요는 없었다. 단언컨대 카일이 서진에게 친구 이상의 감정을 가지고 있다고 해서 물러나고 싶었던 적은 결코 없었다.

인간의 감정이라는 게 마음대로 되는 건 아니기에 아마 카일의 내부에는 미련이 남아 있었을 것이다. 게다가 몸도 다쳤고 서진과 단둘이 지내는 시간이 많았을 테니까 의지와는 상관없이 흔들렸을 수도 있었다.

그럼에도 그는 받아들일 수 없는 지독한 소유욕에 서진에게 상처를 주고 말았다. 그는 사죄를 하듯 무릎을 굽히고 서진과의 눈높이를 맞추었다. 루이스는 여전히 소녀처럼 맑고 어린 서진의 얼굴을 보면서 속삭이듯 말했다.

"그래도 참을 수 없었어."

루이스의 고백에 서진은 씁쓸한 미소를 지어 보였다.

질투라는 건 사람을 아프게도 기쁘게도 한다더니 지금, 그녀가 그랬다.

그의 일방적인 요구로 인한 아픔은 여전히 남아 있는데 이기적인 소유욕으로 질투했다는 사실은 그녀를 기쁘게도 만들었다.

서진은 두 손을 뻗어 루이스의 얼굴을 감쌌다. 기분이 묘했다. 성인이 되어 그와 육체적인 관계를 가진 것과는 또 다르게 루이스와의 교감이 느껴졌다.

"내가 당신을 얼마나 사랑하는지 알아요?"

서진의 말에 딱딱하게 굳어 있던 루이스의 얼굴이 조금 풀어졌다.

"내가 세상에 존재하는 이유가 있다면 그건 바로 당신 때문이에요, 그러니까 다시는 안 돼요. 나 때문에 카일이 이용당하는 건 싫어요."

서진의 고백과 당부에 루이스는 낮은 한숨을 내쉬며 대답했다.

"그래."

서진의 입술이 좌우로 올라갔다. 서진은 고개를 앞으로 내밀어 루이스의 입술에 입을 맞추었다.

"배 안 고파요?"

"넌?"

"같이 내려가요."

침대 위에서 몸을 일으킨 서진은 루이스의 손을 잡았다.

12장.
파괴

검은 방.

창문에 드리워져 있는 두꺼운 커튼은 그들의 생활 방식을 암시라도 하듯 무겁고 어두웠다.

맥스는 가죽 의자에 몸을 기댄 채 눈을 감고 있었다. 그는 잠이 들어 있었는데 악몽이라도 꾸는 듯 미간에 깊은 주름이 파였다.

"으……."

고통스럽게 일그러진 얼굴에는 두려움이 가득했다. 벗어나려 해도 벗어날 수 없는 암흑이 사슬처럼 그를 휘감았다. 무의식에 빠지면 그 누구도 무장해제 된다고 했던가.

예고 없이 찾아온 몽마[Night-mare]의 습격에 악마처럼 잔혹해진 그조차 신음을 흘렸다. 가차 없이 심장과 숨통을 조여 오는 공포로 인해 몸은 점차 식은땀으로 젖어들었다.

[안 돼, 하지 마.]

[흐흐흐. 왜 이래. 이제 느낄 때도 된 것 같은데.]

[싫어, 싫어!]

[이 자식이 아직도 반항이야? 좋아, 오늘은 제대로 길들여주고 말테다.]

둔탁한 손이 갈고리처럼 다가왔다. 하나는 소년의 목을 움켜잡았고 다른 하나는 소년의 옷을 가차 없이 찢어버렸다. 소년은 있는 힘을 다해 반항했지만 속수무책이었다.

소년은 거인에 가까운 남자에게 절대로 상대가 될 수 없었다. 다윗이 골리앗을 이긴 것은 거의 불가능에 가까운 일이었음이 틀림없었을 것이다.

사내가 소년의 목을 틀어쥐었다. 소년은 발가벗겨진 사지가 차가운 공기에 그대로 노출됐다는 것을 느끼지도 못했다. 그 정도로 숨이 가빴고 무엇보다 자신에게 닥친 현실이 감당할 수 없을 만큼 두려웠다.

[엄마, 아빠!]

소년은 바동거리며 부모님을 애타게 불렀다. 하지만 남자의 손은 소년이 마지막으로 입고 있는 팬티를 가차 없이 찢어버렸다.

[안 돼, 으읍.]

소년이 마지막 비명을 질렀다. 하지만 잔혹한 롤리콘인 사내는 멈추지 않았다. 그는 거대한 뱀이 쥐를 통째로 삼켜버리듯 소년을 대했다. 그는 소년의 입을 억지로 벌리는 동시에 자신의 커다란 입도 벌렸다. 곧 누린 비린내가 가득한 두툼한 사내의 혀가 소년의 혀를 뽑아버릴 듯 휘감았다.

"으으……."

거구의 사내가 소년을 짓밟을수록 맥스는 고통스러운 신음을 흘렸다. 눈을 감고 무의식 세계에서 방황하고 있는 그는 사람을 처참하게 죽이는 냉혈한과는 전혀 다른 사람처럼 보였다.

"싫어……."

거구의 사내에게 깔린 소년이 몸부림을 칠수록 맥스의 고개도 좌우로 꺾였다. 가위라도 눌린 듯 경련도 일었다.

온몸이 식은땀으로 범벅이 되고 나서야 비로소 눈이 떠졌다. 맥스는 멍한 눈동자로 주위를 둘러보았다. 익숙한 책장과 소파, 그제야 현실이 돌아왔다.

맥스는 땀에 젖어 있는 얼굴을 손바닥으로 문질렀다. 하지만 눈을 뜨고도 생생하게 남아 있는 잔상은 여전히 그를 괴롭히고 있었다. 그는 한숨을 내쉬며 인상을 찡그렸다.

'빌어먹을, 롤리콘(lolicon)들.'

오래전에 그들을 죽여 버렸건만, 왜 아직까지도 악몽이 되풀이되는 것인지 이유를 알 수가 없었다. 잊었다고 단언하기에는 가끔 이런 식으로 어제 일처럼 생생하게 떠오르는 기억 때문에 구토가 치밀 지경이었다.

게다가 어리고 힘이 없어서 속수무책으로 당할 수밖에 없었던 그때의 참혹했던 기분을 그는 아직 기억하고 있었다.

'제기랄.'

맥스는 욕을 삼키며 책상 서랍을 열고 단도 하나를 꺼냈다. 이런 더러운 기분은 다른 고통으로 승화시키지 않고서는 쉽게 가시지 않는다는 것을 이미 터득한 그였다. 은빛 칼날이 정교함을 자랑하듯 날카롭게 빛났다. 하지만 그는 조금도 주저하지 않았다.

맥스는 오른쪽 손에 칼을 쥐고 마치 처음이 아닌 듯 익숙한 동작으로 자신의 왼쪽 팔을 그었다. 찢긴 살 위로 배어 나온 붉은 피가 금세 흘러내리기 시작했다.

자해 행동(self-injurious behavior).

그는 그렇게 자신의 몸에 물리적 손상을 야기함으로써 깨어 있음에도 달라붙어 있는 몽마들을 털어냈다.

마음이 내키는 대로 언제든 누군가의 목을 그을 수 있는 자가 바로 그였다. 할 수만 있다면 몽마들의 목을 단숨에 잘라버렸을 터인데 그렇지 못하는 게 안타까울 뿐이었다.

어느덧 서재 안에서 희미한 붉은 피비린내가 진동하기 시작했다.

원래 맥스는 고위직 정치가 집안의 아들이었다. 그런 맥스를 조직원이 납치했고 마약을 주입했다. 그리고 마약에 취한 맥스는 조직원들에 의해 지독한 롤리콘(lolicon)에게 던져졌다.

하지만 그것으로 끝이 아니었다. 맥스가 육체적으로 정신적으로 짓밟히는 모든 과정은 고스란히 동영상으로 제작되었고 그중 복사본 하나는 맥스의 부모에게 배달되었다. 아들의 비참한 상황을 알게 된 맥스의 부모는 경악했다.

그러나 가장 문제였던 것은 누구보다 자신들의 권위를 중시했던 맥스의 부모가 아들을 되찾기 위해 어떤 노력도 하지 않았다는 것이었다. 오히려 그들은 그런 상황에 처한 맥스를 부끄러워했으며 그대로 버리겠다고 의사를 밝혀 왔던 것이다.

그 사건을 계기로 맥스는 스스로를 버리는 삶을 택했다. 미소년이었던 그의 얼굴은 스스로 그은 상처와 흉터들로 점차 흉악하게 변해

갔고 성격 또한 마찬가지였다.

그는 악마에게 영혼을 내주는 대가로 파괴성을 지닌 사내로 자랐다. 그런 맥스의 첫 번째 희생자는 다름없는 그의 친부모였다. 그는 그들은 아주 고통스럽게 그리고 잔혹하게 죽였다.

"흐흐."

맥스는 비릿한 미소를 지었다. 그는 쇳소리와 비슷한 한숨을 내쉬며 책상 위에 놓여 있던 전화를 집었다. 신호가 두 번도 가지 않아 상대가 전화를 받았다.

"빌리."

"네, 맥스 님."

"지시할 것이 있다."

"네."

호출을 받은 빌리는 어둡고 침침한 터널을 연상시키는 긴 복도를 지났다. 잠시 후 복도 끝에서 두꺼운 목재로 된 방문이 보였다. 빌리는 문을 두 번 두드린 후 방문을 열고 안으로 들어섰다. 그가 들어선 방 안도 복도와 다를 바 없이 어두운 편이었기 때문에 시야가 빛에 적응할 필요는 없었다.

두꺼운 가죽 의자에 누운 듯 몸을 기대고 있던 맥스가 인기척을 느끼고 눈을 떴다. 맥스가 양쪽으로 놓여 있는 여러 개의 의자 중 하나를 고갯짓하며 말했다.

"앉아."

빌리는 맥스가 말한 대로 자리에 앉았다. 그리고 그대로 맥스의 지시를 기다렸다.

"알랭 의원이 찾던 여자들에 대해서 알아봐."

뜻밖의 명령에 빌리의 눈매가 가늘게 변했다. 맥스가 알랭 의원에게 말했듯 조직은 개인적인 일로 움직이지 않는 것을 원칙으로 여기고 있었다. 하지만 지금 맥스가 한 말은 그 원칙에 전혀 맞지 않았다.

"궁금해."

맥스가 짐승처럼 누런 이를 드러내며 씩 웃었다.

그 때문에 빌리는 자신의 위치와 맥스의 위치를 다시 한 번 깨달았다. 그는 조직을 구성하기 위한 일개 개인에 불과했지만 맥스는 아니었다.

맥스는 그들의 조직에서 주인 노릇을 하는 자였다. 동시에 오만무도했으며 이기적인 자였다. 그런 맥스가 자신을 일개 개인으로 생각하지 않는다는 것은 당연한 일이었다.

"빨간 드레스를 입은 동양 여자를 주시하면 일이 수월할 거다."

"네."

지시를 받은 빌리는 임무 수행을 위해 자리에서 일어났다.

빌리는 맥스를 지시를 착수하기에 앞서 추적 능력이 뛰어난 요원 두 명을 선출했다. 그런 그들의 활동은 맥스의 개인적인 지시였기 때문에 조직 내에서도 비밀로 유지되었다.

빌리의 주도하에 일사불란하게 움직인 그들은 알랭 의원이 참석했던 가면무도회에 관한 정보를 입수하고 다녔다.

알랭 의원이 참석했던 가면무도회는 겉으로는 우아하고 고상해 보였지만 은밀하면서도 난잡한 파티였다.

그것이 그들에게 있어 이점으로 작용하였다. 섹스와 마약, 그에 상응하는 돈이 오갔던 난잡한 파티의 주체가 곧 지하 세계를 주름잡고 있는 그들의 인맥 중 하나였던 것이다.

알랭 의원의 사건 보도 이후에도 가면무도회 주최 측은 철저히 베일 속에 가려져 있었지만 맥스의 카르텔 조직과는 마약 루트를 통해서 연결되어 있었다.

빌리는 가면무도회를 개최했던 주최 측과 결탁해서 당시 건물 내에서 비밀리에 설치되어 있었던 폐쇄회로를 주도면밀하게 확인하기 시작했다.

절대 외부에 유출되지 않았던 그 영상 안에는 알랭 의원과 접촉한 붉은 드레스를 입은 동양 여성이 잡혀 있었다.

비록 가면을 쓰고 있어서 얼굴은 보이지 않았지만 젊은 동양 여성이라는 점과 신장, 몸매, 그리고 착용하고 있는 드레스와 가방, 귀금속, 구두의 모양은 비밀스러운 존재를 추적하는 데 충분한 증거가 될 수 있었다.

빌리의 지시에 따라 요원들은 영상을 확대해서 각각의 물품에 대한 브랜드 분석과 함께 판매처와 구입자에 관한 리스트를 작성하기 시작했다. 더욱 세밀하게는 가면 아래 드러난 그녀들만의 입술 모양, 입꼬리 각도, 화장기법, 몸짓, 걸음걸이까지 남들과 조금이라도 차별될 수 있는 것들을 모두 분류하여 리스트 명단을 단축시켜나갔다. 그 길고 고단한 작업 과정이 마무리되었을 때 최종 리스트에는 단 두 명의 인물만이 존재했다.

뜻밖의 인물들이었기 때문에 빌리는 주변 인물에 대해서 파악을 하기 시작했다. 하지만 그들은 모두 언론에 노출된 것을 제외하면 사생활이 철저하게 보장되어 있었다.

며칠 후 맥스를 방문한 빌리는 그동안 준비해 놓았던 자료들을 책상 위에 올려놓았다.

맥스의 눈빛이 날카롭게 움직였다. 히링튼가의 성을 보는 순간 맥스의 눈에 힘이 들어갔다.

히링튼가의 여자들이 알랭 의원과 연루되어 있다는 것은 뜻밖의 사실이었다. 맥스는 흥미로운 사실에 소리를 내어 큭큭 웃기 시작했다.

"히링튼?"

"네. 히링튼가의 여자들이었습니다."

"히링튼이라면 투자회사 UBH를 소유하고 있는 가문을 말하는 건가?"

"네. 현 UBH의 회장이 루이스 히링튼입니다. 서진 강은 그의 후견을 받고 있습니다."

"히링튼가의 상속녀와 후견인이라."

"폐쇄회로의 영상과 두 여자의 싱크로율은 100%였습니다. 또한 서진 강이 착용했던 물품 중 일부는 리아 히링튼의 수표책을 통해서 결제가 이루어진 것을 확인했습니다. 아, 그리고 이것은 그녀들의 주변 인물들에 관한 자료들입니다."

"일이 재미있어지는데."

빌리는 맥스에게 또 다른 봉투를 내밀었다.

"루이스 히링튼만큼이나 다른 주변 인물들도 평범하지 않은 것 같습니다. 이자는 닉이라는 자로 현재 리아 히링튼의 애인입니다. 그리고 이자는 카일이라는 자입니다. 각자 무슨 일을 하는지 어떤 자들인지 파악이 쉽지 않습니다."

맥스는 고개를 돌려 세 남자의 명단을 확인했다.

“하지만 당시 알랭 의원의 사건과 이자들은 관계가 없는 것 같습니다. 가면무도회와 사건 보도가 있던 날 전후로 싱가포르 방문 일정으로 국내에는 없었습니다. 추측해 보건대 알랭 의원과 관련된 사건은 두 여자만의 소행이었던 것 같습니다. 사생활 노출이 드문 경우이긴 해도 조사 자료에 나와 있다시피 두 여자는 평소 인권 보호를 주장해 왔는데 그 이전에 알랭 의원의 사퇴를 지지했었다는 사실이 있었습니다.”

“가진 것이 많아 지루한 여자들이 의적놀이라도 즐겼다는 건가.”

“데이터를 통한 결론 도출은 그렇습니다.”

“어쨌든 히링튼가의 여자들이라니 죽은 개 값의 이상을 충분히 받아낼 수 있겠네.”

빌리가 고개를 끄덕였다.

“하지만, 히링튼가를 만만하게 보시면 안 될 겁니다. 경제계의 영향력이 막강한 만큼 정계에도 든든한 연줄이 있을 겁니다.”

“무슨 말을 하고 싶은 거지?”

“자칫 조직이 타격을 받을 수도 있습니다.”

빌리의 말에 맥스는 가소롭다는 듯 입술을 말았다.

“많이 컸군.”

“…….”

“롤리콘들에게 던져진 너를 빼내 온 것이 엊그제 같은데.”

맥스의 얼굴에 조소가 가득했다. 빌리는 고개를 숙였다.

“판단은 내가 한다.”

“죄송합니다.”

잠시 침묵이 흐르고 맥스가 딱딱한 어조로 명령을 내렸다.
"여자들을 잡아 와."
"네."
빌리는 자리에서 일어났다. 그는 또 다른 임무 수행을 하기 위해 방을 나갔다.

서진은 리아와 함께 쇼핑을 즐기고 있었다.
"이거 어때?"
"괜찮은데?"
"루이스도 마음에 들어 할까?"
서진을 바라보고 있던 리아가 짐짓 못마땅한 표정을 지으며 팔짱을 꼈다.
"왜?"
"내가 경고했었잖아. 네 페이스 유지하라고. 루이스 취향에 휘둘리면 안 돼. 루이스가 원하는 대로 했다간……."
서진이 리아의 말을 이었다.
"날 새장 안에 가두어둘 거라고?"
"잘 기억하고 있네."
리아가 이죽거리자 서진이 피식 웃었다.
"너무 많이 들어서 귀에 딱지가 앉았거든. 하지만 루이스는 많이 변했어. 날 조직에 가담시켜 줬고 내가 원하는 건 모두 들어주잖아. 닉한테 도청 수업도 받고 있고 카일한테 컴퓨터도 배우고 있는 걸."
"물론 그렇겠지. 하지만 그게 전부잖아. 서진, 넌 이제 겨우 성인이 되었어."

"무슨 말을 하고 싶은 거야?"

"좀 즐기며 살란 말이야."

"난 충분히 즐기고 있는 걸?"

"루이스만 바라보고 있는 게 억울하지도 않아?"

"리아도 닉만 바라보고 있잖아."

"난 닉을 만나기 전에 여러 남자들을 만나봤어."

"지금 나더러 다른 남자들을 만나보라는 거야?"

서진은 두 눈을 동그랗게 뜨고 리아를 바라보았다. 누구보다도 리아가 그녀를 응원해 주었기에 그런 생각을 하고 있다는 것 자체가 너무 의외였다.

"내가 루이스랑 잘돼서 리아가 가장 좋아하고 있을 줄 알았는데, 아니었어?"

"그건 별개의 문제야. 네가 루이스랑 잘된 건 좋지만 여자의 입장에서 보면 때로는 안타깝다는 생각이 들거든. 난 자고로 어떤 경험이든 다양한 게 좋다고 생각하는 주의니까."

"난 반대야. 예전에는 몰랐는데 난 아무래도 외골수적인 면이 강한 것 같아."

리아가 고개를 저었다.

"그건 좋은 현상이 아닌 것 같은데. 좋아, 한 가지 예를 들자. 넌 얼마 전에야 법적으로 성인이 되었어. 만약, 루이스가 네게 청혼이라도 한다면 어쩔 셈이야?"

리아의 질문에 서진은 깔깔 웃으며 대답했다.

"그걸 질문이라고 해? 난 당연히……."

"잠깐, 대답하지 마."

리아는 재빨리 손가락으로 서진의 입술을 막았다.

"인생의 선배로서 충고하는데 결혼만큼은 우리 천천히 하자. 응?"

서진은 리아의 손가락을 베어 물었다.

"리아, 네가 날 끔찍하게 생각해 주는 건 잘 알고 있어. 하지만 약속은 못해. 아까도 말했듯이 난 외골수거든."

리아는 일부로 들으라는 듯 크게 한숨을 내쉬었다.

"너 아무래도 요즘 정상이 아닌 것 같다."

"난 오래전부터 정상이 아니었어."

서진은 깔깔 웃으며 눈여겨 두었던 의상을 사기로 결정했다. 오늘 밤 이 옷을 입고 루이스를 유혹하리라 계획을 세우면서.

쇼핑을 마친 리아와 서진은 사이좋게 주차장으로 향했다. 오늘은 누구의 눈치도 보지 않고 쇼핑을 즐기기 위해서 직접 운전을 하고 온 터였다.

한껏 들떠 있었던 그녀들은 서서히 다가오는 어둠의 그림자를 감지하지 못했다. 차에 타려는 데 그녀들의 뒤에서 검은 재킷을 걸친 남자들이 소리도 없이 다가왔다.

'리아?'

'서진?'

둘은 서로의 뒤를 보았지만 이미 늦은 감이 있었다. 입을 막는 느낌과 동시에 리아와 서진은 그대로 쓰러졌다.

얼마나 지났을까.

서진은 두통을 느끼며 눈을 떴다. 희미한 시선이 낯선 장소라는 것을 인식하자마자 서진은 누워 있던 자리에서 벌떡 일어났다.

빙빙 도는 머릿속에서 얼핏 리아의 뒤에서 다가왔던 남자가 떠올랐다. 서진은 본능적으로 주변을 살폈고 곧 건너편 침대에 누워 있는 리아를 발견했다.

서진은 곧장 리아에게 걸어갔다.

"리아."

서진은 최대한 목소리를 낮추고 리아를 흔들어 깨웠다.

"응……."

미세한 신음소리와 함께 리아가 몸을 움직였다.

"리아?"

서진의 목소리를 인식하는 것과 동시에 리아의 눈이 번쩍 뜨였다. 그녀 역시 서진과 같은 기억을 떠올린 듯 자리에서 일어나 주변을 살폈다.

"여긴 어디야?"

"모르겠어."

"네 뒤에 서 있던 남자를 보았는데……."

"나도 그래."

두 사람은 서로를 바라보았다. 눈빛을 교환한 리아와 서진은 고개를 끄덕였고 각자의 추적 장치를 작동시켰다.

리아는 왼쪽 귀에 달린 귀걸이에, 서진은 팔에 차고 있는 팔찌에, 긴급 상황에서 착용자의 위치를 추적할 수 있는 위성 위치장치 기능이 내장되어 있었다. 경보 기능을 켜면 메시지가 자동으로 발송돼 루이스 개인 소유의 비밀관제센터로 긴급 상황 발생 사실과 위치를 알리는 방식이다.

이 같은 기능은 위험을 느낀 착용자가 직접 작동할 수도 있었고 귀걸이나 팔찌가 몸에서 분리되는 경우에도 자동으로 작동하도록 설계

되어 있었다. 비상 상황이 비밀관제센터에 잘 전달되었기를 바라며 서진과 리아는 서로를 격려했다.

그때 문이 열리고 맥스와 빌리가 안으로 들어왔다.

"이제 깨어났나?"

리아와 서진은 몸을 돌려 그들을 바라보았다. 맥스가 고갯짓을 하자 빌리는 경고라도 하려는 듯 총을 쥐고 있는 손을 고의적으로 들어 올렸다.

"허튼수작은 하지 않는 게 좋을 거다."

"당신들 누구야?"

리아가 묻자 맥스는 킬킬대며 웃었다.

"히링튼가의 여자들이라 다른 건가. 아니면 현실이 파악되지 않은 건가. 전혀 두려움이 느껴지지 않아."

"누구냐고 물었어."

"알랭 의원을 알고 있지?"

대답 대신 날아온 남자의 질문에 리아의 미간이 좁아졌다. 불현듯 닉이 했던 말이 떠올랐기 때문이다. 그리고 그녀의 짐작은 곧 확신으로 바뀌었다. 하지만 리아는 입술을 일자로 다물었다. 들은 게 있다 해도 굳이 알랭 의원과 그들의 관계에 대해서 들먹일 필요는 없었다. 마약 카르텔 조직이라면 너무 위험했고 게다가 서진과 납치를 당한 불리한 상황에서 할 수 있는 일은 안전을 유지하는 것이 최우선이었다.

"그가 참석했던 가면무도회에서 재미있는 일을 벌였던데. 덕분에 우리는 부리던 개를 잃었고 말이야. 아쉽게도 그는 오랫동안 우리 조직의 주구 역할을 해왔어. 제법 쓸모가 많았지."

"우리는 알랭 의원이 죽음과는 상관없어."

"나락으로 떨어졌을 때 그는 이미 죽은 것과 같아. 이용 가치가 없어졌거든."

"그래서 원하는 게 뭐야?"

리아의 단도직입적인 질문에 맥스가 킬킬 웃기 시작했다.

"무슨 일이든 대가를 치러야지."

"그 대가가 어떤 종류의 것인지 알고 싶은데?"

"돈으로 해결하길 원하나?"

"바라는 게 그거라면."

"그것도 나쁘진 않아. 하지만 그러면 너무 재미가 없지. 그래서 좀 더 고민을 해볼까 해."

불길한 예감이 신경을 곤두세웠다.

"가령 예를 들자면 너희들을 조직원들에게 던져줄 수도 있지. 단 둘이 수많은 사내들을 상대하려면 꽤 힘들겠지만."

"미친 새끼!"

리아의 욕설에 맥스는 큭큭 웃어댔다.

"너무 걱정은 마. 처음엔 약물에 중독되어 무슨 일이 일어나고 있는 줄도 모를 테니까. 아니 오히려 그 순간을 즐길 수도 있어."

거친 웃음소리를 끝으로 맥스는 빌리와 함께 나가버렸다.

무거운 침묵이 어둠 속에서 꿈틀거렸다. 그 속에서 서진은 리아의 손끝이 미세하게 떨리는 것을 발견했다. 자신을 보호하듯 당당하게 맞섰던 리아가 떨고 있었던 것이다. 서진은 리아의 손을 꼭 붙잡았다.

"리아."

리아는 두려운 것이 아니었다. 그것은 자책이었다. 만에 하나 서진에게 무슨 일이 생기면 알랭 의원에게 접근하자고 했었던 자신을 절대로 용서할 수 없을 것 같았다.

드르륵.

특수 제작된 문이 열리고 루이스와 닉, 카일이 들어섰다. 그들의 얼굴은 모두 딱딱하게 굳어 있었다. 카일은 송신된 메시지와 인공위성을 통해서 정확한 위치 파악에 돌입했다. 채 십 분이 되지 않아서 화면 위에 위성이 찍은 사진이 전송되었다.

"파악 완료, 서부 방향으로 3시간 거리, 산으로 둘러싸인 고립된 건물."

"건물주 확인해."

루이스가 지시를 내리는 동시에 카일은 손가락을 바쁘게 움직였다.

"락(lock)이 걸려 있어. 해제하려면 시간이 필요해."

"서둘러."

카일의 손가락은 더욱 빨라졌다. 많은 기계어들이 나타났다 사라지기를 반복했다.

"건물주는 니콜라스 W.C."

키보드가 다시 움직였다.

"십 년 전에 구속되어 현재까지 수감 중. 사진을 찾아볼게."

잠시 후 니콜라스의 사진들이 화면 위에 떴다. 루이스는 여러 장의 사진들을 뚫어질 듯 바라보았다. 짧은 시간 내 단 하나의 단서라도 찾아내야 했기 때문이다. 포획물을 찾는 매의 눈처럼 움직이던 잿빛 눈동자가 가늘게 변했다.

"확대해."

카일은 루이스가 가리킨 부분을 확대했다. 그러자 추상적이며 기하학적인 검은 문양이 이전보다 뚜렷하게 보였다. 그것은 전갈 트라이벌이었다. 건장한 사내의 손목 안쪽에 새겨져 있는 검은 문신은 분명 전갈 형상을 하고 있었다.

[누, 누구의 사주를 받았나? 아니 상관없어. 내가 그자보다 더 많은 돈을 줄 수 있으니까. 어때? 나와 새로운 거래를 하지 않겠어?]

알랭 의원은 어떡해서든 상황을 모면하고 싶은 듯 뒤로 손을 뻗어 책상 위에 놓여 있던 돈다발을 집어 그에게 내밀었다.

[이것 봐. 우선 이거 먼저 주지. 어때, 생각이 좀 달라지지 않아?]

루이스는 가소롭다는 시선으로 개에게 뼈다귀를 주듯 돈다발을 쥐고 있는 알랭 의원의 손목을 노려보았다.

[가져가. 지금 당장 가져가도 돼.]

알랭 의원이 그를 향해 다가왔다. 손만 뻗으면 닿을 만큼 두 사람의 거리가 가까워졌다. 바로 그때 현저하게 가까워진 거리에 서자 알랭 의원의 허연 손목에 새겨져 있는 전갈 한 마리가 시야에 들어왔다. 루이스는 조소를 띠며 목표를 그것으로 정했다.

바로 그 순간 루이스는 위치를 바꾸는 동시에 최대한의 힘을 싣고 공기를 갈랐다.

[크헉!]

정확하게 그가 조준했던 전갈이 두 동강으로 갈라지며 알랭 의원의 손목이 돈뭉치와 함께 발아래로 굴러 떨어졌다.

니콜라스의 손목에 새겨진 전갈 문신과 알랭 의원의 손목에 새겨져 있었던 전갈 문신이 오버랩 되었다.

알랭 의원의 손목에 새겨져 있던 문신을 고의적으로 잘랐던 것은 서진에게 닿았던 이유 외에도 그들의 관심을 가면무도회가 아닌 또 다른 인물에게 분산시키기 위함이었다. 하지만 효과는 없었던 것이다.

루이스의 고개가 기계적으로 돌아가더니 닉에게로 향했다. 심상치 않은 루이스의 시선을 본 닉이 그를 주시하고 있다가 동의를 한다는 듯 고개를 끄덕였다.

"왜? 무슨 의미라도 있는 거야?"

루이스와 닉이 사인을 주고받자 카일이 물었다.

"마약 카르텔이다. 알랭 의원이 속해 있었던."

닉이 간단하게 대답했다.

"뭐?"

"알랭 의원은 마약 카르텔 조직과 연결되어 있었어. 꽤 오랫동안 그들의 주구 역할을 했었다. 루이스와 나만 알고 있었다. 좀 더 확인해야 할 사항이 있었기 때문에 브리핑을 미루자고 했었는데 내 실수야. 그 사이에 리아와 서진이 알랭 의원을 만날 줄은 몰랐으니까."

카일은 루이스가 서진의 뺨을 때렸던 날을 기억했다. 이제야 루이스가 서진에게 유독 화를 냈던 이유를 알 것 같았다. 하지만 긴급한 상황에서 따질만한 것은 아니었다.

"카일, 가능한 것들을 파악해둬. 건물의 구조, 보안프로그램의 위치, 건물 내 주둔하고 있는 조직원들의 수 등 모두."

“그래.”

카일이 다시 작업을 하는 동안 루이스와 닉은 시간을 최대한 단축하기 위해서 무기를 챙겼다. 전투태세를 갖추고 만반의 준비를 끝낸 루이스와 닉이 다시 나타난 것은 채 20분이 되지 않아서였다.

“출발한다.”

그로부터 정확히 2시간 후 루이스 일행은 카르텔 조직의 건물 근처에 주둔해 있었다. 모든 신호 체계를 무시한 그들은 훨씬 빨리 도착했다. 카일은 가까운 거리에서 본격적인 해킹을 시작했고 눈에 띠지 않게 보안프로그램을 조작해 나갔다.

그리고 루이스는 가장 가까운 곳에 위치를 잡았다. 잿빛 눈동자는 특수 개발된 스코프 속에서 매의 눈처럼 날카롭게 움직였다. 위성만으로는 한계가 있었던 조직원들의 동선을 그제야 파악할 수 있었다.

사방이 둘러싸인 건물은 도시보다 빠르게 어둠에 잠기기 시작했다.

“들어간다.”

닉이 고개를 끄덕였다.

상대는 마약 카르텔이었다. 그들은 인간의 육체와 정신을 동시에 파괴해서 돈을 버는 잔혹한 자들이었다.

그런 자들이 우글거리는 소굴에 서진과 리아가 존재한다는 것을 더는, 조금이라도 용납할 수 없었다. 루이스와 닉은 가면으로 얼굴을 가렸다. 두 개의 작은 구멍, 그 속에서 차가운 잿빛 눈동자가 살의로 번득였다.

“GO!”

신호와 동시에 카일은 미리 심어 놓았던 악성프로그램으로 카르텔 조직의 마스터 부트 레코드(Master Boot Record, MBR)의 일부를 파괴했다. 보안프로그램이 마비되고 전기가 차단되자 건물의 일부가 순식간에 암흑으로 변했다.

"무슨 일이지?"

갑작스러운 사태로 조직원들은 분주해졌다. 그 틈을 타 루이스와 닉은 어둠의 그늘 밑으로 숨어들었다.

"시스템실로 이동 중."

루이스와 닉은 카일의 엄호를 받으며 짧은 시간에 조직원들의 위치를 파악했고 동시에 그들을 제거해 나갔다.

"으윽."

단순 시스템 오류로 판단했던 조직원들의 일부는 무방비한 상태에서 그대로 목숨을 잃었다.

그리고 침묵의 비명은 어둠 속에서 계속해서 이어졌다.

루이스와 닉은 최대한 절제된 동작으로 상대의 급소를 노리며 눈에 보이는 조직원들을 하나씩 제거해 나갔다.

날카롭고 잔혹한 칼의 끝은 상대의 급소를 노리며 정확하게 파고들었고 소리 없이 날아간 총탄은 심장을 관통했다.

어둠 속에서 그들은 그림자와 흡사했다. 마치 보이지 않는 악령에게 습격을 당하듯 조직원들은 속수무책으로 당했다.

그것은 일방적인 습격이었고 학살이었다. 가면을 쓴 자들과 마주한 조직원들은 무기와 힘을 제대로 써보지도 못했다.

가면을 쓴 자들은 지독하다 싶을 정도로 빠르게 상대의 목을 긋고 혈관을 끊었다. 그들의 칼끝과 총구에는 살기와 피가 넘쳤다. 서진과 리아의 신분을 알고 있는 이상 그들의 생명을 보존해줄 수는 없었던 것이다.

피비린내가 진동했다. 그럼에도 루이스와 닉의 호흡은 아주 조금 흐트러져 있었다.

"3구역, 클리어."

리시버를 통해 카일의 목소리가 들렸다.

습격한 건물은 크게 4구역으로 나누어져 있었다. 이제 남은 것은 단 한 구역뿐이었다. 루이스는 일개 조직원들의 시체가 쌓여 있는 곳에 폭약을 설치하기 시작했다.

그것은 리아와 서진을 위한 신호이자, 카르텔 조직을 향한 경고였으며 동시에 우위를 차지하고 있는 조직원들을 밖으로 유도하기 위한 전략이었다.

쾅!

카운트다운이 완성되자 폭약이 폭발했다. 그 반동으로 벽이 부서지는 거대한 소리와 함께 천장과 늘어진 전등들이 흔들렸다. 진동은 리아와 서진이 잡혀 있는 공간에도 전해졌으며 맥스의 거처에도 전해졌다.

"리아."

"응."

리아와 서진은 서로를 마주보며 눈을 반짝였다. 굳이 말로 표현하지 않아도 누가 왔는지 알 수 있었다.

그 무렵 맥스는 의혹에 찬 얼굴로 빌리를 바라보았다.

"무슨 일이지?"

"시스템 일부에 문제가 있다는 보고를 받았습니다."

맥스는 천장을 노려보았다. 분명 폭탄이 터지는 소리를 들었고 그 잔상을 느꼈다.

"가서 확인해."

"네."

빌리는 문을 닫고 밖으로 나왔다. 그러자 문밖에서 대기하고 있던 조직원들이 주위로 모여들었다.

"이후의 연락은?"

"없습니다."

빌리는 미간을 찌푸렸다. 여러 정황으로 보았을 때 단순한 문제는 아니었다. 빌리는 조직원들 중 두 명을 지목해 지시를 내렸다.

"너희들은 만일의 사태를 대비해 여기 남는다. 그리고 외부의 조직원들에게 연락을 취한다."

"네. 알겠습니다."

빌리는 조직원 두 명을 남겨 두고 나머지 조직원과 함께 문제의 근원지가 되었던 방향으로 걸음을 옮겼다.

리시버를 통해서 카일로부터 연락이 온 것은 그 즈음이었다.

"서둘러. 곧 또 다른 조직원들이 몰려들 거다."

루이스와 닉은 서로를 바라보며 고개를 끄덕였다. 두 사람은 긴 복도를 사이에 두고 다시 두 개의 검은 형상으로 돌아가 또 다른 전투를 대비했다.

빌리가 이끄는 조직원들은 긴 복도를 벗어난 직후 어둠에 숨어 있는 두 개의 검은 형상들과 대면했다.

"누구냐!"

조직원들은 재빠르게 전투태세를 갖추고 총을 쏘아댔다. 이후 벽을 짓이기고 유리를 박살내는 탄알 소리만 요란하였다. 셀 수 없는 총알비가 소나기처럼 쏟아져 내렸다.

꽤 넓은 공간은 순식간에 폐허로 변했다. 부서진 조각상들과 도자기들이 형태를 구분할 수 없을 정도의 몰골로 부서져 바닥 위에 굴렀다. 허공에는 회색 먼지들이 자욱해 호흡하는 것이 곤란할 정도였다.

얼마나 시간이 지났을까.

빌리는 손을 올려 조직원들을 저지했다. 사각지대 없이 쏘아댔으니 쥐새끼 한 마리조차 목숨을 연명하기 어려울 터였다. 빌리와 조직원들은 다소 의기양양한 표정을 지으며 앞으로 전진했다. 그리고 시체를 찾기 위해 사방을 살폈다. 누군가 깨진 조각상을 밟은 듯 바스락 소리가 났다.

"크헉!"

가장 뒤에 서 있던 조직원이 거칠고 가쁜 숨을 마지막으로 제자리에 털썩 쓰러졌다. 그리고 도미노처럼 차례로 하나씩 쓰러졌다. 빌리가 뒤를 돌아 그 사이에서 움직이는 두 개의 그림자를 보았을 때 그들은 마지막 일원의 목을 긋고 있었다.

빌리는 사위에서 뻗어오는 살기를 느끼며 두 눈을 부릅떴다.

쓰러진 조직원들이 질러대는 거친 숨소리를 들으며 빌리는 본능적으로 방아쇠를 당겼다. 하지만 총구에서 뿜어져 나온 탄알들은 표적 없이 천장에 꽂힐 뿐이었다. 엇갈린 두 개의 칼날이 총구를 잡고 있었다. 빌리는 좌우에 각각 서 있는 가면들을 보았고 동시에 그의 목을 향해 날아오는 칼날을 보았다. 찰나의 판단으로 그는 고개를 틀었지만 역부족이었다. 그가 피한 만큼을 다시 잰 듯 달려든 차가운 금속에 자비란 없었다.

"크!"

빌리는 자신의 목 아래에서 뿜어져 나오는 검붉은 피를 똑똑히 보았다. 총을 들고 있던 손에 힘을 주었지만 방아쇠를 당기기 전에 또 다른 검은 형상이 그의 손목에 존재했던 혈관들을 끊어버렸다.

"헉."

그는 목이 타들어가는 고통을 느끼며 그 자리에서 무너졌다. 바닥에 쓰러져 있는 조직원들처럼 그에게도 죽음이 도래하고 있었다. 하지만 죽음의 사신이 그를 보고 있음에도 빌리는 가면을 쓰고 있는 그림자들을 뚫어질 듯 바라보았다.

'대체 이자들은 누구란 말인가.'

자신을 비롯해 훈련을 받은 조직원들이 속수무책으로 당한 것이 믿어지지 않았다. 빌리는 티끌처럼 남아 있는 생명을 끌어모으며 두 가면들을 노려보았다.

"……너희들은 누……구지?"

차가운 잿빛 눈동자가 그를 바라보았지만 대답은 없었다. 기대했던 대로였고 당연한 결과였지만 씁쓸했다. 그래도 그들이 누군지도 모른 채 이렇게 죽을 수는 없었다. 그는 거친 호흡으로 겨우 남아 있던 힘을 분출하며 달려들었다. 날카로운 금속이 피부를 뚫고 들어왔지만 최소한 효과는 있었다.

털썩, 그는 원래의 자리에서 벗어난 가면 뒤로 드러난 얼굴을 보았다.

'루이스 히링튼?'

생명이 거의 다한 와중에도 상대를 확인한 그의 눈빛에는 의문이 가득했다. 죽음만큼 믿어지지 않는 상황에 빌리의 입매가 비틀렸다.

거액의 돈을 주고 용병을 고용한 것도 아니고 루이스 히링튼이 직접 여기에 나타났다?

히링튼가가 결코 만만한 상대가 아니라고는 우려했지만 본인이 직접 나섰다는 것은 오차 수준의 문제가 아니었다.

자신을 조직의 일원이라 생각하지 않았던 맥스의 오만이, 독선이 조직의 붕괴를 자초한 꼴일까. 하지만 오만한 보스에 대한 빌리의 원망은 거기까지였다. 어찌 되었든 맥스는 롤리콘들로부터 그를 구해 준 주인이었다.

벌어진 입술 사이로 검붉은 피가 역류했다. 빌리는 두 눈을 부릅뜨고 코앞까지 다가온 사신을 맞이하면서도 맥스를 위한 메시지를 남겼다. 저지하고자 하는 날카로운 금속이 그의 몸을 관통했음에도 그는 맥스를 보호하고 있을 조직원들에게 마지막 지시를 내렸다.

"여자들을 인질로 맥스 님을 대피시킨다……."

빌리가 바닥으로 쓰러지자마자 루이스와 닉은 몸을 돌렸다. 루이스의 얼굴을 노출한 조직원은 현재 상황이 서진과 리아, 두 사람과 관련이 있다는 것을 전했다. 덕분에 그녀들은 더욱 위태로운 상황에 놓였다. 그로 인해 전력 질주를 하는 와중에도 세포들을 일제히 일깨울 정도의 불안감이 그들을 휘감았다.

맥스를 호위하고 있는 조직원은 둘이었다. 나머지 일원들은 어찌 되었는지 알 길이 없었다. 맥스는 조직원들 뒤로 굳게 닫혀 있는 문을 노려보았다.

"빌리는?"

"연락이 없습니다."

"대체 무슨 상황이 벌어지고 있는 거냐?"

"죄송합니다. 현재로서는 파악된 것이 없습니다."

"그럼 확인을 해야 할 게 아닌가. 너희들은 왜 여기 있는 거지?"

"빌리 님의 지시를 받았습니다. 외부 조직원들에게 연락을 취했습니다. 지원 병력이 도착할 때까지 피하는 게 좋을 것 같습니다."

조직원의 말에 맥스는 험악한 표정을 지었다. 이곳은 그의 공간이었다. 그렇기 때문에 무슨 일이 일어나고 있는지조차 모른 채 고립되었다는 것은 용납할 수 없는 일이었다.

맥스는 자리에서 일어나 무기고로 걸어갔다. 그는 근거리에 위력적인 M4 CQBR(짧은 총열을 채용한 M4 소총)을 꺼내 장전했다. 그것은 아이러니하게도 대테러부대나 경찰특공대 등 특수 임무를 맡은 부대에서 최근 애용되는 무기였다.

"맥스 님."

"결정은 내가 한다."

맥스는 신경질적으로 두 조직원 중 하나의 리시버를 뽑아 착용했다. 단호한 어조에 조직원들은 복종하듯 고개를 숙였다.

"네."

맥스가 조직원들을 앞세우고 굳게 닫고 있었던 문을 열려던 찰나였다. 문득 발걸음이 주춤했다. 리시버를 통해서 빌리의 목소리가 들려왔던 것이다.

[여자들을 인질로 맥스 님을 대피시킨다…….]

거칠고 숨 가쁜 음성 속에서 맥스는 본능적으로 빌리의 죽음을 느꼈다.

"……빌리?"

그것을 입증하듯 대답은 없었다.

"대답해라."

[…….]

맥스가 명령에도 공허한 침묵만이 리시버를 장악했다. 우두커니 서 있던 맥스는 미간을 찌푸렸다. 두 조직원들이 그의 명령을 기다리고 있었다. 생각에 잠긴 시선으로 두 조직원을 뚫어질 듯 바라보고 있던 맥스의 고개가 천천히 돌아갔다.

여자들을 인질로 삼으라는 빌리의 언질에는 분명 의미가 있었다. 그것은 곧 지금의 사태가 그녀들과 관계가 있다는 뜻이었다. 그는 생각지도 않았던 여자들의 존재를 떠올리며 매서운 눈초리로 리아와 서진이 갇혀 있는 방향을 노려보았다.

쾅!

두꺼운 목조 문이 부서질 듯 열리고 루이스와 닉이 들이닥쳤을 때 그들 앞에 펼쳐진 공간은 텅 비어 있었다. 서진과 리아가 사라졌다는 긴박한 상황을 대변해 주듯 카일의 다급한 목소리가 리시버를 통해 흘러나왔다.

"갑자기 위치 추적 신호가 끊어졌어, 무슨 일이야?"

"리아와 서진이 사라졌다."

"뭐?"

"추적해."

"아, 알았어."

하지만 잠시 후 카일에게 들려온 답은 부정적이었다.

"불가능해. 위치 추적 장치에 문제가 생긴 것 같아."

"빌어먹을."

"지금 상황이 좋지 않아. 그곳에서 당장 나와. 놈들이 개떼처럼 몰려오고 있어."

그럼에도 불구하고 루이스는 자리를 버티고 서 있었다. 이대로 물러날 수는 없었다. 서진과 리아를 구하지 않고서는 물러날 수가 없었다. 루이스의 어깨를 닉이 짚었다. 닉의 눈동자도 루이스 못지않게 심각했다.

"지금으로서는 돌아가는 수밖에 없어."

루이스는 현재 상황을 받아들일 수 없다는 듯 닉을 노려보았다.

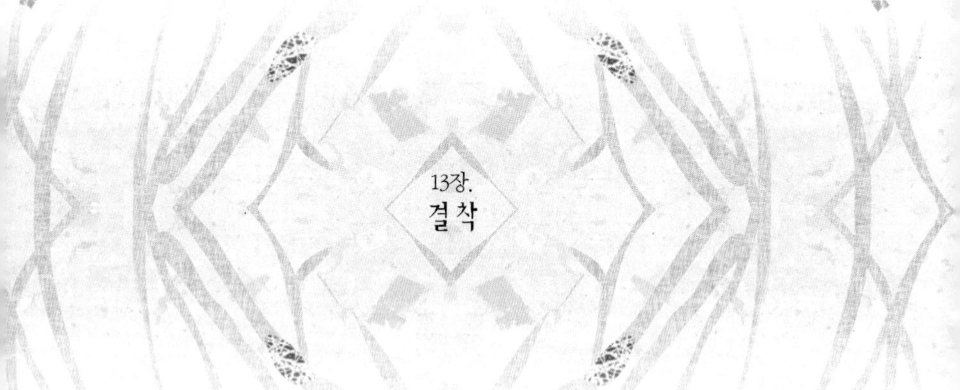

13장.
결착

“어떻게 됐지?”

“죄송합니다.”

“놓쳤다는 건가?”

“조직원들이 도착했을 때 이미 그곳에 없었습니다.”

쾅, 보고를 받은 맥스는 두 주먹을 불끈 쥐고 책상이 부서져라 내리쳤다. 그는 패배에 익숙한 자가 아니었다. 그에게 있어 패배라는 것은 곧 가장 끔찍했던 기억과 일직선상에 존재했다.

롤리콘들 사이에서 속수무책으로 당할 수밖에 없었던 나약하고 비굴했던 시간들. 그 빌어먹을 기억들을 잊고자 스스로 그었던 수많은 칼자국들이 화인처럼 불타올랐다.

“폐쇄회로는?”

“남아 있는 게 없었습니다.”

맥스는 조직원을 잡아먹을 듯 노려보았다. 감당하기 어려운 무력감이 스멀스멀 기어올랐다. 악귀처럼 스며든 고통에 그는 단도를 꺼내 자신의 팔을 찍었다. 육체적인 고통이 정신적인 고통을 조금이나마 희석시키자 다소 진정이 되었다.

"여자들은 어디 있나."

"지하에……."

조직원의 말이 끝나기도 전에 맥스는 팔을 찍었던 단도를 빼서 책상 위에 박아놓았다. 그가 자리에서 일어나자 붉은 피가 주르륵 흘러내렸다.

그는 곧장 지하실로 향했고 곧 리아와 서진 앞에서 위험한 기세를 내뿜으며 서 있었다.

이곳으로 끌려오는 동안 리아와 서진은 소지품을 모조리 빼앗긴 상황이었다. 그 과정에서 거친 대접을 받았던 터라 곳곳에 검붉은 자국들이 있었다. 맥스는 거리를 좁히고 가까이 다가갔다. 리아와 서진은 두려움을 애써 감추고 그의 기세에 눌려 뒤로 물러나지 않도록 노력했다.

"너희를 구하겠다고 온 자들에게 내 조직원들이 당했다."

맥스는 성난 짐승처럼 으르렁거렸다.

"당신이 습격 받았다는 건 알겠어. 하지만 왜 그자들이 우리와 관계있다는 거지? 그동안 저지른 일이 있었으니 적들이 널려 있을 것 아냐."

리아의 반발에 맥스가 그녀를 노려보았다.

"그랬지. 적어도 너희를 인질로 삼으라는 말을 듣기 전까지는……."

말끝을 흐린 맥스가 리아를 향해서 다가왔다.

"말했었지. 무슨 일이든 대가를 치러야 한다고."

맥스가 험악한 표정을 지었다. 리아를 노려보는 눈빛이 번뜩였다. 순간 서진은 그에게서 뿜어져 나오는 살의를 감지했다. 그는 당장이라도 리아를 죽일 것처럼 위험해 보였다. 그를 막아야 한다는 생각이 앞섰다.

"치료, 해줄까요?"

서진은 자신이 무슨 일을 벌이는지 인식하기도 전에 본능적으로 리아와 맥스 사이로 나섰다.

저절로 호흡이 멈추었다. 숨을 들이마셨다가는 이겨내지 못한 두려움이 폐 속으로 흘러들어올 것 같았다. 그렇게 시선을 남자의 팔에 고정했다. 그자가 어떤 자인지를 떠나서, 단지 다친 사람으로 인식하기 위해서 붉은 상처에 집중했다. 하지만 가장 명백한 이유는 그자가 어떤 자인지 알기 때문에 리아에게 더는 접근하지 못하도록 막기 위해서였다.

"그 팔."

생각지도 못했던 서진의 말과 행동에 맥스가 어이가 없다는 듯 그녀를 노려보았다. 그자의 시선이 고스란히 느껴졌다.

서진은 천천히 그의 시선을 마주했다. 살의는 그대로였지만 이제는 두렵지 않았다. 적어도 그의 관심이 자신에게로 옮겨졌다는 사실에 그녀는 안도했다.

리아는 무사할 것이다.

봉합은 마취도 하지 않은 상태에서 이루어졌다. 필요한 도구들을 말하자 한 조직원이 어디에선가 그것들을 가져왔다. 한 땀 한 땀 봉합침이 지날수록 벌어졌던 상처가 조금씩 아물었다 서진이 치료를 하는 동안 맥스는 서진을 뚫어질 듯 바라보고 있었다. 서진의 시선은 상처에 고정되어 있었지만 그의 시선을 느끼기에도 충분했다. 그럼에도 그녀는 동요하지 않았다.

환자를 치료하는 사람으로서 다른 것은 의식하지 않으려고 노력했다. 마무리를 마친 서진은 잠시 그의 팔을 훑었다.

순간 서진의 미간이 좁아졌다. 팔에 그어져 있는 무수한 흉터 때문이었다. 마치 무언가를 기록이라도 하려는 듯 순차적으로 남아 있는 흉터들은 치료 없이 그대로 아문 것들이다.

"다 됐어요."

서진은 봉합침을 내려놓고 밴드를 붙였다. 맥스는 능숙했던 서진의 손놀림을 떠올렸다.

"의사였나?"

"정식 의사는 아니지만 좀 배웠어요."

"대신 네가 죽을 수도 있었어. 난 그녀를 죽이기 일보직전이었거든."

"알아요."

서진의 확고한 대답에 맥스는 피식 웃었다.

"죽고 싶은 이유라도 있었나?"

"아니요."

담담하게 대답한 서진은 말을 덧붙였다.

"실밥은 사흘 후에 풀면 돼요."

"사흘간의 시간을 벌겠다?"

"줄 건가요, 시간?"

맥스가 비릿한 미소를 지으며 자리에서 일어났다. 그는 구석에 마련되어 있는 미니바로 가서 유리잔에 술을 따랐다. 서진이 보고 있는 동안 그는 한 잔을 비우고 다시 채웠다.

"술은 상처에 도움이 안 될 텐데요."

"상관없어."

맥스의 건성으로 대답하자 어차피 기대하지도 않았다는 듯 서진이 낮게 한숨을 내쉬었다. 그런 서진에게 다가온 맥스가 술잔을 건넸다.

"마셔."

두 사람의 시선이 접점을 이루었다. 서진은 똑바로 맥스를 바라보며 기꺼이 술잔을 잡았다. 그리고는 보란 듯이 술잔을 깨끗하게 비웠다.

"꽤 독할 텐데?"

제법이라는 듯 맥스가 말하자 서진의 한쪽 입술이 올라갔다.

"이 정도는 견딜만해요."

서진은 술잔을 맥스에게 건넸다. 술잔을 받아든 맥스는 비릿한 미소를 지으며 다시 미니바로 걸어갔다. 그는 다시 술잔을 채우며 말했다.

"보기와는 달리 그보다 독한 시간도 보내봤다는 표정이네."

"뭐, 그럭저럭요."

한쪽 어깨를 으쓱거린 서진이 질문을 되돌렸다.

"당신도 예외는 아니었던 것 같은데요?"

"뭐, 나도 그럭저럭."

맥스가 대수롭지 않게 말을 받자 서진이 다시 물었다.

"팔에 있는 흉터들은 어떻게 된 거예요?"

순간 맥스의 눈빛이 변했다. 그는 입가로 가져갔던 술잔을 내려놓고 그녀를 노려보았다.

"내가 그었어. 가끔 쓸데없는 기억이 떠오르거든. 그럴 때면 이보다 더 좋은 방법이 없지."

맥스는 스멀스멀 분노가 치밀었지만 순순히 대답을 내주었다. 하지만 그의 눈매는 당장이라도 서진의 목숨을 앗아갈 수 있다는 사실을 명시하듯 매서웠다.

"다행이네요."

"뭐?"

"어쨌든 방법을 찾았잖아요."

서진의 신랄한 말에 맥스의 분노는 오히려 가라앉았다. 그는 생각지도 못했던 서진의 반응에 흥미가 생겼다.

"그걸 위로라고 하는 건가?"

"나도 그런 적 있어요."

맥스의 눈매가 가늘어졌다. 서진은 그의 시선을 받으며 소매를 걷어서 한쪽 팔을 보여주었다. 맥스는 서진의 팔에 남아 있는 희미한 흉터들을 노려보았다.

"좀 지난 일이지만."

"그걸 네가 그었다는 거야?"

서진은 천천히 고개를 끄덕였다.

"닥친 현실이 견딜 수 없었을 만큼 답답했던 적이 있었거든요. 그래서 핑계를 만들었어요. 시체만 다루니까 재미없다. 진짜 피가 흐르는 상처를 좀 치료해보고 싶다. 당시엔 이보다 더 좋은 방법이 없었던 것 같아요. 어쨌든 방법을 찾았던 거니까."

서진의 말에 돌연 맥스가 큰 소리로 웃기 시작했다. 당장이라도 숨이 넘어갈 듯 웃는 그는 정말 즐거워 보였다. 한참을 웃고 나서 웃음을 거둔 그가 물었다.

"이름이 뭐였지?"

"강서진."

"그래, 그 이름이었어."

"당신 이름은 뭐죠?"

"원래 성격이 그렇게 도전적인가?"

"상대의 이름을 물어보는 게 도전적인 건가요?"

"상대에 따라선 그렇지."

"그럼 거두죠."

맥스는 내려놓았던 술잔을 들어서 다시 입술로 가져갔다. 알코올이 들어가는 그의 입이 미세한 곡선을 이루었다. 곧 빈 술잔이 바닥에 놓였다. 맥스가 고개를 돌려서 서진을 바라보며 입을 열었다.

"맥스."

"앞으로는 나도 그렇게 부르죠."

두 사람의 눈동자가 교점을 이루었다. 이후 무거운 침묵이 흘렀다.

"원하는 걸 말해봐. 날 웃게 만들었으니 그 대가로 네게 선물을 줄 테니까."

"말하는 건 무엇이든 들어줄 건가요?"

"그럴 순 없지. 그랬다간 당장 이곳에서 나가게 해달라고 할 텐데."

"그럼 아쉽지만 다른 걸 요구해야겠네요."

"현명한 선택이야."

"리아의 안전을 보장해줘요."

"넌 불포함 사항인가?"

"나도 포함되면 좋겠죠."

서진을 바라보고 있던 맥스의 눈동자가 점점 날카롭게 변했다. 하지만 서진은 전혀 주눅 들지 않았다.

"그리고 한 가지 더."

"욕심이 많다고 생각되는데."

"나도 그렇게 생각해요."

"말해."

"당신뿐만 아니라 여기 사람들, 아까 보니까 다쳐도 치료를 제대로 받지 못하는 것 같던데 앞으로는 내가 살필 수 있게 해줘요."

서진의 당당한 요구에 맥스의 입술이 서서히 벌어지기 시작했다. 생각지도 못했던 즐거움에 그는 아이처럼 신이 날 지경이었다.

"뭔가 착각하는 것 같은데, 넌 손님이 아니야."

"알아요."

순간 맥스가 그녀를 노려보았다. 그리고는 서진을 향해서 저벅저벅 걸어오기 시작했다. 서진과의 거리를 좁히는 동안 그의 입술이 더욱 비스듬히 벌어졌다.

맥스에게서 뿜어져 나오는 살기가 고스란히 느껴졌지만 서진은 고개를 돌리지 않고 그를 그대로 바라보았다.

찰나 맥스의 커다란 손이 그녀를 향해 날아들었다. 둔탁한 소리와 함께 서진의 몸이 크게 흔들렸다. 그게 전부가 아니었다. 다시 반대편 볼에도 충격이 일었다. 이번엔 손등이었다. 양쪽 뺨에 인 마찰이 인식되기도 전에 다시 같은 상황이 반복되었다. 손바닥과 손등의 차이가 확연하게 느껴졌다.

"하아."

서진은 쓰러지지 않도록 노력하며 가쁜 숨을 몰아 내쉬었다. 화끈한 열기 때문에 화상이라도 입은 것 같았다. 입술 안쪽에서 피 맛이 몰려들었다. 따갑고 서러웠지만 서진은 갑자기 웃고 싶어졌다. 문득 기시감이 인 탓이다.

서진은 그날 일을 떠올렸다. 처음 루이스에게 뺨을 맞은 날이었다. 그녀가 그의 지시를 무시하고 알랭 의원을 만났다는 것을 알았을 때 루이스는 불같이 화를 냈었다. 그리고 처음으로 그녀를 때렸다. 이제야 비로소 그가 그토록 화를 낸 이유를 알 것 같았다. 루이스는 알랭 의원이 어떤 세력들과 결탁되어 있는지 알고 있었던 것이다. 서진은 루이스가 어떤 심정으로 그녀의 뺨을 때렸는지 알 것 같았다.

어쨌든 이 맥스라는 자는 루이스와는 달랐다. 그것은 손바닥과 손등의 차이보다도 확연했다. 눈앞에 서 있는 자는 언제든 그녀를 마음대로 다룰 수 있는 자였다.

그게 몸이든, 목숨이든 상관없이.

그래서 서진은 그나마 다행이라고 생각했다. 적어도 이자는 그녀를 죽이지 않았다. 앞으로도 죽이지 않을 것이다.

서진은 본능적으로 자신에게 기회가 주어졌다는 것을 느꼈다. 이유는 알 수 없었지만 맥스라는 이자는 지금 그녀를 봐주고 있었고 서진은 그것을 십분 이용할 계획이었다. 하지만 무엇보다 리아의 목숨이 걸려 있는 만큼 결과가 좋길 간절히 바랐다.

"하아……."

서진은 긴 한숨을 내쉬며 헝클어진 머리를 쓸어 올렸다. 허리도 꼿꼿하게 세웠다. 옆으로 휘었던 목도 세웠고 턱도 들었다.

새삼 루이스에게 뺨을 맞았던 일이 고맙게 느껴질 날이 올 줄이야.

루이스 앞에서 연약한 여자가 되고 싶은 적이 단 한 순간도 없었던 것처럼 맥스라는 이 남자 앞에서도 마찬가지였다.

이유는 달랐지만 그녀는 강해져야 했다.

그것이 한때는 루이스 히링튼이라는 남자 곁에 머물 수 있는 이유가 되었다면 지금은 리아를 지켜주기 위해서, 동시에 살아남을 수 있는 유일한 이유였다.

"퉤."

서진은 입 안에 고인 침을 뱉었다. 고급 양탄자 대신 딱딱하고 지저분한 바닥 위에 핏빛 타액이 떨어졌지만, 여전히 개의치 않았다.

"내가 이미 말하지 않았던가요? 꽤 독한 시간을 보내봤다고."

서진은 맥스를 노려보았다. 눈물을 흘리며 살려달라고 애원하길 바랐다면 그가 틀렸다. 이 정도로는 아무렇지도 않다는 것을 기꺼이 보여주고 싶었다.

그녀를 뚫어질 듯 바라보고 있던 맥스의 입가가 다시 재미있다는 듯 벌어졌다. 그녀의 생각이 옳았다. 그녀에게는 기회가 주어졌고 서진은 그것을 놓칠 만큼 멍청하지 않았다. 서진은 입속을 채우고 있는 핏물을 대수롭지 않게 삼켰다.

"이로써 딜이 성립된 건가요?"

⊗

달칵.

굳게 닫혀 있던 문이 열렸다. 어둠 속에 빛이 길게 드리워졌다. 닉과 카일은 어두운 서재 안으로 들어섰다. 두꺼운 커튼이 창밖의 빛을 완전히 차단한 상태였다.

그곳에서 루이스는 마치 시체처럼 앉아 있었다. 눈을 뜨고 있었지만 그 무엇도 보고 있지 않았다.

닉과 카일이 앞에 섰어도 그는 여전했다. 루이스는 나락과 같은 자책감에 빠져 있었다. 좀 더 신중했었어야 했다. 좀 더 조심했었어야 했다.

"루이스."

닉이 그를 불렀다. 루이스는 기계적으로 고개를 들어 닉과 카일을 바라보았으나 어떤 판단도 할 수 없었다.

그 자신 때문에 서진과 리아를 구할 기회를 날려버렸다는 자괴감이 그의 이성을 마비시켰다. 자칫 서진과 리아를 잃을 수도 있다는 섣부른 불안감이 그의 자신감을 파괴했다.

"왜 이러고 있는 거야?"

정신을 차리라는 듯 닉이 한마디 했지만 루이스는 그 말을 그대로 인정했다. 스스로 생각해도 분명 예전 같지 않았다.

이전에는 몰랐던 불안감과 두려움이 그를 장악하고 있었던 것이다. 그런 그를 가만히 지켜보고 있던 카일이 끝내 거들었다.

"정신 차려. 나처럼 평생 후회하면서 살기 싫으면."

닉을 바라보고 있던 잿빛 눈동자가 카일에게로 향했다.

"알고 있잖아. 내가 네 부모님에게 어떤 짓을 했는지. 그리고 머피 할아버지에게도. 멍청하고 어리석었던 구두닭이 소년이 저질렀던 끔찍한 일들을 난 잊지 못해. 하지만 넌 달랐어. 넌 네가 무엇을 해야 할지, 어떻게 해야 할지 잘 알고 있었어. 그러니까 지금도 넌 할 수 있어. 아니 해내야만 해. 서진은 네가 오기를 기다리고 있을 거다. 리아도 마찬가지고."

카일을 바라보고 있는 루이스의 눈빛이 흔들렸다. 잠시 생각에 잠겨 있던 루이스가 비로소 자리에서 일어났다. 그는 카일을 향해서 걸어갔고 그 앞에서 발걸음을 멈추었다.

"그때도 말했지만 네 잘못이 아니야."

하지만 덕분에 정신을 차린 것은 사실이었다. 서진과 리아를 위해서라도 아무것도 하지 않은 채 이대로 시간을 소비할 수는 없었다. 일단 카르텔 조직에서 압수해온 자료들을 확인하고 조직의 규모, 조직 내 커뮤니티, 조직원들의 명단 등 무엇이든 정보를 확보하는 것도 관건이었다. 불현듯 죽어가던 조직원이 했던 마지막 말도 떠올랐다.

[여자들을 인질로 맥스 님을 대피시킨다…….]

정보를 통한 확인 작업도 필요했지만 어쩌면 그보다 신속한 방법이 있겠다는 생각도 들었다. 우선 맥스라는 자를 찾는다. 고급 공무원들 중에는 알랭 의원과는 다르게 마약 카르텔과 연결되어 있거나 접촉했던 자들이 엄연히 존재했기 때문에 불가능한 일은 아니었다.

"닉, 필립 장관에 대한 자료들 모아서 브리핑 준비해."

"필립 장관?"

"그자를 통해서 맥스라는 자를 찾는다."

맥스라는 이름이 거론되자 닉과 카일의 눈빛도 달라졌다. 그들 역시 그 이름을 듣는 순간 루이스의 계획을 알아차렸다.

"그동안 카일과 나는 카르텔 조직에서 압수해온 자료들을 확인해서 조직에 대한 정보를 최대한 확보한다."

언제나 그렇듯 해야 할 일이 주어졌을 때 망설일 이유가 없었다. 소중한 존재들을 찾기 위해서라면 더욱 그랬다. 루이스는 그가 허비했던 시간을 만회하기 위해서 누구보다도 집중력을 기울였다.

서진은 어둠 속에서 감고 있던 두 눈을 떴다. 눈을 감아도 떠도 보이는 것은 암흑. 한 줌의 빛조차 들지 않는 밀폐된 공간은 두려움 그 자체였지만 동요하지 않도록 노력했다.

청각과 시각이 마비된 상태에서 제 역할을 하지 못하자 감각은 더욱 짙었다. 그로 인해 시간이 얼마나 흘렀는지 쉽게 와 닿지 않았다. 다만 그자에게 맞은 볼이 아직도 얼얼하다는 것으로 대강의 시간을 짐작할 뿐이다.

"루이스."

서진은 천천히 그의 이름을 불렀다.

'나, 살아 있어요.'

서진은 마음속으로나마 안부를 전하며 애써 자신을 다독였다.

'리아는 무사할까.'

아직 리아에 대한 어떤 말도 듣지 못했기에 걱정이 앞섰다. 맥스라는 자에게 뺨을 맞은 직후 그녀는 명령에 따라 독방에 갇혔던 것이다.

얼마 후 갑자기 문이 열렸다. 동공이 멀어질 만큼 눈부신 빛이 흘러들어왔다. 서진은 본능적으로 두 손을 들어 빛을 막았으나 벌어진 손가락 틈 사이로 맥스의 형체를 얼핏 보았다. 그를 보자 오히려 안도감이 들었다.

"잘 있었나?"

조금씩 두 눈이 빛에 익숙해졌다. 서진은 바짝 말라서 피가 날 정도로 갈라진 입술을 벌렸다.

"뭐, 그럭저럭요."

목에서 쉿소리가 났지만 아랑곳하지 않았다. 그를 본 순간 그녀가 내민 딜이 아직 유효하다는 것을 깨달았기 때문이다.

"내게 묻고 싶은 게 있을 텐데?"

"리아는 무사한가요?"

"역시나 그년이 우선이지. 내가 그년을 어떻게 했을 것 같아?"

맥스가 되묻자 서진은 입술을 말았다.

"고마워요, 내 요구를 들어주어서."

서진의 미소를 바라보고 있던 맥스의 미간이 좁아졌다. 그는 뭔가 못마땅하다는 표정을 지으며 고개를 돌렸다.

"정신 차렸으면 따라와. 소개해줄 사람이 있으니까."

한동안 좁은 공간에 갇혀 있던 탓에 온몸이 뻐근했지만 서진은 기꺼이 힘을 주었다.

긴 복도와 계단이 반복적으로 이어졌다. 서진은 앞서 가는 맥스의 등을 보면서 말없이 걸었다. 그녀의 뒤에는 두 명의 조직원들이 따라 왔다. 잠시 후 맥스는 하나의 문 안으로 들어갔다.

방 안으로 들어선 서진의 눈이 가늘어졌다. 침대 위에는 한 남자가 시체와 같은 몰골로 누워 있었는데 사지가 모두 묶여 있었고 입에는 재갈 같은 것이 물려 있었다.

마치 자유를 저당 잡힌 짐승처럼 남자의 모습은 비참해 보였다. 눈자위가 움푹 파여서 더욱 크게 보이는 눈동자가 맥스와 그녀를 번갈아 바라보았다. 맥스는 더할 나위 없이 인자한 미소를 지으며 남자에게 다가갔다. 하지만 침대 위에 묶여 있는 남자는 겁에 질린 듯 몸을 비틀며 움츠렸다.

"몸은 좀 어떻습니까?"

하지만 그의 자상한 말투에 누워 있는 남자는 공포만을 내비쳤을 뿐이다. 그런 남자를 두고 맥스가 말을 이었다.

"소개하지. 이자는 니콜라스, 내 아버지다."

아버지란 말에 놀란 서진의 눈빛이 크게 흔들렸다. 하지만 그에 아랑곳하지 않은 맥스는 이내 남자의 몸을 천천히 살폈다.

"이런, 내가 너무 오랜만에 찾아온 모양이군요. 그동안 말끔해진 걸 보니."

"으, 으으."

남자가 작은 반항이라도 하는 듯 묶인 몸을 비틀며 괴상한 소리를 냈다.

"아버지를 보살폈던 주치의가 더는 이 일을 못하겠다고 반항을 하지 뭡니까. 그래서 머리통에 총알을 박아줬죠. 대신 다른 의사를 데려왔습니다. 아버지 마음에 들었으면 좋겠군요."

다정한 말투와는 달리 맥스의 눈동자는 잔혹했다. 그제야 서진은 맥스의 손에 날카로운 칼이 들려 있다는 것을 깨달았다. 차가운 금속은 침대 위에 누워 있는 남자를 향해서 다가갔다.

맥스는 피부가 느낄 수 있는 모든 고통을 선사하기 위해서 할 수 있는 한 천천히 남자의 다리를 칼로 그어 나갔다. 붉은 피가 하얀 시트 위로 뚝뚝 떨어지기 시작했다.

"으……."

침대 위의 남자가 비명을 지르며 몸을 부르르 떨었다. 할 말을 잃은 채 상황을 보고 있던 서진이 안 되겠다는 듯 앞으로 나서자 주위에 서 있던 조직원들이 다가와 그녀를 막았다. 그들 뒤에서 맥스의 목소리가 들렸다.

"아픕니까? 고통이 느껴져요?"

"으으. 차라리 날…… 죽여……."

"아뇨. 이미 말씀드렸던 것처럼 제가 아버지를 죽이는 일은 없을 겁니다. 절대로요."

허벅지에서 파고들기 시작한 칼날은 발목까지 도달하고 나서야 빠져 나왔다. 맥스는 붉은 피가 묻은 칼날을 시트에 스윽 닦았다. 남자가 고통에 몸부림치는 동안 맥스는 몸을 세우며 서진에게 말했다.

"치료해. 말끔하게."

이해할 수 없다는 듯 서진이 보자 맥스가 이죽거렸다.

"네 입으로 말하지 않았었나? 여기 있는 자들을 치료해 주고 싶다고. 앞으로 이자가 네 담당이야."

싸늘한 음성으로 말한 맥스가 돌아서자 둘러싸고 있던 조직원들이 양옆으로 갈라서 길을 내주었다. 맥스가 어디론가 사라지고 혼자 남은 서진은 니콜라스를 치료하기 시작했다. 그런 그녀에게 니콜라스가 간청하듯 신음을 흘렸다.

"……죽여줘. 제발. 날 죽여줘."

짐작하건대 맥스는 침대에 누워 있는 이 남자의 고통을 즐기는 것 같았다. 그리고 어쩌면 그녀가 치료한 상처는 그나마 약한 축에 속한 것이 틀림없었다.

그도 그럴 것이 가까이에서 살펴본 남자의 몸은 성한 구석이 없었다. 그동안 온갖 고문에 노출된 듯 끔찍한 상흔들이 서진의 두 눈을 어지럽게 만들었다.

환자의 고통은 치료하는 이에게도 전해지기 마련이었다. 서진은 격해진 감정으로 손끝이 흔들리는 것을 겨우 참았다. 마취제나 진통제 없이 치료가 시작되었다. 결국 니콜라스는 고통을 견디지 못하고 정신을 잃었다. 차라리 그편이 나은 상황에서 서진은 손놀림을 더욱 빨리했다. 그리고 얼마 후 비로소 치료를 끝낸 서진은 긴 한숨을 내쉬었다.

"끝났나?"

뒤에 서 있던 조직원 하나가 무뚝뚝한 음성으로 그녀에게 물었다.

"그래요."

"그럼 따라와."

치료가 끝난 이상 빨리 이곳을 벗어나고 싶었기에 서진은 순순히 자리에서 일어났다.

잠시 후 조직원을 따라 이동한 장소는 식당인 듯했다. 그녀가 들어선 곳에는 음식 냄새가 가득했다. 긴 테이블 위에 차려져 있는 음식을 보고 있는 동안 맥스가 나타났다. 그는 먼저 자리에 앉았고 우두커니 서 있는 서진에게 명령하듯 말했다.

"앉아."

서진은 맥스를 바라보면서 반대편에 앉았다.

"제법 솜씨가 쓸모 있었다고 들었다."

"다행이네요."

"그렇다고 너무 자신하진 마. 처음이라 살살 다루어준 것뿐이니까. 다음에는 뼈를 부러뜨릴 수도 있고 손가락이나 발가락을 뽑아낼 수도 있거든. 무슨 짓을 하든 가능해야 할 거야. 이곳에서 살아남고 싶다면."

맥스는 비릿한 미소를 지으며 잔을 들었다. 옆에 서 있던 조직원 하나가 술잔을 채웠다.

"내 아버지의 건강을 위해서."

축배를 들며 잔을 입가로 가져가는 맥스를 서진은 어떤 감정도 싣지 않고 바라보려 노력했다. 그녀의 예상이 옳았다. 그녀 앞에 앉아 있는 이자는 침대에 누워 있는 남자의 고통을 즐기고 있었다. 그것도 철저하다 싶을 정도로 잔혹하게.

"아버지라면서 왜 그런 짓을 하는 거죠?"

맥스의 입이 비스듬히 말렸다.

"일종의 보답이야. 그자가 내게 베푼 것들을 천천히 갚아주고 있는 거지."

다시 묻지 않을 수가 없었다.

"어떤 짓을 했는지 말해줄 수 있어요?"

"아니."

맥스의 눈빛이 위험하게 변했다. 더는 어떤 접근도 불허하겠다는 분위기였다.

"알았어요, 그만두죠."

서진은 테이블 위에 놓여 있는 음식으로 시선을 옮기며 화제를 돌렸다.

"마침 배가 고팠던 참인데 잘 됐네요. 잘 먹을게요."

서진은 테이블 위에 차려진 음식들에 집중했다. 맞은편에서는 맥스가 노골적인 시선으로 그녀를 지켜보고 있었고 머릿속은 짐작되는 것과 상상되는 것들로 어지러울 지경이었지만 겉으로는 전혀 드러나지 않았다. 그녀가 음식을 가리지 않고 즐기자 맥스가 만족스러움을 드러냈다.

"잘 먹네."

"맛있어요. 한 가지만 빼고."

서진의 시선이 샌드위치로 향했다.

"요리를 잘하지는 못하지만 샌드위치 하나는 끝내주게 만들거든요, 내가."

그녀의 말에 맥스의 표정이 서서히 변하기 시작하더니 웃기 시작했다. 커다란 웃음소리가 공간 안을 가득 채웠다. 한참을 웃던 맥스는 이내 웃음을 멈추고 냅킨으로 입술을 닦았다. 그가 손짓을 하자 대기하고 있던 조직원들이 고개를 숙이고 나갔다.

넓은 공간에 단 두 사람만이 남았다.

"재미있어."

서진은 그가 중얼거리는 말을 선명하게 들었다.

"여자라는 존재가 이렇게 재미있으리라고는 전혀 생각지도 못했었는데 말이야."

맥스가 서진을 직시했다.

"만약 그때 내키는 대로 널 죽였다면 두고두고 후회했을지도 모르겠어."

의미를 알 수 없는 말을 중얼거린 맥스가 서진에게 물었다.

"알랭 의원과 함께 참석했던 파티 기억나나?"

"어떻게 잊겠어요. 결국 그 일이 시초가 되어 여기 앉아 있는 것 같은데."

"곧 그 파티가 다시 열릴 거야. 나와 함께 참석하지."

"싫다고 하면 어쩔 셈이죠?"

"아마도 리아 히링튼이 그 대가를 치르게 되겠지."

서진은 두 눈을 가늘게 떴다. 담담한 표정을 유지하고 싶었지만 모든 것을 감출 수는 없었다. 긴장을 한 어깨가 딱딱하게 굳었다. 무엇보다 리아를 두고 모험을 할 수도 고집을 부릴 수도 없었다.

"가죠."

"그래야지."

"대신 리아를 만나게 해줘요. 잘 지내고 있는지 봐야겠어요."

맥스가 입술을 말면서 그녀를 바라보았다.

"거래에 익숙하군."

"내 후견인이 누군지 잊었어요?"

서진의 말에 맥스의 눈썹이 미세하게 움직였다. 문득 서진과 루이스 히링튼이 단순한 후견 관계는 아니었을 것 같다는 생각이 들었다.

"루이스 히링튼과는 어떤 관계지?"

뜻밖의 물음에 서진의 눈빛이 희미하게 흔들렸다. 그녀는 맥스를 가늠하듯 두 눈을 가늘게 떴다.

"무슨 대답을 원해요?"

"사실 그대로."

"루이스 히링튼과 난……, 친구예요."

뚫어질 듯 서진을 바라보고 있던 맥스의 입가가 비스듬히 벌어졌다.

"왠지 '특별한' 이란 단어가 빠진 것 같은 건 내 착각인가?"

"'특별한' 이라는 단어는 당신과 나 사이에 더 어울릴 것 같은데요? 보기 드물게도 납치범과 포로가 같이 식사 중이니까."

서진은 보란 듯이 옆에 놓여 있는 물컵을 들어 입가로 가져갔다. 그런 서진을 맥스가 뚫어질 듯 바라보았다.

"으으……."

필립 장관은 통증을 느끼며 두 눈을 떴다. 하지만 사위는 한 치 앞도 보이지 않을 정도로 암흑이었고 동시에 적막에 휩싸여 있었다. 그리고 몸을 받치고 있는 의자는 더할 나위 없이 딱딱했다. 그는 뒤늦게 그 의자에 단단히 묶여 있다는 것을 깨달았다.

"빌어먹을……."

그는 신음을 흘렸다. 하지만 이내 미간을 찌푸리며 미로처럼 보이지 않는 기억의 저편을 찾고자 노력했다. 화장실의 기억이 마지막이다. 볼일을 보고 돌아서려는 찰나 누군가 그 옆으로 다가왔다.

'납치를 당한 건가.'

문 앞에 세워두었던 수행원들은 뭘 하고 있었나 싶어서 인상을 구기는데 갑자기 섬광처럼 강한 빛이 쏟아졌다. 새하얀 빛줄기가 바늘이 되어 두 눈을 찔렀다.

"윽……."

신음소리를 닮은 낮은 비명이 절로 흘러나왔으나 그는 직분에 맞는 권위를 되찾았다. 필립 의원은 질 수 없다는 듯 눈앞을 노려보았다. 이런 상황에 놓였다고 해서 비굴해질 수는 없었다. 빛에 눈이 조금 익숙해지자 테이블 너머로 사람들의 형체가 보였다. 상대는 둘, 계산되어 있는 듯 그들의 상체는 노출되어 있었으나 얼굴은 보이지 않았다.

"현직 장관을 납치하다니 배짱이 두둑하군."

쇳소리 같은 목소리가 흘러나왔으나 그는 개의치 않았다. 그동안 살아온 세월답게 그는 제법 노련하게 대처했다.

"그래, 왜 이런 짓을 저지른 건지 이유를 말해주겠나."

"네가 카르텔 조직과 연결되어 있었기 때문이다."

"무슨 헛소리를 지껄이는 거지?"

"헛소리가 아니라는 것을 누구보다 본인이 가장 잘 알고 있을 텐데?"

"아니, 난 모르는 일이다."

"그렇다면 유감이야. 나는 맥스라는 자에 대해서 알고 싶은 게 있거든."

생각지도 못했던 자의 이름이 거론되자 필립 의원은 믿을 수 없다는 듯 두 눈을 부릅떴다. 그의 마음이 갑자기 급해졌다.

그때 누군가가 어둠 속에서 걸어왔다. 그의 앞에 서 있던 둘 외에 다른 누군가가 더 있었던 것이다. 옆에서 다가온 자의 얼굴 역시 보이지 않았으나 그는 테이블 위에 두툼한 서류를 올려놓았다.

서류의 표지를 확인한 필립 의원의 두 눈이 가늘어졌다. 그것은 2008년부터 2012년에 이르기까지 마약 카르텔 조직에 불법 판매된 현황이 기록되어 있는 보고서였다. 모두 그의 승인하에 이루어진 일이다. 눈치 빠른 필립 의원은 허세를 내려놓았다.

"이 자료는 어떻게 구했나?"

"다시 묻지. 맥스를 알고 있나?"

필립 장관의 눈매가 가늘게 변했다.

"그자가 이것을 보관하고 있었던 건가?"

"그자가 있었던 곳에서 찾아낸 것은 틀림없어."

필립 의원은 순간적으로 자신을 둘러싸고 있는 자들을 국가정보원으로 오해했다.

"원하는 게 뭔가."

"맥스라는 자와 직접 연락할 수 있는 방법을 찾고 있다."

"왜 그를 만나려는 거지?"

"그것에 대해 말할 이유는 없다."

어둠 속에서 들려온 단호한 목소리에 필립 의원은 미간을 찌푸렸다.

"내가 받을 수 있는 대가는?"

"앞으로 이런 식으로 당신을 소환할 일은 없을 거다."

"그것만으로는 부족해. 이 자료들 모두 나한테 넘기게."

"그렇게 하지."

⁂

하아. 서진은 한숨을 내쉬며 두 눈을 감았다. 납치당한 이후로 편하게 잠든 적이 없었기 때문인지 언제부터인가 지독한 두통이 그녀를 괴롭히기 시작했다. 이곳으로 끌려온 이후 그녀의 일상은 매우 단조로웠다. 니콜라스를 치료하고 가끔 맥스와 함께 식사를 했으며 나머지 시간은 혼자 갇혀 있었다.

그나마 다행인 것은 리아가 무사했다는 것이다.

비록 짧은 시간밖에 주어지지 않았지만 리아와 만남은 알 수 없는 앞날에 대한 두려움을 다소 희석시켜 주었다.

그때였다. 누군가 밖에서 잠겨 있는 문을 여는 게 느껴졌다. 서진은 벌떡 일어났다. 이내 문이 열리고 처음 보는 조직원 하나가 소리를 죽인 다급한 발걸음으로 들어왔다. 그가 거친 숨을 내쉬며 서진에게 물었다.

"지금 나와 갈 수 있겠나?"

"무슨 일이에요?"

"총기 사고가 발생했다."

서진은 재빨리 의료 도구들을 챙겼다.

"앞장서요."

그리고는 곧장 남자를 따라나섰다. 두 사람은 어둡고 긴 복도를 지나 어디론가 달렸다.

"이쪽이다."

안으로 들어서자 가슴 부분이 온통 붉은 피로 물들어 있는 소년이 보였다. 그리고 그 옆에는 또 다른 조직원 하나가 두려움이 가득한 얼굴로 소년을 지키고 있었다. 서진은 재빨리 몸을 숙이고 환자의 상태를 살폈다. 소년은 충격으로 인해서 정신을 잃은 상태였다.

"어쩌다 이렇게 된 거죠?"

"도비탄 사고다. 잡일을 거드는 녀석인데 훈련장 주변에 있다가 사고를 당한 것 같다."

그녀의 질문에 함께 온 조직원이 대답했다. 서진은 소년이 입고 있는 티셔츠를 위로 올렸다. 총에 맞은 부위가 가슴 근처인 만큼 상황이 좋지 않았다. 만약 조금만 더 옆으로 비꼈다면 손써 볼 도리도 없이 즉사했을 터였다.

지금이라도 병원으로 옮기는 게 좋을 수도 있겠다는 생각이 들었지만 그러기에는 시간이 촉박했다.

결국 그녀가 직접 박혀 있는 총알을 빼내야 했다. 하지만 딱딱한 물체에 맞고 엉뚱한 방향으로 튄 도비탄이라면 총알이 찌그러져 있을 터라 쉽지 않은 일이었다.

여러모로 소년의 생명을 구할 수 있을지 장담할 수 있는 상황이 아니었다. 자칫 잘못 움직였다간 이대로 소년의 목숨을 앗아갈 수 있었다.

서진이 머뭇거리자 그녀를 데리고 온 남자가 답답하다는 듯 물었다.

"왜 가만히 있는 거지?"

"여기 있는 장비들만으로는 어려워요. 병원으로 옮겨야겠어요. 시간이 촉박해도 차라리 확률상으로는 그편이 안전해요."

그녀의 말에 조직원이 대뜸 말했다.

"안 돼. 우리는 병원에 갈 수 없어. 조직원 대부분이 불법체류자들이다. 게다가 이 녀석은 아직 정식 조직원도 아니기 때문에 이곳을 나서는 순간 조직에 의해 죽는다."

서진의 눈이 크게 흔들렸다. 그때 조직원이 말을 덧붙였다.

"그러니까 네가 살려줘. 이 아이는 여기 있는 이 녀석의 동생이다. 형 하나를 믿고 이곳까지 왔다. 살려줘, 부탁한다."

서진은 간곡한 표정으로 부탁을 하고 있는 남자를 바라보았다. 그는 그녀를 납치해온 조직원들과 다를 바 없는 자였지만 지금은 환자를 걱정하는 동료이자 보호자에 불과했다.

서진은 고개를 끄덕였다. 어차피 병원에 갈 수 없는 상황이라면 그녀라도 위험을 감수할 수밖에 없었다.

장담할 수는 없어도 지금 이 순간 그녀가 할 수 있는 것은 해야만 한다. 서진은 보호자들이 조금이나마 확신할 수 있도록 목소리에 힘을 주었다.

"총알을 빼내야겠어요. 준비할 동안 옷 좀 벗겨줘요."

그녀가 의지를 다지자 둘러싸고 있던 조직원들의 표정이 다소 밝아졌다. 담담한 어조로 말한 서진은 서둘러 소독을 하고 기꺼이 메디킷 펜치와 핀셋, 나이프를 손에 쥐었다.

얼마나 시간이 흘렀을까.

좀처럼 잡히지 않는 도비탄으로 인해 서진의 이마에 땀이 맺히기 시작했다. 주변을 두르고 있는 조직원들도 숨소리조차 방해될까 숨을 멈춘 듯 조용했다. 무거운 침묵 속에서 형이라고 했던 조직원이 흐느끼듯 소년의 이름을 불렀다.

"리키……."

서진은 집중력을 놓치지 않도록 신경을 곤두세웠다. 다시 시간이 흘렀다. 어깨와 손끝이 미세하게 흔들리기 시작했다. 시간이 흐르면 흐를수록 다친 소년에게나 서진에게나 상황은 악화될 뿐이다.

"괜찮아, 리키. 힘내자."

서진은 끝까지 포기하지 않고 전력을 다했다. 순간 핀셋 끝에 비로소 도비탄이 집혔다. 서진은 남은 힘을 다해 소년의 몸속에서 찌그러진 총알을 가까스로 꺼냈다.

텅.

그녀가 꺼내 든 총알이 떨어지자 숨조차 멈추고 있던 조직원들 사이에 겨우 안도감이 흘렀다. 하지만 끝까지 집중력을 놓치지 않은 서진은 소독과 봉합과정까지 끝내고 나서야 안도의 한숨을 내쉬었다.

"수고했다, 리키."

중얼거리듯 말한 서진은 허리를 숙이고 힘든 과정을 견딘 작은 소년의 이마에 조심스레 입을 맞추었다. 어린 나이에도 불구하고 잘 이겨낸 소년이 대견했다.

"고마워."

그녀의 진심어린 목소리에 둘러싸고 있던 조직원들의 얼굴에 경외감이 서렸다. 서진은 자리에서 일어나 리키의 형에게 다가갔다.

"이름이 뭐죠?"

"타미라고 합니다."

"그래요, 타미. 리키는 괜찮아요. 그러니까 안심해요."

"감사합니다."

"천만에요. 리키가 잘 견뎠기 때문에 할 수 있었어요. 깨어나면 많이 칭찬해 주세요."

"네."

"좀 씻고 진통제 좀 더 챙겨올게요. 최대한 빨리 돌아올 테니까 자리 좀 지켜줘요."

타미는 고개를 끄덕이고 목숨을 건진 동생을 내려다보았다. 서진의 말대로 위험한 상황을 잘 이겨낸 동생에게 진심으로 고마웠다.

지독한 가난 속에서 돈을 좇아 조직의 세계에 발을 들였지만 동생을 사랑하는 마음만큼은 끔찍한 그였다. 타미는 리키의 손을 잡으며 맹세했다. 언젠가 기회가 닿으면 이 은혜를 반드시 갚겠다고 말이다.

리키가 감고 있던 눈을 떠서 서진을 바라보았다.

"정신이 드니?"

"……누구세요?"

"난 강서진이라고 해."

"난 리키예요."

"그래, 리키. 만나서 반가워."

다시 시간이 흘렀다. 단조로운 일상은 다시 반복되었다. 그사이 서진은 그녀가 치료했던 리키 소식을 들을 수 있었다. 재생력이 좋은 어린아이답게 어느덧 혼자 걸을 정도로 회복된 모양이었다.

순간 잠겨 있던 문이 열리고 조직원 하나가 들어왔다.

"맥스 님 호출이다."

조직원의 말에 서진은 자리에서 일어났다. 이제는 제법 익숙해진 복도를 걸어가자 맥스가 그녀를 기다리고 있었던 듯 자리에 앉아 술잔을 기울이고 있었다.

이내 그녀를 안내한 조직원이 고개를 숙이고 나갔다. 두 사람만 남자 서진이 물었다.
"무슨 일이에요?"
"앉아."
맥스의 말에 서진이 건너편에 앉았다. 곧 맥스가 그녀에게 술이 가득 담긴 잔을 밀어주었다. 힘에 쏠린 액체 중 일부가 테이블 위에서 번졌지만 두 사람 중 누구도 개의치 않았다.
"마셔."
"아뇨. 오늘은 마시지 않겠어요."
"마시는 게 좋을 거야."
"왜 그래야만 하죠?"
서진의 물음에 맥스가 피식 웃었다. 그리고는 천천히 자리에서 일어나 그녀 옆으로 다가왔다. 서진의 얼굴 위로 기다란 그림자가 드리워졌다.
"고통스러울 테니까."
순간 큰 손이 내려와 서진의 멱살을 움켜잡았다. 꽉 틀어쥔 채 악력을 가하자 서진이 힘없이 따라 일어섰다. 그런 그녀를 비웃듯 맥스의 입가에 조소가 서렸다.
"여기에서 네 위치가 뭐라고 생각하지?"
"당신이 납치했으니 포로가 아니었던가요?"
"다행히 잊지는 않았네."
"잊을 수가 없죠. 지금은 더더욱."
"그럼 쓸데없는 짓은 하지 말았었어야지. 듣자하니 일하는 꼬마 녀석을 하나 살렸다고? 잊고 있나 본데 내가 네게 돌보라고 한 환자는 니콜라스뿐이야."

"미안하지만 난 그렇게 못 해요. 다친 사람이 있다면 그게 누구든 상관없이 치료할 거예요."

"정식 의사도 아닌 주제에 입만 살았어."

"내가 의술을 배운 건 의사 면허증 때문이 아니었어요. 다친 사람을 치료할 수 있었기 때문이었죠."

"입 다물어."

맥스가 시선을 내려 서진의 입술을 노려보았다. 동시에 서진의 목 주변을 잡고 있던 맥스의 손에 힘이 더해졌다. 그는 커다란 손으로 서진의 가는 목을 잡아 조르기 시작했다.

"헉."

서진은 외마디 비명과도 같은 들숨을 마지막으로 고통 속으로 빠져들었다. 확연히 다가오는 통증에 서진의 얼굴이 일그러졌다. 숨이 막히자 서진은 맥스의 팔을 붙잡았다.

"대답해. 잘못했다고."

맥스가 경고하듯 말했다. 그가 힘을 추가하자 서진의 얼굴이 터질 것처럼 달아올랐다. 상앗빛 피부 위로 검붉은 핏줄들이 불거졌다.

"빌어, 살고 싶으면."

하지만 서진은 물러나지 않았다.

"……싫……어."

비틀린 목에서 겨우 두 사람만 알아들을 수 있는 음성이 흘러나왔다. 목소리만으로 서진의 고통이 고스란히 느껴졌다. 하지만 비록 이렇게 죽어도 할 수 없다는 듯 그녀는 신념을 굽히지 않았다.

"죽고 싶어?"

맥스가 다시 으르렁거렸다. 서진은 살의로 번뜩이는 그의 눈빛을 보면서도 변하지 않았다는 듯 입술을 말았다.

'당신 뜻대로 해. 그래도 할 수 없으니까.'

순간 그녀를 당장이라도 죽여 버릴 듯 노려보며 목을 조이고 있던 맥스의 손에 힘이 풀렸다.

"큭."

서진은 자신의 목을 움켜잡았다. 목이 뚫리자 공기가 해일처럼 밀려들었다. 이내 심한 기침이 시작됐다.

하지만 그녀는 결코 자유로워진 것이 아니었다. 잠시 그녀에게 시간을 준 맥스가 불현듯 그녀의 머리를 움켜잡았다.

그리고는 거침없이 자신의 고개를 꺾었다.

밀어붙이듯 맥스의 입술과 서진의 입술이 부딪히는가 싶더니 곧장 혀가 안으로 들어갔다.

목에 가해졌던 고통으로 인해 온몸에 힘이 빠졌던 서진은 기습적인 키스에 속수무책으로 당했다.

맥스는 그가 할 수 있는 만큼 서진의 입술을 탐했다. 그것은 지극히 일방적이었으며 동시에 유린과도 같았다. 그는 그녀의 안으로 깊숙이 파고들어 모든 것을 빨아들였다.

잠시 후 겨우 정신을 차린 서진이 그의 혀를 깨물어 반항을 시작했다. 비릿한 향이 순식간에 퍼져 나갔다. 하지만 맥스는 그것조차 참아내고 오히려 서진의 입술을 힘껏 깨물었다. 타액만이 아니라 두 사람의 피가 뒤섞였다.

순간 맥스가 그녀를 밀어냈다. 서진은 겨우 바닥에 쓰러지지 않은 채 가쁜 숨을 들이켰다. 그리고는 보란 듯이 입속에 고여 있던 액체를 바닥에 뱉어냈다.

"퉤."

그런 그녀를 바라보며 서 있던 맥스의 입매가 살며시 비틀렸다.

맥스는 어둠 속에서 혼자 앉아 있었다. 뭔가 생각에 잠겨 있던 그의 손이 입가로 향했다. 그는 천천히 손끝으로 자신의 입술을 어루만졌다.

순간 전화가 울렸다. 맥스는 방해를 받았다는 듯 일그러진 얼굴로 소리가 울리고 있는 휴대전화를 노려보았다. 극소수만 알고 있는 번호인 만큼 상대는 모두 그가 알고 있는 자들이었다. 하지만 지금 액정 위의 번호는 낯선 것이다. 그럼에도 불구하고 맥스는 휴대전화를 집었다.

–맥스?

건너편에서 낮은 음성이 흘러나와 그를 확인했다.

"그렇다. 넌 누구지?"

–루이스 히링튼."

상대의 말에 맥스의 한쪽 눈썹이 꿈틀거리는가 싶더니 흔들렸다. 쿡쿡 웃음을 터뜨린 탓이다.

"이 번호는 어떻게 알았나? 자네가 지닌 돈의 영향인가?"

–때론 돈 대신 다른 것을 휘두르기도 하지.

"누군가 대가를 치렀다는 뜻인가?"

–그래.

루이스의 대답에 맥스의 웃음소리가 다소 커졌다.

"누가 되었든 애석한 일이군. 아, 일전에 방문은 기억에 남았다. 꽤 능력 있는 용병들을 구했어. 덕분에 이쪽 피해가 제법 컸다."

-원한다면 보상해 주지.

"대가는 리아 히링튼과 강서진인가? 하긴 히링튼가의 여자들이니 몸값은 상당하겠군."

-응하겠나?

루이스의 제의에 맥스의 입술이 비스듬히 말렸다.

"세계적인 투자가에게 받은 제의라 솔깃하긴 하지만 거절하겠다. 돈은 나 역시 많아. 그나저나 이 번호를 알아냈을 정도니 이곳을 알아내는 것도 시간문제라는 생각이 드는데? 아니 벌써 알아냈을지도 모르지. 그런가?"

-리아와 서진을 보내.

루이스의 명령과도 같은 말에 맥스의 입가가 다시 좌우로 벌어졌다.

"역시 거절한다. 게다가 지난번처럼 당하는 일은 없을 거다."

무거운 침묵이 이어졌다. 보이지 않는 긴장감 속에서 먼저 말문을 연 것은 맥스였다.

"그나저나 히링튼 가의 여자들은 꽤 흥미로웠다. 특히 네 후견인인 강서진은 더욱 그렇다고나 할까. 궁금할 테니까 말해주지. 그녀는 이곳에서 아주 잘 지내고 있다. 조직원들의 주치의까지 자처하면서 말이야."

맥스의 말에 루이스는 조금이나마 안도했지만 그들의 팽배한 긴장감은 그대로였다.

"이쯤 되니 궁금해지는군. 만약 리아 히링튼과 강서진 중 한 명만 구할 수 있다면 어쩔 셈이지?"

-그전에 널 죽여주지.

루이스의 단호한 말에 맥스가 웃기 시작했다.

"좋아. 당연히 쉽지 않은 결정이겠지. 하지만 곧 그렇게 하게 될 거야. 이번엔 내가 제안을 할 차례거든. 혹시 게임 좋아하나?"

맥스가 뜸을 들이자 루이스가 재촉했다.

–말해.

"곧 파티가 있을 거다. 섹스와 마약, 그에 상응하는 돈이 오가는 난잡한 파티 말이다. 나는 강서진과 그곳에 참석할 예정이야. 애석하게도 리아 히링튼은 참석하지 못할 거다. 서진을 다루려면 그녀가 인질이 되어야 하니까. 원한다면 초대장을 보내주지."

전화를 쥐고 있는 루이스의 손에 힘이 들어갔다. 맥스라는 자가 서진에게 사심을 가지고 있다는 생각이 든 것은 본능과도 같았다. 서진과 리아가 담보로 잡혀 있는 일이었고 무엇보다 한 번 실패했던 만큼 신중을 기해야 하는 일이건만 당장이라도 맥스라는 자를 죽이고 싶은 충동이 일었다.

"물론 조건이 있다. 그 누구도 데려와서는 안 돼. 반드시 혼자 올 것. 어때, 초대장이 필요한가?"

–보내.

"그러지. 아, 통화를 마치기 전에 한 가지 사실을 알려주지. 강서진, 그 여자 입술에서는 피 맛이 나더군. 혹시 자네도 느껴본 적 있었나?"

–…….

순간 들고 있는 전화가 부서질 만큼 루이스의 손에 힘이 가해졌다. 당장 그를 죽여 버려야만 했다. 할 수만 있다면 그가 아는 가장 고통스러운 방법으로 죽여 버리고 싶었다.

하지만 루이스는 애써 이성을 되찾았다. 자칫 서진을 더 위험하게 만들 수는 없었다. 그로 인해 지금 그가 할 수 있는 일은 인내심을 발휘하는 일이었다.

–그만 끊겠다.

루이스가 통화를 마치자 맞은편에서 통신 추적을 하고 있었던 닉과 카일이 그를 바라보았다.

"안 돼, 루이스. 이건 함정이야."

"그자의 수법에 말려들어서는 안 돼."

하지만 루이스는 이미 결심을 한 상태였다. 설사 그자의 수법에 말려들더라도 리아와 서진이 함께 있는 것이 불분명해진 상황에서 어쩔 수 없는 선택이었다. 게다가 어떤 위험에 처한다 해도 서진을 만나러 가야 했다. 잿빛 눈동자에는 그 누구도 막지 못할 살의와 결심이 서려 있었다.

"리아를 구해. 난 서진을 구한다."

14장.
게임

값비싸고 화려한 샹들리에는 보석처럼 빛났다. 그 아래에서 아름다운 옷을 입은 미녀들은 가면을 쓰고 남자를 유혹한다. 섹스와 마약, 그에 상응하는 돈이 오가는 우아하면서도 난잡한 가면무도회는 공급과 수요의 법칙이 있기에 유지되고 있었다.

그곳에 루이스 히링튼이 도착했다. 그 역시 가면을 쓰고 있어서 얼굴은 가려져 있었으나 그로부터 뿜어져 나오는 기품과 기세는 파티장에 있는 모든 사람들의 주목을 받았나. 홀 안으로 들어서자 여자들은 물론 남자들의 시선까지 그를 향해 쏟아졌다.

서로의 합의 하에 거래가 성립되고 2층으로 올라가기까지 상대의 정체는 완전하게 가려져 있는 것이 이 가면무도회의 룰이었으나 루이스를 향한 노골적인 시선에는 그 룰이 배제되어 있었다. 그중에서 가장 먼저 욕망을 드러낸 것은 값비싼 귀금속으로 온몸을 치장한 여자였다.

"한잔 할래요?"

일 년 전 미망인이 된 여자는 젊고 새로운 애인이 필요했고 남자를 돈으로 사서 즐겼다.

루이스는 여자를 무시한 채 알랭 의원과 서진이 함께 올랐던 계단을 노려보았다.

"원하는 것이 무엇이든 내가 들어줄 수 있을 텐데요."

여자가 치근대는 동안 루이스는 파티장 내부를 천천히 둘러보았다. 사람들 사이에서 비로소 서진이 보였다. 가면을 쓰고 있었기 때문에 얼굴은 가려져 있었으나 루이스는 서진을 한 번에 알아보았다.

"안 그래도 지루하던 중인데 2층으로 올라가요."

하얗고 긴 손가락이 가슴에 닿기 직전 루이스는 서진을 향해서 걷기 시작했다. 그의 시선 속에 다른 사람들은 이미 존재하지 않았다.

오직 서진과 그녀의 곁에 서 있는 한 사내만이 보였다.

죽인다. 그의 내부에서 뜨거운 분노가 활활 타올랐다.

그 무렵 맥스는 긴장을 한 듯 굳어 있는 서진을 보며 비릿한 미소를 짓고 있었다.

"불편해?"

"그러길 바란 거 아닌가요?"

"긴장 풀지 그래, 파티는 즐기기 위해서 여는 거니까."

"나를 왜 이곳에 데려온 거죠?"

"여기가 시작이었거든. 알랭 의원과 너, 그리고 나."

서진의 눈이 가늘어졌다. 그녀는 이곳에서 알랭 의원에게 접근했었다. 하지만 맥스와의 접점은 기억에 없었다.

"그게 무슨 뜻이에요?"

서진이 묻자 맥스가 샴페인을 나르고 있는 웨이터를 가리켰다.

"샴페인, 기억해봐."

서진은 기억을 되살리고자 노력했다. 그리고 잠시 후 그날, 알랭 의원과 만남이 있기 전 작은 접촉사고가 있었다는 기억을 떠올렸다. 처음 파티장에 들어섰을 때 서진은 부쩍 긴장을 한 상태였다. 그래서 샴페인의 도움을 받고자 술잔을 집으려는데 리시버를 통해서 리아의 목소리가 들렸다.

[4시 방향, 목표물 등장.]

순간 중심을 잃은 서진의 몸이 흔들렸고 누군가와 살짝 부딪혔다.

[아, 미안해요.]

서진은 재빨리 사과했지만 가면 속에서 날카롭게 빛났던 눈빛은 다소 매서웠다. 하지만 당시 서진에게는 알랭 의원이라는 목표물이 우선이었기 때문에 그를 상대할 시간이 없었다.

[실례할게요.]

서진은 표적이었던 알랭 의원을 향해서 걸어갔다. 지난 시간을 기억해낸 서진의 미간이 좁아졌다.

"……당신."

"이제 기억나?"

맥스가 피식 웃었다.

"이제야 말하지만 그날 난 널 죽이려고 했었지. 기분이 좋지 않은 날이었거든. 그래서 너를 주시하고 있었지. 그러다 네가……."

서진이 맥스의 말을 이었다.

"내가 계속 알랭 의원의 주위를 맴돌고 있다는 사실을 알게 되었겠네요.”

“그래.”

서진은 두 눈을 질끈 감았다. 멍청하게 굴었던 자신에게 화가 났다. 그때 맥스가 서진의 뒤를 보며 중얼거렸다.

“특별히 초대한 손님이 저기 있네.”

맥스의 말에 서진은 천천히 몸을 돌렸다. 예감이 좋지 않았다. 그녀의 뒤에서 맥스가 낮은 목소리로 말했다.

“누군지 알아보겠어? 루이스 히링튼이다. 역시 단순한 후견인은 아니었던 모양이야. 그렇지 않고서야 그가 이곳에 나타날 이유도 저런 시선으로 볼 일도 없을 테니까.”

곧 루이스를 확인한 서진의 몸이 굳었다. 그가 그녀를 향해 걸어오고 있었다. 루이스와 서진은 서로를 직시했다. 할 말을 잃고 서로를 탐색하는 두 사람을 맥스가 바라보았다.

“내 파트너가 마음에 드나?”

맥스의 도발에 루이스의 시선이 서진을 비켜 천천히 맥스로 이동했다. 맥스가 입술을 말았다.

“첫 대면을 이렇게 하는 건가?”

“또한 마지막이 되겠지.”

“자네가 이 파티에 참석했다는 사실을 알면 여기 모인 자들이 꽤나 재미있어하겠어.”

“그런가?”

“이곳은 합법적이지 못한 거래만이 성사되는 곳이거든.”

“성사되지 못했던 거래가 성립될 수도 있겠군.”

루이스의 말에 맥스가 쿡쿡 웃기 시작했다.

"안타깝게도, 그건 곤란하다. 난 이미 게임 준비를 마쳤으니까."

맥스의 말에 서진은 두려움을 느꼈다. 아니, 루이스를 마주했을 때부터 그녀는 두려웠다. 그는 절대로 오지 말았어야 할 곳에 와 있었다. 그를 잃을 수도 있다는 공포가 날카로운 칼이 되어 그녀의 심장을 후벼 팠다.

"루이스."

서진은 그가 왜 이곳에 왔는지 알고 있었다. 그녀가 있기 때문이었다. 그녀 때문에 그는 이곳에 있는 것이다. 금방이라도 눈물이 흐를 것 같았다. 하지만 언제나처럼 서진은 루이스 앞에서 울고 싶지 않았다. 그녀는 나약해지고 싶지 않았고 무슨 수를 써서라도 루이스를 이대로 보내고 싶었다.

"난 괜찮아요. 그러니까 돌아가요."

서진은 맥스를 바라보았다.

"그를 돌려보내요."

"초대한 건 나지만 이곳에 온 것은 이자야."

"돌려보내라고 했어요."

"내가 왜 그래야 하지?"

"그렇게 하지 않으면 내가 당신을 죽일 거니까. 무슨 수를 써서라도 반드시."

서진의 말에 맥스는 쿡쿡 웃기 시작했다.

"이미 말했다시피 네 후견인은 정말 기대 이상이야. 이런 후견인이라면 나도 왠지 끌릴 것 같단 말이지."

맥스의 손이 서진의 목덜미를 고의적으로 스치면서 루이스를 자극했다. 당장이라도 맥스를 죽여 버릴 것 같은 루이스의 눈빛을 보면서 서진은 몸을 틀어 맥스의 손에서 벗어났다. 명백한 그녀의 거부에 맥스는 비릿한 웃음을 지으며 손을 거두었다.

"삼자대면은 이 정도로 해두지. 우선 게임을 시작하기 전에 자리를 마련해 주겠다. 2층으로 올라가 둘 만의 시간을 즐기도록 해."

루이스를 향한 맥스의 시선이 날카롭게 변했다.

"이후, 게임을 시작하겠다. 룰은 간단하다. 죽지 않고 살아서 나를 찾아와라. 그렇게 하면 둘을 보내주겠다."

말을 마친 맥스가 위층으로 향하는 계단을 가리켰다. 안 된다는 듯 서진이 그 앞을 막아서려 하자 루이스가 그녀의 손을 잡았다.

"안 돼요."

서진이 그를 만류했지만 효과는 없었다. 루이스는 이미 이곳에서 서진을 데려갈 수 있는 가장 안전한 방법이 게임에서 이기는 것뿐이라는 사실을 알고 있었다. 그는 서진의 손을 잡고 계단을 오르기 시작했다.

잠시 후 2층으로 올라간 루이스와 서진은 비로소 단둘이 되었다. 루이스는 가면을 벗고 서진의 가면도 벗겼다. 가면 뒤로 드러난 서진의 얼굴은 다소 수척했으나 루이스에게는 세상 그 누구보다도 예쁘고 아름다웠다.

그는 고개를 숙였고 그녀에게 입을 맞추었다. 마치 슬로모션처럼 서진의 머리에 이마에 코에 그의 입술이 닿았다. 그리고 마지막으로 천천히 내려온 입술은 서진의 입술과 조심스럽게 부딪혔다.

서진의 입술은 그가 기억하는 것보다 더욱 부드럽고 뜨거웠다. 그의 혀가 작은 입술을 벌렸다. 그러자 각인되어 있는 것보다 더욱 촉촉하고 향긋한 그녀의 숨결이 그를 반겼다. 입술이 하나가 되어 혀가 엉키고 숨결이 섞였다. 인사처럼 서로를 확인한 부드러운 입맞춤이 끝나자 두 사람은 이전과는 또 다른 이유로 서로를 갈구하기 시작했다.

"루이스."

서진은 루이스를 불렀다. 곁에 없었던 그가 이제 그녀와 함께 있었다. 목숨을 건 채 혈혈단신으로 오직 그녀를 만나기 위해서 온 것이다.

이제 와서 어리석었다고, 왜 왔냐고 다그치고 싶지 않았다. 그러기에 그들에게 주어진 시간은 너무나 짧고 소중했다.

호흡조차 잊은 채 루이스와 서진은 서로에게 맹목적으로 매달렸다. 서로를 잃을지도 모른다는 불안과 두려움이 그들을 더욱 다급하게 만들었다. 깊고 격렬한 키스가 끝나고 두 사람은 이마를 맞대고 함께 호흡했다.

서진은 루이스의 목을 끌어안았다. 입을 맞추고 호흡을 함께 하고 그의 품에 안겨 있는데도 루이스와 함께 있다는 사실이 믿어지지 않았다. 아니 어쩌면 영원히 이대로 그와 함께 있는 이 시간을 기억하고 싶었는지도 모른다.

"보고 싶었어요."

서진은 그에게 속삭였다. 자신의 진심이 지금 이 상황에서 얼마나 비현실적이고 어긋나는지 알고 있었지만 사실이었다. 그를 보지 못했던 동안, 아니 그를 만난 이 순간조차 그녀가 그를 얼마나 그리워하고 있는지 알아주길 바랐다.

루이스 역시 같은 마음이었다. 그녀를 보고 싶었고 만지고 싶었다. 얼마나 많은 수의 적들이 그를 기다리고 있을지 알 수 없었다.

승부를 예측할 수 없는 상황인 만큼 최후까지 각오해야 했지만 지금 이 순간은 모든 것이 다행스러웠다. 루이스는 다시 입술을 맞추었다.

그들의 긴 키스는 끝없이 이어졌다.

한편 맥스는 화면을 통해서 루이스와 서진을 지켜보고 있었다. 루이스 히링튼을 안고 그에게 키스하고 있는 서진을 보면서 그는 묘한 기분을 느꼈다. 가슴 속 어딘가가 조여 오는 듯했다.

일방적인 키스였으나 그는 서진을 기억하고 있었다. 그때 조직원 하나가 안으로 들어섰다.

"준비됐습니다."

맥스는 화면을 노려보며 명령을 수정했다.

"여자는 살려둔다."

"네."

애앵.

일순 가면무도회가 열리고 있었던 파티장에서 소란이 일었다. 갑자기 화재경보기가 울리기 시작했다. 우아함과 고상함을 가장했던 난잡한 파티는 단번에 끝이 났고 초대받은 이들은 가식을 벗어던지고 소리를 지르며 건물을 빠져나갔다.

루이스는 꼭 안고 있던 서진을 놓았다. 이것은 게임을 알리는 신호였다. 지금으로서는 이 게임에서 이기는 것이 이곳에서 빠져 나갈 수 있는 유일한 방법이었다.

"여기에서 기다려."

"루이스."

"돌아올게, 반드시."

그를 혼자 보내기는 싫었지만 바깥 상황을 알 수 없는 상태에서 고집을 부릴 수는 없었다. 서진은 천천히 고개를 끄덕였다.

"조심해요."

루이스는 서진에게 다시 입을 맞춘 후 문을 열었다.

긴 복도는 조용하고 캄캄했다. 루이스는 발소리를 죽이고 앞으로 나갔다. 그는 자신에게 내재되어 있는 힘이 모두 폭발될 수 있기를 바랐다.

그때였다. 어둠 속에서 대기하고 있었던 일원 하나가 그를 향해서 달려들었다. 소리가 제법 크고 움직이는 속도가 느린 것으로 보아 상대는 힘에 의존하는 자였다.

예상했던 대로 적은 우람한 체격의 소유자였다. 하지만 루이스에게 적수가 되지는 못했다. 언제 어디서 얼마나 많은 적을 상대할지 알 수 없는 상황인 만큼 루이스는 상대의 급소를 전략적으로 파악해서 시간과 힘을 최소한으로 줄였다.

"큭."

일원 하나가 쓰러지자 또 다른 일원이 그를 공격해 왔다. 이번 상대는 소리도 없고 속도도 빠르다. 은빛 칼날이 루이스를 향해서 날아왔다. 입장 당시 어떤 소지품도 허용치 않겠다는 듯 철저한 몸수색이 이루어졌던 것에 반해 이들은 예외였다.

상대는 필리피노 칼리를 익힌 자였다. 사람을 죽이는 살상 무술답게 칼은 쉬지 않고 루이스를 공격했다. 하지만 루이스는 동요하지 않았다.

그 역시 칼리를 익혔고 능숙하게 다룰 줄 알았다. 루이스는 감각에 의존했다. 그의 방어는 본능적이었고 기회가 주어졌을 때 즉각적인 공격으로 변화될 준비를 하고 있었다.

루이스는 상대의 손목을 비틀어 제압하는데 성공했다. 무기를 뺏긴 자는 심리적으로 위축되기 마련이다. 망설일 이유가 없었다. 루이스는 나이프를 상대의 급소에 꽂아 넣었다.

"으윽."

숨을 헐떡이는 일원에게 루이스가 낮은 음성으로 물었다.

"맥스는 어디 있나."

"……."

상대는 대답이 없었다. 루이스는 그의 뒤를 살피며 칼을 좀 더 깊숙이 꽂아 넣었다. 자비는 없었다. 잔혹함이 상처 안으로 스며들었다. 가쁜 숨을 쏟아낸 두 번째 상대가 바닥에 쓰러지자 주위는 고요함에 젖어들었다.

루이스는 일원의 몸에 박혀 있는 칼을 빼냈다. 그는 호흡을 고르며 천천히 계단을 내려갔다. 파티가 열렸던 곳에서는 또 다른 일원들이 그를 기다리고 있었다.

그들은 외압을 가하듯 사방에서 거리를 좁혀왔다. 루이스는 칼을 쥔 손에 힘을 주며 어느 곳에서 먼저 공격해올 것인가를 가늠했다. 세 시 방향, 루이스는 그를 향해 다가오는 살기를 느꼈다.

혼자 남은 서진은 그녀가 할 수 있는 일을 하기로 했다. 루이스가 어떤 상황에 놓여 있는지 알 수 없는 위험한 상황에서 아무것도 하지 않은 채 기다리고 있을 수만은 없었다.

서진은 방에 구비되어 있는 가구나 침대 밑을 샅샅이 훑었다. 하지만 아무리 뒤져보아도 연락을 취할 수 있는 통신장치 같은 것이 구비되어 있을 리 만무했다.

문득 서진은 문을 노려보았다. 여기에 있는 게 없다 해서 다른 곳에도 없다는 보장은 없다.

이곳에서 루이스를 기다리기로 했었지만 아무래도 나가봐야 할 것 같았다. 결국 결심을 굳힌 서진은 문으로 다가갔다. 문을 열어 주변을 살핀 그녀는 천천히 밖으로 나왔다. 2층에 남아 있는 사람은 그녀밖에 없는 듯 고요하고 적막했다.

뒤늦게 바닥에 쓰러져 있는 조직원들을 발견한 서진은 몸을 숙이고 상태를 확인했다. 그녀의 눈빛이 가늘게 변했다. 숨이 붙어 있지 않았다. 서진은 루이스가 안전하다는 생각에 안도하면서도 불안했다. 긴 복도가 공룡의 식도만큼이나 길어 보였다.

서진은 일단 가장 가까운 곳에 위치한 문을 열고 안으로 들어갔다. 그녀는 주변을 경계하며 방을 훑기 시작했다. 유선전화, 휴대폰, 테블릿PC 하다못해 데스크톱까지 무엇이든 상관없었다. 서진은 그녀가 서 있는 공간을 차근차근 확인했다.

역시 없다. 다시 복도로 나가 다른 곳으로 이동했다. 그녀는 좀 더 익숙한 동작으로 주변을 탐색해 나갔다.

그때였다. 불현듯 그녀의 눈에 창문이 들어왔다. 서진은 창가로 다가가 조심스럽게 문을 열었다. 발코니로 나간 서진은 지상에서부터의 높이를 가늠했다. 제법 높이가 되어 그대로 뛰어내리기에는 다소 무리였다. 아쉬워하던 서진은 거대한 정원수를 바라보았다.

'저거야.'

운이 좋다면 발코니까지 가지를 뻗은 정원수를 찾을 수 있을지도 모른다는 생각이 들었다. 서진은 다시 그곳을 빠져나갔다.

얼마나 지났을까.

그녀의 예상이 맞았다. 2층의 창문들을 대부분 살폈을 무렵 서진은 발코니까지 가지를 드리운 나무를 발견했다.

그녀의 입가에 희망과도 같은 미소가 펴졌다. 서진은 입고 있던 치마의 밑단을 찢고 나무로 다가갔다. 나무를 타본 적은 없었지만 도전해볼 가치는 있었다. 서진은 그녀가 할 수 있는 일은 오직 이것밖에 없다는 일념으로 가지를 잡았다.

'앗.'

잠시 후 겨우 나무로 자리를 옮긴 서진은 작은 비명을 삼켰다. 나무 타는 일은 생각보다 쉽지 않았다.

게다가 거미줄처럼 뻗어 있는 수많은 나뭇가지가 그녀의 피부 곳곳에 생채기를 냈다. 하지만 이대로 물러설 그녀가 아니었다. 서진은 이를 악물고 나무를 잡았다.

내려가야 해, 반드시.

얼마 후 서진은 무엇이든 끝이 있다는 사실에 안도하며 땅을 밟았다. 하지만 또 다른 시작이 그녀를 기다리고 있었다. 이곳은 주택가와는 전혀 다른 외진 곳이었기 때문에 어디까지 가야 도움을 청할 수 있을지 알 수가 없었다.

서진은 다시 몸을 숙였다. 그녀는 주변을 살피면서 한 발, 한 발 조심스럽게 발을 디뎠다. 언제부터인가 땀이 흐르기 시작했지만 서진은 그것을 느낄 수조차 없었다.

그때였다. 그녀의 등 뒤에서 누군가의 목소리가 들렸다.

"서라."

서진은 반사적으로 동작을 멈추었다.

'빌어먹을.'

그녀는 속으로 거칠게 말을 삼켰다.

"손 올려."

서진은 상대가 말한 대로 천천히 손을 머리 위로 올렸다. 그리고는 소리가 들려온 방향을 바라보았다. 조직원 중 하나가 그녀에게 총을 겨누고 있었다.

"따라와. 맥스 님께서 기다리고 계신다."

순간 총성이 울리고 그녀에게 총을 겨누고 있던 조직원이 그 자리에 쓰러졌다. 그러자 그 뒤에 또 다른 조직원이 서 있었다.

서진은 그를 직시했다. 두 사람의 시선이 크게 흔들렸다. 서진의 눈매가 가늘게 변했다. 서진은 그가 누군지 알아보았다.

"타미?"

그는 총기사고가 일어났을 때 서진이 치료를 해준 리키의 형이었다. 시간이 멈춘 것처럼 두 사람은 그대로 멈춘 채 서로를 바라보았다. 곧 타미가 바닥에 쓰러진 조직원을 확인하고 그녀를 향해 다가왔다.

"혹시 총 다룰 줄 압니까?"

타미의 말에 서진은 고개를 끄덕였다. 그러자 타미가 들고 있던 총을 그녀에게 내밀었다.

"가지고 가요."

"왜 당신이……."

서진이 묻자 타미가 웃으며 말했다.

"리키의 목숨 값입니다."

애초부터 타미는 결정을 내린 상태였다. 언젠가 기회가 되면 동생을 살려준 서진에게 은혜를 갚을 거라고 결심했던 그였다. 그래서 몰래 서진의 뒤를 쫓아왔던 것이다.

"고마워요, 타미."

서진이 총을 받아들며 인사를 하자 타미가 고개를 끄덕였다. 서진은 다시 앞을 향해 나아갔다.

갇혀 있던 리아는 두 눈을 떴다. 희미하긴 했지만 분명 어디에선가 총소리가 들려오고 있었다. 무슨 일이 일어나고 있음을 확신한 그녀는 자리에서 벌떡 일어났다.

하지만 창문조차 없는 곳이었기 때문에 밖을 확인할 방법이 없었다.

쿵, 잠시 후 이번에는 이전과는 다른 폭발음이 들려왔다. 지진이 일어나기라도 한 듯 천장이 흔들렸다. 이미 소란이 일고 있는 듯 밖에서 소리가 들려왔다.

"비상사태다!"

"어서 나와! 우선 대피해!"

"대체 어떤 놈들이야?"

"연방정부군이다!"

"뭐? 빌어먹을!"

거친 음성들과 함께 발자국 소리가 들려왔다. 일순 문 밖이 조용해진 가운데 총소리와 폭음소리가 점점 커졌다.

'정부군?'

그제야 리아는 불안감을 느끼고 문을 두드리기 시작했다. 소란을 일으킨 상대가 루이스 일행이 아니라 정부군이라면 문제가 있었다. 그녀는 그렇다 쳐도 밖에 있을 서진이 걱정되었던 것이다.

"이 봐. 대체 무슨 일이야?"

그녀가 소리를 질렀지만 밖에서는 어떤 반응도 없었다.

"이 문 열어!"

목이 쉬도록 소리를 지르던 리아는 침대 옆에 놓여 있던 의자를 가져왔다. 그녀는 의자를 손에 들고 있는 힘껏 문고리를 때리기 시작했다. 하지만 밖에서 잠긴 단단한 문은 꼼짝도 하지 않았다. 점점 크게 들려오는 폭발 소리와 함께 리아의 마음은 다급해졌다.

그 무렵, 연방정부군들이 조직원들을 상대하고 있는 동안 닉과 카일은 리아를 찾아 나섰다.

"리아!"

하지만 그녀의 모습은 좀처럼 보이지가 않았다. 시간이 흐를수록 닉과 카일의 불안감이 더욱 커졌다.

그때였다.

"리아를 찾아요?"

텅 빈 공간인 줄 알았건만 어디에선가 가는 목소리가 들려왔다. 일사불란하게 움직이던 닉과 카일의 발걸음이 우뚝 멈추었다. 그들은 서로 손짓으로 신호를 주고받으며 침대 아래로 몸을 숙였다. 그러자 침대 밑에 작은 소년이 몸을 납작 누인 채 숨어 있었다. 카일이 조심스럽게 물었다.

"너, 리아를 아니?"

"네. 리아는 서진의 친구예요. 서진은 날 살려줬어요."

리키의 말에 닉과 카일의 눈매가 가늘게 변했다.

"네 이름이 뭐지?"

"난 리키예요."

"그래, 리키. 만나서 반갑다. 혹시 리아가 어디 있는지도 알고 있니?"

닉의 질문에 리키가 고개를 끄덕였다.

"네. 이건 비밀인데 난 이곳에서 누가 어디에 갇혀 있는지 다 알아요. 한 번 들은 건 절대 잊지 않거든요. 리아는 지하 2층 201호에 갇혀 있어요."

리키의 말에 닉의 눈빛이 크게 흔들렸다.

"고맙다. 리키."

카일은 리키를 향해 조심스럽게 손을 뻗었다.

"일단 거기에서 나와. 여긴 위험해. 우리와 함께 가자."

"그럴 수 없어요. 타미가 밖이 소란스러우면 꼭 여기에 숨어 있으라고 했어요."

"타미?"

"우리 형이에요. 지금은 여기 없어요."

순간 어디에선가 들려온 폭발음과 함께 천장이 흔들렸다. 일부 부서진 돌가루가 우수수 떨어져 내렸다.

카일은 기시감이 일었다. 히링튼 부부가 살해당했던 그날. 그는 다급하게 리키의 손을 잡았다.

"여긴 너무 위험해. 우리와 함께 가자. 우리가 네 형을 찾아줄게."

다시 폭발음이 들렸다. 그리고 그 속에서 누군가 그녀의 이름을 불렀다.

"리아!"

'닉?'

분명 그의 목소리다. 닉의 목소리를 확인한 리아는 손에 들고 있던 의자를 집어던지고 문을 두드리기 시작했다.

"여기야, 닉. 여기 있어!"

미친 듯이 고함을 지르는 동안 닉이 그녀를 비로소 찾아냈다. 바로 문밖에서 닉의 목소리가 들려왔다.

"리아?"

"그래, 닉 나야. 여기 있어!"

"최대한 멀리 물러나 있어, 리아. 곧 문을 열 테니까."

"알았어."

리아는 최대한 문에서 먼 곳으로 물러났다. 밖에서 총소리가 들리는가 싶더니 도저히 열리지 않을 것 같은 문이 마침내 열렸다. 문을 열고 닉이 안으로 들어왔다.

"닉!"

리아는 곧장 닉에게 달려가 안겼다.

"와줄 줄 알았어!"

"리아."

닉도 리아를 품 안 깊숙이 끌어안았다. 하지만 해후를 즐기기에는 시간이 없었다. 리시버를 통해서 카일의 목소리가 들렸다.

[당장 그곳에서 나와. 상황이 좋지 않아.]

닉은 리아의 손을 잡았다.

"리아, 우선 이곳에서 나가야 해."

"서진은?"

"서진은 지금 이곳에 없어."

"이곳에 없다니?"

"차차 설명해줄 테니까 우선 나가자."

닉의 말에 리아는 고개를 끄덕였다. 그리고 얼마 후 리아는 닉과 함께 그곳을 벗어날 수 있었다. 카일의 엄호를 받으며 닉과 리아는 위험한 곳곳을 겨우 빠져나와 밴에 올랐다.

"리아, 어서 타."

두 사람이 무사히 차에 오르고 카일은 재빨리 자동차를 출발시켰다. 밖에서 일어난 상황이 그들과는 별개라는 것을 다시 확인한 리아가 물었다.

"대체 이게 어떻게 된 거야?"

"필립 장관이야."

"뭐?"

"필립 장관이 직접 나선 거야. 자신에게 문제가 될 수 있는 증거를 완전히 없애기 위해서. 그 역시 지난 일이긴 하지만 카르텔과 연관이 있었거든."

"그래서 연방정부군을 움직였다는 거야?"

"명분이야 언제든 만들기 나름이야. 이번 사태는 필립 의원의 개인적인 보복성이 짙지만 기습적인 마약과의 전쟁으로 선포될 거야, 언제나 그랬듯."

닉의 설명을 들으며 리아는 한숨을 내쉬었다.

"미안해."

"뭐가?"

"서진을 알랭 의원에게 데려갔던 일, 당신이 옳았어. 모든 게 내 잘못이야."

닉은 리아의 어깨를 감싸 안았다.

"이미 지난 일이야."

"아니 서진에게 무슨 일이라도 생긴다면 내 자신을 용서하지 못할 거야."

그때였다. 담요로 몸을 말고 숨어 있던 리키가 고개를 내밀며 작은 목소리로 말했다.

"서진은 무사할 거예요."

갑작스러운 소년의 출현에 리아의 눈빛이 흔들렸다.

"넌 누구니?"

"난 리키예요. 당신은 리아죠?"

"그래."

"타미가 그랬는데 서진은 날 살려준 천사라고 했어요. 그러니까 서진은 무사할 거예요. 천사는 죽지 않아요."

리키의 말에 리아는 조금이나마 위안을 받았다.

"그래, 고맙다. 리키. 네 말을 믿을게."

리아가 한숨을 내쉬자 이번에는 닉이 거들었다.

"너무 자책하지 마. 나 역시 마찬가지니까. 위험할 거라는 걸 알면서도 루이스를 혼자 보낼 수밖에 없었어."

"그게 무슨 소리야?"

"루이스는 혼자서 서진을 구하러 갔어."

"뭐? 대체 어디로?"

"가면무도회가 열렸던 곳."

카일은 자동차를 전속력으로 몰았다. 얼마 후 그들은 자동차를 버리고 준비해 놓았던 헬리콥터로 이동했다. 시간은 여전히 흘렀고 촉박했다. 부디 그들이 도착할 때까지 루이스와 서진이 무사하기를 바랄 뿐이었다.

하아. 거친 숨이 쏟아져 내렸다. 루이스는 바닥에 쓰러져 있는 사내들을 서늘한 시선으로 바라보았다. 대부분 급소를 공격당해서 목숨을 잃었으나 그중에는 아직 숨이 남아 있는 자들도 있었다.

루이스는 나이프를 쥐고 있는 손에 힘을 주었다. 그러자 팔을 타고 흘러내린 붉은 피가 바닥으로 떨어져 내렸다. 싸우는 과정에서 그 역시 다쳤다. 또한 지쳤다. 언제까지 버틸 수 있을지 알 수가 없었다.

"투자에만 일가견이 있었던 게 아니었나."

고개를 돌리자 그리 멀지 않은 곳에 맥스가 서 있었다. 비릿한 미소를 짓고 있는 맥스의 손에는 총이 들려 있었다.

"칼과 총, 둘 중 무엇이 빠를까."

루이스는 맥스를 노려보았다. 맥스가 앞에 있다면 이 게임의 승자는 바로 그였다.

"약속을 지켜."

"내가 약속을 했던가?"

하지만 운이 없게도 맥스는 약속이라는 것을 모르는 자였다.

"서진을 보내."

"강서진은 이곳에 없다."

루이스의 눈매가 가늘게 변했다.

"말했잖아. 네 후견인은 기대 이상이라고. 그녀는 이미 창문을 통해서 밖으로 나갔다. 아마도 도움을 요청하기 위해서겠지."

맥스의 입술이 재미있다는 듯 말렸다.

"하지만 걱정 마. 곧 다시 끌려올 테니까."

루이스는 맥스를 노려보았다. 잠시 후, 문이 열리고 조직원들이 안으로 들어왔다. 하지만 맥스의 기대와는 달리 조직원들이 붙잡아 온 것은 서진이 아니라 타미였다.

"강서진은?"

"죄송합니다."

맥스의 미간이 좁아졌다.

"놓쳤다는 건가?"

"그게……."

조직원들이 말끝을 흐리자 맥스의 눈매가 날카롭게 변했다. 그가 타미를 노려보며 다시 물었다.

"동생의 목숨 값이었나?"

"죄송합니다."

"천만에, 이미 각오는 했을 테니까."

맥스는 그 어떤 망설임도 없이 타미에게 총을 쏘았다. 서진을 보내준 타미는 그 자리에 쓰러졌다.

순식간에 일어난 일이었다. 하지만 루이스는 그 틈을 놓치지 않았다. 그는 손에 쥐고 있던 나이프를 던졌다. 텅, 맥스는 손에 들고 있던 총을 떨어뜨렸다.

탕, 탕. 그것을 재빨리 집은 루이스는 양옆에 서 있던 조직원 둘을 단숨에 제거했다.

"루이스 히링튼!"

맥스가 고함을 지르며 루이스에게 달려들었다. 철컥, 루이스가 맥스를 향해 총구를 겨누었으나 남아 있는 총알이 없었다. 루이스는 들고 있던 총을 바닥에 던졌다. 이내 거구의 두 사내가 하나로 뒤엉켰다.

어둠이 내려앉은 숲은 서늘했다. 얼마나 더 가야 할지 알 수 없었다. 언제 어디서 누구를 만날 수 있을지도 몰랐다.

서진은 그저 달리고 달렸다. 창문을 통해 나올 때부터 힐을 벗어버린 탓에 발은 상처투성이였지만 그녀는 멈출 수가 없었다. 머릿속에는 온통 루이스 생각뿐이었다. 어떻게든 도움을 청해서 그를 구하고 싶었다.

그러나 얼마 지나지 않아 서진의 발걸음이 우뚝 멈추었다. 순간 이상한 기분이 들었기 때문이다. 불길한 기운이 그녀를 휘감았다.

서진은 몸을 돌려서 방금 전에 빠져나온 저택을 바라보았다. 도움을 청하기 위해서 저택을 빠져나오긴 했지만 문득 이대로 루이스 곁을 떠나서는 안 된다는 생각이 들었다.

언제든 어디서든 그녀는 그와 함께 있기를 바랐었다. 비록 그것이 죽음일지라도 서진은 그와 함께 있어야 한다는 생각이 들었다. 결국 서진은 발걸음을 돌렸다.

남자 대 남자, 수컷 대 수컷.

누구도 물러나려 하지 않았고 물러설 수도 없었다. 한순간이라도 방심하면 급소를 향해서 칼과 같은 손이 날아왔다. 크라브마가로-맨손

격투에 비중을 많이 둔 실전무술– 공격을 가했다. 몸이 곧 무기였다.

모든 공격의 목표는 급소 지점으로 통해서 한순간에 눈알이 후벼질 수도, 코뼈가 밀릴 수도, 연조직이 파괴될 수도 있었다.

모두 즉사로 이어질 수 있는 위험한 기술이었고 곧 목적이기도 했다. 루이스와 맥스는 움직임을 멈추지 않고 방향을 바꾸어가며 서로의 기회를 포착했다.

하지만 시간이 흐를수록 싸움은 점점 루이스에게 불리해졌다. 다친 상처에서는 꽤 많은 양의 피가 흘러내렸고 이전의 싸움으로 그는 지쳐 있었다.

"움직임이 많이 둔해졌어."

맥스가 그를 도발했으나 루이스는 대답을 아꼈다. 누구보다도 스스로가 자신의 상태를 가장 잘 알고 있는 탓이었다. 게다가 서진이 이곳에서 빠져나갈 수만 있다면 그는 목숨을 잃어도 상관없다는 생각이 들었다.

순간 맥스의 주먹이 루이스의 상처를 내리치는 데 성공했다. 집요하다 싶은 정도로 파고든 손가락이 상처를 더욱 크게 벌려 놓았다. 루이스의 미간에 주름이 잡혔고 고통은 방심으로 이어졌다. 지금 상황에서 목 부위를 내주는 것은 곧 패배였다. 하지만 맥스는 한 술 더 떠 숨겨 놓았던 칼을 꺼내 들었다.

"아쉽게도 그만 끝내야 할 때가 왔어."

맥스는 만족스러운 웃음을 지으며 날카로운 칼로 루이스를 향해 내리찍었다.

"큭."

겨우 급소를 피하긴 했지만 루이스의 목 주변에서 붉은 피가 흘러나왔다.

"지독하리만큼 운이 좋군. 하지만 그 운도 이젠 끝이야."

허공으로 치솟은 날카로운 칼날이 빛에 번쩍였다.

그때였다. 탕, 어디에선가 총소리가 들려왔다.

"컥."

맥스는 들고 있던 칼을 떨어뜨렸다. 우위를 선점하고 있던 맥스의 무릎이 꺾였다. 루이스는 기회를 놓치지 않았다. 바닥에 떨어진 칼을 주워든 그는 맹세했던 대로 가장 고통스러운 방법으로, 그것을 맥스의 피부 안으로 꽂아 넣었다.

"큭."

검붉은 피가 입술 사이로 쏟아져 나오기 시작했다.

맥스는 손을 뻗어 그를 누르고 있는 루이스를 붙잡았다. 하지만 그게 전부일 뿐 전혀 루이스를 공격하지는 못했다.

그런 그를 노려보고 있던 루이스가 칼을 천천히 비틀었다. 검붉은 피가 역류하다 못해 뿜어져 나왔다. 튀어 오른 피가 루이스의 얼굴을 붉게 물들였다. 광기가 맺힌 잿빛 눈동자는 더할 나위 없이 냉혹했다.

"크헉!"

맥스는 두 눈을 부릅뜨고 눈앞으로 다가온 사신을 맞이했다. 순간 그들에게 다가온 서진이 루이스의 팔을 붙잡았다. 하지만 그의 힘은 좀처럼 풀리지 않았다.

"그만해요."

이미 죽을 것이 분명해진 맥스를 여전히 놓지 못하는 루이스를 보며 서진은 불안감에 휩싸였다.

"루이스!"

그때였다. 초점이 흐려진 맥스가 서진을 바라보며 중얼거렸다.

"넌…… 역시 기대를…… 저버리지 않아."

돌연 맥스의 입술이 말리는가 싶더니 웃기 시작했다. 서서히 고통 속에서 죽어가는 와중에도 서진의 존재가 인식되자 알 수 없는 희열이 느껴졌다.

"뭐…… 이것도…… 나쁘지…… 않네."

중얼거리듯 말한 맥스가 두 눈을 그대로 뜬 채 숨을 멈추었다. 하지만 서진의 신경은 오직 루이스에게만 향해 있었다. 서진은 여전히 칼을 찍어 누르고 있는 루이스의 손을 움켜잡았다.

"부탁이에요, 제발."

순간 서진의 눈에서 떨어진 눈물이 루이스의 손에 떨어졌다. 붉게 물든 손에 퍼진 따스한 번짐. 그제야 살의에만 집중하고 있던 루이스가 정신을 차렸다.

그는 기계적으로 고개를 들어 광기어린 시선으로 서진을 바라보았다. 마치 살육에 미쳐 있는 루이스의 얼굴을 보며 서진은 다시 고통을 느꼈다.

"나예요."

"그래."

"나 무사해요. 그러니까 그만해요."

"그래, 그럴게."

중얼거리듯 말한 루이스가 긴 한숨을 내쉬며 손에 쥐고 있던 칼을 놓았다. 서진은 부르르 떨리는 루이스의 손을 바라보며 그를 끌어안았다. 루이스 앞에서는 결코 울지 않겠다고 다짐했던 그녀였지만 흘러내리는 눈물을 참을 수가 없었다.

"미안해요, 나 때문에……. 미안해요."

서진은 광기로 물들었던 잿빛 눈동자와 그의 얼굴을 잊을 수 없었다. 그럼에도 두렵지 않았다. 루이스가 두려운 적은 단 한 번도 없었다. 그가 사람을 가차 없이 자르거나 죽일 수 있는 냉혈한이라고 해도 그를 사랑했다.

"사랑해요."

그녀가 흐느끼자 루이스의 손이 천천히 올라와 그녀를 안았다.

"울지 마. 너 때문이 아니야."

"루이스……."

"사랑해."

서진을 안은 루이스의 팔에 힘이 들어갔다. 두 사람은 그렇게 닉과 카일이 도착할 때까지 서로를 감싸 안았다.

15장.
은폐된 이야기

따스한 햇볕이 채 가시지 않은 늦은 오후 말끔하고 잘생긴 중년 신사가 머피가 운영하는 이발소로 들어섰다. 그가 안으로 들어서자 수건을 정리하고 있던 머피가 반가운 얼굴로 자리에서 일어났다.

"어서 오게, 오랜만에 보는군. 그동안 많이 바빴나?"

"그렇게 됐습니다, 머피. 머리를 깎고 싶은데 바로 가능하겠습니까?"

"그럼. 자네를 위해서라면 난 언제든지 준비가 되어 있다네. 이쪽으로 앉게나."

신사가 자리에 앉았다.

"늘 하던 대로 잘라 주세요."

"알겠네. 퇴근하는 도중에 들른 건가?"

"네."

신사가 대답하자 머피가 머리를 깎기 시작했다. 머피의 손놀림은 자유로울 정도로 빠르고 능숙하게 움직였지만 그가 쥐고 있는 가위에는 세월의 흔적이 가득했다. 사실, 가위뿐만이 아니라 그가 운영하는 이발소 전체가 낡았다.

이탈리아 이민자 출신으로 14세 때 이발 기술을 배운 머피가 78세가 되도록 지켜온 이발소였기 때문이다. 게다가 그의 이발소는 도심의 번화가와는 꽤 멀리 떨어진 곳에 자리하고 있었다. 하지만 신사가 굳이 직장 근처에 있는 최신식 이발소 대신 이곳까지 찾는 데는 이유가 있었다.

머피는 사람을 좋아했다. 사람을 좋아하지 않으면 이발사가 될 수 없다는 머피의 말처럼 그는 사람을 좋아했다. 그리고 그것은 사람을 좋아하지 않고서는 은행원이 될 수 없다는 신사의 철학과 공통점을 가지고 있었다.

"루이스와 리아는 잘 지내지?"

"머피, 당신이 늘 그 애들을 염려해 주는 덕분에요."

"그 애들이 잘 자란 건 훌륭한 부모가 있기 때문이네. 얼마 전에 루이스와 리아가 지역 신문에 나온 걸 봤어. 루이스가 주장으로 소속된 럭비팀이 청소년 대회에서 우승했더군. 리아는 청소년 토론대회에서 대상을 받고 말이야. 자랑스럽겠어."

"고맙습니다."

하는 일은 다르지만 공통점이 있다는 이유로 두 사람은 대화를 나누었다. 신사가 편안한 분위기에서 은은한 면도 거품 냄새를 맡으며 휴식을 취하고 있을 때였다. 어린 소년이 가게 안으로 들어섰다.

"다녀왔습니다."

"그래 수고했구나, 조. 냉장고에 시원한 레모네이드가 있을 테니 마시고 좀 쉬렴."

"아니에요, 프랭크 씨의 구두를 6시까지 닦아서 가져다 드리기로 했어요. 그거마저 닦아놓고 마실게요."

"그러겠니?"

"네."

신사는 눈을 뜨고 거울을 통해 소년을 바라보았다. 소년은 구두닦이 일을 하기엔 무척 어려 보였다. 13살에서 14살 정도 되어 보이는 소년은 말한 대로 구석으로 가서 말없이 구두를 닦기 시작했다.

"못 보던 얼굴이 있군요. 머피."

"아, 자네는 처음 보지? 그동안 새 구두닦이를 구했다네."

"아직 어려 보이는데요."

"그래. 아직 어리지. 올해 14살이 되었으니까."

"어떤 사연이라도 있는 겁니까?"

"한 달 전에 후원금을 보내던 보육원을 우연히 방문한 적이 있다네. 그런데 저 아이를 원장이 마구 때리고 있지 뭔가. 컴퓨터를 건드렸다나 뭐라나. 하지만 그런 이유 때문에 아이를 그렇게 학대하다니 말도 안 되는 일이지. 그래서 데려왔네. 아무려면 거기에 있는 것보다는 나을 것 같아서 말이야."

"학교에는 다닙니까?"

"아니. 학교에는 다니고 싶지 않다고 하더군. 대신 당장 돈을 벌고 싶다며 일을 시켜 달라고 해서 구두닦이 일을 맡겼네. 저녁엔 틈틈이 이발 기술을 배우고 있고."

"어린 나이인데 그런 생각을 하다니 기특하군요."

"그래. 내가 어렸을 적에나 했던 고생을 하고 있으니 한편으로는 안타깝기도 하고."

낮게 중얼거린 머피가 조를 불렀다.

"조, 잠깐 이리 와서 인사드리렴."

"네."

조가 구두를 내려놓고 다가왔다.

"이쪽은 히링튼 씨란다. 우리 이발소의 단골손님이시니까 앞으로 뵙게 되면 인사드려라."

"네, 안녕하세요."

"그래. 안녕. 이름이 조라고 하던데. 성은 어떻게 되니?"

"성은 잘 몰라요. 그냥 저를 조라고 불렀거든요. 지금은 다들 구두닦이 조라고 부르지만요."

"그렇구나. 머피 말에 의하면 당장 돈을 벌고 싶다고 했다던데 혹시 사고 싶은 게 있는 거니?"

"네."

"말해줄 수 있겠어?"

그러자 조가 기어들어가는 작은 목소리로 말했다.

"컴퓨터요."

"컴퓨터?"

조의 말에 잠시 생각에 잠겨 있던 히링튼이 머피를 바라보았고 머피는 루크의 생각을 읽은 듯 고개를 저었다.

"조는 스스로 컴퓨터를 마련하고 싶어 하네."

"음…… 그럼 이렇게 하자. 아까 보니까 구두를 아주 잘 닦던데 내 구두도 닦아주겠니? 물론 프랭크 씨의 구두를 먼저 닦고 네가 레모네이드까지 마시고 나서 말이야."

"네, 그렇게 할게요. 이발하시는 동안 반들반들 닦아놓을게요."

"그래. 조."

잠시 후 히링튼은 이발을 마치고 조가 내민 구두를 신었다. 어찌나 꼼꼼하게 손길이 닿았는지 새것처럼 반짝반짝 윤기가 흘렀다.

"멋지구나, 조."

히링튼은 만족스러운 웃음을 지으며 조에게 10달러나 되는 팁을 내밀었다.

"팁은 1달러면 돼요. 이렇게 많이 주시지 않으셔도……."

"괜찮다, 조. 안 그래도 새 구두를 살까 하고 있었는데 덕분에 더 신어도 되겠는걸. 너 때문에 생각을 달리했으니 오히려 내가 돈을 번 셈이지. 참, 그리고 네게 제안을 할 게 있다. 난 히링튼 은행에서 일하고 있는데 앞으로 그곳 직원들의 구두를 네게 맡기고 싶구나. 어때, 할 수 있겠니?"

히링튼의 말에 소년은 놀랍다는 듯 입을 벌리며 머피를 바라보았다. 머피가 고개를 끄덕였다.

"잘됐구나, 조."

"고맙습니다."

"그래, 그럼 머피를 통해 연락하마."

"네."

"머피, 그럼 전 이만 가보겠습니다."

"그러게. 제니퍼에게 안부 전해 주게나."

"물론 그러겠습니다. 그럼 다음에 보자, 조."

"안녕히 가세요."

히링튼은 조의 머리를 쓰다듬어주고 이발소를 나섰다. 히링튼이 나가고 나서도 조는 아직도 믿기지 않는 듯 머피를 바라보며 물었다.

"히링튼 은행이라면……."

"그래, 이 지역 최고의 은행이란다. 직원 수만 해도 어마어마하지. 앞으로 그 모든 직원이 네 손님이 되는 거야."

"대체 아까 그분은 누구세요?"

"누구라니. 그렇게 좋아했으면서 정작 저분에 대해서는 아무것도 모르고 있었단 말이냐? 그분을 히링튼 씨라고 소개했는데도?"

그제야 조는 신사의 이름이 히링튼 은행과 같다는 것을 깨달았다.

"히링튼 은행과 관련 있는 분이신가요?"

조의 질문에 머피가 웃음을 터트렸다.

"이런, 조. 관련이 있고말고. 그가 바로 히링튼 은행의 사장님이란다."

"네?"

머피의 말에 조는 머리를 긁적였다.

"제가 바보 같다는 생각이 들어요. 저는 이름이 같다는 것을 깨달았으면서도 그분이 그렇게 부자시라고는 생각하지 못했어요. 그분은, 그분은 이제까지 제가 알고 있는 부자들과는 전혀 달랐어요."

조의 대답에 머피가 알겠다는 듯 고개를 끄덕이며 웃었다.

"그래, 조. 히링튼 씨는 내가 본 여느 부자들과도 다르단다. 그는 어느 위치에 있는 사람이건 어떤 자리에 있는 사람이건 사람을 사람으로 대하거든."

조도 머피의 말을 들으며 조용히 고개를 끄덕였다.

어쨌든 그 일이 있고 나서부터 얼마 후 조는 히링튼 은행의 모든 구두를 맡게 되었다. 은행 복지의 목적으로 시작된 구두닦이는 직원들에게도 큰 호응을 받았고 조는 스스로 번 돈으로 그토록 바라던 컴퓨터를 장만할 수 있었다. 물론 조는 그 수익금이 루크의 지갑에서 나왔다는 것에 대해서는 몰랐다.

그런 어느 날 히링튼이 조를 그의 집무실로 불렀다.

"안녕하세요."

"그래, 왔니? 잠깐만 거기 앉아 있어라, 조."

"네."

조는 히링튼이 가르친 소파에 앉아 주변을 두리번거렸다. 그때 문득 책장 위에 놓여 있는 아이들 사진이 들어왔다.

'히링튼 씨의 아들과 딸인가.'

조는 왠지 그들이 부러웠다. 히링튼 씨 같은 아버지를 두었다는 것은 그로선 상상과도 같은 꿈이었다.

"루이스와 리아라고 한단다."

"아."

어느새 히링튼이 그와 시선을 마주하며 자리에 앉아 있었다.

"어렸을 때 사진이야. 지금은 둘 다 18살이지."

"둘……다요?"

"쌍둥이거든. 굳이 따지자면 리아가 누나야. 그 사실을 루이스는 아주 못마땅해하지만 말이다. 언제 기회가 되면 소개해주마."

"네."

"참, 오늘 널 부른 건 하고 싶은 말이 있어서란다."

"네, 말씀하세요."

"학교에 다니고 싶지 않다는 생각은 아직도 변함이 없니?"

"잘 모르겠어요. 다만……."

"다만?"

"……머피에게 더 이상 신세 지긴 싫어요."

"머피와는 우선 얘기했다. 내가 널 학교에 보내주고 싶다고 말이야."

"히링튼 씨."

"신세 진다는 생각은 하지 말았으면 좋겠다. 나는 네게 투자를 하기로 결정한 거니까."

"투자요?"

"그래. 투자라는 건 부동산이나 주식 펀드 같은 것에만 국한되는 게 아니야. 앞날이 유망한 인재도 투자 대상에 포함되거든."

"하지만 전 인재가 아닌 걸요."

"그건 스스로는 모른단다. 지켜보는 사람들이 아는 거지. 학교라는 곳은 그런 널 지켜보는 사람들이 많은 곳이고."

"말씀을 감사하지만, 전 이런 일이 처음이라서 어떻게 해야 할지 모르겠어요."

"이 자리에서 바로 결정하지 않아도 된다, 조. 우선 집에 가서 천천히 생각해 보렴. 머피와 상의해 보는 것도 좋고."

"그럼, 그렇게 하겠습니다. 어쨌든 감사합니다. 히링튼 씨."

"그래. 그럼 대답 기다리고 있으마."

조는 얼떨떨한 기분으로 은행을 나섰다. 하지만 확실한 것은 기뻤다는 것이다. 아니 매번 신세를 지는 미안함을 제외하면 그는 날아갈 것 같았다. 조는 하늘을 나는 것처럼 뛰어서 당장 머피의 이발소로 달려갔다.

머피 역시 기뻐했다. 그는 망설이지 말라고 조를 다독였다. 신세를 진 것은 나중에 꼭 갚으라고 당부하면서 말이다.

결국 조는 학교에 가기로 결심하고 다음 날 다시 은행을 찾았다. 히링튼의 비서가 조를 발견하고 빙긋 웃었다.

"사장님은 회의 중이셔. 하지만 너라면 언제든지 만난다고 하셨으니까 들어가 있으렴. 참, 안에 루이스와 리아도 와 있어. 서로 인사를 나누는 것도 좋을 것 같구나."

여비서는 미소를 지으며 조를 사장실 안으로 데리고 들어갔다. 그곳엔 비서 누나가 말했던 대로 루이스와 리아가 있었다. 조가 안으로 들어서자 리아가 그들에게 다가왔다.

"얜, 누구예요?"

"조라고 해. 히링튼 씨를 만나러 왔어. 그때까지 부탁해도 되지?"

"그럼요."

"고마워, 리아."

비서 누나가 나가자 리아가 싱긋 웃으며 말했다.

"네가 바로 그 조구나. 난 리아라고 해. 아빠한테 너에 관해서는 얘기 들었어. 히링튼 은행의 모든 구두를 맡고 있다고 말이야. 이렇게 만나게 되어 반가워."

"그냥 구두닦이라고 하셔도 돼요. 그런데 히링튼 씨께서 제 얘기를 하셨나요?"

"그래. 요즘에 보기 드문 아이라고 얼마나 칭찬을 하셨다고. 참, 저쪽에 있는 녀석은 루이스라고 해. 루이스 뭐 하고 있어? 어서 와서 인사해."

그제야 루이스가 후다닥 뭔가를 마치고 조와 리아가 있는 곳으로 다가왔다.

"안녕, 꼬마야. 난 루이스라고 한다."

"전, 조라고 해요."

"그래. 아버지한테 널 닮으라고 귀에 딱지가 내려앉도록 들어서 어떤 녀석일까 궁금했었는데 생각했던 것보다 더 나아 보이지는 않는구나."

그의 목소리는 어딘가 딱딱했다. 게다가 웃음기라고는 전혀 없는 차가운 인상도 한몫 거들었다. 조가 보기에 팔짱을 끼고 그를 내려다보고 있는 루이스는 열여덟 살이란 나이가 어울리지 않을 정도로 장신이었다.

조는 그를 압도하는 루이스의 건장한 체격에 주눅이 들었다. 은연중에 자상한 히링튼 씨의 모습을 닮은 아들을 기대하고 있어서였는지 루이스는 다소 어렵고 차갑게 느껴지기도 했다.

"루이스, 딱딱하게 굴지 마. 그러니까 아이들이 널 무서워하잖아. 조, 루이스는 신경 쓰지 마. 키만 크지 아직 정신연령은 한참 어리거든. 얼마 전엔 집 안 곳곳에 도청장치를 해놓았다가 아빠한테 걸려서 혼났단다. 그뿐인 줄 알아. 아직도 소년들의 판타지에서 못 깨어나서 장난감 총을 사 모으고 있어. 이 정도면 너와 친구를 해도 될걸. 게다가 지금 기분이 좀 안 좋기도 하단다. 방금 전까지 나와 체스 내기를 하고 있었는데 연달아졌거든."

"지긴, 누가. 리아 네가 속임수를 쓴 거지. 조, 이건 널 위해 경고해 주는 건데 리아를 조심해. 겉으로는 상냥한 척 말하지만 마녀가 따로 없거든."

루이스의 말에 리아가 깔깔거렸다.

"조, 루이스가 말은 그렇게 했어도 네가 마음에 들었나 봐. 루이스는 마음에 든 사람한테만 날 마녀라고 소개하니까."

어색하게 서 있던 조는 리아의 말에 쿡 웃고 말았다. 조 역시 이 쌍둥이 남매가 마음에 들었다. 어딘가 남다른 남매였다. 그들은 히링튼 씨의 아들과 딸이라고 하기에도 뭔가 어울리지 않았지만 쌍둥이라고 하기엔 더욱 어울리지 않았다.

"그런데 무슨 일 때문에 아빠를 찾아온 거니?"

"드릴 말씀이 있어서요."

"그래? 그럼 여기서 기다려. 조금 후면 아빠가 오실 거야."

"네."

리아는 조에게 자리를 마련해 주고 원래 앉아 있던 자리로 되돌아갔다. 그때였다. 갑자기 노트북을 확인한 리아가 비명을 질러댔다.

"아악, 루이스. 너 또 내 노트북에 암호 걸어놨지? 당장 풀지 못해?"

"싫어."

"빌어먹을 루이스. 당장 번호를 말하란 말이야."

"속임수를 쓴 벌이야."

루이스와 리아가 티격태격하는 동안 조는 자리에서 일어나 그곳으로 다가갔다. 조는 잠시 리아의 노트북을 바라보며 서 있다가 조용한 목소리로 말했다.

"제가 잠깐 봐도 될까요?"

"응?"

리아가 조의 질문에 놀라 바라보았다.

"컴퓨터를 다룰 수 있어?"

"조금요."

"그래? 그럼 한번 해봐."

"네."

조가 자리에 앉자 루이스도 의외라는 듯 그를 바라보았다. 조는 잠깐 동안 이것저것을 만져보더니 곧 루이스가 걸어놓은 암호를 해지, 제거했다.

"이제 됐어요."

"와우, 대체 어떻게 한 거야? 지켜보고 있었는데도 모르겠는걸?"

"그거야, 리아 네가 컴맹 수준이니까 그렇지."

하지만 놀라기는 루이스도 마찬가지였다. 루이스는 전혀 생각지도 못했던 조의 숨은 능력에 호기심 가득한 눈으로 바라보았다.

"제법이구나, 꼬마야."

루이스도 그를 칭찬했다.

"열네 살이라고 들었는데 굉장하다, 조. 이 정도면 천재 아니니, 루이스?"

"겨우 그 정도 갖고 천재라고 하기에는 그렇지."

"하여튼. 박하긴. 이럴 게 아니라 조, 너 나한테 컴퓨터 좀 가르쳐 주겠니?"

"제가요?"

"그래. 루이스는 구박만 할 줄 알거든. 우선 메일 주소랑 메신저 좀 알려줘. 컴퓨터 하다가 궁금한 거 있으면 물을게."

"네."

조는 리아에게 메일 주소와 메신저를 알려주었다.

"너 약속한 거다, 조."

"네."

그때 회의를 마친 히링튼이 사무실 안으로 들어왔다.

"조, 와 있었니? 기다리게 해서 미안하구나."

"아니에요. 방금 전에 왔는걸요, 히링튼 씨."

"그래요, 아빠. 덕분에 조와 즐거운 시간을 보냈거든요."

"무슨 일이 있었나 보구나."

"조, 말이에요. 정말 굉장해요. 아빠가 말한 것보다 더요. 루이스가 제 노트북에 걸어놓은 암호를 금방 해지시켜 버렸어요."

"대단하구나, 조. 잘했다. 그래, 오늘은 결론이 어떤 방향으로 결정되었는지 알려주기 위해 온 걸 테지?"

"네. 학교에 다니겠어요, 히링튼 씨."

"잘 생각했다, 조."

"아빠, 조는 컴퓨터에 남다른 소질이 있는 것 같아요. 그러니까 학교는 컴퓨터를 전문으로 하는 곳으로 알아보세요."

"리아 말이 맞아요."

조용히 있던 루이스까지 거들었다. 히링튼은 리아와 루이스를 보며 뿌듯한 표정을 지었다.

"그래, 알았다."

그날부터 조는 학교에 갈 기대로 하루하루를 보냈다. 그렇다고 구두닦이 일을 게을리하지는 않았다. 학교가 결정되고 입학할 때까지 조는 히링튼 은행의 구두를 더욱 열심히 닦으리라 마음먹었다. 머피 할아버지도 그런 조를 자랑스럽게 여겼다.

"히링튼 씨께 얘기 들었다. 한 달 후에 컴퓨터 전문학교에 들어가게 되었다고."

"네."

"잘 됐구나. 히링튼 씨의 신세는 잊지 말아야 한다."

"그럼요."

기대와 설렘으로 하루하루가 지나갔다. 그런 어느 날 오후였다. 머피가 일이 있어서 잠시 외출한 사이에 30대 후반의 남자가 가게 안으로 들어섰다.

"죄송한데요, 지금은 이발을 해드릴 수가 없어요. 머피 할아버지가 일이 있으셔서 외출하셨거든요."

"머리 때문에 온 게 아니란다. 혹시 네가 조니?"

뜻밖의 질문에 조는 의아한 눈으로 남자를 바라보았다.

"네."

"잘 찾아왔구나. 나는 널 만나러 왔어. 모처럼 히링튼 은행에 갔더니 누군가가 네가 구두를 무척 잘 닦는다고 말해 주더구나. 듣자하니 넌 히링튼 은행의 모든 구두를 책임지고 있다던데 사실이니? 히링튼 씨가 특별히 네게 그 일을 맡겼다고 하던데 말이야."

"네."

"대단하구나. 그럼 히링튼 씨의 구두도 네가 직접 닦는 거니?"

"그럼요."

조는 왠지 그를 치켜세워 주고 있는 남자 앞에서 어깨를 으쓱하고 싶었다.

"널 보고 있노라니 네가 히링튼 씨를 무척 좋아한다는 생각이 드는구나."

"네. 그분을 만난 건 제 인생의 가장 큰 행운이에요. 어른이 되면 그분처럼 훌륭한 사람이 되고 싶어요."

"후후. 그러고 보니 우리는 공통점이 있구나. 나 역시 히링튼 씨에게 많은 신세를 졌거든. 그래서 작은 선물을 준비했는데 막상 전해 주려니 좀 쑥스럽구나. 은행까지 갔다가 그냥 나왔지 뭐야."

"선물이요?"

"그래."

남자가 기다렸다는 듯이 주머니에서 작은 상자를 꺼냈다. 조의 시선이 상자를 물끄러미 바라보자 남자가 희미하게 웃으며 말했다.

"값비싼 건 아니란다. 아니 너무 보잘것없어서 드리기가 그렇구나."

"히링튼 씨는 그런 걸 따지지 않는 분이세요."

조는 자신이 히링튼에 대해 무척 잘 알고 있는 양 말했다.

"알고 있어. 하지만 그래도 전해 주기엔 좀 그래. 아무래도 그냥 말아야겠다."

남자는 들고 있던 상자를 다시 주머니로 집어넣었다. 그걸 지켜보고 있던 조는 왠지 아쉬움이 일었다.

"그럼, 제가 대신 전해 드릴까요?"

"네가?"

"네, 안 그래도 조금 있다가 히링튼 씨께 가져다 드려야 할 구두가 있거든요."

"그럼. 부탁해도 되겠니?"

"네, 그럼요."

"그래, 그럼 부탁하마. 카드가 안에 들어 있으니까 전해 주기만

하면 알 거야."

"네."

남자가 손을 뻗어 조의 머리를 쓰다듬어주었다. 조가 올려다보자 그가 웃으며 말했다.

"고맙다, 널 기억하마."

남자가 가게를 나가고 얼마 후 머피가 돌아왔다.

"별일은 없었니?"

"오늘은 머피 씨가 없는 걸 다들 어떻게 아셨는지 손님이 안 오셨어요."

"다행이구나."

"그럼, 전 은행에 다녀올게요. 히링튼 씨께 구두를 가져다 드려야 해서요."

"그래. 차 조심하는 거 잊지 말고."

"네."

조는 손에 구두를 들고 은행으로 달렸다.

"조, 왔니?"

위층으로 올라가자 이젠 누나처럼 친근해진 비서가 조를 반갑게 맞아 주었다.

"안녕하세요, 히링튼 씨 구두를 가지고 왔어요."

"응. 들어가도 좋아. 오늘은 안에 사모님이 와 계셔. 널 만나고 싶다고 특별히 오신 거니까 인사 잊으면 안 돼, 조."

"네."

조가 안으로 들어가자 비서 누나가 말했던 것처럼 히링튼 부부가 소파에 앉아 차를 마시고 있었다.

"안녕하세요."

"어머, 네가 조구나? 그래, 말로만 듣다 이제야 만나는구나. 난 제니퍼란다. 만나서 반갑구나. 루이스도 그렇고 리아도 그렇고 요즘엔 네가 그 애들의 관심사가 된 거 알고 있니? 루이스는 원래 닉을 제외하고는 남에게 관심을 보인 적이 없었는데 기대가 되는 아이를 만났다고 하더구나."

"말씀은 감사하지만 그렇게 칭찬을 받을 정도는 아니에요."

"듣던 대로 겸손한 아이구나."

"고맙습니다."

"그런데, 그 상자는 뭐니?"

"아, 이거 선물이에요."

"선물?"

"제가 드리는 건 아니고 가게로 찾아온 손님이 전해 달라고 하셨어요. 저처럼 히링튼 씨께 도움을 받으신 분이라는데 은행까지 오셨다가 못 드렸다고 하셔서 제가 대신 가져왔어요."

"그래?"

"네. 그럼 여기 놓고 가겠습니다."

"그래, 고맙다. 조."

조가 구두와 선물을 놓고 나가자 히링튼 부부는 흐뭇한 표정을 지으며 조에 대해 말했다.

"밝은 아이야."

"네."

"당신이 저 아이에게 마음을 다치지 않게 기회를 주어서 다행이라는 생각이 드네요."

히링튼이 제니퍼에게 입을 맞추었다.

"역시 당신은 최고의 투자가예요."

"그게 다야?"

"최고의 아빠이자 영원한 내 연인이기도 하고요."

두 사람은 입을 맞추었다. 그리고 잠시 후 조가 놓고 간 상자를 제니퍼가 집었다.

"누굴까요? 은행까지 왔다가 전해 주지 못하고 돌아갔다니…… 누구 짐작 가는 사람 있어요?"

"글쎄."

"그럼, 혹시 안에 카드가 들어 있을지도 모르니까 풀어보죠."

"그래."

두 사람은 사이좋게 앉아 조가 전해준 선물의 포장을 풀기 시작했다. 그 무렵 조는 콧노래를 부르며 막 은행의 로비를 나서고 있었다.

"지금 가니, 조? 오늘은 구두가 없구나."

"네. 오늘은 구두 때문에 온 게 아니거든요."

"무슨 일이니? 기분이 무척 좋아 보이는구나."

청원경찰 데이빗과 얘기를 나누는 그때였다. 갑자기 펑 하는 소리와 함께 무언가가 위층에서 터졌다. 굉음과도 같은 폭발음이 은행 전체를 흔들었다.

띠리링. 이어 요란한 화재경보기가 귀를 찢을 듯이 때렸다. 그러자 순식간에 은행 안은 아수라장이 되었다. 아아악, 질서정연한 움직임은 사라지고 비명과 무질서, 혼란이 만연하게 퍼졌다. 은행에 있던 사람들이 일제히 비명을 지르며 문 쪽을 향해 달리며 뒤섞였다.

"폭탄인가?"

데이빗이 심상치 않은 표정을 지으며 쏟아져 나오는 사람들과 달리 위층으로 달려가기 시작했다. 히링튼 씨?

조 역시 본능적으로 데이빗을 향해 달리기 시작했다.

"안 돼, 조. 넌 따라오지 마. 건물 밖으로 나가 있어."

데이빗이 달려가면서 조에게 소리쳤지만 조는 그의 말을 따를 수가 없었다. 사고는 조가 우려했던 대로 사장실이 있는 층에서 일어난 듯했다. 숨차게 달려서 다다른 복도엔 스모그와 같은 회색 연기와 먼지가 가득했다.

그때 그 연기와 먼지를 뚫고 누군가가 모습을 드러냈다. 그는 재랄드라고 불리는 또 다른 청원경찰이었는데 비서 누나를 등에 업고 있었다. 정신을 잃은 듯 업혀 있는 비서 누나의 이마에서는 붉은 선혈이 흘러내리고 있었다. 조는 넋을 잃고 그녀를 바라보았다.

"대체 무슨 일인가?"

"사장실 쪽에서 폭탄이 터졌어."

"폭탄?"

"그래. 만일의 사태 때문에 사장실 안까지 접근은 못 했지만 아무래도 히링튼 부부가…… 일을 당한 것 같아."

안 돼. 멍하니 서 있던 조가 사장실 쪽으로 미친 듯이 달려 나갔다.

"안 돼, 조."

뒤에서 데이빗이 소리쳤지만 조는 멈출 수가 없었다. 비서실의 일부 벽이 무너져 있는 상태에서 조는 단숨에 사장실 안까지 들어갔다.

"히링튼 씨……."

울음소리와 비슷한 흐느낌이 연신 새어 나오는 동안 조는 폐허가 된 집무실 안에서 히링튼 부부의 모습을 찾기 위해 노력했다. 사방으로 터진 선혈 자국이 여기저기 낭자하게 달라붙어 있는 것과 동시에 구석에 쓰러져 있는 히링튼 씨의 모습이 얼핏 보이는가 싶었다.

"히링튼 씨?"

조의 두 다리가 덜덜 떨렸다. 하지만 조는 위험과 두려움을 무릎 쓰고 히링튼을 향해 걷기 시작했다.

그때였다. 벌벌 떨면서도 겨우 그곳으로 다가가고 있는 동안 천장에 달라붙어 있던 무언가가 조의 어깨 위로 뚝 떨어졌다. 그것은 조의 머리를 쓰다듬어주었던 루크 히링튼의 한쪽 팔이었다.

"……조. 조, 이제 정신이 드니?"

누군가가 그에게 말했다.

'머피 할아버지……?'

굳게 닫혀 있던 눈꺼풀이 올라가자 어렴풋이 들렸던 대로 머피가 내려다보고 있는 모습이 눈에 들어왔다. 정신을 차린 조가 자리에서 벌떡 일어나 주위를 살폈다.

"괜찮다, 조. 여긴 병원이란다. 넌 히링튼 은행에서 기절했단다."

그제야 조의 머릿속에 끔찍했던 시간들이 해일처럼 밀려들었다.

"히링튼 씨, 히링튼 씨는 어떻게 되었어요?"

"조."

"머피 할아버지, 말씀해 주세요. 히링튼 씨가, 히링튼 씨가……."

"그래, 조. 안타까운 일이다. 히링튼 부부의 일은 지금 생각해도 끔찍하구나."

머피가 나지막한 목소리로 중얼거리자 조의 눈에서 눈물이 주르륵 흘러내렸다.

"두 분 모두…… 돌아가셨나요?"

조가 묻자 머피가 조용히 고개를 끄덕였다.

"저…… 때문이에요."

"조, 그게 대체 무슨 소리냐?"

"저 때문이에요. 그 남자를 대신해서 제가 히링튼 씨께 선물상자를 건넸는데…… 아무래도 그 상자가 폭탄이었던 것 같아요."

"조, 네가 무슨 말을 하고 있는지는 모르겠다만 그 남자의 얼굴을 기억하고 있니?"

머피가 묻자 조가 고개를 끄덕였다.

"나가서 경찰을 불러오마. 안 그래도 네가 정신이 깨어나길 밖에서 기다리고 있단다. 경찰에게 네가 아는 대로 상세하게 말하면……."

그때였다.

윽!

조의 어깨를 잡고 있던 머피가 낮은 비명을 지르며 그대로 쓰러졌다.

"머피, 할아버지!"

조가 머피의 안부를 살펴보기도 전에 이어 피융, 하고 또 다른 총알이 병실 안으로 발사되어 들어왔다. 하지만 그 총알은 이번만큼은 빗나가 조를 쓰러트리지 못했다.

조는 본능적으로 내려와 침대 밑으로 기어들어 갔다.

"머피, 할아버지……, 할아버지."

조는 부들부들 떨며 바닥에 쓰러져 있는 머피를 멍하니 바라보았다. 머피 할아버지의 이마에 총구멍이 뚫려 있었고 그 사이에서 검붉은 피가 솟아오르고 있었다. 두려움과 충격에 휩싸인 두 눈에서 눈물이 흘러내렸다. 그러고 있는 동안 병실문이 벌컥 열리고 경찰 두 명이 병실 안으로 들어왔다.

"엄호해!"

그들은 창문 쪽을 향해 다짜고짜 총을 쐈다.

그 모습을 지켜보면서 조는 불현듯 이대로 있어서는 안 된다는 생각이 들었다. 조는 자신에게 작은 상자를 건넸던 남자를 떠올렸다. 죽은 듯이 가만히 있던 조는 숨어 있던 침대에서 빠져나와 열린 병실 문 쪽으로 미친 듯이 달려 나갔다.

"꼬마야, 거기 서!"

병실 안에 있던 경찰이 소리쳤지만 조는 멈추지 않았다. 조는 울면서 뛰었다. 현실 같지 않은 혼돈 속에서 그는 달리고 달렸다. 고아원에서 원장이 지독하다 싶을 정도로 때릴 때에도 이처럼 두려웠던 적은 없었다.

의사, 환자, 그밖에 여러 사람들이 조를 스쳐 지나갔다. 심장이 터질 때까지 달린 조는 우선 사람이 보이지 않는 병실로 숨어들었다. 겨우 그곳에서 숨을 돌리고 있는데 문득 데스크 위에 놓여 있는 노트북이 눈에 들어왔다. 컴퓨터를 보자 그는 저도 모르게 안도했다. 고아원에서도 컴퓨터는 그의 유일한 친구이자 안식처였다.

조는 눈물을 닦았다. 이대로 있을 수는 없었다. 머피 할아버지가 죽었고 히링튼 부부도 죽었다. 그 모든 게 자신 때문이라는 것을 그는 알고 있었다.

조는 노트북을 훔치기로 했다. 주인에게는 미안했지만 지금 그에게는 이 방법밖에 없었다.

병실을 나온 조는 주위를 살피며 다시 달렸다. 불행인지 다행인지 아무도 그를 따라오지 않았다.

–히링튼 부부가 은행에서 폭탄에 의해 살해되었다.–

–사건을 담당하는 경찰은 아직 실마리를 전혀 찾고 있지 못한 채 이 사건과 깊은 관련이 있는 구두닦이 소년 조를 찾는 데 주력을 다하고 있다.–

기사는 조가 숨어 있는 동안에도 쉴 새 없이 흘러나왔다.

조는 어린 나이답지 않은 능숙한 동작으로 이런저런 기사들을 읽었다. 그러다 히링튼 부부의 유산을 그대로 상속받게 된다는 루이스와 리아에 관한 기사도 읽게 되었다.

그래, 루이스와 리아.

조는 이제 믿을 수 있는 사람은 오직 루이스와 리아밖에 없다고 생각했다. 조는 메일함을 열었고 리아에게 메일을 보내기로 마음먹었다. 그동안 리아와 여러 차례 메일과 메신저를 주고받았기 때문에 리아의 메일 주소는 이미 알고 있었다. 그러나 놀랍게도 리아에게 온 메일이 있었다. 조는 서둘러 받은 메일함을 열었다.

[To 조.

네가 언제 이 메일을 보게 될지는 모르겠지만 난 네가 우리에게 꼭 해야 할 말이 있다고 생각하고 있어. 루이스와 난 네 연락을 기다리고 있어. 꼭 연락을 줬으면 좋겠구나.]

망설일 이유가 없었다. 조는 리아에게 당장 답장 메일을 보냈다.

[To 리아.
그래 난 꼭 해야 할 말이 있어.
하지만 어떻게 만나야 할지 모르겠어.]

그러자 마치 그의 연락을 기다리고 있었던 것처럼 리아가 답장을 보냈다.

[조? 지금 어디니?]
[잘은 모르겠지만 근처에 로즈정원이라는 곳이 있어.]

조는 리아에게 그가 숨어 있는 장소에 대해 알고 있는 대로 적어 리아에게 보냈다.

[그래. 알았어. 오늘 밤 사람을 보낼게. 이름은 닉이야. 우리와 절친한 사이니까 그는 믿어도 좋아. 그럼 로즈공원 정문에서 11시에 만나는 거로 하자.]
[알았어.]

그날 밤 11시.
조는 시간에 맞추어 로즈공원 정문에서 닉이라는 사람을 기다렸다. 시계탑의 시계가 정각 11시를 지나기 직전 차 한 대가 조 앞에 멈추어 섰다.

차창 문이 내려가고 운전석에 앉아 있는 남자가 조에게 물었다.

"네가 조니?"

조는 고개를 끄덕였다.

"난 닉이라고 해. 루이스와 리아의 부탁으로 왔다. 타라."

조는 닉의 말대로 차에 올라탔다.

잠시 침묵이 흘렀고 그동안 닉은 힘껏 액셀을 밟았다.

"두려워하지 마. 루이스와 리아는 네가 아무 잘못도 하지 않았다는 걸 알고 있으니까."

하지만 조는 닉의 위로에 아무 대답도 할 수 없었다.

어쨌든 히링튼 부부는 죽었다. 머피 할아버지도 죽었다. 자신이 아니었다면 그들이 적어도 죽지는 않았을 것 같았다.

조가 침묵을 유지하고 있는 동안 닉은 루이스와 리아가 있는 집 근처에 도착했다. 정문에는 혹시나 모를 사태를 대비해서 경호원들이 배치되어 있었다.

"조, 몸 숙이고 있어."

조는 닉의 말대로 최대한 몸을 낮추고 숙였다. 하지만 루이스와 리아에게 출입을 허가 받은 닉은 특별한 제지 없이 정문 안으로 들어섰다. 넓은 정원을 가로질러 어느덧 닉의 차가 저택 앞에 멈추었다.

닉은 조를 데리고 안으로 들어섰고 그 안에는 이미 루이스와 리아가 그들을 기다리고 있었다.

"수고했어. 닉."

"고마워, 닉."

"천만에."

닉에게 인사를 한 루이스와 리아가 조에게 가까이 다가섰다.

"난, 나는……."

줄곧 침묵으로 일관하고 있던 조가 기어이 울음을 터트렸다.

"괜찮아. 조."

리아가 조의 어깨를 감쌌다.

"넌 아무런 잘못 없어, 다만 그자들이 순진한 널 이용한 거지."

"난, 난, 그 상자 안에 폭탄이 들어 있을 거라고는 전혀 생각하지 못했어."

"알아."

"머피 할아버지도 돌아가셨어……. 리아, 난 이제 어떡해야 하는 거지?"

조의 울먹임에 잠자코 듣고 있던 루이스가 나섰다. 조는 잔뜩 주눅이 들어 거대한 형상처럼 서 있는 루이스를 바라보았다. 그는 여전히 차가워 보였다. 하지만 적어도 그것이 자신을 향한 것이 아니라는 것을 조는 알 수 있었다.

"우리가 널 찾은 건 잘못을 따지기 위해서가 아니야. 진실을 알기 위해서지."

"진실?"

조가 눈물 어린 시선으로 루이스를 바라보았다.

"그 남자를 기억하니? 네게 폭탄이 든 상자를 전해준 남자."

루이스의 질문을 받은 조의 머릿속에 남자의 모습이 본능적으로 그려졌다. 조는 망설이지 않고 고개를 끄덕였다.

"확실해?"

조가 다시 고개를 끄덕였다. 그를 바라보고 있던 루이스도 고개를 끄덕였다.

"이쪽으로 와."

짧게 말한 루이스가 앞장서서 걷자 조는 그의 뒤를 따랐다. 그들이 다다른 곳에는 여러 장의 사진이 테이블 위에 놓여 있었다. 루이스가 조에게 그중 몇 장의 사진들을 건네주었다.

"이 사진들을 자세히 살펴봐."

"루이스, 조에게 잠시라도 안정을 취할 시간을 주고 나서……."

리아가 그에게 건의했지만 루이스는 이번에도 짧게 되받았다.

"우리에겐 시간이 없어. 부탁한다, 조."

조는 고개를 끄덕이고 루이스가 내민 사진들을 한 장씩 천천히 살펴보았다. 한 장, 두 장, 세 장……. 그렇게 사진을 살펴보던 조의 손이 일곱 번째 사진에서 멈추었다. 사진을 들고 있는 조의 손가락이 그의 의지와는 상관없이 부르르 떨렸다.

'이자다!'

남자의 얼굴을 보고 있노라니 히링튼 씨의 떨어진 팔이 야기했던 공포와 무력감이 고스란히 되살아났다.

"조?"

루이스가 부르자 조는 말도 하지 못한 채 고개만 끄덕였다.

"역시, 그랬어."

루이스가 중얼거리자 리아가 나섰다.

"루이스, 설명을 해줘."

리아의 말에 루이스가 주머니에서 소형 녹음기를 하나 꺼냈다. 그는 말없이 버튼을 눌렀다. 녹음기 안에서 말소리가 흘러나왔다.

[내 제안을 거절한 셈인가, 히링튼.]

[그래.]

[자네가 이렇게 매정한 사람이라고는 전혀 생각한 적이 없었는데. 자네가 날 친구로 여긴다면 그 정도의 부탁은 충분히 들어주어야 하는 거 아닌가?]

[자네야말로 아직 우리가 친구라고 생각한다면 이쯤에서 멈추게. 다시 말하지만 더 이상 자네를 위해 돈을 쓰는 일은 없을 걸세. 그동안 자네는 변해도 너무 변했어.]

[빌어먹을, 히링튼. 돈 좀 있다고 날 가르치려 들지 말게. 권력으로 치자면 내가 위니까.]

[권력? 그따위 권력을 얻기 위해 정치권에 발을 들였나?]

[방금, 그따위 권력이라고 했나? 그건 자네가 권력의 맛을 모르기 때문에 그런 소리를 하는 거지. 한 번 맛보면 놓지 못하는 게 바로 권력이라는 거네. 그러니까 비리를 저질러서라도 그 자리를 유지하기 위해 안간힘을 쓰는 거지. 그런 권력을 놔두고 빈민 구제를 위해 자선단체나 만들겠다고? 정부조차도 구제하지 못한 그 수많은 빈민들을 자네가 구제할 수 있을 것 같은가? 그들에게 돈을 쓰는 건 밑 빠진 독에 물을 붓는 것과 다를 게 없어.]

[난 그들을 구제하고자 하는 게 아니네. 다만 내가 할 수 있는 방법으로 그들을 도와주는 것뿐이지. 그리고 난 자선단체가 아니라 그들을 위한 학교를 세울 걸세.]

[그럼, 어떤 수단을 써서라도 택지 허가를 못 내게 만들어야겠군. 그 돈은 엄연히 날 위해서 써야 할 돈이니까.]

[스미스! 지금 나를 협박하는 건가? 그럼 나도 가만있지 않겠네. 난 타롱은행의 택지공급과 관련해 자네가 뇌물을 받았다는 사실을

알고 있어.]

[이런, 이런. 이래서 어제의 친구가 오늘엔 적이 될 수도 있다는 말이 있는 거군. 나를 모욕하고 감히 권력의 힘을 우습게보다니. 하긴 돈을 쌓아 놓고도 서민들이나 상대하는 자네는 영원히 권력을 모르겠지.]

[난 알고 싶지 않아.]

[아니, 나는 이번에라도 자네에게 그것을 가르쳐 줘야겠다는 생각이 드는군. 그전에 마지막으로 묻지. 날 위해 다시 지갑을 열겠나?]

[거절하겠네.]

[그래. 루크. 자네의 결심은 이미 내게 전달되었네. 아까운 시간을 쪼개서 집까지 찾아왔는데 날 감히 이렇게 대하다니. 내 청을 거절한 것을 후회하게 해주겠네. 조만간 자네가 그리도 우습게 여기는 권력의 힘을 보여줄 테니 각오하고 있게나. 루크.]

거기에서 음성이 멈추었다. 적막함이 감돌았다. 녹음기에서 흘러나온 음성을 듣고 있던 리아, 닉, 그리고 조는 그저 루이스를 주시했을 뿐이다.

"도청에 취미를 붙이면서 온 집안에 도청한 적 있었어. 아버지가 아시게 되어서 제거했지."

리아도 알고 있었던 일이기에 고개를 끄덕였다.

"하지만 한 개가 남아 있었어. 스미스 의원……. 조가 고른 사진은 스미스 의원이 부리는 샘이라는 자야."

"루이스, 이제 어쩔 셈이야."

"어쩌다니. 경찰은 단서가 부족하다는 이유로 이 사건을 흐지부지

만들고 있어. 짐작하건대 누군가가 외압을 했건 상부에서 별도의 지시가 있었을 거야. 더 이상 그들을 믿고 있을 수만은 없어. 난 복수하겠어. 시간이 얼마가 걸릴지라도. 반드시."

루이스의 말에 리아가 말했다.

"넌 내가 항상 부족하다고 말하지만 널 돕겠어. 루이스."

닉도 나섰다.

"너희들 일에 난 언제든 빠지지 않았다는 거 알지? 설마 날 따돌릴 생각 따윈 하지들 말라고."

망설이고 있던 조도 작은 목소리로 말했다.

"나도 자격이 있다면……."

그러자, 루이스가 조를 바라보았다. 상대를 꿰뚫는 잿빛 눈동자가 조를 가만히 들여다보았다. 이어 낮은 음성이 터졌다.

"조, 이제부터 네 이름은 바뀌게 될 거야. 이후에는 세계에서 가장 뛰어난 해커가 되도록 해."

조는 고개를 끄덕였다. 루이스의 말이 지금 그에게는 진리였다. 또한 스스로가 생각하게도 자신이 할 수 있는 일이기도 했다.

5년 후.

"조."

"아, 리아."

"아직까진 별일 없지?"

"네가 날 여전히 조라고 부르는 것만 빼면 별일 없어."

"이런, 제길. 내가 또 그랬어?"

"긴장했나 봐, 리아. 넌 긴장하면 날 그렇게 부르잖아."

"아냐. 난 아무렇지도 않아. 그동안 이날만을 기다려 왔으니까. 아마 입술에 문제가 있나 봐. 이번 일이 마무리되는 대로 카일이란 이름이 착착 감기게 입술을 확 성형해 버려야겠어."

리아가 투덜대고 있는데 갑자기 화면을 바라보고 있던 카일이 인상을 썼다.

"빌어먹을."

"왜 그래? 카일."

"뭔가 이상해. 스미스 의원이 타고 있는 차가 갑자기 경로를 이탈했어. 무슨 일이지? 리아 루이스와 닉에게 연락을 좀 해봐."

"알았어."

리아는 서둘러 루이스에게 연락을 취했다. 하지만 그쪽에서 오는 반응은 없었다. 닉도 마찬가지였다.

"둘 다 연락이 안 돼."

"제기랄. 대체 무슨 일이지?"

"안 되겠어, 카일. 일단 여기서 물러나자."

"그래, 리아 우선은 그렇게 해야겠어."

카일은 일어나 운전석으로 자리를 옮겼다. 조수석에 앉은 리아도 표정이 좋지 않았다. 지난 시간 동안 오늘을 위해 노력했는데 그것이 헛된 것으로 끝날 것 같은 불길한 예감이 들었다.

"어디로 가는 거지?"

"루이스가 말했잖아. 변수가 생기면 우선 그곳으로 모이라고."

"그래, 그랬지."

낮게 중얼거린 리아가 다시 루이스와 닉에게 다시 연락을 취했지만 그쪽 반응은 이전과 다르지 않았다.

"빌어먹을. 대체 어떻게 되어 가는 거지?"

그들은 검은 밴 속에서 답답한 시간을 겨우 인내했다.

집에 도착해서도 그들의 기다림은 계속되었다. 그렇게 얼마나 지났을까 싶을 때 비로소 닉에게 연락이 왔다.

"대체 무슨 일이야, 닉. 얼마나 연락을 기다렸는지 알아?"

–미안해, 리아. 그리고 카일.

"사과 따윈 집어치워. 무슨 일이 생긴 건지나 말해."

–계획이 변경되었어.

"그건 이미 알고 있어. 스미스 의원 차가 경로를 이탈하는 것을 지켜보고 있었으니까. 그는 갑자기 집으로 향하더군. 회의가 갑자기 취소라도 된 거야?"

–그래. 그 말이 맞아. 스미스 의원이 참가하기로 한 회의가 내부 사정으로 인해 갑자기 내일로 연기되었어. 하지만 그는 집으로 향하지 않았어. 그는 차를 바꾸어 타고 일부 수행원만 데리고 다른 목적지로 향했어.

"다른 목적지?"

–여긴 아무래도 스미스 의원이 은밀하게 드나드는 별장인 것 같아.

"그럼, 루이스와 함께 지금 그곳에 있는 거야?"

–아니, 난 지금 혼자야.

"혼자라니? 대체 루이스는 어디에 있는데?"

–루이스는 안으로 잠입해 들어갔어.

"빌어먹을 닉. 루이스를 혼자 가게 했단 말이야? 그건 너무나 무모한 짓이야."

–알아. 하지만 난 루이스를 말릴 수가 없었어. 루이스는 나를 기절시키고 사라졌으니까.

“빌어먹을 루이스. 안 되겠어. 닉. 우리가 당장 그쪽으로 가겠어.”

–아니, 지금은 오지 않는 편이 나을 것 같아. 봐서 다시 연락을 할 테니까 기다리고 있어.

“닉!”

하지만 이미 신호가 끊긴 상태에서 리아와 카일이 할 수 있는 일은 없었다. 그쪽 동향을 알게 된 이상 이쪽에서 연락을 취하는 건 위험한 일이었다. 무거운 침묵 속에서 다시 길고 긴 기다림이 시작되었다.

“하아, 하아!”

여자가 연신 희열에 들뜬 신음소리를 내질렀다. 하지만 그것은 그녀가 가진 기교 중의 하나일 뿐 실제로 느끼는 쾌감은 희박했다. 어차피 여자가 원하는 것은 돈이었다.

그녀는 겨우 십 대를 벗어났지만 침대 위에서의 테크닉이 워낙 타고난 터라 고급 창부가 될 수 있었고 그 이름에 걸맞게 스미스 의원을 상대하고 있었다.

여자는 능수능란하게 골반을 조이며 속삭였다.

“아아, 미칠 것 같아. 이제까지 상대했던 어떤 사내들보다 의원님이 가장 크고 딱딱해. 아, 아 좋아. 더, 더요, 응?”

여자가 달뜬 소리로 애원하듯 말하자 스미스 의원은 만족스러운 표정으로 희멀건 엉덩이를 찰싹찰싹 때리며 더욱 깊숙이 파고들었다. 따분하기 짝이 없는 회의가 취소되는 바람에 그는 현재 천국에

와 있었다.

여자는 자신의 딸보다도 어린 나이였다. 정확히 말하면 그의 딸보다도 무려 여덟 살이나 어렸다. 그런 여자를 상대하고 있다니. 사내로서의 우쭐함이 그를 더욱 달뜨게 만들었다.

"어디 아빠라고 불러 봐."

급기야 일그러진 성욕이 변태적인 성향을 야기했다. 하지만 여자는 숙련된 기술만큼이나 그의 비위를 잘 따랐다.

"아앙, 아빠…… 너무 좋아, 아흣."

"이쁜 것, 널 어떻게 해줄까. 응? 이렇게 찔러줄까, 아니면 이렇게 돌려줄까? 말해 봐라. 오늘 밤은 기꺼이 널 위해 하반신을 움직여줄 테니까……. 흐흐 밤새도록 말이다."

그는 여자의 둔덕을 우악스럽게 쥔 채 찌르고 돌리고 열심히 하반신을 움직여대며 지껄였다.

"아흣, 아빠…… 우리 아빠 최고."

어린 만큼이나 속살의 탄력이 좋은 탓에 벌써부터 사정의 쾌감이 밀려오고 있었다. 스미스 의원은 그가 아는 가장 우울한 노래를 속으로 부르며 간신히 사정을 억눌렀다. 이어 그가 할 수 있는 최대한의 격렬한 피스톤 운동이 시작되었다. 망각과도 같은 고지를 겨우겨우 연장하며 하반신을 움직이는 동안 우습게도 죽은 친구의 모습이 환영처럼 떠올랐다.

'흐흐, 어떤가. 히링튼. 이런 게 바로 권력의 맛이라는 거네. 그것은 어린 여자들의 질 속과도 같지. 깊게 밀고 들어갈수록 나오기가 싫어지지. 흐흐 물론 자네는 이미 죽었으니까 모르겠지만 난 이렇게 살아서 천국 속을 헤집고 있다네.'

스미스 의원의 얼굴에 탐욕과도 같은 조소가 서렸다. 그때였다. 어둠 속에서 낮고 냉혹한 음성이 터져 나왔다.

"스미스 의원."

꺄악. 동시에 여자가 비명을 지르며 몸을 비틀었다.

"누, 누구냐?"

날선 목소리에 스미스는 황급히 여자의 질 속에서 페니스를 꺼냈다. 그는 놀란 시선으로 목소리가 들린 곳을 바라보았다. 하지만 남자는 어둠 속에서 그림자처럼 숨어 있어 잘 보이지 않았다.

"누, 누구냐니까?"

"……."

물음에도 아무 대답이 없자, 스미스 의원이 문 쪽에 고개를 대고 소리를 질렀다.

"밖에 아무도 없나?"

"……."

함께 온 수행원들은 다들 어디로 갔는지 조용했다. 스미스 의원은 본능적으로 스며드는 공포 속에서 남자를 숨기고 있는 어둠을 살폈다. 잠시 어둠이 갈라지는가 싶더니 그림자와 같은 남자가 손에 들고 있던 무언가를 침대 위로 던졌다.

툭, 둔탁하다 못해 질퍽한 소리를 내며 구르다 멈춘 것은 목이 잘린 샘이었다. 샘이 눈을 그대로 뜬 채 스미스 위원을 바라보고 있었다.

"헉!"

"캬아아."

여자가 이전과는 비교할 수 없는 괴성과도 같은 비명을 지르며 몸을 비틀었다.

"살려주세요. 전, 저는 아무것도 보지 못했어요. 제발 살려주세요."

여자가 애원했다.

"나가."

그림자와 같은 남자가 말하자 여자는 나체 그대로 벌벌 떨며 줄행랑을 쳤다. 문을 열고 나간 여자가 밖의 상황을 대변해 주듯 다시 비명을 질러댔다.

"으으."

교성 소리와는 사뭇 대조되는 여자의 비명 소리에 스미스 의원의 공포는 더욱 증폭되었다. 그는 공포로 일그러진 얼굴과 축 늘어진 페니스를 가릴 생각도 못한 채 사시나무 떨듯 떨고 있었다. 기대했던 모습과는 사뭇 달랐다.

"우습군. 안 그런가?"

"사, 살려줘."

그는 보이지도 않는 남자에게 애원하기 시작했다. 비참하다 못해 처참해진 스미스를 조소 서린 얼굴로 지켜보고 있던 남자가 비로소 어둠 속에서 나왔다.

하지만 남자가 쓰고 있는 가면 탓에 스미스는 얼굴을 볼 수가 없었다. 남자는 어둠 속에 숨어 있었을 때와 마찬가지로 그림자에 불과했다.

"살, 살려줘. 제발, 원하는 것이 있다면 모두 줄 테니까……."

"훗, 그게 네가 말하는 권력의 힘인가?"

"살려주게. 원하는 게 뭔가? 원하는 게 있을 게 아닌가?"

그러자, 가면 속에 숨어 있는 남자가 말했다.

"네 목숨."

"헉!"

남자가 더욱 가까이 다가왔다. 휙, 이어서 금속성 물체가 공기를 자르기라도 할 듯 매서운 속도로 스미스 의원에게 향했다.

"크헉!"

스미스 의원의 한쪽 팔이 샘의 얼굴 위로 툭 떨어졌다.

분수처럼 뿜어져 나온 붉은 피가 침대를 붉게 물들였다. 공포스럽다 못해 기괴한 그 모습에 스미스 의원의 푸른 눈동자가 뒤집힐 듯 올라갔다.

그 모습을 보며 가면 속의 남자는 웃었다. 희미하게 입꼬리를 말아 올리는 남자는 행복해 보이기까지 했다.

"으아악."

스미스 의원의 비명 속에서 남자가 말했다.

"천천히."

남자의 낮은 목소리와 함께 이번에는 다른 쪽 팔이 잘렸다.

"크헉!"

"고통스럽게."

"우아아악."

"네 목숨을 가져가겠다."

두 팔을 잃은 스미스 의원이 본능적으로 자리에서 일어나자 남자는 가차 없이 그의 한쪽 다리마저 잘라버렸다. 균형을 잃고 다시 침대 위로 쓰러지듯 넘어진 스미스는 벌레처럼 꿈틀거렸다. 남자가 침대 옆으로 소리 없이 걸어와 그런 스미스 위원을 내려다보았다.

스미스 의원의 두 눈이 두 개의 구멍 속에서 드러난 남자의 잿빛 눈동자와 마주쳤다. 그 눈동자를 보고 있노라니 비로소 누군가가 떠올랐다.

"히……링튼, 자……넨가?"

"……."

착각처럼 잿빛 눈동자가 아주 잠깐 흔들렸다.

"제, 제발 살려주게."

"……."

"우린 친구지 않은가. 그러니까 제발 자비를 베풀게."

"친구, 친구라…… 당신은 친구라는 의미를 아직도 모르고 있군. 스미스 의원."

"살려줘, 히링튼. 내가, 내가 잘못했네. 응? 그러니까 제발……."

하지만 스미스 의원의 애절한 목소리에도 불구하고 남자는 손에 들고 있던 은빛 무기를 그의 목에 가져다 댔다. 그러자 스미스 의원이 중얼거렸다.

"살, 살려줘, 제발."

스미스 의원은 비굴할 정도로 빌고 또 빌었다. 하지만 이전과 달라지는 건 없었다. 일반 칼과는 비교도 할 수 없을 만큼 날카로운 그것이 최대한 천천히 그리고 고통스럽게 스미스 의원의 목으로 파고들었다.

"크헉……."

시뻘건 피가 이미 붉게 물든 침대를 다시 적셨다.

"사과를 하고 싶다면 직접 만나서 하길."

"크아악……."

스미스 의원의 눈이 흰자위만 남긴 채 뒤집어졌다. 죽음의 덫으로 빨려 들어가면서도 스미스 의원은 중얼거렸다.

"살……려……줘……."

남자는 스미스 의원의 목을 파고들었던 금속 물체를 천천히 빼냈다. 그것은 살을 뚫고 들어갔을 때와 마찬가지로 천천히 고통스럽게 빠져나와 사방에 더욱 진득한 비린내를 내뿜었다.

하지만 남자는 아무 일도 없었다는 듯 천천히 주위를 돌아보고 나서 문밖으로 나갔다. 방을 나와 긴 복도를 걷자니 그가 이미 죽인 시체들이 발에 밟혔다.

그는 여전히 태연자약한 모습으로 그것들을 기꺼이 뭉개며 발걸음을 옮겼다. 남자는 주방으로 가서 가스 밸브를 열었다. 피 냄새 사이로 가스 냄새가 스며들었다.

남자는 현관문을 나서며 바닥에 무언가를 툭 던졌다. 작은 기계의 액정엔 5분이라는 제한 시간이 걸려 있었고 그 시간이 소멸되자 시체들이 가득한 건물은 요란한 소리와 함께 화염 속에 휩싸였다.

루이스와 닉이 돌아오면서 네 사람은 비로소 한곳에 모였다.

인터넷과 TV뉴스 등 언론들이 앞다투어 스미스 의원과 관련된 사건을 다루고 있는 동안 리아는 연신 루이스에게 같은 말을 반복하고 있었다.

"무모한 짓이었어. 루이스."

"이제 그만해, 리아."

"아니, 더 들어, 루이스. 우리는 함께 움직여야 했어. 네 개인적인 행동은 너무나 위험하고 무모했어. 잘못되면 넌 죽을 수도 있었단 말이야.”

“잘못되었어도 죽는 사람은 나 하나였겠지.”

철썩. 루이스의 냉정한 말에 리아가 있는 힘껏 그의 뺨을 후려갈겼다. 선명한 붉은 자국이 루이스의 뺨에 새겨졌다.

“그걸 말이라고 해, 루이스 히링튼? 하긴 카일과 내가 얼마나 걱정하고 얼마나 긴 시간을 보냈는지 모르니까 감히 그런 말을 하는 거겠지. 행여 일이 잘못되어서 너 하나가 죽고 우리 셋이 살아남았다고 치자. 살아남은 우리 세 사람이 참 그걸 다행이라고 생각하겠다. 그렇지? 카일, 닉?”

결국 보다 못한 닉이 끼어들었다.

“그래. 루이스.”

조용히 있던 카일도 한마디 했다.

“혼자서 위험을 감당하지 말았어야 했어. 이제까지 우리는 함께였잖아.”

하지만 루이스의 생각에는 변함이 없었다. 그는 확고했다. 처음, 이 복수를 시작했을 때부터 그들은 한 팀이었지만 모든 책임은 자신이 지고 가지고 했었으니까.

“카일, 넌 이 일에 개입되었다는 것만으로도 충분해. 닉, 그동안 도와준 것은 고맙지만 그 이상은 안 돼. 리아, 넌 날 위해서라도 살아남아. 히링튼가는 앞으로도 이어지길 바라니까.”

“루이스.”

“살인은 처음부터 내 몫이었어. 복수를 하겠다고 결심한 그때부터 난 그렇게 맹세했어.”

“…….”

루이스의 말에 리아도 닉도 카일도 할 말을 잃었다.

그들은 그제야 그동안 루이스가 짊어지고 있던 복수의 무게가 얼마나 크고 무거웠던 것인지 짐작할 수 있었다. 그는 이제까지 그들과 함께 했지만 위험한 순간만큼은 그들의 목숨을 살리는 대신 자신의 목숨만을 대가로 내놓고 있었던 것이다.

카일은 두 주먹을 쥐었다.

"왜 그 대가를 루이스가 치르려고 하지? 우리 네 사람 중 하나가 다른 세 사람을 위해서 목숨을 내놓아야 한다면, 그래서 그들을 지킬 수 있다면 그건 나여야 해. 처음부터 이 일은 나 때문에 시작된 거니까."

카일의 눈에서 눈물이 주르륵 흘러내렸다. 잠시 무거운 정적이 흘렀다. 히링튼 부부의 죽음, 머피 할아버지의 죽음을 홀로 지켜보았던 카일의 고통과 상처가 그의 볼 위를 타고 흘러내렸다.

그를 바라보고 있던 루이스가 조용히 다가와 카일의 어깨를 짚었다.

"네 잘못이 아니다, 카일."

루이스가 말하자 이번에는 리아가 루이스의 등 뒤에서 말했다.

"그렇다고 네 잘못도 아니야, 루이스."

닉도 거들었다.

"아니, 우리 중 어느 누구도 잘못한 사람은 없어. 잘못을 한 건 그 자들이지, 우리가 아냐. 그러니까 우리 네 사람 중 어느 누구도 목숨을 내놓을 이유가 없어."

다시 정적이 흘렀다. 그 적막 속에서 네 사람은 이제까지 복수를 위해서 함께 했던 시간과는 또 다른 의미를 지니게 되었다. 닉이 다시 말했다.

"스미스 의원이 죽은 이상 이 사건은 머지않아 은폐될 거야. 정치권에서 압력을 넣겠지만 스미스 의원의 수많은 라이벌들 또한 또 다른 권력자들이자 정치인들이야. 그들은 벌써부터 이 일이 확대되는 것을 원하지 않고 있어. 머지않아 그들은 수사 당국에 실마리와 단서가 부족하다는 이유로 이 사건을 흐지부지 마무리 지을 거야. 예전에 스미스 의원이 했던 그대로. 아이러니한 일이지. 스미스 의원과 다를 바 없는 자들이 존재하고 있다는 이유로 이 사건은 또다시 잊혀질 테니까 말이야."

닉의 말이 옳다는 것을 알고 있었다. 루이스가 스미스 의원을 죽임으로써 당장의 복수는 끝났지만 그 과정을 준비하면서 그들은 권력을 지닌 자들 중에서 스미스 의원만큼이나 썩어 빠진 벌레들이 존재한다는 것을 깨달았다.

권력을 이용해서 수많은 비리와 부패, 심지어 살인을 저지르고도 그것을 아주 쉽게 위장하거나 은폐시키는 벌레들 말이다. 그중에는 그들과는 전혀 다른 이유를 가지고 있긴 했지만 스미스 의원의 정적들도 꽤 많았다.

"그래서 한 가지 제안을 하고 싶은데. 누군가가 그 벌레들을 다 잡을 수는 없겠지만 그래도 그들에게 경고를 해줄 가치는 충분히 있다고 생각하거든."

닉의 제안에 카일, 리아, 루이스의 눈빛이 반짝였다. 그것은 그들도 마찬가지 생각을 하고 있었다는 의미였다. 그때 리아가 입술을 말며 말했다.

"카무플라주[camouflage], 프랑스어야. 어때, 은밀한 모임의 이름으로 근사하지 않아?"

16장. 청혼

달칵, 방문이 열리고 서진이 들어섰다. 누워 있던 리키가 자리에서 일어나 그녀를 빤히 바라보았다.

"잠 좀 잤니?"

"네."

"불편한 곳은 없어?"

"네. 괜찮아요."

서진이 낮게 한숨을 내쉬며 리키의 작은 머리를 쓰다듬었다.

"미안해."

"뭐가요?"

"네게 슬픈 이야기를 해야만 해."

"무슨 일이에요?"

"타미가 죽었단다."

작은 얼굴에 비해 유난히 큰 눈동자가 떨리는가 싶더니 이내 눈물이 주르륵 흘러내렸다.

"내가 마지막으로 본 타미는 널 무척 사랑했어. 그리고 아주 용감했단다. 타미가 아니었다면 아마 루이스와 난 무사하지 못했을 거야."

"고마워요, 그렇게 말해줘서."

"사실인걸. 타미는 네게 자랑스러운 형이었어."

"네."

서진은 타미의 작은 어깨를 따뜻하게 감싸 안았다.

"앞으로 우리와 함께 여기에서 살지 않겠니?"

"그래도 돼요?"

"그럼. 네가 원한다면 얼마든지."

서진의 말에 리키는 천천히 고개를 끄덕였다.

한가한 주말 오후였다. 한차례 폭풍우가 지나고 나자 세상은 다시 조용해졌다.

루이스와 서진은 모처럼 함께 승마를 즐기기로 했다. 오랜만에 들판을 달리는 아서의 발차기에는 경쾌한 리듬이 한창이었다. 아서와 함께 나란히 달리는 루이스의 애마 스콧 역시 마찬가지였다. 두 마리의 말은 그들의 등에 올라탄 주인들만큼이나 사이좋게 속도를 즐기면서 질주했다.

서진을 태운 아서가 머리 위부터 다리 끝, 갈기 한 올까지 백마였다면 루이스를 태우고 있는 스콧은 온통 검은색으로 뒤덮인 흑마였다. 반드르르한 윤기가 흐르는 두 마리의 말은 흑과 백의 조화를 이루며 그들과는 상반된 주인을 태우고 달렸다.

귓가에 스치는 바람은 깨끗하고 상쾌했다.

그렇게 한참을 달리고 나서 루이스와 서진은 풍성한 나무 아래 자리를 잡기로 하고 말에서 내렸다.

"히이이힝."

"푸르르."

아서와 스콧도 그들 옆에 자리를 잡고 풀을 뜯으며 한가로운 휴식을 취했다. 서진은 앉아 있던 몸을 기울여 루이스의 어깨에 머리를 기댔다. 새파랗게 말간 하늘이 머리 위로 펼쳐져 있었다. 그런 하늘을 보고 있자니 아주 오래전에 보았던 한국의 가을 하늘이 생각났다. 그녀가 잠시 고국을 그리고 있는 동안 루이스가 물었다.

"컴퓨터 수업은 어때?"

"음, 한마디로 표현을 한다면 무엇이든 단시간에 마스터할 수 있는 것은 없다! 라는 것을 절실히 느꼈다고나 할까요."

서진의 말에 루이스가 쿡쿡 웃었다.

"컴퓨터를 웬만큼 다룰 줄 안다고 말했던 것이 얼마나 부끄러운 줄 몰라요. 요즘에는 리키가 나보다 더 실력이 좋다니까요."

"리키가?"

"네."

"제법이네."

"특별한 재능을 타고난 아이 같아요."

"그래."

결국 카일은 리키에게 형을 찾아주지 못했다. 하지만 대신 그는 리키에게 새로운 형이 되어주었다.

"아직 어리긴 하지만 훌륭한 학생이에요. 내가 부끄러울 정도로."

서진이 한숨을 내쉬며 말하자 루이스가 말했다.

"무엇이든 마스터를 하겠다는 생각으로 공부를 하면 끝도 없을 거야. 완벽하게 마스터하겠다는 생각을 하지 말고 그냥 알아가는 과정이라고 생각하면 도움이 될 거야."

"당신 말이 맞아요. 카일도 그런 비슷한 말을 하긴 했어요."

"뭐라고 했는데?"

"컴퓨터는 무한한 삽질과 끊일 줄 모르는 체력을 요구하는 친구라고요."

서진이 미소를 지으며 말하자 루이스가 다시 쿡쿡 웃었다.

"그래, 카일에게 있어서 컴퓨터는 그런 존재일 거야. 그도 그럴 것이 어렸을 때부터 컴퓨터에 탁월한 재주를 가지고 있었으니까."

하지만 이내 무슨 생각에서였는지 루이스가 짓고 있던 미소는 자취를 감추었다. 그는 잠시 뜸을 들이다가 말했다.

"그런 카일의 남다른 능력을 가장 먼저 알아본 건 아버지였어."

루이스의 말에 서진의 얼굴에도 미소가 지워졌다. 닉에게 들은 이야기가 생각나서 서진은 쉽게 말문을 열지 못했다.

"……들었어요. 사람을 사람으로서만 대하는 훌륭한 분이셨다고. 카일의 후견인을 자청하셨다죠."

루이스가 고개를 끄덕였다.

"그래, 아버지는 그런 분이었어. 강 박사님도 마찬가지고. 언젠가 내게 물었었지. 왜 강 박사님을 택했냐고."

"네."

"강 박사님은 환자를 환자로서만 대하시는 분이었으니까."

서진은 고개를 끄덕였다. 알 것 같았다. 왜 그가 수많은 의사들을 두고 에이즈에 걸려 버려진 의사를 선택했는지. 그의 아버지와 강 박사가 닮았기 때문이었다. 그의 아버지도 강 박사도 사람을 사람으로서 대하는 사람들이었다. 또한 그가 그런 그의 아버지와도 닮았기 때문이기도 했다.

"그러고 보니까 당신에게 사과할 게 있었어요."

"사과?"

루이스가 되묻자 서진이 고개를 끄덕였다.

"난 어리석게도 여태까지 당신이 왜 이런 위험한 일을 했는지에 생각해본 적이 없었어요. 아니, 어쩌면 이 세상에서 아무것도 아쉬울 게 없는 당신 스스로가 삶의 무료함을 지우고자 택한 일종의 짓궂은 취미라고 단정 짓고 있었던 것 같아요. 왜 그런 바보 같은 생각을 했는지 모르겠지만 항상 그것에 대해 사과하고 싶었어요. ……미안해요, 루이스."

"그게, 사과할 일인가?"

"……당신 부모님께서 어떻게 돌아가셨는지 알게 되었으니까요."

잠시 침묵이 흘렀다. 바람이 두 사람을 스쳐 지나갔다. 제법 길게 자라난 수풀들이 적막 속에서 춤을 추었다.

"그렇다고 해서 네가 사과할 일은 아니라는 생각에는 변함이 없어. 넌 아무것도 몰랐으니까."

루이스 역시 닉과 같은 말을 했다. 그는 서진을 안고 있는 팔에 힘을 주었다. 하지만 그 역시 카일이 그 사건과 어떤 식으로 개입되어 있는지에 대해서는 언급하지 않았다. 아무리 서진이라도 몰라도 될 일을 알 필요는 없었다.

그 당시, 카일 역시 아무것도 몰랐으니까 말이다. 아무것도 모르는 상태에서 저지른 실수로 인해 그는 너무 오랫동안 자신을 자책했고 그것은 지켜보는 자신에게도 잔혹한 일이었다. 그가 부모를 잃었다면 그보다 더 어렸던 카일은 머피 할아버지를 잃었고 또 다른 후견인인 히링튼 부부를 잃었다.

루이스는 고개를 돌려 서진을 바라보았다. 서진에 대한 자신의 마음을 숨기고 있었을 때는 서진이 카일과 이어지기를 바란 적도 있었다. 그래서 서진에게 더욱 냉정하고 냉혹하게 대할 수밖에 없었다.

그의 시선을 의식한 서진이 고개를 돌려 그를 바라보았다. 서진이 바라본 짙은 잿빛 눈동자는 자신이 알고 있는 루이스의 것답지 않게 공허해 보였다.

"왜…… 그래요?"

"나도 사과할 것이 생각났다고나 할까."

"내게 사과할 것이 있다고요?"

의아한 서진이 묻자 그의 손가락이 어느새 올라와 승마의 여운이 아직 남아 붉게 상기되어 있는 볼을 어루만졌다. 그제야 서진은 루이스가 무엇을 말하는 건지 알았다. 언젠가 루이스는 그녀의 볼을 때린 적이 있었다.

"미안."

"루이스, 사과하지 않아도 돼요. 당신이 왜 그랬는지 알아요. 당신은 날 걱정했던 거예요. 당신이 생각했던 것보다 더 나를 좋아하고 사랑하고 있었던 거예요. 그렇죠?"

"그렇다고 해서 때린 이유는 되지 않아."

"아뇨, 루이스. 당신도 몰랐을 뿐이에요. 당신이 날 얼마나 좋아하고 사랑하는지 몰랐던 거예요. 내가 몰랐던 것처럼."

루이스의 긴 손가락이 서진의 볼을 쓰다듬었다.

"용서해 주겠어?"

"용서라는 말은 적합지 않아요, 루이스. 하지만 그래야만 당신이 편해진다면 난 이미 오래전에 용서했다고 말하겠어요."

서진의 말에 루이스가 희미하게 웃었다.

"그게 언제지?"

"당신이 내 남자가 되었을 때요."

서진이 활짝 웃으며 답하자 루이스의 미소도 이전보다 더 밝아졌다. 서진은 루이스의 눈부신 미소를 황홀하게 바라보았다. 닉은 그 아름다운 미소가 그녀로 인해 기인된 것이라고 말했었다. 그것을 입증하듯 지금 루이스가 그녀를 바라보며 웃고 있었다. 서진은 아름다운 곡선을 이루고 있는 그의 입술에 쪽 소리가 나도록 입을 맞추며 말했다.

"당신이 나를 얼마나 좋아하고, 사랑하는지 내가 잊지 않도록 표현해 봐요."

"네가 날 유혹해서 굴복했던 그날 이후로 내 표현이 부족하다는 생각은 안 했었는데. 하지만 원한다면야, 언제 어디서든 응하도록 하지."

그가 다짐하듯 말했다. 그 말을 뒷받침이라도 하려는 듯 그가 서진을 수풀 위에 그대로 뉘었다. 그가 수풀 위에 누운 서진의 위로 올라타서 균형을 잡자 그 아래에 누워 있던 서진이 까르르 웃어대며 물었다.

"지금 당장 원한 건 아니지만, 그래도 싫진 않군요. 그런데, 과연 여기서도 그게 가능할까요?"

"불가능할 것도 없지."

그리 멀리 떨어지지 않은 곳에서 말들이 질투라도 하듯 히히잉 거렸지만 상관할 바 아니었다. 이곳은 엄연히 그의 사유지였다. 그의 땅에서, 그의 몸으로, 그의 여자에게 사랑을 있는 그대로 표현한다는데 그 누가 말릴 수 있단 말인가.

누운 서진이 바라보고 있던 하늘을 루이스가 가렸다. 그녀를 내려다보고 있는 그의 얼굴 뒤로 보이는 하늘은 극히 일부였다. 그래도 서진은 두 눈이 부셔서 눈을 감았다.

하늘보다도 더 가까이, 드넓게 그녀의 시야를 사로잡고 있는 루이스 히링튼 때문에 눈이 부셨고 그다음엔 그의 근사한 입술이 그녀를 향해 내려오고 있었기 때문이었다.

시작도 하기 전에 폭풍과도 같은 열기가 그들을 휘어 감았다. 사방이 훤히 드러난 장소도 벗기 힘든 승마복도 그들을 막지 못했다. 아니 어쩌면 평소와는 또 다른 장소와 복장들이 그들을 더욱 서로에게 몰입하게 만들었는지도 몰랐다.

루이스는 풀어 헤쳐진 셔츠 사이에서 드러난 서진의 가슴을 탐했다. 서진 또한 뒤처지지 않게 그의 단단한 근육을 애무하며 따라갔다. 폭풍과도 같은 열기를 내뿜으며 그들은 함께 고지에 다다랐다. 하지만 성적 쾌감에 충만했다고 해서 그들은 서로를 놓아주지 않았다. 그가 몸을 굴려 바닥에 깔려 있던 서진을 반대편으로 올려놓았다. 탐스러운 가슴이 허공에서 흔들렸다.

"루이스……."

붉게 타오른 서진의 얼굴이 그녀 뒤에서 서서히 모습을 드러내기 시작한 노을보다도 더욱 붉게 보였다. 그런 그녀가 사랑스러워서 루이스는 손을 뻗어 그녀의 가슴을 부드럽게 애무했다.

"아름다워, 서진."

"루이스……."

"그날처럼 춤을 춰, 서진. 네가 얼마나 아름답고 황홀한 춤을 출 수 있는지 다시 내게 보여줘."

루이스가 허리에 힘을 주고 상체를 반쯤 일으켜 그녀의 유두를 물었다. 딱딱하게 곤두선 유두 끝에서 찌릿한 전율이 흘러내리자 서진은 옅은 신음을 흘렸다. 가슴이 저릿저릿했지만 이미 길들여진 감각은 그것을 놓치기 싫은 듯 더욱더 깊은 수렁 속으로 빠져들기를 원했다.

살을 꿰뚫는 이물감은 이제 감당할 수 있을 만큼 여유가 생겼다. 서진은 루이스가 자신의 여성을 밀고 들어오기 직전에 몰입하는 모습이 좋았다. 그는 오직 그녀에게 집중했고 동시에 완전히 무장해제된 표정을 짓기도 했다.

"키스해 줘요."

그가 그녀 안에서 자리를 잡자 키스를 요구했다. 그는 고개를 숙였고 서진은 입술을 벌려서 두 번째 연결을 완성 지었다. 두 사람은 함께 움직였다. 위에서는 두 개의 혀가 서로를 갈구했고 아래쪽에서는 겹쳐진 다리 사이에서 원초적인 결합이 리드미컬하게 움직였다.

잠시 후 사방이 완전하게 뚫린 공간에서 두 사람은 절정을 맞이했다. 시원한 바람이 두 사람의 몸에 나 있는 물기를 말려 주었다. 두 사람은 벗어던졌던 옷을 챙겨 입었다. 그리고는 하늘을 바라보며 나른하게 누웠다. 서진은 루이스의 팔을 베고 있었다.

"여행 갈까?"

"여행은 언제나 가고 싶어요. 하지만 지금은 배워야 할 것이 너무 많아요. 닉과 카일, 그리고 리아는 아주 훌륭한 선생님이거든요. 물론 루이스 당신도 절대 빠질 수는 없죠. 게다가 선의의 경쟁자도 있어요. 리키에게 부끄럽지 않으려면 열심히 해야 해요."

루이스가 몸을 반쯤 일으켜 서진의 입술에 입을 맞추었다. 서진도 루이스에게 키스를 되돌렸다.

"그래도 내가 계획하고 있는 여행은 안 가고는 못 견딜 텐데?"

"무슨 여행인데 그래요?"

그들이 대화를 나누며 주고받는 키스는 담백하면서도 때로는 끈적끈적했다. 서진은 루이스의 고른 치아를 혀끝으로 하나하나 핥았다. 그 상태에서 루이스가 부드러운 미소를 지으며 말했다.

"허니문."

루이스의 치아를 핥던 서진의 혀끝이 일순 멈추었다. 일단 서진은 루이스의 입 안에 놓여 있던 혀를 거두었다. 그녀의 두 눈이 동그랗게 변해 있었다.

"방금 뭐라고 했어요?"

"허니문."

"정말요?"

"그래."

"그러니까 지금 청혼하는 거예요?"

루이스가 웃으며 고개를 끄덕였다.

"갑자기 이렇게 청혼을 하는 법이 어디 있어요?"

"그럼 미룰까?"

"아뇨, 그건 절대 안 돼요."

서진은 깔깔 웃으며 루이스를 와락 껴안았다.

"아까 내가 했던 대답은 무조건 잊어요."

서진의 행복한 외침은 두 사람이 은밀한 사랑을 나눈 그곳에서 메아리처럼 퍼져 나갔다. 그때 루이스가 주머니에서 작은 상자를 꺼냈다. 작은 상자에는 다이아몬드가 세공된 심플한 모양의 금반지가 들어 있었다.

"어머니 거야."

"루이스……."

서진의 검은 눈동자가 흔들렸다. 왠지 눈물이 날 것 같았다. 그의 미소가, 그의 청혼이, 그가 내민 반지가 그녀에게는 너무도 완벽해서 갑자기 울고 싶어졌다.

"울어?"

촉촉하게 적은 서진의 눈가를 물끄러미 바라보며 루이스가 물었다.

"아뇨."

언제나처럼 서진은 그에게 눈물을 보이고 싶지 않았다. 항상 그렇게 생각해 왔듯이 연약한 여자가 되고 싶은 적은 단 한 번도 없었다. 서진은 울컥 치밀어 오른 감정을 익숙하게 억눌렀다.

그녀는 어떤 여자보다도 강해지고 싶었으니까.

그래서 언제까지나 루이스 히링튼이라는 이 사랑스러운 남자 곁에 있고 싶었으니까.

서진은 눈을 휘며 활짝 웃었다. 그의 웃음이 그녀 때문에 기인하였다면 그녀의 웃음 또한 마찬가지였다. 서진은 이 세상 어떤 여자보다도 행복한 미소를 지으며 앞으로 그녀의 남편이 될 남자에게 달려들었다.

그리고 사랑을 담아 키스했다.

에필로그

기잉.

서진과 루이스가 타고 있는 전용기가 제주국제공항에 안착했다. 서진은 기내에 부착되어 있는 창문을 통해서 오랜만에 찾은 고국의 일면을 바라보았다.

아홉 살 때 아빠와 미국으로 떠난 이후 첫 방한이었다. 처음에는 강 박사의 일이 바빠서 오지 못했고 이후에는 강 박사가 에이즈에 걸려서 올 수 없었던 고국이었다. 서진은 설레는 마음으로 루이스와 전용기에서 내렸다.

손가락에 끼고 있는 결혼반지가 빛을 받아 반짝였다. 첫 방한은 허니문이라는 수식을 달고 있었다. 강서진이라는 이름으로 떠났던 고국을 서진 히링튼이라는 새로운 이름으로 돌아온 것이다.

루이스와 서진은 하와이에서 결혼식을 올렸고 허니문 여행지로 한국을 선택했다. 공항 게이트를 지나서 두 사람은 대기되어 있던 리무진에 올랐다. 서진 히링튼과 루이스 히링튼의 방한은 극비사항이었다.

리무진을 타고 20분여 정도 달려서 도착한 곳은 검푸른 해변이었다. 숙소가 있는 원래 목적지로 향하기 전 잠시 들른 곳이었다. 자동차에서 내린 서진은 제주도의 맑은 공기를 흡입했다. 그녀 곁으로 다가온 루이스가 서진의 허리를 잡았다.

서진은 쓰고 있던 선글라스를 벗었다. 그제야 그녀 앞에 펼쳐진 자연의 색이 그대로 시야에 들어왔다.

해변의 모래는 검은색을 띠고 있었다. 자치단체의 영향이 미흡해 발달된 곳은 아니었지만 검은 모래 해변으로 꽤 유명한 곳이라는 것을 서진은 알고 있었다.

"좀 걷고 싶어요."

"그래."

서진은 루이스와 함께 해변으로 내려갔다. 두 사람은 손을 잡고 말없이 해변을 걸었다. 오랜만에 고국을 방문한 서진을 위한 루이스의 배려였다.

날씨는 쾌청했고 이따금 피부를 간질일 정도의 해풍이 불었다. 아직 해수욕장을 개장 시즌이 아니라서 해변은 한적했고 바다도 조용했다. 잔잔한 바다는 바라보고 있는 것만으로 평화로웠다.

해변을 따라 걷고 있을 때 검은 모래가 바람에 다리 아래에서 살포시 흩날렸다. 반짝반짝 날아가는 그 모습을 가만히 바라보고 있노라면 그것은 마치 흑진주를 곱게 빻아 놓은 듯했다. 서진은 어렸을 때의 기억을 떠올렸다.

한국에서 서진이 태어난 곳은 서울이었다. 부모님도 서울 태생이었지만 그녀의 엄마가 제주도를 무척 좋아해서 강 박사가 미국으로 떠나기 전까지 제주도에 살았었다. 덕분에 서진은 제주도에서 자란 유년 시절을 가지고 있었다.

8살 때 엄마가 갑작스러운 교통사고를 당해서 세상을 떠난 슬픈 기억을 제외한다면 제주도는 엄마와의 추억을 고스란히 간직하고 있는 소중한 섬이었다.

"여기 모래는 철분이 함유되어 있어서 신경통, 관절염, 피부염 등에 효과가 있대요, 루이스. 지금은 이렇게 한적하지만 여름이 되면 모래찜질을 하기 위해 몰려든 사람들로 인해 발 디딜 틈이 없어요. 나도 어렸을 적에 이곳에서 모래찜질을 종종 즐겼던 기억이 있어요. 여름이 되면 엄마와 함께 모래찜질을 하곤 했어요. 모래 속에 있다 보면 몸이 달구어지는데 그러고 나면 바다로 가서 차가운 용천수로 몸을 식히는 거죠. 그때의 기분은 말로 표현할 수 없을 만큼 시원하고 개운했어요."

서진의 말을 듣고 있던 루이스는 두 눈을 가늘게 뜨고 두 사람이 서 있는 해변을 둘러보았다.

"내겐 더할 나위 없이 특별한 해변이에요. 무엇보다 엄마한테 내가 사랑하는 남자를 소개해 주고 싶었어요."

루이스가 서진을 바라보았다.

"아빠는 엄마를 이 바다에 남겨 두셨거든요."

서진은 루이스를 바라보며 웃었다.

"엄마한테 당신을 보여줄 수 있어서 너무 좋아요, 루이스."

루이스는 웃으면서 눈가가 촉촉하게 젖어드는 서진의 얼굴을 말없이 바라보았다.

"당신 덕분에 난 새로 태어났어요."

그녀가 울지 않으리라는 것은 알고 있었다. 언제나처럼 서진은 울지 않을 것이다. 하지만 그녀의 슬픔은 충분히 읽을 수 있었다. 루이스는 고개를 숙여 서진의 입가에 입을 맞추었다. 그가 서진을 얼마나 아끼고 사랑하는지 바다가 알기를 바라면서 말이다.

해변 도로를 따라 도착한 곳은 초호화 단독 별장 형태로 조성된 호텔이었다. 대리석으로 둘러싸여 있는 외관의 건물은 럭셔리해 보였고 그 옆에 별도로 마련되어 있는 수영장도 별장의 고급스러움을 더했다. 두 사람은 한국을 시작으로 유럽까지 일정이 잡혀 있었다.

안내를 위해서 함께 온 직원들이 문을 열고 짐을 날랐다.

"필요한 것이 있으면 말씀하세요."

할 일을 마친 직원들은 신혼부부를 위해서 곧 사라졌고 서진은 루이스와 함께 아름답게 꾸며져 있는 객실을 구경했다.

별장 내부는 히링튼가의 저택에 비하면 아담한 규모였지만 아름다웠다. 커다란 유리를 통해 보이는 바다 경관도 최상이었다.

"마음에 들어?"

"너무 예뻐요."

두 사람은 침실문 앞에 서 있었다. 보기만 해도 안락함이 느껴지는 대형 침대가 신혼부부를 유혹했다. 서진은 당장이라도 루이스가 침대 위로 쓰러뜨릴 것 같은 착각이 일었다. 하지만 의외로 그는 그녀를 창가로 통하는 발코니로 안내했다.

시원한 해풍이 불어왔다. 사방이 트여 있는 발코니는 서 있는 것

자체만으로도 환상이었다. 제주의 아름다운 경관이 한눈에 보이는 것 같았다.

그때 루이스가 어디에서 가져왔는지 서진의 눈에 망원경을 갖다 댔다.

"왜요?"

"잠깐."

의아해하는 서진을 두고 루이스는 각도를 맞추고 물었다.

"뭐가 보여?"

"음, 저건…… 아직 완성되지 않은 별장 같은데요?"

"그래, 아직 미완성이야. 하지만 다음엔 저곳에 머물자."

서진은 망원경을 내려놓고 루이스를 빤히 바라보았다.

"어떻게 된 거예요?"

"선물이야. 아쉽게도 태풍 때문에 완공 일정이 늦어졌지만."

"그럼 우리 별장이에요?"

"그래."

"대체 날 얼마나 놀라게 할 셈이에요?"

서진이 두 눈을 동그랗게 뜨고 묻자 루이스의 입가가 부드럽게 말렸다. 결혼 선물은 이제 시작일 뿐이었다. 그들이 방문하는 나라마다 서진에게 선물로 줄 별장이 있었다.

루이스가 고개를 숙여서 입을 맞추며 물었다.

"피곤해?"

"그럴 리가요. 내 체력이 얼마나 좋은지 잊었어요?"

서진은 입 안으로 들어오는 루이스의 혀를 받아들였다. 이내 루이스가 서진을 번쩍 안았다.

어깨끈이 아래로 내려가는가 싶더니 커다란 손이 서진의 가슴 위로 천천히 내려왔다. 부드러운 가슴을 잠깐 움켜쥐었다가 놓아준 그는 손을 펴서 원을 그렸다. 그러자 둥근 무덤 중앙에 자리한 분홍빛 유두가 꼿꼿하게 서는 게 느껴졌다.

"딱딱해졌어."

"나만 그런 건 아닐걸요."

서진은 페니스를 잡고 있는 손에 힘을 주며 눈빛을 반짝였다. 언제나 느끼곤 했지만 인체는 참 신비롭다는 생각이 들곤 하였다.

덕분에 루이스가 얼마나 그녀를 원하는지도 알 수 있었다. 서진은 루이스의 분신을 천천히 쓸어내렸다가 다시 올라가며 속삭이듯 말했다.

"그거 알아요? 난 이게 좋아요."

루이스는 가슴을 쥐고 있던 손을 치우고 고개를 숙였다. 꼿꼿하게 선 분홍빛 젖꼭지가 그의 입속으로 사라졌다. 그가 그것을 거칠게 빨아대기 시작하자 서진은 낮은 신음을 흘리며 몸을 떨었다.

어린 아기처럼 그녀의 가슴을 탐하는 루이스의 손이 서진의 다리 사이로 찾아왔다.

그가 검은 수풀을 더듬자 자연스럽게 서진의 다리가 벌려졌다. 가장 긴 손가락이 안으로 들어와 여성을 차지했다. 본능적인 수축이 일었으나 루이스는 집요하게 파고들었다. 서진은 신음소리를 흘리며 그가 더욱 깊숙이 들어오기를 바랐다. 루이스가 여성 깊숙한 어딘가를 건드리자 서진은 강한 쾌감을 이기지 못하고 신음소리를 흘렸다. 거친 숨소리와 뜨거운 열기가 차오를 때까지 루이스는 은밀한 공간을 휘저었다.

"루이스."

그녀가 그의 이름을 부르는 동안 손가락이 빠져나갔다. 서진은 바로 눈앞에서 희미한 은사들이 휘감은 루이스의 손가락을 보았고 그것이 루이스의 입속으로 사라지는 것도 보았다.

그런 루이스의 행동이 마치 그녀의 모든 것을 갖고 싶다는 의식처럼 느껴져서 서진은 숨을 죽였다. 순간 전율이 일었다. 그녀는 비로소 루이스가 아주 오래전부터 자신을 원해 왔다는 것을 느낄 수 있었다.

"처음부터 날 원했군요."

"그래, 네 말이 맞아. 처음 보는 순간부터 널 원했어."

"난 몰랐어요."

"어렸으니까."

루이스의 입가에 희미한 미소가 걸렸다. 그는 세상에서 가장 소중한 보물을 다루듯 천천히 그녀를 어루만졌다. 그의 손짓이 너무나 부드럽고 조심스러워서 왠지 눈물이 날 것 같았다.

루이스가 몸을 숙여서 몸을 포갰다. 서진은 그의 넓고 단단한 어깨를 감싸 안았다. 허벅지 사이로 그녀를 향한 욕망이 고스란히 전해졌다.

서진은 기꺼이 다리를 벌려서 그를 맞이했다. 아주 깊숙한 곳에서 은밀한 만남이 이루어졌다. 루이스는 천천히 허리를 움직였다. 그가 움직일 때마다 신음소리가 흘러나왔다. 언제나 그렇듯 그는 그녀를 황홀한 세상으로 안내했다.

"사랑해요."

"나도."

잠시 후 서진은 다리 사이의 아찔한 쾌감을 견디지 못하고 절정을 맞이했다. 이어 다리에 힘이 풀린 듯 서서히 무너져 내리는 서진의 둔부를 잡은 루이스도 그녀를 따라 절정을 맞이했다.

미국발 또 다른 전용기 안.

"신혼여행인데 이렇게 따라가도 되는 건가?"

닉이 중얼거리자 옆에 앉아 있던 리아가 깔깔 웃음을 터트렸다.

"여기까지 와서 아직도 그 소리야? 우리는 이미 한국 하늘을 날고 있다고, 게다가 다시 말하지만 나는 따라가는 게 아니야, 그들을 방해하러 가는 거지. 이건 일종의 복수야. 감히 나를 따돌리고 결혼을 해?"

리아가 이죽거리자 그녀의 뒤에서 카일이 물었다.

"독신주의자 아니었어?"

"맞아."

"그럼, 문제 될 게 없을 것 같은데?"

"천만에. 난 아직도 이 결혼 반대란 말이야!"

리아가 소리를 지르자 카일이 혀를 찼다. 루이스와 서진은 이미 결혼식을 올렸다. 두 사람은 증인들 앞에서 반지를 교환했고 사랑도 맹세했으며 이미 도착했을 제주도를 시작으로 세계일주 신혼여행을 떠날 예정이었다. 그런데도 이런 억지를 부리다니.

"대체 이유가 뭐야?"

카일이 묻자 닉도 빤히 리아를 바라보았다. 닉 역시 리아가 이러는 이유를 아직 알지 못했다. 아니, 그가 생각하기에 리아의 말은 어폐가 있었다. 사실, 닉은 리아에게 여러 번 청혼했었다. 하지만 청혼을 할 때마다 번번이 거절당했다.

이유인즉 마흔 살이 될 때까지는 독신주의를 고수하겠다는 것이다. 물론 지금도 두 사람은 일주일에 여덟 번 이상 섹스를 나누는 친밀한 사이였다.

여느 부부보다 침대에서 보내는 시간이 더 길 뿐만 아니라 정식적인 절차만 거치지 않았을 뿐 두 사람은 세상 사람들에게 이미 애인보다는 부부로 정평이 나 있었다.

그렇기에 닉은 리아의 의견을 따르기로 했었다. 그는 그녀가 마흔 살이 되면 다시 청혼할 생각으로 이제까지 미루고 있었던 참이다. 그래서 그런 걸까 하는 심정으로 닉은 리아를 바라보았다. 하지만 그녀의 대답은 그의 바람과는 달랐다.

"남자들은 이해 못 해."

리아는 다짜고짜 그렇게 말했다.

"말해도 모를 거야."

닉이 고개를 돌려 카일과 시선을 나누었다.

"이해하려고 노력해 볼 테니까 말해 봐, 리아."

그러자 리아가 다시 비명을 질렀다.

"아악, 나쁜 자식, 빌어먹을 루이스 히링튼! 감히 그 녀석이 어떻게 그럴 수가 있지? 내가 그렇게 누누이 말했는데도? 난 분명 루이스에게 말했어. 경고했다고!"

"그러니까 대체 뭘 경고했다는 건데?"

"서진은 아직 어리다고 말이야."

리아의 말에 닉은 고개를 가로저었다. 그의 기억은 분명 리아가 서진은 이제 어리지 않다고 말했던 걸로 저장되어 있었다. 루이스와 서진의 관계를 성사시키기 위해 갖은 노력을 했었던 그녀가 아닌가.

"뭔가 이상한데. 이전에는 분명 서진은 이제 어리지 않다고 했었잖아."

"내 말은 서진이 결혼하기에는 아직 어리다는 뜻이야!"

"서진은 이미 법적으로도 성인이 되었어."

"그러니까 루이스가 나쁜 놈이라는 거야. 서진이 법적으로 성인이 된 지 얼마나 되었다고 청혼을 해! 일 년도 되지 않았단 말이야. 서진이 청혼을 받아들일 거라는 것은 당연한 일이잖아. 그 녀석은 서진이 성인이 되어 누릴 수 있는 여자로서의 자유를 모두 박탈해 버렸어. 어떻게 그럴 수가 있지?"

리아의 말에 카일과 닉이 어이가 없다는 듯 웃었다. 그러자 리아가 투덜거렸다.

"거 봐, 내가 남자들은 이해하지 못할 거라고 말했지?"

말은 그렇게 했지만 리아도 이 결혼의 최종 선택은 서진의 선택이라는 것을 알고 있었다. 게다가 지금 서진은 여자로서의 자유를 박탈당했다는 생각은 전혀 안 하고 있을 거라는 것도 알고 있었다. 오히려 루이스의 품에 안겨 여자로서의 행복을 맛보고 있을 터였다. 결혼식장에서 서진은 이 세상 누구보다도 행복한 표정을 짓고 있었고 허니문을 떠나는 순간까지도 꿈을 꾸고 있는 듯 행복해 보였다.

"억지 부리지 마."

"지금이라도 닉의 청혼을 받아들이는 건 어때? 그게 차라리 현명한 선택일 것 같은데? 물론 그전에 닉이 다시 청혼해야겠지만."

카일의 말에 닉이 씩 웃었다.

"난 언제, 어디서든 무릎을 꿇을 준비가 되어 있어."

리아가 두 남자를 못마땅하게 노려보았다. 하지만 두 남자의 말에도 일리가 있다는 생각이 드는 것도 사실이었다. 루이스와 서진의 결혼식을 보면서 솔직히 질투가 났던 것도 사실이었다. 물론 그녀답게 아주 조금.

'마흔 살까지 보류했던 독신주의, 조금만 앞당길까?'

리아는 웨딩드레스를 입은 자신의 모습과 턱시도를 입은 닉의 모습을 상상하며 창 너머로 고개를 돌렸다.

맑은 하늘에 떠 있는 구름이 푹신한 카펫처럼 펼쳐져 있었다. 잠시 후 착륙 시점이 얼마 남지 않은 상태에서 리아가 눈을 반짝였다. 창 너머로 제주도의 모습이 펼쳐졌다.

"흐음, 이곳이 마이클 잭슨이 탐을 냈던 '제주도'란 섬이란 말이지?"

"마이클 잭슨이 그랬어?"

카일이 묻자 리아가 깔깔 웃으며 말했다.

"뭐, 일종의 루머겠지만. 아마도 한국인들의 대단한 애국심과 관련되어 만들어진 루머가 아닐까 싶어. 카일, IMF 때 한국인들이 재정 위기를 어떻게 이겨냈는지 알아?"

"아니."

"한국을 방문하는데 이 정도는 알고 가야지. 재정 위기 당시 한국 국민은 금을 모으기 시작했어. 기사에 보면 그들은 가구 속의 금붙이를 꺼내 은행으로 가져갔대. 은행마다 금붙이를 든 사람들이 줄을 섰어. 어떤 부부는 결혼반지를, 어떤 부부는 아이의 돌반지를, 또 어떤 부부는 자식들이 사준 반지를 내놓았지. 하나같이 귀한 사연이 담겨 있는 소중한 징표들을 아낌없이 말이야. 또 어떤 운동선수들은 땀의 결정체인 금메달을 내놓기도 했고 한 유명한 추기경은 취임식 때 받은 십자가를 쾌척했다고도 해. 그것은 전 세계를 감동을 준 기부였어. 자발적이고 희생정신이 가득한 그런 기부는 이제껏 그 어떤 나라에서도 이루어진 적이 없었으니까."

닉도 거들었다.

"그뿐이 아니지. 근로자들은 월급 일부를 반납했고 시민단체들은 아끼고 나누고 바꾸고 다시 쓰는 운동을 주도했어."

리아와 닉의 말에 카일이 놀랍다는 듯 휘파람을 불었다.

"대단한 국민성이네."

"그 국민 중의 하나가 루이스의 아내가 되었다는 것은 더욱 대단한 일이지."

리아가 비로소 루이스와 서진의 결혼을 인정하며 씩 웃었다.

잠시 후 그들을 태운 전용기가 제주공항에 안착했다.

"기다려라, 히링튼 부부. 우리가 왔다."

리아는 입꼬리를 말며 선글라스로 두 눈을 가렸다. 그리고는 아주 우아하게 공항 게이트를 가로질렀다. 그런 그녀의 뒤에서 닉과 카일이 따라 걸었다.

침대에 누워 있던 서진은 나른한 감각 속에서 서서히 찾아오는 현실을 자각하고 있었다.

"자요?"

"아니."

"나 배고파요."

서진의 말에 루이스가 몸을 일으켰다.

"나갈까?"

"아뇨. 시간상으로 보나, 정황적으로 보나 지금은 룸서비스를 활용하는 게 좋을 것 같아요."

루이스는 웃으며 룸서비스 메뉴가 적혀 있는 책자를 집었다.

"뭐 먹고 싶어?"

서진도 자리에서 일어나 루이스 옆에 앉았다.

"음, 난 간단하게 샌드위치 먹을래요."

"다른 건?"

"마카다미아 넛츠 카라멜 프랄린 아이스크림요"

"훗."

"뭐예요? 지금 나 어리다고 비웃은 거예요?"

"천만에."

서진은 루이스가 주문을 하는 동안 옷을 입었다. 그리고 루이스가 옆자리로 돌아왔을 때 재미있다는 듯 웃기 시작했다.

"왜?"

"말 잘 듣는 착한 아이를 보고 있는 기분이에요."

"아이?"

서진은 과장해서 고개를 끄덕였다. 루이스는 짐짓 못마땅한 시선으로 서진을 바라보았다.

"그 말 곧 후회하게 될 텐데."

루이스가 서진에게 경고의 눈빛을 보냈다. 동시에 단 한 번의 동작으로 그녀를 밀어 소파 위에 넘어뜨렸다. 그리고 날렵한 동작으로 서진 위로 올라탔다. 그는 자신의 거대한 몸을 무기로 삼아 그녀를 꼼짝 못하도록 눌렀다. 하지만 포박 당했다 싶을 정도로 그의 품에 갇힌 서진은 무척 즐거워 보였다. 서진은 루이스의 목을 끌어안으며 물었다.

"룸서비스 잊었어요?"

하지만 루이스의 손은 이미 서진의 옷을 비집고 파고들었다. 그의 몸놀림은 전혀 어린아이답지 않았고 집요했다.

"네 체력이 좋은 건 기억해."

"그렇군요."

서진은 고개를 들어 기꺼이 그의 매력적인 입술에 키스했다. 곧 서진의 입술이 벌어지고 루이스의 혀가 들어왔다. 부드럽게 시작했던 입맞춤은 시간이 지날수록 끈적끈적하게 변했다.

두 개의 혀가 하나처럼 엉켜 서로를 갈구할수록 뜨거운 정사로 잠시나마 소멸되었을 줄 알았던 욕망이 다시 고개를 들기 시작했다. 서진은 웃으며 루이스의 분신을 잡았다. 그의 단단함이 고스란히 느껴졌다.

"나도 당신도 좀처럼 만족을 모르네요."

하지만 그때 예기치 않은 초인종 소리가 들려왔다. 서진은 다소 놀란 눈으로 현관을 바라보았다. 아무리 빠르다 해도 룸서비스가 벌써 왔을 리는 만무했다.

"아직, 이른데."

루이스가 투덜거리자 서진은 방긋 웃었다.

"내가 나가 볼게요."

서진은 루이스에게 옷 입을 시간을 배려해 주고 현관으로 향했다.

"누구……."

문을 연 서진은 눈을 동그랗게 떴다.

"서프라이즈!"

짓궂은 미소를 짓고 있는 리아와 함께 닉과 카일이 서 있었다. 잠시 후 루이스도 초대하지 않은 손님들과 마주했다.

"혹시 우리가 방해한 건 아니지?"

루이스의 반응은 차가웠다. 일을 하는 동안에는 동료들을 자신보다 아꼈지만 지금은 경우가 달랐다. 허니문 여행 동안 서진과 은밀한 시간을 보내고 싶은 게 그의 솔직한 심정이었으므로 그들은 엄연한 불청객에 속했다.

그렇다고 내키는 대로 한국까지 날아온 그들을 쫓아낼 수도 없었다. 무엇보다 서진이 그의 자비를 바라는 듯 검은 눈망울을 깜박이며 바라보고 있었다. 루이스는 밀려오는 짜증을 억누르며 낮은 한숨을 내쉬었다. 그나마 리키는 서진을 방해하기 싫다며 주드와 함께 있겠다고 자청했단다.

'어린 리키만도 못하다니.'

루이스는 집에 돌아가는 대로 리키가 원하는 것이 있다면 무엇이든 사주기로 결심했다. 루이스의 속사정이 그러거나 말거나 언제나 그렇듯 리아는 지금의 상황을 즐기며 깔깔거렸다.

"다시 생각해도 아내를 잘 얻었다니까. 사람이 달라졌어, 사람이."

리아가 너스레를 떨자 루이스가 노려보았다. 하지만 리아는 모른 척 옆에 서 있는 서진을 꼭 끌어안았다.

"여긴 정말 멋진 곳이야. 안 왔으면 후회했을 거야."

"고마워. 참 숙소는 정했어?"

서진이 묻자 리아가 어깨를 으쓱했다.

"여기 남는 방 많을 것 같은데?"

리아의 말에 루이스가 앉아 있던 자리에서 일어났다. 거대한 체구에서 분노가 그대로 느껴졌다.

"누나한테 너무하네. 그냥 물어본 거야. 호텔 예약했으니까 걱정마."

잠시 후 룸서비스가 도착했다. 주문을 추가한 그들은 한국에서의 첫날을 마음껏 누렸다. 와인이 담긴 다섯 개의 잔이 아름다운 공명을 이루며 흔들렸다.

"아름다운 섬과 신혼부부를 위하여!"

닉과 카일이 젊은 히링튼 부부를 위하여 건배사를 외쳤다. 그러자 리아가 검지를 세우고 좌우로 흔들며 말했다.

"그게 아니지. 내가 다시 할 거야. 아름다운 섬과 히링튼 부부, 그리고 비밀스런 우리들의 모임 '카무플라주'를 위하여!"

잔을 놓이든 리아가 웃으며 덧붙였다.

"잊지 마. 언제 어디서든 우리는 함께 라는 사실을."

- 마침 -

작가 후기

어느 해 5월, 무작정 떠났던 제주도에서 처음 루이스와 서진을 만났습니다.

젊고 부유한 후견인과 그를 가져야만 하는 고집 센 소녀의 사랑.

그 흔한 소재에 조금은 다른 색깔을 입히고 싶었습니다.

'글발신' 이 강림이라도 한 듯 60페이지까지 막힘없이 글이 써지더군요.

하지만 언제나 그랬듯 글을 쓰는 일은 뜻대로 되지 않았습니다.

애초에 계획했던 시놉은 어느 순간 사라져 버렸고 보이지 않는 벽에 가로막혀 방황을 거듭했습니다.

220페이지에 달했던 글을 노려보다 결국 절반 이상을 잘라냈습니다.

나름 야심차게(?) 준비했던 2부작이 날아가 버리는 순간이었죠.

이후 원래의 인물 대신 새로운 인물들이 등장하는 사태까지 벌어지고야 말았습니다.

덕분에 수정의 시간이 더할 나위 없이 길어졌네요.

그럼에도 불구하고 이제 만족해야 할 때가 된 듯합니다.

글을 마무리 짓는 시점에서 되돌아보면, 항상 같은 후회가 반복되지만 실력이 부족한 것은 어쩔 수 없는 일이라 스스로를 위로해 봅니다.

혹시 이 글을 기다려주셨던 분이 계셨다면 지면을 통해서나마 감사의 말씀을 전합니다. 꽉 막혀 있던 글에 길을 제시해 주셨던 조은세상 관계자분들께도 뒤늦게 인사를 드립니다.

끝나지 않을 것 같았던 긴 겨울이 지나고 봄이 왔다 싶었는데 어느덧 여름의 기운이 느껴집니다.

뿌연 미세먼지와 황사 속에서 부디 건강을 잘 지키시길 바랍니다.

2015년 5월

시라주 올림.

참고 · 인용문헌

-도청, 탐지, 방지의 원리_ 리스코. 2010년.

-사설탐정들 정치인들을 위해 일한다_ 조선일보. 2011년

-히스토리 채널H_ 인간 병기 편. 2010년

-스캔들에 갇힌 영혼들_ 인문과사상사. 2002년

-스캔들! 스캔들!_ 다산미디어. 2007년